《四川经济日报》新闻作品集

李银昭 —— 主编

九州出版社
JIUZHOUPRESS

图书在版编目（CIP）数据

《四川经济日报》新闻作品集 / 李银昭主编. ––北京：九州出版社，2022.7

ISBN 978-7-5225-0987-7

Ⅰ.①四… Ⅱ.①李… Ⅲ.①新闻–作品集–中国–当代 Ⅳ.①I253

中国版本图书馆 CIP 数据核字（2022）第 103609 号

《四川经济日报》新闻作品集

作　　者	李银昭　主编
责任编辑	云岩涛
出版发行	九州出版社
地　　址	北京市西城区阜外大街甲 35 号（100037）
发行电话	（010）68992190/3/5/6
网　　址	www.jiuzhoupress.com
印　　刷	成都兴怡包装装潢有限公司
开　　本	710 毫米 × 1000 毫米　16 开
印　　张	24
字　　数	480 千字
版　　次	2022 年 7 月第 1 版
印　　次	2022 年 7 月第 1 次印刷
书　　号	ISBN 978-7-5225-0987-7
定　　价	88.00 元

编 委 会

主　编：李银昭
副主编：杨　璐　王　慧　刘　艳
编　委：苟邦平　黎　琦　张　萍
　　　　张瑞灵　杜　静　高　艳

写进青史色不褪

杨文镒

一卷《〈四川经济日报〉新闻作品集》放上了案头。

好像来不及拂去满身风尘，好像采访归来刚刚伏案写就，它一路行色匆匆，墨香如许。

对报坛晨昏的深情眷恋，对历史过往的情怀真爱，对高歌前行的百味体察，光阴就这么全身心地融进了这些朴实无华的篇章。

岁月如斯。

著作者有年过花甲的资深编辑、资深记者，有从大学门走进媒体门的小哥哥、小姐姐，当然，更有享誉已久的文坛才俊、团队领军。

初春的夜空，月明星稀。掌灯夜读，绵绵沉思，星星点点，让人感怀。

一

新闻的记录和揭示可以留存于时光不断冲刷的过往，历史感谢并珍藏那些难以磨灭的画卷。

一部新闻作品集，凝聚着一群报人无悔的执着和如一的精诚。

首先，想到新闻品格。这是富有时代魅力的当红话题，同时又是富有挑战性、戏剧性的研究课题。

说其当红，是当代传媒趋势与新闻资讯的品格不仅让业内人士在竞争中疯狂追捧，而且也让业外人士摩拳擦掌。

说其极富挑战性，是因为它无论理论上还是实践上都异彩纷呈、高见迭出，把当代传媒业最具生气和活力的朝阳产业阐释得淋漓尽致、多姿多彩。

说其极富戏剧性，是指当代传媒制造了一个个人间剧目，常引读者深思。

梦想传媒，竟可以成为率直而难于争辩的现实表述。今天我们不管以怎样复杂的心情加盟业内，面对这个非理性的命题，可能都无法逃遁。

我们终究有幸身处这个崭新世纪，历史机遇给传媒业搭起梦幻缤纷的舞台，展现出夺目璀璨的星光大道、社会受众史无前例的关注与媒体在身心疲惫的探究前行。

不仅从理论上，更从实践中审视传媒产品的资讯的品格。

这或许是《〈四川经济日报〉新闻作品集》的初衷。

二

新闻报章作为现代社会传播和评价的资讯系统，今天已经紧密地关联着时代发展，滋养着当代中国人心灵的生命土壤。正是投身于这样的朝阳产业，深刻感悟现代人生和现代品格，并使之成为眷顾自己生命最珍贵的一部分，新闻人才由此获得人生价值令人仰慕的生命面向。

一部新闻作品集，足以自豪地向未来说明那些未曾抱愧的岁月。

中国展示着一个前所未有的时代，一代代新闻人也在风云际会中接受挑战和洗礼，践行、探索和思考的历练，让他们成熟而不再年轻。驰骋报坛，情透纸背力透纸背的字里行间已经做了说明。

匆匆作别过去驿路，回首向来萧瑟处，自然令人感怀。一张新闻纸所付出的艰辛和创造，已经和还在深刻影响着现实和历史。追寻风云随行的历程，富于责任，充满激情，记者的生命品格在此汇聚，艰辛付出已经汇入社会改革发展的一路高歌。

这或许是《〈四川经济日报〉新闻作品集》的要义所在。

当代新闻传媒态势对资讯品格的挑战把新闻学研究推向了一个崭新的热点，时代为新闻提供广阔舞台并给新闻业的惊喜为人料所不及。

传媒怎样发展，传媒人该怎么修炼？问题所及，遍及新闻业内业外。

作为社会的良知系统，新闻前所未有地参与社会生活的评价和判断。而良知的健全完备又是以社会深度和广度的构建为前提。新闻记者做具有开创和探索精神的先行者，首先表现为这样一种素质，即本能地渴望开创精神和对未知世界探索，始终能够保持对新时代、新事物的充沛激情，不知疲倦地剖析现实，揭示未来。因而，他们能够以全新的世界观和价值观把握时代，站在人文科学的前沿，予以自己评价并赋予崭新的视角。

时光流逝，所有新闻演绎趋势成功的结论性启示是：

所向披靡的只是新闻的真实与思想的真实，只是格调的高雅与品位的悠远。新闻的历史生命力，仅仅在于此。

《〈四川经济日报〉新闻作品集》的新闻实践表明：对国家决策的理解和百姓自身幸福关爱融为一体，让关爱社会发展与关爱自身生存空间熔于一炉，顺利推进其日夜兼程。富于责任、充满激情的报道和媒体引导平台让人倍感欣慰。

但新闻只能永远将过去当作第一季收获。

这或许是《〈四川经济日报〉新闻作品集》可以历史留存的价值。

三

与此关联的是记者的理性思维结构。

新的价值系统的建构有赖于理性系统的发达。

20 世纪以来的哲学社会科学和自然科学，正在发生深刻革命。人们从不同角度，用不同方法重新解释着世界。各种新兴科学足以使我们对这个世界上的物质的精神的现象从头相看。而这些物质的精神的变革，正是当代传媒新闻赖以生存和发展的生命之源。当然更是新闻和新闻人的品格基石。记者，除了正在进行一场文化思想和社会思想能力水平的激烈较量，更在真实采访，倾心思考的分野。

显然，新生代媒体人更富激情更富想象力，尤其在新闻策划上的浪漫选项远远胜过理性的控制力。无论故事的访谈、评论的思辨、文学的倾诉，还是情节的小品化、思想的随笔化，都极尽想象之能，更倾情打造观念，申扬个性，展示思辨力。更关爱人性，抒发感情，释放激情，张扬人和社会的全面发展。以人为本和以人的存在为中心，给传媒精神以猛烈冲击和根本改造。但所有的这些，都在于追赶当代朝向中驾驭住采写的风帆。

这或许是《〈四川经济日报〉新闻作品集》力图体现的特质。

四

采访方法论在当代传媒中拓展。

采访活动本质是调查研究,使命是对事件本质的把握。采访活动的根本宗旨是展示事物形象,昭示事件本质,并提供最广泛的传播。采访活动对新闻本源的认识把握程度,决定新闻生命价值。

作为职业记者的采访调研,不同于其他行业的调查研究。全身心地关注社会生活与独自深刻思考。

现场是事件展开的舞台,是"让倾向从情节中自然而然流露出来"(恩格斯)的唯一入口。没有现场,矛盾、情节、倾向便无从展开。围绕主题所规定的矛盾、情节、倾向发掘典型环境,乃采访第一要义。

《汶川:苦耕30年红了甜樱桃》《生死大营救 广汉人不讲自己的英雄故事》《一本"明白账"稳了藏区百万心》《汶川人的家国情》,在故事发掘方面,极富特点。

细节的生动准确是最激动人心的元素、最鲜活的灵魂、最明亮的眼睛,是刻画典型的法宝。"既是这一个,又不是这一个"的"典型环境中的典型人物",揭示认识、反映事物的一般规律,成为包括新闻在内的现实主义经典手法。这也见诸中国古典文论。

典型决定成败。

以著名油画《父亲》原生地波澜壮阔的脱贫攻坚为素材的《百万"父亲"兴巴山》就是一篇以典型见长的作品。唯其典型,方见其鲜活。

认识重心所反映的当代哲学倾向：从自然为中心到存在为中心，随着社会传媒受众对多元的思想流派、多样生活方式、多元利益格局的承载，对新闻的扁平说教的时代已经终结，采访方法赋予调查研究以崭新的风姿。这就是：价值取向不再单一，指向作用更加宽泛。主体自觉程度被唤醒，先入为主，在人为设置的框架下采访写作，将被漠视。

《稻城：从高原净土到世界名城的故事》《"国家队"构筑跨省区合作"致富桥"》《欧洲，中国白酒来了!》《古裂谷：面临历史的新挑战》可见大视野下的深度写作。

新闻信息和素材获取的多元化立体化，大大增强了现代传媒新闻的丰富性。新闻的主体、前景、背景、评论延伸更灵活更不拘一格。调研采访的独创性决定新闻和记者的高低优劣，善于驾驭采访对象，当代传媒把记者的采访作风和水平要求推向极致。

而建立在知识构成基础的认知能力和智慧水平，其核心就是思辨力。

《"地球"与攀西一起滚动》《"小兄弟"缘何吃掉"老大哥"》《面朝大海》思辨性可见一斑。

评论是提高新闻理性品格的必由之路。

报纸不仅仅"报告新闻"，还肩负"针砭时弊"的重任。新闻评论直接影响社会主流舆论，对新闻工作者来说，评论既是一门必修的专业课，更是一种必须修炼的基本功。

《〈四川经济日报〉新闻作品集》评论没有缺席。《开放形象不可损》即是佳作，而高考反思录《愿 7 月不再是"苦夏"》，也弥补了随笔化时评的缺憾。

但新闻人的过去都只能是第一季收获。

意义非凡的新闻业给当代传媒所提供的表演舞台，以及给当代传媒人带来的崭新思维和体验，绝不止于此。无法推卸的历史责任与不可逾越的时代课题，双重地摆在面前。

这是时代的课题，也是对《〈四川经济日报〉新闻作品集》未来篇章的期许。

五

也为记者唱支歌。

每天，记者奔走在生活的基层，像蜜蜂采蜜，像农夫耕种，为社会默默奉献着新闻。他们用辛勤的汗水和聪明的才智对社会发展的滋养推动，是社会都能惠及的。早在20世纪初，郭沫若就有这么一段关于记者的感人至深的话："每天清晨和晚上，就像中世纪的人要受着神的启示一样，我们是在受着新闻记者的启迪。"郭老的赞语平淡如水，又浓如稠醪，最适宜描述新闻记者的朴实与崇高、辛勤与无闻。

正如《宝兴"孤岛"脱"孤"记》文中所言："一路翻山越岭，摸爬滚打，其中辛苦只言片语难以说清。"

爱慕记者的人不少，但能真正深知记者之苦的人却不多。单说个"问"之苦，三百六十行中就没有哪一行能及。他要不耻下问，又要不惧上问。攸关采访内容都得要问，问天气问地名问季节问农事问花期问收成问姓氏问年龄问婚恋问效益问奖金……不厌其烦，问无止境。

年复一年默默无闻地写新闻写评论，年复一年支撑着社会传媒机器的高速运转，不敢怠慢记者神圣的桂冠。

其实，记者在报道社会，书写的却是历史。新闻燃烧着新闻人的生命，更滋养着新闻人的生命。新闻特有的年华苦乐，让报人无时无刻不受着精神的洗礼。新闻人时刻坚守这些需要对所处时代无比倾情的品格。

我礼赞记者。自然会有这些理性外的延伸。

基于对记者的一些感触，20 多年前我曾写词一首，名《问高山问流水》，献给崇敬新闻的人。

歌词写就，不胫而走，四川音乐学院院长、著名曲作家敖昌群教授闻之，倾心谱曲，传唱开来，一时成为美谈——

路难行，头不回，一路寻访为了谁？问高山，问流水，问遍霜雪问风雷，问在天地间，一生缘，苦相随。风尘万里归，灯下汗水伴热泪。

灯影醉，人憔悴，红颜白发为了谁？记高山，记流水，记遍霜雪记风雷，记在天地间，一生缘，终无悔。今夜一纸飞，明朝满天朝霞坠。

万里归，伴热泪。一纸飞，朝霞坠，一生都是真情纸，写进青史色不褪。

《〈四川经济日报〉新闻作品集》即将付梓，很高兴为之写一段文字。

这不仅仅因为同是新闻路上的赶路人，更因为我是著作者新闻成长的见证人。

是为序。

2022 年 4 月 26 日

杨文锚，四川日报报业集团原副总编辑，高级编辑，享受国务院政府特殊津贴专家，四川省有突出贡献专家，四川大学新闻硕士研究生导师。

目 录 Contents

"雅石"出川记

李银昭　杨璐　张萍　刘琳　庄祥贵

物美人丰有宝地，得天独厚是雅安。

天上，落雅雨；

水中，游雅鱼；

路上，走雅女。

雅安"三雅"，盛名已久。今文，只说另外一"雅"，那就是深藏在雅安大山里的"雅石"。

天下石头十分美，七分美丽在"雅石"。

红"雅石"，红得典雅庄重、雍容高贵。人称"红军红"。

白"雅石"，白得肃穆纯净、不染一瑕。美名"天下第一白"。

雅安，位于四川盆地与青藏高原的结合过渡地带，因地壳运动，上天把来不及带走的花岗石、汉白玉这些珍宝，藏在了雅安的深山里，这里因此素有"石材博物馆"的美誉。

首都北京。中国共产党历史展览馆里，"雅石"自2000多公里外的雅安远道而来，排列成了广场上的四大汉白玉主题群雕，站立成了展馆外的28根大理石廊柱，铺就成了展馆内1960平方米红色花岗石地面。

献礼建党百年，"雅石"再次为雅安乃至四川赢得了荣光。荣光的背后，是雅安红色文化生生不息的传承，是"雅石"着力锻造品牌的彰显，雅安石材产业也迎来全产业链绿色发展、高质量发展的新契机。

雅安青山，就是金山银山。

"雅石"入京城

"憋了这么久，我终于可以公开说了。"76 岁的荥经县人彭建寅是经营"雅石"的老板，跟"雅石"打了一辈子交道。他推荐的"红军红"花岗石，被中国共产党历史展览馆选中。为此，这位老党员非常自豪。他说，党史馆石材考察团队在全国遍寻 3 个月后，最终敲定用他的石材，他将此视为一生的荣耀。

荣耀的背后并不轻松。

"工期紧、需求量大、质量要求高，任务艰巨性为 1992 年办厂以来最大的一次。"彭建寅说，出厂的石材不能有一丝瑕疵，为党史馆供的 580 立方米花岗石，是从上万立方米石料中精挑细选出来的。

距荥经 80 公里外的宝兴县，经营"雅石"多年的雅安正兴汉白玉股份有限公司，作为宝兴全县石材企业的代表，也接下了为党史馆提供汉白玉石材的任务。

雅安，一个地级市的两个县，以两种不同的优质石材，同时为庆祝中国共产党成立 100 周年献礼，这是一份难得的殊荣，更是一份沉甸甸的责任。

面对如此重大的工程，如此的殊荣和责任，除了企业的付出，更有多方的努力和协作。

为确保优质原材料如期供应，荥经县、宝兴县均成立了以县委书记为组长的保障工作领导小组，将全县高品质花岗石、汉白玉集中生产制作。

雅安市委、市政府多次召开专题协调会，协调解决各关键环节困难问题。雅安市经济和信息化局全方位协调市域内各县（区）、部门，并积极对接省级部门争取各方支持。

为确保项目的进度，四川省经济和信息化厅等相关省级部门，从资金、政策、交通等多方面积极组织协调。

尤值一提的是，去年雅安遭遇百年一遇洪灾，为畅通运输，当地党委政府迅速组织党员干部抢修道路，省、市、县齐心协力，全力保障石材开采、外运。

多方协同，一环接一环，环环扣"保供"。

今年①7月15日，北京，中国共产党历史展览馆正式向公众开放。这些红得纯正、白得晶莹的"雅石"一经亮相，便惊艳世人。其背后是"2540立方米花岗石、4500立方米汉白玉"的雅安石材，全部保质、保量、保密地运输到指定位置，这中间浸透了无数人辛勤的汗水。

当地人说，雅安的石材不仅质地优良，还有着天然的"红色基因"。

荥经的"红军红"，其红似血，犹如被革命先烈的鲜血染红。在荥经，还传颂着警卫员胡长保在长征路上，飞身一跃为毛主席挡子弹而壮烈牺牲的故事，为此，荥经人民还建起了纪念馆。

宝兴的汉白玉，其白如雪，是夹金山下的"宝玉"。夹金山，是当年中央红军长征路上翻越的第一座大雪山。

有着"红色基因"的"雅石"，其实，早就被应用于人民大会堂柱底基座、北京毛主席纪念堂座像、攀枝花市《伟人邓小平》雕像、纪念朱德委员长的《大象碑》等重要标志性建筑。

"雅石"不仅闯入了京城，也早已通过湖北麻城、福建水头、浙江绍兴等专业石材集散地，销往全国。

"雅石"走世界

"墙内花开正盛，墙外香气馥郁。"说的正是现今的"雅石"。

---

① 书中所用"今年"字样，均指文章刊发年份。——编者注

"雅石"不仅名在四川，名满中国，也名响世界。

仅"东方汉白玉之都"宝兴县，其汉白玉产品年直接出口额就达 3336 万元，转口贸易额 8 亿元。

正兴公司总经理肖勤勇说，公司的产品，已远销美国、日本、沙特阿拉伯、阿尔及利亚等国家。

雅安人说，山里的红石头、白石头，也能翻山越岭，漂洋过海走向世界，真让人想不到。

为了"雅石"走世界：正兴公司早在十多年前就已用上世界最先进的开采技术——从意大利引进了先进的平台开采（绳锯开采）技术，相较过去的硐室爆破，环境破坏小、成材率高、出料规整，资源利用率也从 5% 提升到了 40%~50%，曾经粉尘漫天的开采现场也由此变成了天蓝地绿的模样。

为了"雅石"走世界：荥经县的四川开全新型材料科技有限公司开始生产新型绿色建材，开拓新市场。

开全引进德国自动化生产线，将过去废弃的边角料变成了时下最热的新型环保混凝土制品，广泛用于市政构件、市政建材等领域。

过去终日与土、石为伍的开全公司已转型升级为"国家高新技术企业"，转出新路子。董事长杨芳说，企业去年实现销售收入 7000 万元，今年销售收入预计将实现 2 亿元。

为了"雅石"走世界：宝兴县的伯斯特石材有限公司玩起了"云销售"。

伯斯特打造了宝兴首家大型汉白玉（山水画）综合展厅，通过"沉浸式选购体验+互联网销售平台"，让伯斯特创下了月销售额破百万元的好成绩，用一根网线让"雅石"与世界万里相"链"。

为了"雅石"走世界：石棉县的雅安三发岗石新材料有限公司变废为宝，将矿石的利用价值发挥到极致，市场竞争力大大增强。

矿山里各种"宝石"的边角余料，成了三发的"香饽饽"，在"高压锅"中，经过特殊压制后，变为新的人造石材。三发岗石董事长王发明说，人造岗石作为企业的主打产品，全部投产后，将实现年产值 20 亿元。

生产过程中，石浆废水不仅生成了循环水再次利用，剩余的部分还生产出了腻子膏，仅此一项，每年就为企业增收 20 多万元。

作为"石材博物馆"，雅安辖区内矿产资源丰富、种类繁多、品质优异，大理石总储量 30 亿立方米以上、花岗石总储量 50 亿立方米以上、玄武岩矿石资源估算储量约 8 亿吨……

应"石"而生，倚"石"而立。

凭借独特的资源优势，雅安人吃上了"石材饭"。截至 2020 年，雅安拥有各类石材加工企业 300 余户，总产值近 200 亿元。各类天然饰面石材板材加工能力达 1000 万平方米/年，人造石产能达 1000 万平方米/年，碳酸钙产能达 300 万吨/年（占全省产能达 46%），装配式建筑产能 60 万立方米/年，机制砂产能 2000 万吨/年。

点"石"成金，善"石"而强。

"雅石"从"资源—产品—废弃物"模式走向了"资源—产品—再生资源—再生产品"模式，以荒料、板材等资源初级开发利用为基础，以碳酸钙、玄武岩纤维、装配式建筑等新材料为引领，形成了从矿山石材开采加工到尾矿和石材废弃物综合利用的石材循环经济产业体系，蹚出了一条高质量发展之路。

"雅石"闯未来

石棉小水河畔，青山绿水间的石棉小水工业集中区里，一座现代化工厂依山而建。

厂区内绿树茵茵，环境优美。这是国内碳酸钙龙头企业——四川亿欣新材料有限公司。

在亿欣，过去 300 元/吨的碳酸钙产品，经过不断改进和升级，最高已卖到 2000 元/吨，企业溢价能力高出同行业 20% 以上。

不断提升产品开发的能力，以高附加值增强市场竞争力，不仅是亿欣的产品价格增长近 7 倍的秘诀，也是雅安"石材人"赢得未来的共识。

雅安市副市长苟乙权，同时也是雅安石材循环经济产业推进领导小组副组长，他告诉记者，全面贯彻落实"创新、协调、绿色、开放、共享"新理念，围绕"绿色矿山、高端园区、重要基地、清洁生产、循环经济、长远发展"总体布局，完善产业链条、提高产品附加值、提升核心竞争力，是"雅石"面向未来、高质量发展的必由之路。

"就是要以资源高效利用和循环利用为核心，紧贴市场需求，注重对新品种、新产品、新装备的开发及应用，结合资源属性、功能需求、旅游休闲等元素重点开发高端产品，加快石材循环经济产业从单一的中低档产品向多元化的中高档深加工产品及制品方向转变，促进产业提档升级。"作为雅安市工业经济的主要负责部门，市经济和信息化局局长、雅安石材循环经济产业推进领导小组副组长曾毅进一步阐释了"雅石"的未来。

"一块石头，当它从建材，变成工艺品，甚至艺术品的时候，它的价值就无法估量。"宝兴县委常委、统战部部长杨斌说，宝兴县正在加快推进石雕产业发展，与四川美术学院等院校合作，建设一批国家级、省级大师工作室、培养一批本土石雕人才、培育一批石材精雕企业，实现汉白玉从工业品到工艺品再到艺术品的转化升级，推进三品一体化发展。

从"工"到"技"，从"技"到"美"，层级递进，层层迭代，"雅石"的产业链，向上下游不断延伸，产品的附加值大幅提高。

招大引强、夯实园区、集聚发展，是"雅石"闯未来的又一重要抓手。

今年7月，成都天投集团在雅安荥经县投资的四川省天投建筑科技有限公司一期项目正式投产。

公司总经理尹学新说，企业引入全国第一条双循环自动生产线，利用当地矿产资源生产叠合板等装配式建材。"雅安的石材将变身为最新的装配式建材。项目全部建成达产后，年设计产能为12万立方米。”

"为了谋取'雅石'更好的未来，我们立足荥经'红军红'花岗石矿产资源，围绕石材雕刻、高端板材、天然矿物漆等方面招引一批高端石材加工产业项目落地，充分发挥龙头企业的带动效应，力争到 2025 年'红军红'花岗石产业达到百亿规模。"荥经县委副书记、县长古玉军说，荥经将争创全国"两山"理论实践创新基地和全国绿色矿山示范基地，做好资源集聚化、资源规模化、资源规范化三篇文章。

除了招大引强，雅安把各县的"石材园区"建设，作为石材产业发展的主阵地，并出台了《雅安市石材循环经济产业发展规划（2019—2025 年）》，擘画出雅安石材可持续高质量发展的新未来。

从建园区聚产业，到抓项目谋产业；从育企业兴产业，到构链条强产业，"雅石"识变求变、守中开新，在绿色发展、高质量发展进程中垒筑"高地"。

雅安，川藏铁路第一城，绿色发展示范之城，这里不仅因雅雨、雅女、雅鱼，"三雅"扬名，如今，更凭借"雅石"全产业链发展，在雅安建设"三个高地"、发展"四大经济"中，增添强劲的硬"石"力，以奋进之姿、创新之态，面向世界、赢取未来。雅安人，不负天地赐"雅石"，不负"雅石"几多情。

本文刊发于 2021 年 8 月 11 日

四川，一个丘区工业园的逆行之路

黄晓庆　　常坚　　刘枢洵

从 2013，到 2021。

岁月奔涌，八年攻坚，一个自力更生的丘区工业园在眉州大地以后发之势崛起。

甘眉工业园区南区，原名眉山机械产业园区，2013 年诞生于蕴含着"三线建设"红色基因的土地上。

八年前，它命运多舛，是远离城市中心，建在眉山市东坡区南端丘区上的苦寒园区。

八年后，它逆势突围，是众多项目青睐，被眉山市东坡区视为大有赶超其他园区之势的潜力园区。

从困顿到破局，从被质疑到被看好。甘眉工业园区南区如何突围？潜力何在？后发何处？

夏日里，四川经济日报记者一行来到甘眉工业园区南区寻找答案。

这，是一方地的逆行，当别的地疯狂地长高楼、长项目时，这里才通过审时度势改善不占天时地利的初始环境，冷地变热土；

这，是一座城的逆行，当别的园区已经靠强大投入昂首阔步时，他们才通过自主创新的 PPP 模式在逆势中艰难破局，寒地起新城；

这，是一群人的逆行，当别的人都想留在城市里大展拳脚时，五个共产党员从繁华的城市走向荒凉的乡野，坚守八年，初心不变，星火成燎原。

在逆势中苦战，在质疑中坚守，变不可能为可能。

一群人改变了一方地，一方地长出了一座城，献礼中国共产党百年华诞。

一方地的逆行

眉山，有一条长约 17 公里的工业环线自北向南，串起眉山高新区、甘眉工业园、甘眉工业园南区等园区，形成眉山的"工业走廊"。而"走廊"的最南端，有一方逆行的地——甘眉工业园区南区。

进入园区，拥挤的眉山工业环线突然变了：马路豁然宽阔，双向 2 车道变 8 车道，两旁高大的现代路灯，颇有城市主干道的范儿。

沿着这条路继续向南，园区产业"家底"尽收眼底——

近处，遂资眉高速出口附近，今年春天刚上马的标准厂房建设正轰轰烈烈。现场，一众工人们正扎钢筋、浇灌混凝土、打地基。翻过旁边的土坡，百余辆运送土方的卡车来回穿梭，场面壮观。"企业等着用，否则园区将赔偿违约金。"工程管理人员宋涛说，他们正按"先用先建"的原则加快建设。

而另一厢，即将投产的飞翎防水项目正调试设备；去年刚投产的安德盛建材订单不断；中车眉山公司每年新增 20 多个产品；

……

与此同时，钢桥制造产业基地项目等 6 大项目即将签约，全部投产后，年产值不低于 70 亿元，纳税在 3.5 亿元以上。

八年蓄力造风景，园区终于起势，潜力逐渐显现。整整八年时间，一方工业发展先天不足的土地完成了"逆行"。

"熬着，盼着，园区总算真正起势了！"园区党工委书记丁全洪深有感慨地说。

园区，最早建于 2006 年，是依托"三线建设"企业——中车眉山公司而建的机械工业集中发展区。2013 年，正式筹建眉山机械产业园区，即现在的甘眉工业园区南区。园区作为眉山市委、市政府派出机构，由东坡区代管。

园区起步艰难，可想而知：

从行业看，中车的专业性、特殊性难以形成产业链，让所谓"依托"的"机械行业"成为与普通机械工业不着边的有依无托。

从区位看，摊开中国地图，甘眉工业园区南区地处成都平原西南缘，地形上坡下坎交通相对不便，加大了开发难度和开发成本。

从环境看，园区成立时正处于宏观经济增长速度换挡期和结构调整阵痛期，发展受阻挫败了太多人的信心。

从政策看，园区不到 2000 亩的建设用地，导致开发寸步难行。

缺"天时"，少"地利"，"鸟不生蛋"，"生不逢时"……

眉山市所有园区中条件最差的元素，几乎被这个园区占尽了。

2013 年，园区困顿之际，眉山市委市政府再次出手，派出新一届园区管委会领导班子重整旗鼓，正式开启了"改天换命"之路。

"改天"——改的是发展思路，跳出园区看园区；改的是服务企业强信心。

他们打破了只依托中车眉山公司做大园区的发展路子，特邀中国社科院城市发展与环境研究所等国内权威规划团队，高起点、高标准、高质量编制了《园区发展战略规划》等多个面向未来的规划，瞄准园区 2.0 和工业 4.0 方向，锁定高端智能制造。

"园区起点低，起步晚，要坚持高点定位、'二挡'起步，基础要做扎实。"园区党工委副书记、管委会主任李永康说。

同时，园区还加强对企业的服务。作为眉山最大的"三线建设"企业，中车眉山公司是眉山工业的一面旗帜。园区按照央企"三供一业"分离移交政策为企业减负，逐渐接手了其上万人规模的生活区的供水、供电、供气和物业管理等社会事务。

"以前我们专人专款，开销巨大。现在有园区打理，轻松多了。"中车眉山公司相关负责人表示。

"换命"——从改地开始。

园区善于把握外部时势，推动交通和环境改善。

2014年，遂资眉高速眉山段通车，甘眉工业园区南区捕捉机遇，立即开始谋划境内遂资眉连接线道路的改扩建。去年，终于建成通车。一条高规格的园区主干道拉开了园区起势发展的大幕。

"以前一个月也接待不了几拨人，现在有时一天都要接待好几拨人。"园区投促局局长邹汝刚说。

从弱侧之地，到潜力巨大；从颓靡之势，到生机勃发。这方地，因逆行而逆袭。

一座城的逆行

2016年10月13日，一个注定被写入园区历史的日子。

恰逢园区建园三周年纪念日，甘眉工业园区南区的"眉山田园型智能产业新城PPP项目"成功入选全国第三批PPP示范项目，全市唯一。

这意味着，一个沉寂多年的园区终于实现了"0"到"1"的突破，找到了"生"的法门。

"这是当时眉山市、东坡区共同认可的园区能否成功的唯一途径，别无选择，成败在此一举。"作为亲历者，园区平台公司相关负责人朱睿说，那天园区干部都激动到热泪盈眶，兴奋到彻夜难眠，"是在夹缝中'逼'出来的一条生路。"

这一路，正是一座城的逆行之路。

创业艰难百战多。走过土地的逆旅，园区打好了"地基"。而地基之上，要建一个园、一座城，缺钱是最现实的问题。

建园之初，园区底子薄、布局迟，且代管的东坡区在推动泡菜园区和西部药谷的情况下，确实没有更多财力支撑第三个园区的大投入、大发展。

园区一穷二白，发展时不我待。

按照"谋定而动"的指导思想，园区不等不靠，跳出常规，谋定而动，破解融资难。

首选，寄望于市内各大银行机构。找遍能找的银行，均因无资产或无还款能力等惨遭碰壁。

金融机构无望，园区把视野放到全国金融市场上去找路子，政府和社会资本合作（PPP）的新型融资模式送来了曙光，跑遍全国"取经"，并无 PPP 模式工业园区开发的先例可循，但坚定了其市场化道路的决心。

直到 2015 年冬天，在北京干冷的街头，刚考察完项目的丁全洪和同事王成果碰出了一个创造性的 PPP 模式雏形。

具体而言，是围绕"有人帮、有钱投，把基础建起来；引得进、招得好，把产业搞起来"两大思路，对园区 7.75 平方公里范围进行整体性开发的创新模式，实现"投资要有利，政府不负债，园区还得起"的园区发展自平衡。

园区有了门路，眉山市、东坡区大力推动，项目很快进入执行阶段。

2018 年，污水处理厂（一期）项目正式开工，园区建设进入实质性阶段。

2019 年，园区 PPP 项目和遂资眉高速连接线正式开工，园区开发建设正式全面启动。同年，园区被升级为省级园区。

与此同时，为弥补 PPP 模式运行初期的不足，园区再次调整发展思路，把园区平台公司推向市场，抓建设，抓融资，开启"两条腿走路"模式。

随后，车城北路、标准厂房等项目的迅速上马，园区发展向前推进一大步。

纵观这座城的逆行，不仅在解决资金的模式上探索，也在园区建设理念上创新。

别人"大干快上"，厂房林立，它"慢条斯理"，宁可荒，不可慌。

别人招商大多直接供地，它却根据企业实力分为租赁、先租后购、直接购买三种模式，让企业轻资产运行。

别人安置房"快建快住"，它提出按小区标准建设，还因房间朝向、布局、采光、户型反复修改方案。被拆迁的居民不仅不抱怨，还说，"值得等!"

别人看重项目，它看重品牌、品质、品味、品德"四品立园"。

……

这不免引人好奇，逆行的背后，这个园区举的"什么旗"?打的"什么牌"?

"磨刀不误砍柴工，有序开发求平衡。功成不在速度，功成不必在我。别人不停地种高楼、种项目，我们慢慢种品质、种梦想和未来。"丁全洪说，园区坚持对人民、历史、事业负责，坚决不乱铺摊子。

望着园区，园区党工委副书记兼纪工委书记王世海说："按照'一年起势、两年成形、三年变样'的目标，今年安置小区启动，明年标准厂房启用，签约项目陆续投产，一个产业新城将正式拉开大幕。"

一群人的逆行

"还有没有存续的必要?"

这是甘眉工业园南区成立以来，常常面临的尖锐质疑和无可奈何的尴尬场景。

也正是在这样的质疑声中，成全了一群逆行的人。

2013年10月建园之初，在别人都纷纷挤往大城市一展抱负之时，五个心怀梦想的干部，逆向而行，从大路走向小路，从繁华的城市走向荒凉的乡野，开荒创业。

历史总是惊人的相似。

1966年10月，一群来自北方的年轻人走下了眉山思蒙镇火车站

站台，消失在铁路西侧的松树林里。

他们是"三线建设"的逆行英雄，为筹建我国西南第一个铁路货车制造企业眉山车辆厂而来。他们白手起家，艰苦创业，在这片贫瘠的山丘建起一个厂，树起一座城，为眉山带来了工业文明，为祖国建设贡献了重要力量。

时代不同，任务不同，红色初心，一脉相承。

或许，当"三线建设"在这里种下红色的基因后，这片土地便根植着红色的梦想。

翻开最初到园区创业的五位干部履历，他们拥有同一个响亮、温暖、坚毅的名字——中国共产党党员，他们也被后来的园区人称为"五虎上将"。

八年来，他们在眉山市、东坡区两级党委政府的领导下，以一个党员的初心和使命，坚守在一片荒凉的山丘上，顽强而沉着地创造着一个无中生有的创业奇迹。为完成好这份党和人民交给的任务，时至今日，"五虎上将"无一人离开。

信仰之路，从来不是鲜花一径。八年来，他们越是艰苦越向前。

清早 7：30，园区办公室主任刘梦霞早已等在眉山城区的一环路口，准备搭同事的顺风车去上班。

刘梦霞说，因园区在郊外，车程近一个小时。八年来，从五个人到几十号人都住眉山城里，都是早上去，晚上回，或开车，或蹭车，这样的"逆行"没人抱怨过。

因为比起园区发展路上的不容易，这不值得一提。

回想 2013 年园区筹建之初，人才零落，东拼西凑，组建了一个五人团队：丁全洪、李永康、王成果、赵平、刘梦霞。除了丁全洪、李永康二人是正式任命的园区领导，其余三人都是借调征集的"志愿兵"。

那个冬天里，丁全洪等五人带上园区整年的"粮饷"200 万元，在向崇仁镇政府借的四间不足 60 平方米的办公室里，艰难起步。

为攻克资金"大山"，2014 年、2015 年，园区除了"请进来"，更多的是"走出去"。

丁全洪带队，频繁去往北京、苏州、上海、天津等十余个城市考察、宣传、招商、融资。两年间，跑出近10万公里的里程，相当于绕地球两周半。

由于园区本身竞争优势弱，在招商方面，他们加倍努力以"勤"招商，用"情"留人。

据园区土储中心主任王成果回忆，一次，听说一家外省企业前来考察。为表示诚意，丁全洪带上园区一众领导干部到高速路口迎接。"这是什么地方？一块空地看什么？"刚在规划用地下车，来访企业负责人举目一望后便先开口告辞，上车走了。

虽然常被现实"泼冷水"，但这群逆行的人绝不服输。

又一次，他们得知眉山市正在积极争取一个大项目，和园区定位比较契合，也挖空心思争取。

为给企业留下好印象，他们立即加班加点，自费为该企业做了一份落地甘眉工业园南区后的项目计划书。

会谈当天，这份诚意十足的计划书如愿打动了企业，对方当即表示第二天一早便到园区考察。

赓即，丁全洪打道回园区，五个人分工合作，通宵做展板。次日一早，刚把展板摆好，对方就来了。

……

王成果说，像这样的例子太多。一路来，备受争议，千难万艰，甘眉工业园南区吃过的苦一言难尽。

"我们为什么出发？我们走过什么样的路？我们要有何使命担当？"园区党群工作部副部长赵平感慨地说，这些年，在艰难前行的路上，支撑他们"杀"出一条血路的，是他们对事业的忠诚，和那份共产党员的初心和使命。

披荆斩棘，逆流而上，甘眉工业园南区未来的路越发坦荡。

"'十四五'，我们将进一步抢抓'成渝地区双城经济圈建设'和'成德眉资'同城化发展机遇，力争实现工业总产值200亿元，用四年时间把过去八年落下的发展夺回来。"丁全洪说。后发，不是空乏的口号，而是有具体的目标支持。甘眉工业园南区，将加快智能制造、电子信息两大主导产业集群建设，打造西部高端智能制造"新高地"。

望来路，翻山越岭；向未来，行而不辍。

甘眉工业园区南区，正如日方升。

本文刊发于 2021 年 7 月 7 日

德阳：三星堆上三"新"事

张萍　黄晓庆　闫新宇　李昭颖

三星堆，又上"新"了！

世界的目光，再次聚焦德阳。

5月28日，"走进三星堆，读懂中华文明主题活动"在德阳广汉市举行，上千件考古新发掘的珍贵文物，在广汉鸭子河畔，再"惊天下"，向世界宣告了三星堆属于中华文明重要组成部分，有力实证了中华文明多元一体的格局。

从此，古蜀人的身世之谜被公之于世。

挖掘历史，世人知道了我们从哪里来。

求索未来，德阳人思考的却是向何处去？

德阳，开长江文明之源，植古蜀文化之根，以精湛绝伦的青铜冶炼工艺，在世界青铜文明史上镌刻下惊艳的一笔。

德阳，重装之都，大国重器。发电设备产量世界第一，石油钻机出口全国第一，经济总量曾排位全国百强、西部第二……诸多光环雕刻了德阳的高光时刻。

时代更迭，德阳光环渐褪。产业规模偏小、结构偏重、链条偏短、动能转换不足……老工业发展的痛点阻缓了德阳前行的步伐。

标兵渐远，追兵渐近。既要转，又要赶，德阳，如何冲出"重围"？

作为三星堆"纵目人"的后代，德阳人既有天赐禀赋的制造基因和承袭优良传统的能力，亦有勇于创新的勇气和敢于变革的魄力。

今天，这片见证过古蜀先进文明的热土，正见证着一场新的深刻变革。

建设成渝地区双城经济圈，推进成德眉资同城化等重大战略的布局，赋予德阳新的历史机遇。

重塑荣光，德阳摆开了高质量发展的"新"阵势。新在何处？

"新算法"：车间里，数字赋能，产业换道，锻造德阳制造新引擎；

"新活法"：厚土上，乡村振兴，城市更新，拓宽成德同城新格局；

"新干法"：干部中，三比三看，奋发向上，激生德阳发展新动力。

绵远河畔，三星堆上，内外求索，其修不远。

车间里的新算法
数字赋能　产业换道　锻造德阳"智造"新引擎

● "算"高了生产效率

● "算"增了工厂收益

● "算"强了德阳智造

早上 8 点到厂区，拿出手机扫码，当天的工作及酬劳在手机屏上一目了然，这是许安琼每天上班例行的事。"方便，轻松，做事心中有数，很安逸。"

许安琼是位于德阳的四川亚度家具有限公司柜体生产线上一名女工，让她觉得"安逸"的，是公司自主研发的一套工业互联网数字系统。

"我们从 2017 年底开始工业互联网数字平台搭建，依托大数据计算，从管理、生产、仓储、物流到送货安装进行全面优化升级，生产周期从 35 天缩短到 5 天。"亚度家居常务副总经理胡继飞说，去年公司营收 2 亿元，今年有望达 5 亿元。

车间里用上"新算法"，在德阳，不只是民企。

东电，老牌国企，与二重、东汽并称德阳"三大厂"。

在东电线圈、冲剪、发电机三大数字化车间，忙碌的不再是工人，取而代之的是机械手，精准、快速。上百种产品、近千个零部件的明细组成被全智能生产线快速计算分析处理，仅需 1/4 的人工，就实现了原来 2 倍产能，仅此一项，每年为企业带来约 1.5 亿元的直接经济收益。

东电厂外，德阳城区向东 4 公里，占地面积 32 平方公里的德阳天府数谷正拔地而起，这里将作为德阳发展数字经济产业的主战场，统筹打造数字经济产业集聚功能区。其核心区，规划用地 2 平方公里、静态投资约 120 亿元的"凤翥湖数字小镇"一期已开工建设，重点培育大数据、人工智能、工业互联网、电子竞技、软件工程五大产业，将引入超 100 家上下游相关企业，综合产值超百亿元，解决就业 2 万人。

同时，德阳正加快打造"城市大脑"，用数字赋能生产生活，力争 3 到 5 年，打造国内生态型智慧城市创新发展的新典范。

从工人，到工厂；从企业，到产业；从生产，到生活……德阳围绕大数据做文章、"算"发展，"算"高了生产效率，"算"增了工厂收益，"算"强了德阳"智造"。

全力乘"数"追赶的背后，是德阳对当前与未来、现实与梦想充分的考量。

德阳因三线建设而兴，与其他老工业基地一样，转型升级发展面临诸多"旧疾"，发展速度慢了下来。

"德阳未来在哪里？"外界在关切，德阳在叩问。

数字经济成为新机遇。国家"十四五"规划纲要提出，促进数字技术与实体经济深度融合，打造数字经济新优势，四川省委十一届八次全会公报也提出要加快打造数字经济发展高地。

抢抓机遇，站高谋远。德阳成立市领导联系指导数字经济产业发展工作专班，把数字经济作为优先发展、重点发展的五大核心主导产业之一，明确为"十四五"规划重要内容。相继出台《智慧德阳规划（2020—2025 年）》《德阳市数字经济发展规划（2020—2025 年）》《德阳市数字经济发展专项行动方案》《德阳市促进数字经济创新发展十条措施》。发展目标锁定，加快建设数据治理示范城市，打造国家数字经济创新发展试验区（四川）先行区、国家"5G+工业互联网"先导区，全力将德阳打造为西部数字经济重镇。

高点谋划，高位推进。德阳市经济和信息化局局长黄琦透露，去年，德阳启动工业"互联网+智能制造"5 年改造计划，投资 300 亿元，推动"制造"向"智造"转变，启动全国首批"5G+工业互联网"示范区建设，建成智能工厂、数字车间 31 个，国家级两化融合管理体系贯标试点企业 12 家。如今，德阳制造业数字化研发设计工具普及率达 76.4%，处于西南领先地位。

今年 4 月 21 日，德阳市政府携手赛迪集团，发布"中国数字经济发展指数（德阳指数）"，将深度分析、谨慎研判，动态评估我国数字经济发展水平。

"这是全国首个以地区冠名的全国性数字经济指数。"德阳市政务服务和大数据管理局局长刘泽球说，抢抓数字经济发展风口，推动城市加快转型升级，德阳以建设数字化车间、智能工厂、工业互联网赋能为切入点，从龙头企业、中小企业"大小两端"协同发力，全力推动"德阳制造"向"德阳智造"转变。目前，德阳已形成电子元件、大数据、云计算、人工智能、电子商务等业态并举的多元数字产业格局。

借数字经济之力，谋数字经济之业，造数字经济之城。

换道超车，重塑荣光。"重装之都"乘"数"追赶，风正劲，势正成。

厚土上的新活法
乡村振兴　城市更新　拓宽成德同城新格局

- ● "活"了农民新收入
- ● "活"了农业新业态
- ● "活"了发展新格局

"及兹险阻尽，始喜原野阔。"

厚土一片，原野辽阔，四通八达，沃野丰饶。这是千年前诗人杜甫眼中的德阳。

看今朝，这片孕育了三星堆文明，开创了中国农村改革先河的厚土，正勃发蒸蒸向上的新活力。

德阳广汉金鱼镇，中国农村改革发源地之一。

武代华，是金鱼镇上岺村种粮大户，"今年种了1000亩土地，面积增加了十倍，人干起活来，却轻松了十倍不止。"

在一片茁壮的秧田边，武代华说："我一个电话下单，育秧、收割、销售都有人上门服务，机器下田，无人机干活也是常事。"

距金鱼镇10多公里外，广汉高坪镇水磨村。

"小农夫咖啡"屋，建在绿茵茵的草坪上，欧式田园风建造使咖啡屋特别亮眼。店主叫陈厚刚。

陈厚刚，返乡大学生。他远赴德国、日本学习葡萄种植技术，2014年他干起了50亩的农场，种植进口高端葡萄，实行"优生优育"，以"高端产品+技术输出+采摘旅游"三产融合、多元经营方式，让陈厚刚年收入达到了200万元左右。

不止于此，赚了钱的陈厚刚，还把成都有的欧式咖啡屋，建到了田边地头。有人说他是名副其实的"新农人"，他却说，"这叫田坎上的成德同城。"

在德阳，像武代华和陈厚刚这样的新农人不少。高坪镇原党委书记陈然说，由政府牵头，高坪镇有60多户像"小农夫"这样小而精的家庭农场，由点成线，再成片，三产融合，使德阳乡村经济逐渐走上了集约发展之路。

土地换了新种法，农业也"长"出了新业态。

高槐村，德阳主城东郊 7.5 公里，一个曾经的市级贫困村、空壳村。

几年前，城里人胡榕夫妇来到这片田野，开创了乡村在文创产业找饭吃的新路子。现在，高槐村成了"植染+手工"特色民宿、非遗潮汕工作室、乡村音乐主题客栈等集聚的文创高地。

"以前是打工人，现在是收租人。"村民苏姣把家里闲置的小洋楼长租了 20 年，年增收 4 万元以上。以前的贫困村、空壳村，现在，鲜花盛开、咖啡飘香，成了"诗和远方"的网红打卡地，不仅实现年接待游客约 50 万人，综合收入 2000 万元，还被游人称为德阳的"北欧乡村花园"。

土地上"新活法"在城边高槐村，也在远处深山的清平镇。

绵竹市清平镇，有丰富的磷矿储备，采矿曾是这里的支柱产业，却在"5·12"汶川特大地震和"8·13"特大泥石流中遭受重创。

如今，走进清平镇，天蓝水清，曾赖以生存的矿山已全线关停，泥石流的遗址上跑起了观光小火车，矿区沿河的坝上"长"出了时尚个性的民宿，矿工民房上的彩绘使这里成了童话世界。昔日的矿区、废墟之地，现已成功创建 4A 景区，成了成渝旅游新地标。

以前在矿上工作的刘光兰说："以前在矿上干活，灰头土脸，生离死别；现在在景区上班，家有民宿，轻松体面，收入翻倍。"

德阳农业农村局乡村振兴科韩旭说，德阳按照"特色小镇+农业园区+家庭农场（专合社）"模式推进乡村振兴，2020 年，全市农村居民人均可支配收入达到 19790 元，总量居全省第 3 位。

乡村在焕"新"，城市也在更"新"。

成都人周小宇，早上 8 点从成都乘地铁 3 号线，转乘摆渡车到德阳上班，成本 10 余元。"早去晚回，跟在成都上班差不多，非常方便。"

成都居家，德阳上班，或成都上班，德阳居家。像周小宇这样过着双城生活的人，得益于成德同城以来两地之间的交通改善。

目前，德阳正加快构建"10 高 18 快 13 轨"综合交通体系，实现高速路四通八达，动车公交化运行。

德阳市发改委相关负责人介绍说，沿天府大道北延线和轨道交通线优化经济和城市空间布局，推动城市向南发展，形成一个能容纳 200 万以上人口规模的"大德阳"框架。

绵远河、石亭江，两河蜿流，绕德阳城而过。

多年来，德阳城市一直沿旌湖发展，随着城市发展及成德同城化的推进，德阳推动中心城区由"旌湖时代"走向围绕绵远河和石亭江发展的"两河时代"。

德阳，城市空间在拓宽，人居环境也在升级蝶变。

以公园城市建设为引领，德阳加快实施"一山一湖一城"生态改造。去年，德阳以全省第一的成绩，荣获了"全国文明城市"的称号。

"成都品质，德阳成本"的新活法，正在这片千年绵延的厚土上，蓬勃"生长"。

梦想下的新干法
三比三看　奋发向上　激生德阳发展新动力

- ●"干"出工作新作风
- ●"干"出营商新环境
- ●"干"出德阳新未来

德阳，产业在变新，乡村在变新，城市也在变新。

这是看得见的新，还有许多看不见的新。

"现在办事效率高，便民服务态度好。"一位德阳市民说。

"干事氛围浓，扶持政策落实到位。"一位德阳创业者说。

"服务贴心，办事省心，营商环境优。"一位投资德阳的外地企

业家说。

理念、思想、精气神……一切都在变新。

德阳,"新"动力何来?

火车跑得快,全靠车头带。德阳决策者十分清醒,近几年,德阳城市竞争优势不足,究其原因,体制机制不活是"里",思想解放不够是"根",淬炼一支作风扎实的干部队伍,形成干在实处、走在前列的干事创业浓厚氛围是关键。

把准脉,对"症"下药。

新时代、新任务、新干法。一场"三比三看"的活动,在德阳轰轰烈烈地拉开战幕。

怎么比?怎么看?

比谋划,看特色;比能力,看项目;比作风,看变化。"比看"结果直接与干部年度考核、选拔任用、职级晋升挂钩,形成能者上、优者奖、庸者下、劣者汰的创业环境。

天府大道北延线,德阳到成都主干线,每天都见"长"。德阳市二级巡视员罗曙光和四级调研员向毅作为项目领航员,时时、事事围绕工程转。

罗曙光说:"'三比三看'要求把项目为王理念贯彻到位,重落实,不空谈,让我们有'坐不住'的责任感。"在德阳,像罗曙光、向毅这样的领航员有 60 名,领航 30 个省市重大项目。

"三比三看"犹如赛场打响了发令枪,项目现场变赛场,全市干部变选手,争先竞进、千帆竞发。

看招商,硕果不断——

与青岛海尔携手,实施"工赋西南"专项行动,将德阳打造成西南工业互联网发展示范城市。

与中国电子牵手,共同打造"全国城市数据治理工程"首批试点城市。

借 2021 中外知名企业四川行东风,5 月 28 日,德阳吸引投资项目 58 个,投资总额 537.72 亿元。

看建设，你追我赶——

4月22日，一汽解放汽车有限公司商用车广汉基地项目，从立项到开工建设，用时仅43天。

德阳光控特斯联AICITY，未来国内顶尖的科技创新示范区项目开工。从签约到落地，6个月跑出惊人的"德阳速度"。

天府大道北延线德阳段，启动"百日攻坚"行动，进度一天一变。

看政府服务，主动而精细——

在广汉、什邡试点，组建"产业经理"队伍，将136个企业纳入首批服务，对企业360度无死角服务，企业申报材料审批办理时间缩短30%以上。

人心思齐、人心思进，"三比三看"激发出德阳蓬勃向上一片新景象。

三星堆上，青铜为证：

以梦为马，承古拓今，德阳"新"事，未完待续！

本文刊发于2021年6月21日

自贡：老盐都的"新味道"

——老工业城市产业转型升级探析

张萍　侯云春　陈家明

蜚声中外，千年盐都，自贡！

自贡，因盐而生，"生"了一世事业。千年来，凿井、采卤、制盐，"一泉流白玉，万里走黄金"，为这座城市生了无数的财富与荣光。

自贡，因盐而盛，"盛"了一方百姓。富足的物质，厚重的文化，浸润着这方沃土，也兴盛了这方儿女，孕育了吴玉章、卢德铭、邓萍、江姐等一批革命先辈和仁人志士。

自贡，因盐而名，"名"了一座城市。灯火举而盐卤出，佛断臂而飞龙升。"盐帮菜"名播古今，"自贡灯会"名扬天下。

斗转星移，沧海桑田。

盐都，"老"滋味无以承载当今新"百态"。

自贡，"老"盐业难以支撑城市新"百业"。

2017年4月，国家五部委将自贡列入首批老工业城市和资源型城市产业转型升级示范区建设12个城市（经济区）之一。自贡，担起先行先试、改革探索的重任。

自贡，从"凿井采盐"到"追光飞天"；

自贡，从"过境旅游"到"目的地游"；

自贡，从"内陆城市"到"开放前沿"。

在连续被评为全国老工业城市产业转型升级示范区建设年度"优秀"后，今年，自贡再次受到国务院表扬。

"产业转型升级，不仅仅是工业单个领域的事，而是牵一发而动全身，涉及经济社会方方面面。这是一条既要转、又要赶，才能在新一轮竞争中赢得先机的新路子。"自贡市委书记范波说。为此，自贡主动作为，抢抓示范区建设重大机遇，全面融入成渝地区双城经济圈，吃"改革饭"、走"开放路"、打"创新牌"，以"再造产业自贡"为总牵引，系统实施"1743"战略举措，推动城市全面振兴。

"行棋当善弈，落子谋全局。"

千年盐都，在转型中，以"再造产业自贡"为总牵引，正精心"烹制"一座老工业城市高质量发展的"新味道"。

新实力
从"凿井采盐"到"追光""飞天"的转型之道

工业，是自贡经济社会发展的主引擎；工业转型，是自贡推进示范区建设的一道必破之题。

"工业转型的成败，决定着自贡经济转型的成败。"自贡市委副书记、市长曾洪扬说，以示范区建设为契机，以产业转型升级为突破口，自贡着力推动传统产业高端化、优势产业集群化、新兴产业规模化。

有中生新，是自贡推动传统产业转型的一大秘诀。

久大盐业（集团）公司，国内目前井矿盐行业中规模最大，技术最强，品种最多，配套最齐的多元化企业集团。

沿袭千年"凿井采盐"技术，与时俱进推陈出新，久大盐业生产的自贡盐，成为中国盐产品出口"金字招牌"。

"我们的盐业制造现在已经进入了第五代，满足了除日常食用外的其他消费升级需要，产品附加值显著提高。"久大盐业董事长傅刚义说。

公司自主研发了 6 大系列 200 余种产品，拥有 40 多项国家、省、市重大科技成果，掌握了我国井矿盐领域的管理、标准和技术话语权。

自贡大力实施盐业振兴计划，一边，传统制盐业向保健盐、含盐日用品、化妆品等高附加值深加工延伸；另一边，盐化工向两碱下游产品和有机氟、有机硅等精细化工、高分子化工延伸。成立了全国首家盐交易中心，签订自贡井盐产业园、富锶盐产品开发等 60 多个合作项目，总投资 260 亿元，盐及盐化工总产值同比增长 13%。

与传统制盐业"有中生新"相映成辉的，是航空与燃机等新兴产业的"无中生有"。

"项目生产正进入烤窑关键阶段，以确保今年 6 月中旬 4 条生产线全面达到最佳状态。"初夏时节，凯盛（自贡）新能源太阳能新材料一期项目生产现场生产如火如荼，项目投产后日产规模预计将实现 600 吨。

另一边，位于自贡川南新材料产业基地的凯盛（自贡）新能源太阳能新材料一期项目 4 月 30 日投产点火。这是我国西部地区首条光伏玻璃生产线，自贡成为西南地区第一个光伏玻璃供应地。

成飞自贡无人机产业基地项目签约仪式暨投资推介会日前在成都举行，航空工业成飞与自贡市打造国内最大无人机产业基地。该项目总投资约 100 亿元，预计到 2025 年，自贡将建成全国一流通用机场，培育多家具有国际竞争力的大中型无人机企业和国内知名通用飞机主机企业，通用航空产业规模达到 100 亿元。

多项"无中生有"的大项目，有力地推动了自贡制造业高质量发展，助推自贡老工业城市转型升级，为自贡实现"再造产业自贡、重铸盐都辉煌"目标提供强大动能。

以再造产业自贡为总牵引，系统实施"1743"战略举措，推进城市全面振兴的发展思路，自贡抓牢产业振兴"牛鼻子"，不断提高先进材料、装备制造等五大现代产业比重。重点培育装备制造业和先进材料两个千亿级产业集群，以及电子信息、能源化工、新型建材、灯饰照明等多个百亿级产业，发展壮大现代服务业和现代高效特色农业。

目前，自贡已成功获批川渝两地唯一的国家骨干冷链物流基地、西南地区唯一的全国民用无人驾驶航空试验区、国家第三批双创示范基地、国家外贸转型升级基地，产业支撑得到夯实，现代产业城市框架已经成型。

从昔日的"凿井采盐"到如今的"追光""飞天"，贯彻新发展理念，融入新发展格局，产业蝶变挺起了自贡高质量发展脊梁。

在新旧动能带动下，尽管遭遇新冠肺炎疫情冲击，今年一季度自贡经济数据依然划出了一条漂亮的上扬曲线：地区生产总值同比增长16.0%，实现良好开局。其中，规模以上工业增加值同比增长15.6%，规模以上工业企业产品销售率为97.5%。32个大类行业中，29个行业增加值保持增长，高新技术产业保持较快增长，工业利润稳步回升。

新动力
从"过境游"到"目的地"的创新之道

如果说，工业转型，是身为老工业城市自贡的一道必破题，那么，以文化旅游业为发力点，全力推进现代服务业升级成为振兴发展的新引擎，则是自贡放大示范区建设效应一道自选题。

自贡，得天厚爱，在赐予盐的同时，还赐予了龙。

67的杨顺德老人，日常闲暇散步时，总爱到自贡恐龙博物馆附近转悠。看着正在建设的恐龙主题乐园一天天成型，心里着实开心。"现在大家来博物馆看化石，以后还可以看'活'的恐龙。"

自贡恐龙博物馆，是在世界著名的"大山铺恐龙化石群遗址"上就地兴建的一座大型遗址类博物馆，馆藏化石标本几乎囊括了距今2.01亿年至1.45亿年前侏罗纪时期所有已知恐龙种类，被美国《国家地理》杂志评价为"世界上最好的恐龙博物馆"。

紧邻恐龙博物馆，占地面积约1000亩、计划总投资约31亿元自贡恐龙文化科技产业园拔地而起，按照迪斯尼模式打造，为游客提供了一个参与性、互动性极强的恐龙主题乐园。

但自贡人骨子里的拼劲，并不满足于上天的馈赠。

这方水土上的老百姓，将不起眼的小彩灯做到了极致：自贡彩灯，占全国市场份额达85%以上，国际市场份额达92%以上，年产值达60亿元。

将彩灯做到世界级"龙头"的自贡，仍未安于现状，而是谋划更长远的未来。

自贡市中华彩灯大世界项目，以"城市文化会客厅+国际文化旅游目的地+光影产业研创基地"为定位，集彩灯主题公园、彩灯研发、彩灯会展、文化创意、旅游度假于一体的世界知名文化旅游度假目的地及彩灯产业高地。项目全部建成后，每年接待游客500万人次，带动就业超1万人，极大地促进自贡彩灯产业的转型发展。

深挖恐龙文化、彩灯产业，自贡的目的何在？

自贡有得天独厚、不可复制的"盐龙灯"文化资源，但很长一段时间，都处于"过境游"而非"目的地"的尴尬。自贡积极顺应四川省委文化和旅游强省战略，依托"盐龙灯"等优势资源，以文化旅游业为发力点，推动特色文化资源向特色文旅产业转化，进而推动特色旅游目的地建设迈出坚实步伐。

发力文旅，自贡禀赋独特，更长袖善舞。

始建于1957年的大安盐厂，曾是自贡市最大的盐厂。随着自贡市产业转型升级的不断推进，一度关闭的盐厂迎来了新生：老盐场1957文旅园区。

"以敬畏之心审慎对待历史，最大限度保留了富有年代感和生产印迹的建筑物与制盐设备，采用'工业遗址+时尚元素+地域特色'的模式转换，使老盐场焕发出新的生机与活力。"刻在"老盐场1957"墙上的这段话，是自贡深挖文化资源的最直接的呈现。

釜溪河，自贡的母亲河，曾担负了自贡80%以上井盐外运任务，

"长船""驳船"穿梭往来间，釜溪河流域生态环境也不堪重负。2017年，自贡启动新一轮釜溪河流域综合治理，如今，釜溪河沿岸，分段展示着自贡历史文化景观，"半城青山半城楼"的城市品韵得以彰显。

与此同时，正在兴建盐都之心、西秦里等精品景区。届时，自贡文旅业将增加一抹亮丽色彩。

发力文化旅游，与之匹配的其他服务业相关领域，同步在提档升级。

自贡以商贸服务、跨境电商、康养服务等为重点，加快培育服务业新业态：阿里巴巴跨境电商自贡服务中心入驻90多家跨境电商企业，增长数量和增长率排名四川省地级市第一。依托丰富的盐卤资源和医卫资源优势，积极培育康疗养生服务业，着力打造川南康疗养生养老示范基地，卧龙湖盐卤浴项目已建成开放，卧龙湖康疗中心、四川卫生康复职业学院综合体等一批项目正有序推进。服务业对经济增长的贡献率大幅提升，达到45%……

深挖"盐龙灯"文化资源，打造新的城市IP，将资源优势变现为发展优势，自贡经济社会发展的主引擎，正在从过去的工业独大，升级为先进制造业和现代服务业"双轮驱动"的新格局。

新活力
从"内陆城市"迈向"开放前沿"的跨越之道

在转型中不断前行的自贡，如何拓宽发展空间？

"在更大范围、更高层次吸引资源是推动发展的重要动力。"自贡如是作答。

曾经自贡，石板街、木板房、青瓦屋檐……因盐设镇，素有"古盐道上的明珠""中国盐运第一镇"之称。

自贡是一座遍布盐井的城市，但自贡人并不坐井观天。

相反，这是一座从未被城墙禁锢过的城市，千年自贡，水运繁盛，商贾往来，造就了开明开放的城市基因。

如今自贡，开放的大门越来越宽阔，从"水"路，到"铁"路，再到"天"路，正借势开放拉大城市发展空间和格局。

自贡已开通铁海联运班列，这条从自贡向南延伸到广西防城港、钦州，进而"出海"通达东南亚等地的南向大通道逐渐形成。自贡迎着南向开放的大潮，站在迎向世界的前沿。

远在"非洲屋脊"埃塞俄比亚的蓝天白云下，位于自贡的华西能源公司建设的 OMO2 和 OMO3 糖厂项目，被央视财经频道《我与"一带一路"》栏目以《埃塞俄比亚糖厂：给一亿非洲人民生活"加勺糖"》为题进行了专题报道。

"朋友圈"越来越大的背后，是自贡志在从"内陆城市"迈向"开放前沿"的雄心。

"中国的西部不再遥远，自贡这座小城正走向国际前沿。"一名来自贡考察的泰国客商感叹，合作与开放为自贡带来了新朋友，也带来了不可限量的新机遇。

寻觅发展新机遇，需要视野的广度与高度。

"我们必须牢固树立'抓开放就是抓发展、就是抓支撑、就是抓动力'的工作理念，深度把握产业转移、市场变化、要素流动的大趋势，把视野拓宽、触角延伸、质效提高。"范波说。

拥抱发展新机遇，开放合作的自贡，如何与世界同频共振？

范波表示，省委将川南经济区定位为南向开放重要门户和川渝滇黔结合部区域经济中心，打造全省第二经济增长极。作为川南一员，自贡主动服务这个大局，坚持走开放先导、创新引领、转型突破、一体发展的路子，以打造四川南向开放城市为契机，着力培塑全面开放新优势。

高擎新发展理念大旗，自贡开放环境不断优化，开放平台不断扩大，开放领域不断拓展，加快构建全面开发开放新格局不断向纵深推进。

走出去，抢占先机谋发展：

自贡以"灯"为媒,不断拓宽"朋友圈"。自贡灯会有 800 多年历史,如今已升级为"环球灯会",在 80 多个国家和地区展出,全球超过 5 亿人观看。今年以来,自贡彩灯企业已签下 20 多个国家和地区的 41 场年度展会订单,"一带一路"沿线正是重点区域。

创新实施"彩灯+""+彩灯"。在去年自贡彩灯点亮进博会、上海"66"夜生活节、中国国际名酒博览会等基础上,积极寻求"冬奥+彩灯""大运会+彩灯"等合作,链接更多的国际国内知名展会、论坛、赛事、活动。

不仅有灯,自贡还以建设国家文化出口基地为契机,整合"盐龙灯食"四张旅游名片,实现城市转型,"走出去"提档升级,"引进来"实现全产业链发展。灯会办到哪里,自贡市的招商引资活动就开展到哪里,带动一大批自贡造、自贡产"借灯出海"。

为更好地走出去,自贡积极融入"一带一路"建设,围绕现代物流业发展深度布局,着力加快南向出海物流通道建设,并在拓宽物流通道、加强对外文化服务贸易、"放开放活"打造自贡综合保税区,加快融入自贸协同改革区等方面"下大功夫",不断拓宽自贡对外开放的广度和深度。

请进来,练好内功优环境:

加速平台打造。2019 年自贡海关的挂牌成立,标志着自贡地区对外开放再上一个新台阶。加快建设 40.74 平方公里的西南(自贡)国际陆港,并陆续启动西南农商(国际)物流港、中通快递(川南)智能科技电商快递产业园等一批重大项目,启动保税物流中心(B 型)(申报中)主体建设,申报成都自贸试验区协同发展自流井无水港片区,加快推进作为西南(自贡)国际陆港重要组成部分的大山铺铁路物流园项目。加速交通构建。自贡依托凤鸣通用机场,加快发展通航物流和无人机物流,积极推动建设航空货运中心;依托正在建设的大山铺铁路物流园,打造通往粤港澳大湾区的铁路运输班列;依托传化公路物流港,打造川南公路物流中心。今年 6 月30 日,随着绵泸高铁内江至自贡至泸州区段具备开通条件,自贡也将迎来高铁时代。

加速区域协同。自贡敞开"大门",以开放的姿态逐梦"区域协同"。重点在城际快速交通、特色产业园区、自贸协同改革、沱江流域综合治理上突破,构建区域发展共同体。以更加积极主动的姿态,加强与区域城市的对接合作,着力在建机制、强规划、畅交通、搭平台、谋招商、重服务上下功夫。

自贡,正在加速成为现代物流集散地,全力打造四川南向开放重要门户城市。

"请进来""走出去"成为推动自贡转型突破、追赶跨越的源头活水,合起来,握指成拳聚力量——

2020 年 1—10 月,全市新签约重大项目 171 个,计划投资522.027 亿元。前三季度,到位省外资金 455.79 亿元,同比增长29.9%,招商引资项目极大地推动了地方经济社会发展。

自贡,以老工业城市转型升级示范区建设为契机,步伐铿锵,坚定推进工业主支撑的转型、文旅新动能的升级和开放新优势的跨越。

自贡,走出了产业、城市、社会三位一体联动转型升级跨越的新路径。

自贡,正如诞生于千年盐都盐文化的盐帮菜一样,勾人味蕾,一见倾心难忘。

"三位一体"重塑老工业城市经济新动能,千年老盐都,调配创新"因子",破茧化蝶,正烹制出高质量发展诱人的"新味道"。

本文刊发于 2021 年 5 月 20 日

四川石棉：一个老工业县的新"石"代

张萍　黄晓庆　廖振杰　庄祥贵　通讯员 何林龙

知道石棉县，从一块石头开始。

这石头，被放置在中国地质博物馆，重约 300 公斤，被称为"石棉王"。

又因石头，得了县名：石棉县。

这"石棉县"三个字来头不小，由周恩来总理亲自命名。

作为全国唯一一个以矿命名的县，石棉经济发展，打上了深深的矿产烙印。

得名于"石"，昌盛于"石"，困惑于"石"，新起点亦于"石"。

昔日，石棉人用钢钎、铁锹，叩醒了沉睡千年的大山，一座因石棉矿而兴、支援国家建设的工业城市拔地而起，并凝结成艰苦创业、开拓创新，令人荡气回肠的"川矿精神"。

今日，石棉人承"川矿精神"，以山育林，以林养水，以水发电，以电兴工，奋力开拓，克服重重困难，在大渡河畔再造了一座工业新城。

"依托石棉现有产业基础和资源禀赋，链接高端，从全产业链入手，打造了'以清洁能源为基础、矿物功能材料为支撑、有色金属为先导、精细磷化工为引擎'的'1+3'现代工业产业体系。"石棉县委书记罗刚说，近年来，石棉县紧盯打造矿物功能材料、有色金属、精细磷化工"三个百亿"和全县工业总产值"跨越两百亿"目标,抢抓新一轮西部大开发和成渝地区双城经济圈战略的发展机遇,不断壮大工业支柱,努力建设生态经济强县。

审"石"度势。优化产业体系,高端集约发展,石棉工业规模蹚开了新局面;

点"石"成金。推动转型升级,创新驱动发展,石棉工业质效触发了新动能;

乘"石"而上。突出特色产业,一产业"一棵树",石棉工业之路绘出了新图景,正谱写新"石"代。

"十四五"开局之年,在全面推进社会主义现代化四川建设的战略机遇期,我们走进石棉,去探访一个山区老工业县以新发展理念引领高质量发展的路径及其带来的启示。

审"石"度势
高端集约蹚开工业新局面

贡嘎山下,大渡河畔,黑瓦灰砖的川矿记忆文化馆屹立。

颇具年代感的建筑里,陈列着石棉县上世纪的工业辉煌,又与馆外沿河一派新工业气象遥相呼应。

这一切,又都与"石头"紧密相连。

雅安石棉县,像一枚深藏莽莽群山中的"宝石",辖区内富含石棉、碲铋、花岗石、大理石等多种矿产资源。

中华人民共和国成立后,百废待兴,国家工业发展和对外贸易急需耐高温、保温、绝缘的石棉工矿产品。1952 年,石棉县因富含优质石棉矿而建县,名字由周恩来总理亲取。

多年艰苦创业,石棉县开采石棉矿,为中华人民共和国的经济发展做出巨大贡献,成为全国石棉行业的标兵和模范。

21 世纪初,红红火火六十载后,资源枯竭,高科技新材料替代产品出现,石棉矿辉煌不再,这个光环黯淡的老工业县开始寻找新的出路。

立足资源优势，以山育林，以林养水，以水发电，以电兴工，审"石"度势，顺"石"而为，石棉县逐渐发展起了清洁能源和绿色矿业经济，走出了一条高端集约的现代化工业路子。

如今，沿大渡河，鸟瞰石棉，依托沿线近 530 万千瓦装机水电站，小水工业集中区和四川石棉工业园两大工业集群分别屹立于西北和东南。

小水工业集中区内，贡嘎雪新材料、亿欣新材料、玉塑新材料等优秀企业云集，形成以非金属矿制品加工、先进材料为主导产业，正着力打造中国（雅安）碳酸钙新材料产业基地"百亿碳酸钙新材料产业园"。

四川石棉工业园区内，集聚四环锌锗、蓝海黄磷精细化工、高锗再生资源、富宏石墨烯导热膜、三发岗石等优质企业（项目），形成以有色金属（稀贵金属加工）、精细磷化工、先进材料为主导产业的园区。2012 年跃升为省级工业园区，是省级循环经济示范园区和全国独立工矿区产业接续发展园区、攀西国家级战略资源创新开发试验区"三基地、六园区"之一。

行车盘旋爬上海拔 2000 多米的竹马村，记者对石棉县工业的集群发展阵势略见一二。

于彩林和雪山相辉映的沟壑中，四川海拔最高的省级园区——四川石棉工业园沿竹马河带状排开，各个项目正形成相互依存的产业链。

蓝海化工，主要从事黄磷、磷酸、三聚磷酸钠等精细磷化工产品的生产和销售。近年来，蓝海化工在政府的支持下，不仅实现年产值 4 亿元的规模，还成功研发电容器级磷酸，远销到全球最大的高纯铝研发和生产企业——新疆众和股份，完全替代了该公司以往使用日本企业的产品。

如今，蓝海化工以商招商，延伸产业链，积极打造园中园——石棉县精细磷化工产业园，形成以蓝海化工为核心的磷化工全产业生态链，建设西部重要的磷化工生产基地。目前，年产 2 万吨三偏磷酸钠、赤磷及赤磷阻燃剂生产、红磷及红磷阻燃剂、年产 3 万吨黄磷技改、黄磷尾气综合利用等五大项目正同时推进。

"达产后，黄磷产品的有效产能将居省内前列；赤磷及阻燃剂系列产品不仅提升工业园产能，还将对该领域的市场定价产生重要影响。"在蓝海化工生产厂区，五大项目建设正如火如荼，公司生产副总经理周波指着规划图告诉记者。

沿着蓝海往山上走，一座大气的现代工厂立于青山之下，石棉县引进的市级重点项目——雅安三发岗石新材料有限公司正"招兵买马"，即将投产。

该项目主要是以大理石碳酸钙废料为原材料加工生产环保建筑装饰材料——"人造岗石"。其进一步健全了石棉县的产业链条，转变了大理石行业从原矿到粉体这个单一的结构，是石棉发展"石头产业"循环经济的重要一环。

罗刚表示，近年来，石棉县始终坚持"工业立县、工业强县"不动摇，以"建链、延链、补链、强链"为抓手，优化产业布局，促进集聚集约，持续提升产业链现代化水平，加快推动工业转型升级高质量发展。

目前，石棉已初步形成了"以清洁能源为基础、矿物功能材料为支撑、有色金属为先导、精细磷化工为引擎"的"1+3"现代工业产业体系，拥有水电装机 530 万千瓦、年产锌锭 17 万吨、铁合金 25 万吨、碳酸钙 200 万吨、化成箔 1800 万平方米、磷化工 3 万吨等生产能力。

从"小、散、乱"到如今规模化、链条式、迈向高端化的产业格局，石棉工业蹚开了新局面。

点"石"成金
转型升级激发产业新动能

一些曾经需要贴钱送人的废渣经过高科技"加持",产出的一吨太阳能锗片能卖出 2000 万元的高价!

走进石棉工业园内的四川高锗再生资源有限公司,记者一行被这个工业点"石"成金的"魔术"所震撼。

四川高锗是四川民营企业百强——四川四环锌锗科技有限公司,在转型升级过程中壮大起来的全资子公司。四川高锗以四环锌锗生产的电解锌废渣为原料,通过高科技提炼稀缺、高附加值重要战略资源——锗金属,实现了废渣综合利用,对促进循环经济发展、提高企业效益意义重大。

目前,四川高锗已成为国家级高新技术企业,提取的高纯二氧化锗纯度已达到了 99.999%,技术全国领先。待年产 60 吨高纯二氧化锗生产线建成,可实现年产值 9 亿元,利税 1.5 亿元。

从产业效益而言,四川高锗上演了现实版的点"石"成金,是四川石棉工业园转型升级的典型代表。

其实,纵观当下其产业发展质效,石棉工业不乏"四川高锗"。

——玉塑新材料公司,科技型碳酸钙行业的新锐。对标高端,高点建设,即将投产的智能一体化工厂产能、产值是以前 5 倍以上。下一步,还将上线母粒和塑料筐等中端加工产品,产值将持续翻番,市场向沿海拓展。

——亿欣新材料公司,石棉老牌碳酸钙粉体生产企业,国家高新技术企业,企业加大技术创新,使用国际先进的"立式磨干法粉磨工艺+三次分级工艺+湿法(改性)工艺"技术和核心设备,实现年产值超 3 亿元,成为西南地区功能型碳酸钙粉标杆企业,是我国碳酸钙行业的重点企业,正筹划上市。

——贡嘎雪新材料公司,国家高新技术企业,转型升级建成投产德国、法国进口和国产超细重钙干法、湿法生产线、改性复合生产线40多条，产能达80万吨左右，实现年产值约3亿元。与全球高级碳酸钙制造行业领导者瑞士欧米亚集团进行重组，成为中外合资企业，未来可期。

......

要规模，也要质量；要效益，更要潜力。

创新驱动，转型升级，大做、做好"加减法"，是石棉工业的一场"集体革命"。

一方面，大力度"减"。近年来，石棉累计已淘汰关停企业58家，淘汰落后产能73.8万吨，将建成年综合利用20万吨锌废渣、年综合利用40万吨磷渣项目，实现黄磷尾气综合利用等。

另一方面，大力度"加"。创新能力持续加强。截至2020年底，石棉建成国家高新技术企业8家、创新型企业10家，省、市级技术平台8个，省级企业技术中心8家，2家国家级绿色工厂。同时，搭建了省级企业技术中心、四川碲铋产业技术研究院、四川省重质碳酸钙粉体材料工程技术研究中心、磷化工研究中心等创新平台。

"鼓励企业兼并重组，培育产业领军企业，大力实施'亩均论英雄'改革行动，以环保倒逼，加大科技创新等。"石棉县政府相关负责人说，近年来，石棉为挖掘产业潜力，增强企业发展后劲，积极引导企业发展绿色、低碳、循环工业经济，顺利实现资源型工业整体转型升级。

变中求新，变中突破。2020年，努力克服新冠肺炎疫情和汛期影响，取得较好成绩，全县规模以上工业企业达到50户，实现规模以上工业总产值103.8亿元，规上工业增加值增长7%，全年累计实现工业税收9.5亿元，占全县税收80%，撑起全县财政的大半壁江山。

凭借工业的强大支撑，2020年8月，石棉县入列2019年四川县域经济发展先进县，位居全省58个重点生态功能区县之首。

"转"出产业新动能，点"石"成金促发展。石棉，"转"出一条工业强县的高质量发展之路。

乘"石"而上
"九棵树"绘出发展新图景

石棉，是红军强渡大渡河的首胜地，也是川矿精神的归属地，"勇敢拼搏，奋力开拓"是12万石棉儿女灵魂深处的烙印。

矿石时代，石棉成为全国石棉行业的标兵和模范。

"后矿石时代"，勇毅的石棉儿女不改艰苦奋斗初心，因"石"利导，乘"石"而上，燃起了新的梦想：以工立县，以工强县，将石棉县建设成为雅安市经济副中心、绿色发展排头兵，四川省山区经济强县，成渝地区基础材料生产加工基地。

踏浪逐梦，规划引领。

2020年，石棉结合"十四五"加快编制了《石棉县工业发展规划（2020—2030年）》。

规划提出，石棉将围绕"1+3"现代工业产业体系，打造一条清洁能源产业带、三个特色园区的"一带、三区"的工业空间格局。"一带"：沿大渡河流域、楠桠河流域、松林河流域及田湾河流域、竹马河流域，形成清洁能源产业带，建成水电总装机600万千瓦。"三区"：形成四川石棉工业园区（竹马工业园区）、小水工业集中区、瀑电迁复建石材工业园区三足鼎立的格局。

到2030年，工业强县目标基本实现，生态环境根本好转，经济总量大、经济结构优、创新能力强、开放程度深、市场机制活、质量效益好的经济强县全面建成；西部清洁能源基地、四川先进材料产业基地、成渝地区基础材料生产加工基地、尾矿综合利用基地全面建成。

据石棉县经济信息和科技局副局长何林龙介绍，2020年上半年，石棉县委书记罗刚挂帅，立足县域优质资源和优势产业，以招引龙头企业、补齐产业链条、壮大产业集群为目标，结合每个产业的上下游配套项目和重点招引企业，按照"一产业一棵树""一项目一枝丫""一企业一叶子"原则，绘制了碳酸钙、精细磷化工、碲铋及稀散金属产业等9个招商引资产业树全景图。

每棵产业树图中，都能清晰地梳理出每个产业具体的产业发展目标、产业相关项目、产业招商企业名称，以及产业牵头领导、部门和各个项目的责任领导。

按图索骥，精准施策，实现作战"一张图"、配套"一条龙"、上下"一盘棋"。2020年以来，围绕"产业树"成功引进项目16个，总投资31.6亿元。

沿着一棵棵"产业树"延伸的方向望去，一片片独具石棉特色的"工业经济林"画卷正跃然纸上，又慢慢照进现实。

审"石"度势，以高端集约构筑起工业新脊梁。

点"石"成金，以转型升级积蓄起工业新力量。

乘"石"而上，让产业大树支撑起工业新图景。

紧跟时代步伐，创新驱动发展，砥砺奋斗前行——这就是石棉阔步新"石"代其内涵所在。

大渡河畔，一座因"石"而兴的工业新城，正拔节生长，熠熠生辉。

本文刊发于2021年1月28日

牢固树立"保市场主体就是保经济基本盘"的理念，把持续深入地优化营商环境作为推进经济高质量发展的"头号工程"——

绵阳：一场"只有更好，没有最好"的应考

——对绵阳营商环境"五专机制"上升为"国家经验"之探析

任毅　张宇

1.86个小时！——这样的快捷高效，让前往绵阳创业的四川智宇顺科科技有限公司的创始人张治感到格外舒畅。受惠于绵阳在全省首家建成的线上线下企业开办协同服务平台，并在绵阳推行的"零成本、小时办"中，他心怀梦想的智宇顺科公司从提交开办申请到领取营业执照，仅仅用了不到2个小时的时间。

240余天！——这是总投资240亿元的绵阳惠科光电科技有限公司第8.6代薄膜晶体管液晶显示器件项目，从第一根桩基施工，到主体厂房提前23天实现封顶所用的时间。这一创造了国内同类洁净厂房施工新纪录背后，得益于绵阳推出的重大项目全程"专班保障+专员服务"。在惠科光电科技有限公司执行总监JAMES眼中，这一速度与激情所体现的是一座城市重商亲商的人文环境。

专线、专网、专窗、专员、专班，在牢固树立"保市场主体就是保经济基本盘"的理念中，绵阳围绕企业"准入难、落地难、融资难、用工难、退出难"等难点、痛点与堵点，在探索实践中总结提炼出了服务企业全生命周期的"五专机制"。就在不久前，该机制还代表我省入选国家发展改革委员会发布的《中国营商环境报告

2020》"一省一案例——改革集萃篇",作为四川经验向全国推广。

一大"只有逗号,没有句号"的持续探索

今年 8 月,绵阳又一批重点企业领到"服务绿卡"。

这批重点持卡企业包括四川国豪种业股份有限公司等 13 家重点农业企业、绵阳富临精工机械股份有限公司等 57 家重点工业企业、四川智易家网络科技有限公司等 26 家重点服务业企业。

"抓点带面,通过服务重点企业和重大项目服务质效的提升,来带动与促进全市整体政务服务水平持续优化与升级。"这是早在 2017 年 9 月绵阳就率先在全省创新推出的重点企业"服务绿卡"制度的初衷所在。

这当中,以服务重点招商项目为例,投资商可以享受到项目管理有台账、项目服务有专员、项目绿卡有通道、项目咨询有平台、项目审批有提速、项目会商有机制等"七个有"的精准服务,从而将优质的服务贯穿于项目签约到投产经营全过程。

"营商环境是企业生存发展的土壤,优化营商环境就是解放生产力、提升竞争力"。瞄准以建设"国内一流、四川领先"营商环境为目标,绵阳在近年以来围绕市场主体需求,聚焦转变政府职能,聚力关键,落子重点,久久为功,持续推进,以此最大化地激活市场主体活力与增强经济发展动能。

2015 年,在"稳增长,也就是稳投资;抓发展,关键在项目"的理念下,绵阳在全省率先探索开展工程建设项目全程并联审批和竣工联合验收,从用地预审到施工许可审批时间,由原来法定时限的 650 个工作日,压缩至 129 个工作日,成为全省标杆。

2017 年,在一场持续的刀刃向内的自我革命中,绵阳在全市范围内进行长达半年政务服务大调研基础上,在全省率先出台《建设服务型政府行动方案》,从推进简政放权、"互联网+政务服务"、政务服务标准化、线上线下融合与健全监督评价体系等 9 个方面提出

了 43 项具体措施。

2019 年，绵阳鲜明地提出将优化营商环境作为推动经济高质量发展的"头号工程"，围绕政务环境、市场环境、法制环境、人文环境等方面的再优化与再升级，出台《优化营商环境工作方案》，明确 35 条、102 项措施，并配套制定了 85 个专项方案，形成了多领域、深层次、全覆盖的政策体系。

"这系列梯次跟进的探索与实践，一方面对于持续提升绵阳的营商环境产生重要的推力，另一方面也持续提升了绵阳在招商引资中的磁力！"据悉，近 5 年来，绵阳累计引进了以总投资 465 亿元的京东方柔性面板、240 亿元的惠科液晶显示为代表的 5 亿元以上的重点项目 341 个，到位国内省外资金连续四年居全省非省会城市第一，正成为我国西部地区投资兴业的热土与高地。

一场"只有更好，没有最好"的持续升级

企业开办时间从 5 个工作日缩减到 2 个工作日，再从 2 个工作日缩减为 1 个工作日，再到 1 个工作日缩减为平均用时仅 2.05 个小时，在"一窗受理，集成服务"的"零成本，小时办"中，绵阳开办企业的流程持续优化、时间持续压缩，走在了全国前列。

"营商环境只有更好，没有最好。"在这样的持续发力中，去年以来，绵阳在长达五年的实践探索、积累沉淀与总结提炼的基础上，特别是充分借鉴这些年来在推进重大项目建设中首创的"五个一"工作机制，绵阳服务于更多市场经济主体的"五专机制"由此应运而生。

这一机制的核心在于，围绕企业的"准入难、落地难、融资难、用工难、退出难"等这一个个具体的难题，通过建立专线、专网、专窗、专员、专班的"五专"企业服务机制，将工作方法与工作机制有机结合，实现企业服务专线"一号响应"、专网"一网通办"、专窗"一窗受理"、专员"一对一服务"、专班"打通最后一公里"，实现服务企业的精准化与零距离。

在绵阳市政务服务监督管理局局长陈松柏看来，在这"五专"中，最具有绵阳特色的是"专网""专窗"与"专班"。在"专网"上，绵阳借助互联网搭建起统一的服务企业云平台与专属空间，突出"惠企政策一网归集、诉求处理线上线下多渠道运行、效能评估借助大数据精准反馈"等五大功能，把企业最关心的政策咨询、政策申报、帮办代办、企业协作等依靠科技的力量"按企所需"推送到"企业面前"，实现"千企千面，精准服务"的订制化服务，此举在全国领先。

在"专窗"上，绵阳鲜明地提出"服务企业就是服务发展"的理念，在全市各级政务服务中心均设立"企业服务中心"，通过"一窗受理"，让前来办事的企业"最多跑一次"，彻底改变了过去企业找政府办事"来回跑、四处找"的尴尬局面。

在"专班"上，建立各级各部门派驻各级政务中心审批服务首席代表为成员的企业服务专班，在纵向连接、横向协同中，对一些重点事项实行清单式督办、台账式管理，并对一些集中反映的事项及时进行研判与分析。

然而，不止于此的是，这些年来，绵阳还以自我革命的精神对行政审批与营商环境建设中的短板与痼疾开刀。如针对工程建设项目审批中普遍存在的环节多、时间长与容易滋生一些不当现象等问题，出台了《绵阳市工程建设项目审批制度改革实施方案》，推行"不见面"审批，根据不同项目类型将审批时间压缩在30到80个工作日以内，比国家规定的120个工作日至少提速40个工作日。

一项"只有突破，没有停歇"的持续破题

有求必应、无事不扰。

这事，让绵阳虹涛电子科技有限公司负责人张涛感慨不已：今年9月，他通过绵阳企业云反映他公司在办理不动产权证上遇到了问题。"因为是历史遗留问题，当初经办部门的职能都调整了，现在

都不知道该找谁办。"在接到这一诉求后，绵阳市建设服务型政府领导小组办公室通过"专班"渠道，并由"专员"全程代办，很快他公司就顺利完成了不动产证的办证。

在深入推进"五专机制"的落地落实中，为及时快速地解决各类企业的需求，绵阳为此建立起了一个由全市 54 个市级部门（单位）和 13 个县市区（园区）分管领导带头、业务骨干冲锋的 134 名工作人员组成的一支特别的服务队伍——绵阳企业服务专员队伍，以此及时有效地化解企业的困难与问题，让广大企业专心创业、放心经营、安心发展。

"对于绵阳来说，优化营商环境，往小的说，就是要提供更好的制度供给、政策供给、服务供给，着力打造发展新引擎、培育竞争新优势；往大的讲，就是要以政府的自我革命引领推动治理体系和治理能力加速提升，以政府的自我转型推动经济社会发展加快转型。"绵阳市主要领导如是说。

特别是今年以来，面对新冠肺炎疫情的冲击，如何通过政府在政策上的"有效供给"与"有为而治"来稳企业促发展？在"保企业就是保未来，稳企业就是稳信心"的理念中，绵阳从出台支持中小企业共渡难关 20 条硬核措施，到启动推进水电气服务改革便民利企行动方案，再到建立省市重点项目用地保障工作机制等，全方位为企业纾难解困、护航发展。

这当中，为破解企业融资难问题，绵阳出台金融支持实体经济恢复发展十三条措施，并组建了近 80 人的"金融顾问团"，深入企业开展金融支持政策解读与融资对接工作，助力企业风险管控与上市培育等。同时，通过设立 7000 万元的科技型中小企业信贷融资风险池和 2.6 亿元的企业应急转款资金等，全力纾解企业融资难。此外，结合国家在绵阳开展的促进科技和金融结合试点工作，积极探索并推广"应收账款""税鑫融""园保贷"等融资模式，其中在全国率先推出的应收账款融资模式还曾得到李克强总理的充分肯定和高度评价，并在全国推广。

在这样一个落地生金的营商环境中，今年 1 至 11 月，绵阳新增

各类市场主体 48910 户，同比增长 14.29%。其中，新增企业 14303户，同比增长 18.64%；全市"四上"企业达到 3058 户（其中，规上工业达到 1079 户），总量首破 3000 户大关，位列全省第二。

本文刊发于 2020 年 12 月 23 日

2020 年度四川新闻奖深度报道类三等奖

集安基金：撬动万亿产业腾飞的"四川样本"

杨璐　唐千惠

一句古话：

自古英雄出少年。

一组数据：

成立4年，干了16个项目，投资52.9亿元，撬动社会资本463亿元。

一场变革：

百亿产业项目出乎意料地选择了传统农业大县，一次靶向投资牵引出一个城市的千亿产业集群，串联多方资源为产业发展量身打造顶尖智囊库……每一次选择都如同蝴蝶振翅，掀起产业变革的"新风"。

作为重点支持我省集成电路和信息安全产业发展的四川省集成电路和信息安全产业投资基金（以下简称"集安基金"），自2016年3月成立以来，始终坚持围绕省委省政府关于加快构建"5+1"现代产业体系的战略部署，投资布局相关重点产业，强链延链补链，投资项目涵盖集成电路、新型显示、信息安全、先进材料等领域，以"四两拨千斤"之力，助力四川五大万亿产业之首的电子信息产业的发展。

变行政安排为市场运作，变无偿投入为有偿使用，变输血投资为造血引导，变单一扶持为综合扶持。

4年来,"年轻"的集安基金用一次次精准发力的有效投资,谱写出政府产业投资基金实践财政支持产业发展资金投入方式改革的"四川样本"。

放大效应
1元基金投入撬动社会资本14元

3年多以前,眉山仁寿县,上演了一个蚂蚁托举大象的故事:一个年财政收入不足30亿元的传统农业县将一个总投资超400亿的新型显示屏项目收入囊中。2017年7月14日,仁寿县人民政府与信利国际有限公司成功签约信利眉山仁寿第5代TFT-LCD及第6代AMOLED高端显示项目。

作为眉山建市以来最大的单个工业投资项目,信利项目能落户仁寿并非易事。探秘背后的故事,集安基金功不可没。

"好几个省市都向我们抛来了橄榄枝,仁寿作为一个县,怕是承接不了这个项目。"2016年12月,仁寿县首次与广东信利集团洽谈时,信利方的一席话直戳痛点。仁寿县经信局原局长陈刚回忆,最大的难点就在于资金方案,"没有资金,就没有底气。"

新型显示产业是我省电子信息产业发展的"重头戏",信利(仁寿)项目如若能顺利落地,将吸引国内外关键材料和零部件厂商在仁寿或周边地区投资,有助于形成产业集群。为推动我省新型显示产业跨越发展,集安基金参与投资了20亿元。

事实上,作为一支省级产业发展投资基金,四川集安基金对地方和企业来说,不仅扮演着投资人的角色,也代表省级层面对项目的重视及认可。因此,集安基金的投资选择,具有一定的风向标意义。

"带动相关投资117亿元!"四川仁寿经济开发区重大项目办副主任郭凌峰告诉记者,"集安基金的进入,增强了地方银行、投资机构的信心,投资纷至沓来。"

"自2019年投产以来，产品供不应求。"（仁寿）高端显示科技有限公司总经理马亮说，今年信利（仁寿）项目年产值将达到60亿元以上。

仁寿县委常委、宣传部部长毛自林表示，信利（仁寿）项目的建成投产为仁寿从农业大县到工业强县转型注入强劲动力，仁寿计划2025年全县工业产值突破1000亿元，其中电子信息产业占半壁江山。

长期以来，我省积极实践财政资金"拨改投"创新使用方式，发挥财政资金杠杆放大效应，引导社会资本投资布局相关重点产业。经济和信息化厅电子信息处相关负责人告诉记者，政府产业投资基金"四两拨千斤"的投资方式，能有效集大资金、引大项目，助力我省产业发展转型升级。

中电熊猫项目，集安基金投资7亿元，带动投资273亿元；

澜至电子项目，集安基金投资1亿元，带动投资2.6亿元；

豪符密码检测技术（成都）有限公司项目，集安基金投资1100万元，带动社会投资4400万元；

……

"四两拨千斤"的好戏屡屡上演。

集安基金董事长肖斌告诉记者，截至目前，集安基金完成投资项目16个，投资金额52.9亿元，其中，基金本级投资33亿元，带动各类资本投资463亿元，相当于1元基金投入，撬动了14元左右的社会资本。

连锁反应
一粒项目种子长成一片产业森林

2020年10月15日，宜宾三江新区集中开工一批重大项目，其中吉利和宁德时代两大巨头企业投资80亿元，合作打造的时代吉利年产能12GWh动力电池宜宾项目尤其令人瞩目，因为这标志着宜宾朝着世界级锂电产业集群的目标,又向前迈出了坚实的一步。

现在的宜宾,已形成涵盖锂电池原料、电池材料、锂电池、应用产品、锂电池回收的完整产业链,将未来产业的话语权牢牢地握在了自己手中。

那如果把时针拨回3年多以前,宜宾的锂电产业又是怎样的?答案是空白。

一个完全空白的产业,短短3年时间,从无到有,成为宜宾重点培育的成长型新兴产业之一。那么一定有那么一粒种子,因为它最初的落地生根,才最终成就了一片产业的森林。

2017年7月,宜宾天原集团、国光电器和江苏国泰三家上市公司在宜宾共同设立宜宾光原和宜宾锂宝两家公司,分别投资建设的三元前驱体项目及三元正极材料项目,让宜宾新能源锂电产业实现从无到有的重大突破,并将开拓超千亿元的市场。

从无到有,说易行难。探秘这片产业森林,我们不难发现集安基金的身影。

回忆项目签约落地的全过程,宜宾天原集团公司副总裁王政强感触颇深,他说是集安基金给予了企业安全感和支持力。

"集安基金投资7亿元,有效缓解了项目建设的资金压力。不仅如此,与许多市场化基金一年甚至半年就要求回报相比,集安基金投资到期后累计支付财务回报的模式为企业留足了发展时间。"王政强告诉记者,不仅如此,集安基金利用丰富的行业内外资源,积极为企业介绍合作渠道、对接投资机构、争取相关政策等。采访过程中,王政强多次感慨,"集安基金和其他市场化基金不一样!"

好项目的落地,给宜宾带来了一系列的连锁反应。

"这两个项目不仅促进了天原集团成功从传统氯碱化工企业转型为以锂电材料等为核心的新材料生产企业,解决了制约企业长期的自身污染问题,也为宜宾市后来陆续引进天宜锂业锂盐材料项目、宁德时代锂电池西南制造基地项目、时代吉利动力电池项目等打下了坚实基础。"宜宾市工军局副局长赵光普说,宜宾市正在奋力打造千亿级新能源锂电产业。

"靶向"投资牵引产业高质量发展，集安基金始终在路上。

就在上个月，集安基金联合阿坝基金与位于成阿工业园的成都士兰半导体制造有限公司签订了增资协议，出资 1.5 亿元投资了这个在半导体制造领域拥有强劲自主研发能力的企业，不仅可有效推进半导体"国产替代"进程，也将加快成都东部新区半导体产业形成配套集群，为链接成渝地区半导体产业提供有效支撑。

多方策应
一条连接线聚合高质量发展动能

于军胜，电子科技大学电子薄膜与集成器件国家重点实验室教授，显示科学与技术四川省重点实验室主任。20 余年来，他带领实验室的科研团队为四川电子信息产业高质量发展提供智力支撑。

而近几年，他又有了新的忙碌。

"与集安基金合作以来，实验室的专家团队利用前瞻性的研究和资源，为包括信利（仁寿）项目在内的多个电子信息产业项目进行了'把脉'，帮助企业对产品进行技术攻关，引导上下游产业提前进行战略性布局，提升企业在国内外市场上的整体竞争水平。"于军胜告诉记者。

国内大循环，其实就是要健全国内产业链与供应链。

于军胜表示，对于四川而言，需要政府、企业、基金、专家智库各取所长、协同合作。"产业基金拥有公共性和产业性的双重属性，不仅能有效地将各方优势串联起来，还有助于达成新的合作。当前实验室通过集安基金这条连接线，已与近 10 家企业进行合作，推动企业技术创新和科研成果转化落地，促进行业高质量发展。"

近年来，在经济和信息化厅的指导下，集安基金会同省信息产业发展研究中心、四川弘芯股权投资基金管理公司、电子科技大学等开展了《新型显示产业发展（2017 版）》《四川省集成电路产业发展路径（2019 版）》两个"5+1 现代产业体系"系列课题研究，为行业内企业规划发展、各级政府部门制定产业发展政策提供了参考。

2020 年 11 月 5 日，在经济和信息化厅的指导下，发布了《四川省新型显示产业发展白皮书（2020 版）》，这份有集安基金和于军胜团队等参与编写的报告，结合今年新冠肺炎疫情影响和国际形势变动，进一步探究了国内外新型显示产业的发展形势、深度分析了我省相关产业的优势与劣势，为我省未来新型显示产业发展装上"避雷针"和"导航仪"。

"集安基金通过投资项目落地、开展行业研究、组织参与行业协会活动等方面，支持我省产业发展。"经济和信息化厅电子信息处相关负责人表示，当前，集安基金在集成电路和信息安全领域已经具备一定的影响力，投资成绩在我省 20 来只省级产业引导基金中名列前茅。

据介绍，下一步，集安基金将继续紧抓成渝地区双城经济圈建设的机遇、贯彻落实省委省政府"一干多支，五区协同"、加快构建"5+1"现代产业体系的战略部署，聚焦我省集成电路设计和半导体功率器件等优势领域，关注集成电路制造等薄弱环节，布局数字经济等新的经济增长点。

一个项目，缺少资金，就如同树木生长养分不足。

一个产业，缺少引导，就如同一片森林背阳生长。

如今，集安基金投资的各个项目独立存在又根脉相连，汇聚成四川电子信息产业蹄疾步稳的发展之势。

未来，集安基金"参演"的政府产业投资基金，还将在四川大地持续上演财政资金支持产业发展的变革大戏。投资现在，收获未来，如同滚雪球一般，聚合成四川现代产业体系奔涌向前的发展之能！

本文刊发于 2020 年 11 月 24 日

2020 年度四川新闻奖深度报道类三等奖

四川天全：一个山区县的工业振兴之路

张萍　刘琳

　　昔日，四川天全，"物华天宝，老天成全"。

　　今朝，四川天全，"工业扛鼎，实干成全"。

　　一个中国西部典型山区小县，一个多年在四川县域经济排名靠后的"后进生"，如今，一跃成为雅安全市工业增速"领头羊"。今年1—6月，天全县规上工业增加值增长6.1%，比雅安市高出2.7个百分点，比全省高出3.6个百分点。

　　咬定工业不放松。天全突出"工业挑大梁"，把工业作为县域经济高质量发展的"一号工程"，围绕雅安市"5+1"绿色产业体系和"一核两翼"市域发展新格局，探索出一条把绿水青山转化为金山银山的发展之路，工业经济有力支撑起了全县的发展。

　　"天全工业逆势而上，得益于市委市政府加快建设绿色发展示范市狠抓工业强市的决心和信心，得益于我们在工业领域全面实施'七大行动'，更呈现雅安加快制造业绿色发展的初步战果。"雅安市副市长苟乙权说。

　　近日，记者一行走进天全：

　　从一根钢的"死"与"活"，看产业如何转型；

　　从一尾鱼的"内"与"外"，看市场如何转道；

　　从一群人的"进"与"劲"，看作风如何转变。

　　管中窥豹。从天全工业振兴之路，让我们看到在经济下行压力加大背景下，四川工业战线迎难而上、主动作为，不断演绎"育新机，开新局"的故事，同时，也让我们观察到"工业挑大梁"在四川县域经济发展中的支撑力和牵引力。

从一根钢的"死"与"活"看产业转型

"生存还是死亡？"

这一灵魂拷问，曾是位于天全的四川雅安安山钢铁有限公司不得不直面的现实。

在安山钢铁生产车间，并排着两条生产线：一条是已废弃正在拆除的旧生产线；一条是正加足马力运行，斥资近2亿元的高速智能轧钢+PF智能打包的新生产线。

旧与新，代表的是安山钢铁的过去与现在。

2016年，国务院印发《关于钢铁行业化解过剩产能实现脱困发展的意见》，钢铁行业去产能随即在全国展开，安山钢铁骤然进入"寒冬"。能不能活下来，未知。

"向死而生，向绿转身"成为安山钢铁唯一选择。

向"死"而生。安山钢铁全面调整之前产品线，重起炉灶。2017年12月，安山钢铁83万吨短流程炼钢产能置换技术改造项目向大众公告。

向"绿"转身。在多方援手下，改园区、建新厂、引进智能化先进生产线……从2017年至今，企业技改先后投入5.3亿元，厂区升级总投资10.8亿元。

"等于重建了一个厂。"安山钢铁办公室主任胡劲松说。

大笔投入，换血新生的安山钢铁，"新"在了哪？

"C、Si、Mn……"生产车间电弧炉主控室内，墙上挂着显示屏，上边的字母和数字不断跳动变换，显示所监控产品化学元素含量的变化，技术人员据此调整。而在此之前，要在生产途中了解元素含量从而调整，犹如"天方夜谭"。

这只是安山钢铁生产流程的一个新变化。

新变化还在产量上，安山钢铁从年产 20 万吨跃升为 80 万吨，有望成为雅安市首家年产值破 50 亿的企业。

在市场上，从仅能民用升级为在大型桥梁、高速、高层建筑等重大工程使用，参建项目包括昭觉移民搬迁工程、成都天府国际机场等国家级重点工程。

在能耗上，企业成为四川近五年第一家取得环评的钢铁企业，在近日四川省经济和信息化厅公布的《2020 年省级绿色制造示范单位名单》中，安山钢铁获得"绿色工厂"认定。

向"绿"转身，安山钢铁"凤凰涅槃"，实现了绝地重生，也为天全规上工业总产值贡献了半壁江山。

"安山钢铁的重生是天全传统行业加快转型升级的一个缩影，这其中倾注了市领导和工业战线的大量心血，从市委市政府到主要领导，到相关部门负责人，都是盯着问题一个一个地去解决。"回顾以往，雅安市经济和信息化局局长曾毅不无感慨。

天全，地处川西边缘，二郎山下，典型的西部山区县，产业基础薄弱、欠发达是其发展面临的突出问题。

"工业是推动天全跨越的核心力量，没有工业的快速发展，就不能实现天全全面小康的奋斗目标。"天全县委书记余力说。近年来，按照雅安市委市政府要求，突出工业挑大梁，天全坚持"依托特色资源、培育骨干企业、打造特色园区、发展特色产业"思路，实施工业强县战略，大力推动转型发展。

"转"体现在传统行业提档升级上，也体现在新兴产业加快布局上。

玄武岩，一种坚硬的岩石，在天全随处可见。四川尔润玄武岩纤维科技有限公司"点石成金"，用先进工艺制成了比头发丝还细的柔软纤维，几百元一吨的石头，卖出了上万的价，产品还供不应求，被广泛用于交通运输、建筑施工、车船制造、环保装备、航空航天等领域。

加快布局新兴产业，天全又有更大的谋划。"成渝地区双城经济圈建设给天全带来新机遇，天全将依托水电、矿产等特色资源，加快建设包括 500 亿的先进材料产业基地，集开发、生产、装备制造、技术研发为一体的 50 亿玄武岩产业园，50 亿碳素材料产业园，400 亿新型建材产业基地，进一步构建天全的现代工业体系。"天全县委常委、常务副县长宋洪虎说。

从一尾鱼的"内"与"外"看市场转道

说起雅安，最为人熟知的莫过于雅雨、雅鱼、雅女"三雅"。

外界大多不知的是，一粒鱼子从雅安天全漂洋过海，味"鲜"全球，贡献了全球鱼子酱市场近 8% 的份额，全球市场占有率居第 4。

但疫情的冲击，让四川润兆渔业有限公司天全出品的这粒鱼子出海路被"撞了一下腰"。

"公司生产的鱼子酱产品过去主要以外贸为主，今年的外贸订单是去年签订的，疫情影响相对还不大，但明年的出口不容乐观。"公司总经理助理冯波说。

未雨绸缪，转道而行。润兆眼光向内，加码国内市场。

销售队伍"扩军"一倍；扩大销售渠道，主动加强与酒店和星级餐厅联系；销售方式玩"潮流"，请网红直播带货，线上线下"双腿"走。紧跟国内市场需求，调整产品结构，从定位高端，加大大众消费产品开发。更加强化产品质量，对已达取卵年龄的鱼不取再养，以提升鱼子酱品质。

对"内"积极开拓，对"外"加大扩张，润兆将海外销售重点从欧美转向鱼子酱消费大国俄罗斯，目前市场拓展反响良好。

尽管外销受阻，但"内""外"结合，与其他多数外贸企业相比，润兆的日子依然过得有点"润"。"截至目前，公司今年国内市场的销量比去年全年国内销量的 2 倍还多。"冯波说。

适应发展，选择转道是企业的经商之道，也是生存之道。润兆转的是市场道，天全汇美农业转的是产品道。

"受疫情影响，企业全年销售收入预计减少三分之一。"损失不小，但汇美农业有限责任公司董事长杨存波并不焦虑，他已找到弥补损失的办法。

"你看这两袋竹笋有啥不同？"杨存波指着桌上的产品问记者。一袋淡黄色，一袋青绿色。"淡黄色常见。青绿色的是竹笋的笋尖，在沿海一带很受欢迎。掐尖卖，每斤可增加利润 1 元，一吨就是 2000 元。"

杨存波认为，追回损失一靠新产品，二靠增产量，三靠调产品结构。于是，开发新产品，新建自动化生产车间，上马新生产线相继实施。"新车间将增加 1000 吨产量，投产后有望追回损失。掐去笋尖的竹笋还可以再加工，制成即食食品，这是额外又增加了一笔收入。"

审时度势，于变局中转道而行。杨存波"转"出了弥补损失之道，东辰科技则"转"出了企业发展之道。

"工厂今年 10 月底建成，11 月试生产锂电池负极。"四川东辰科技有限公司总经理周辰辰说，落地天全之初，企业计划生产的并不是锂电池负极，而是超高功率石墨电极。

"从 2018 年底石墨电极市场价格就开始大幅下滑，一年内，每吨从 10 万跌到 1 万多。"还未投产，市场就给东辰科技当头一棒，"转道"迫在眉睫。

东辰将目光转向省内市场：近年来，四川大力发展新能源和智能网联汽车产业。今年，成渝地区双城经济圈建设更是聚焦新能源和智能网联汽车产业集聚发展，这是机遇。

半路"转道"，东辰选择了生产超高功率石墨电极及负极材料。"在工艺上，锂电池负极与石墨电极有共通之处。设备上，原来已建好的厂房可继续使用。考察取经，新产品技术问题得到解决。目前已与包括上市公司在内的多个下游企业建立了合作意向。"

顺势而为，变道前行。"内""外"结合，天全工业企业在危机中育出新机，于变局中开出新局。

从一群人的"进"与"劲"看作风转变

车进天全，产业园区内，高耸的脚手架，繁忙的建设工地，处处让人感受到天全蓬勃的生机，更感受到激情澎湃的"天全干劲"。

这种"天全干劲"，已成为天全县委副书记、县长郑胡勇与企业、客商洽谈时，最引以为豪的天全招商引资核心优势，并在推动项目落地中创造了一个又一个的"天全速度"。

"我们感受最深的是当地政府高效、规范的服务。"四川省开炭新材料科技有限公司董事长周志东说，项目从去年8月签约至今，实现了一年内从落户、建成到投产的突破。

天全福鞍碳材料科技有限公司副总经理谭昌说，2019年5月签约后，一年内项目就实现了签约、落地、建成、投产、入规。

川藏物流（旅游）产业园副总经理易旭海说，目前项目快速推进，明年3月即将开园，建成后的园区将成为仓储物流、产业孵化、休闲购物、餐饮娱乐、酒店住宿、商务办公等功能于一体的商贸物流产业园。

快，是天全工业发展的直观感受；快，也是天全工业加速"进"的直观展现：

实现产值上10亿元企业、纳税企业零的突破；实现上市企业、创汇企业零的突破，省级重点项目从无到有，基础设施项目、重大产业项目基本实现全覆盖……

"企业发展要'进'，离不开当地政府'劲'的接力。我们干部要踏实转作风，出实招、干实事，为企业纾难解困干在实处。"郑胡勇说。

要"进"，先要"稳"。

稳企业——四川至高机械制造有限公司厂长张强说，天全给予了企业一次性稳岗补贴6.5万元，电费每月减免8000元，社保每月减免5万元，真金白银的补助落实，让企业在疫情中稳住了。截至目前，天全已兑现用电、稳岗等补贴2000余万元，减免、缓缴租金、社保等各类税费4000余万元，减税降费6455万元。

稳市场——制定出台促进建筑业健康发展措施、钢铁和玄武岩后制品市场应用支持政策，组织召开建筑材料产销对接会，在市政道路、生态环保等工程中推广使用玄武岩等先进材料产品，全力提升"天全造"产品的市场竞争力和品牌影响力。

稳投资——截至今年6月，由天全县党政一把手、其他县级领导、县级部门组织的外出招商总计达71次，同比增长15%。同时，招商到位资金、招商引资项目签约量、签约金额实现同比增长19.3%、60%、50%。

要"稳"，就要给"劲"。

着力构建"1+11+1"工作体系、制定"1+2+N"工作方案，全面推行"清单制+督办制"；动真碰硬抓好问题检视整改，解决群众反映强烈问题164个，直接落实惠民事项836件；坚决扛起巡视整改政治责任，构建形成"1+2+5+N"工作体系，有力推动5大专项整治纵深推进、170条整改措施落地见效。

系列措施的落地，对应的是作风建设的改变。

服务效率高了，审批时限比法定时限再提速60%；审批速度快了，工程建设项目审批由200个工作日压缩至90个工作日内，在雅安率先实现常态化企业开办6小时内办结；问题整改实了，实施"8+8+3""项目攻坚持续性不强"专项整治，切实解决堵点难点问题135个。

转型，让企业找到活下去的路径，产业发展开辟新的生机；

转道，让企业寻到活得好的办法，产品市场开拓新的局面；

转变，让企业收获活得久的帮扶，营商环境开创新的未来。

工业兴则经济兴，产业稳则经济稳。在市场风云变幻的当下，工业挑大梁，发挥工业对稳增长的中流砥柱作用，四川天全提供了范本。

本文刊发于 2020 年 9 月 3 日

2020 年度四川新闻奖深度报道类一等奖

赵振元和他的十一科技大业

李银昭　杨璐　张萍　杜静　杨蜀连

透过客厅的落地窗，望出去，锦城，夜阑人静，霓虹闪烁。

赵振元的家，在锦江边一栋大楼里，与矗立在成都双林路上，由他题字"十一科技"的两栋高楼遥遥相望。

凭栏窗前，回首过往，当年怀揣着一张芳华女子的照片，从西安翻越秦岭追到四川的赵振元，怎么也不会想到，在这里，他不仅收获了美满的爱情和家庭，还干出了一番令他自豪的大事业。在他执掌下，一家年营收仅有6000万元的设计院，二十年间，实现了200多倍增长，还构筑起了拥有总部大厦、华东大厦、西北大厦、华北大厦、五个大区、42个分院、27个光伏电站的十一科技王国。

20年，一个人和一个企业的梦想。

20年，一群人和一番大业的追逐。

20年，赵振元和他的团队，是怎样在市场经济中，稳扎稳打，步步为营，将企业做强做大，建立起了十一科技的大业？就在这家企业迎来改革改制二十周年之际，四川经济日报记者一行，走进十一科技位于成都的总部大厦，探寻答案。

大战略
改革改制的十一科技样本

不久前，有句话在网络上广为流传：如果复工复产时，你所就职的公司还在，你还有工作可做，每月还能领到工资，你就要珍惜，要善待你的公司，因为它是为你遮风挡雨的港湾。

话虽有些沉重，却也映射出新冠肺炎疫情对全球各行业的冲击。

然而，有一家企业，在全球新冠肺炎疫情阴霾下，实现逆势增长——公司营业收入、利润总额等主要经济指标同比稳中有升，员工待遇也没有受到任何影响。这家企业就是：信息产业电子第十一设计研究院科技工程股份有限公司，即人们熟知的十一科技。

十一科技，何以在疫情危机中育出新机？何以于当下变局中开出新局？

居安思危，未雨绸缪。时间回到 2018 年，十一科技董事长赵振元提出"三化战略"，即项目中小化、低利化、多元化。

这一战略意味着：放"大"求"小"，舍"多"取"少"。

彼时，十一科技签的都是大单子，干的都是大项目，面对各业务板块全面开花的大好局面，无论是普通员工还是管理人员，对"三化战略"都有些难以理解。

可此时的赵振元以一个战略家的眼光已敏锐地瞭望到了"山雨欲来风满楼"的迹象和前兆。

一子落，乾坤转。

后来的事实证明了赵振元的睿智与远见。凭借"三化战略"，十一科技不仅在此后国家对大项目审查从严、国内外经济环境日益复杂、市场疲软的情况下极速飞骋，更是在新冠肺炎疫情的冲击下逆风前行。

"航母的实力，小船的灵活"，十一科技凭借这一秘诀，在一次次疾风骤雨中乘风破浪。这个秘诀是在十一科技历史脉络里最为关键的近 20 年发展时期里，通过一个又一个超前而正确的发展战略千锤百炼而来。成就这一切的，正是从 2000 年开始执掌十一科技的赵振元。

一个优秀的企业家，不仅仅要解决企业当前的生产与生存问题，更重要的是能够解决明天的发展问题。赵振元无疑是一个"战略规划高手"，是一个可以引领企业过关斩将、骑行千里的企业家。

这位战略家，执棋纵盘、落子千钧，带领十一科技在风云变幻的市场中运筹帷幄、决胜千里。

浙江嘉兴，赵振元的老家，王国维、茅盾、丰子恺等家喻户晓的人物均出自这里。

这方钟灵毓秀的土地赋予赵振元细腻内心和敏锐思维，这种细腻和敏锐，让他总能及时捕捉到市场的变化，使他在经营企业时充满了各种大胆的尝试与突破。

2000 年 7 月，赵振元甫一出任十一院（十一科技前身）院长，他便敏锐地意识到设计市场竞争日趋激烈，设计利润日趋下降，单纯从事设计已成为设计院发展的瓶颈。于是，他提出了"设计为核心、承包为主导、经营多元化、工程国际化"的发展战略，向总承包要规模、要效益。

一子落，全盘活。

这一战略不仅极大地拓宽了业务领域，也让十一科技由此驶上了一条不可阻挡的快速发展之路。

此后，在赵振元的谋篇布局之下，十一科技转型之路疾风劲步：

2007 年，向多晶硅、新能源转型；

2013 年，向光伏发电、现代物流、生物医疗、民用建筑等产业转型；

2014 年，开始投资光伏电站，从单一工程服务向"服务与投资双轮驱动"转型。

每一次转型战略，都让十一科技突破瓶颈、化解危机、寻求转机，进而充满生机；每一次的转型战略，都让十一科技迈上新的台阶，领略新的风景。赵振元从战略的高度上，领导和指挥着十一科技从一个成功迈向另一个成功，造就了今天强大的十一科技。

以战略突围，靠战略破局。为何赵振元每一次面临选择时，总能拨开云雾，找准航向？

谋大事者必先观大势。一直以来，赵振元把企业置于国家发展、时代大势之中全盘思考。十一科技弄潮光伏产业就堪称其中一个经典案例。早在10年前，赵振元就观察到新能源和光伏发电的广阔前景，要求十一科技总部及遍布全国的各分院坚持向光伏发电及新能源领域战略转型，抢占市场先机。

一子落，新篇开。

光伏发电设计及总包迅速成为十一科技的重要业务板块。此后，依托在光伏领域工程设计及工程总承包的经验和优势，赵振元又果断决策，涉足光伏电站的投资、运营，进一步增强了企业盈利能力和抗风险能力。

战略的胜利离不开睿智的才思与前瞻的眼界。如果说指挥企业转型发展展现的是赵振元的敏锐和智慧，那么带领企业改制重组彰显的则是这位战略家的魄力和胆识。

赵振元执掌十一科技20年间，十一科技历经四次重大改制。时至今日，外界只看到因为改制，十一科技轻装上阵，在市场经济中纵横驰骋；因为重组，十一科技插上资本的翅膀，成就"天高任鸟飞"的豪迈。但其间的尖风薄雪、肝肠百炼，其间的攻坚克难、披荆斩棘，凝结着赵振元多少坚韧不屈、百折不回却鲜为人知。

2002年，果敢的赵振元把握时不我待的历史契机，突破禁锢，果断出击，于当年7月带领十一院成功整体改制为有限公司，开创了国内大中型设计院整体改制的先河，成为名副其实的改革先锋。

改制之初，并非一呼百应，每个人都有自己的担忧和诉求——体制身份、持股数量、退休待遇等。赵振元凭借坚韧意志，通过不懈努力，让十一科技用短短三个半月的时间完成了改制方案制定、清产核资、广泛宣讲、成立员工持股公司、取得CEC批复、完成工商变更等艰巨的工作，并在政策、企业、员工之间找到了平衡点，平稳顺利地完成了改制。

2004年5月，十一科技进行了第二次改制，成为国有相对控股、员工实际控股的大型混合制设计院，为引进战略投资伙伴留出了新的空间；2010年8月，规范的股份制企业——十一科技诞生，为今后进入资本市场奠定了基础；2012年9月，十一科技成为国家级注册商标，十一院凤凰涅槃，十一科技横空出世。

这一连串巨大的变化，让所有习惯了体制内生存法则的人不再止步不前，开始义无反顾地跟随这位勇于革新的企业领军人，一同踏入波澜壮阔的市场经济浪潮。

事实上，十一科技的改制重组之路也并非一帆风顺。让赵振元难忘的是，2012年5月，由于多方面原因，十一科技上市受挫。得知消息后的赵振元如雷轰顶，顿感多年的心血化为泡影。

面对挫折，赵振元没有退缩和止步，他重振精神，在2015年初，带领十一科技开始了与太极实业的资本重组。赵振元克服一个又一个难以想象的困难，多方斡旋，终于带领十一科技人叩开了资本市场的大门。

2018年5月，重组全部正式完成，十一科技成为太极实业的全资子公司，时隔16年后，十一科技以一个新的高度重回上市国资系，在新一轮竞争中更具优势。重组以后，太极实业将从资本市场获得的融资注入十一科技，给十一科技再次插上腾飞的翅膀；而注入十一科技的优质资产后，太极实业盈利能力大幅提高，市值也大幅提升。

十一科技成功改制重组的案例，堪称典范，成为一部不可多得的教科书。

不畏浮云遮望眼，风物长宜放眼量。战略的本质在于路径的选择，战略的魅力在于目标的达成。在十一科技改制转型的历程中，对事关企业生存发展的抉择，赵振元几乎从未失误，而认定了一个目标，赵振元又总能以钢铁般的意志去实现。

面对每一次人类社会的变革和进步，高瞻远瞩的人才能先知先觉。

当前，世界正处于百年未有之大变局，全球格局深度调整，国际竞争日益激烈。疫情还在全球蔓延，世界经济深度衰退、国际贸易和投资大幅萎缩、国际金融市场动荡、国际交往受限、经济全球化遭遇逆流等问题纷纷涌现。

从国内看，我国经济正处在转变发展方式、优化经济结构、转换增长动力的攻关期，面临着结构性、体制性、周期性问题相互交织所带来的困难，加上新冠肺炎疫情冲击，经济运行面临较大压力。

新的变化、新的形势带来新的挑战，如何持续稳健快速增长，是摆在十一科技和赵振元面前的一个新命题。这一次，这位战略家又将如何落子？

赵振元已经有了答案："三化战略""三大战略""三个一体化""三新方案"——四项新的战略组合已经浮出水面。赵振元阐释，在新的发展阶段，面对更加复杂的经济形势，仅用"三化战略"是不够的，还必须增加战略的调整力度，用更加丰富的战略支撑新的发展。

新战略下，十一科技的未来令人期待。因为过去，正是在赵振元的决策下，十一科技在一次次战略调整中走到了行业的前列，走到了市场的前列，走到了时代的前列。

大担当
品牌振兴的十一科技梦想

绵阳市跃进路，全国著名的电子工业一条街，长虹、九洲、十一院等令国人瞩目的企业，曾在这条路上毗邻而居。过去，他们皆因国家战略而生，新的时代他们又都承担着新的使命，作为中国的品牌企业，他们无一不代表着国家力量。

1964年诞生的十一科技是他们中闪耀的一员。回顾十一科技的足迹，从遥远的东北锦州到西部城市绵阳，再从科技城绵阳到锦官城成都，又立足成都，开花在祖国各地并延伸到国外市场。56年来，因祖国而生，因祖国而兴，为祖国而有为，十一科技始终以振兴中华民族高端科技为己任。

如果说振兴中华民族高端科技是十一科技的责任与担当。那么，作为十一科技的灵魂人物，赵振元的使命与梦想又是什么？

21岁，刚刚走出西安交通大学校门的赵振元，在西安交大汲取到了一个工科大学生完整的专业知识，学校严谨的学风，老师的奉献精神也使他受益匪浅。此时，赵振元的梦想很小——拥有一份体面、稳定的工作。这个意气风发的青年没有想到的是，此后的40多年里，他传承了十一科技作为国家重点设计院特有的基因和铁骨担当，他把十一科技蓬勃的发展，把助推中国高科技事业的加速跨越，视作自己的梦想与使命。

一路走来，荆棘满布，但十一科技蓬勃发展的梦想已然照进现实。

在56年的历史脉络中，2000年至今的20年，是十一科技快速发展的20年，更是一个高科技工程界巨子崛起的20年；这20年，是一个企业以大使命成就大事业的20年，更是一个企业家以大担当实现大作为的20年。

2000年7月，赵振元担任院长时，十一院的营收只有6000万元，而行业的主要竞争对手营收是十一院的数倍。当时，十一院的发展已是举步维艰，赵振元奉命于危难之间，一肩挑起企业生存发展的重担。

回首往事，有面对挫折的苦涩，也有奋起直追的激情。赵振元上任院长不久，赴上海浦东出差，住在浦东软件园。当他惊闻中芯国际和上海宏力两大8英寸芯片项目，已被两家竞争企业"抢"走时，对项目心仪已久的赵振元十分失落和沮丧。

夜深，上海浦东依然灯火通明。赵振元在酒店的窗户前静静站着，望着灰蓝的夜空，彻夜未眠。经过一夜激烈而深刻地思考，赵振元燃起信心并坚定信念。他认为，对手强大，自己应该做的不是鲁莽挑战而是潜心修炼，寻找机会，然后再奋起赶超，他坚信这是十一科技黎明前的黑暗。

滚滚黄浦江见证，强烈的责任心和使命感驱使赵振元，要改变现状，恢复十一科技在中国集成电路设计领域的主导地位。

自信人生二百年，会当水击三千里。赵振元率领他的团队，凭借"敢为天下先"的创新精神，"变不可能为可能"的拼搏精神，用 20 年时间，为十一科技书写了浓墨重彩的历史篇章。

风雨如磐。

奋楫扬帆，才能引领潮流之先；干字当头，才能打开机遇之门。

2018 年，十一科技一跃而上，迈入百亿俱乐部，在激烈的竞争中昂首跨上一个全新的台阶。2019 年十一科技实现营收 125 亿元，比 2000 年增长了 202 倍；利润从 2000 年的 86 万元，到 2019 年的 6.13 亿元，增长了 712 倍；纳税总计超过 24 亿元，在稳居中国电子工程设计第一的宝座的同时，继续扩大着与竞争对手的领先优势。

20 年来，扎根于蜀地的十一科技，已开枝散叶：总部大厦、华东大厦、西北大厦、华北大厦、五个大区、42 个分院、27 个光伏电站，如同璀璨的明珠，在全国各地闪闪发光，成为一道道靓丽的城市景观。

梦成现实，次第绽放：在以集成电路为核心的电子行业，在以生物制药为核心的生物医药医疗行业，在以人工智能、数据通信、高端制造、现代物流为核心的新基建领域，在以光伏发电与风能为核心的新能源领域，在以美丽乡村为基础的城镇化建设中，十一科技品牌熠熠生辉、影响巨大。

一路走来，硕果满枝，中华民族高端科技振兴的使命依然坚定。

2004 年，十一科技首次打破了国际工程公司在国内 8 英寸芯片工程设计上的垄断，率先实现了国内设计院自主进行 8 英寸芯片工程的设计，这一巨大突破，是十一科技进入高端市场的里程碑。

国内最先进的 12 英寸集成电路工程，有 80% 是十一科技设计的。国内第一条高世代 OLED 生产线、国内领先的生物制药实验室、领先的光纤光缆厂房，还有许许多多的"领先"和"首个"，都是十一科技在各领域立起的丰碑。

为什么赵振元如此执着于将十一科技打造成"大国品牌"？

深耕电子产业领域几十年的赵振元和十一科技，过去总是扮演着"追赶者"的角色，也经历了太多的"受制于人"。2000 年十一科技转型总承包之前，半导体高端设计领域，几乎被国际工程公司所垄断，国内的设计公司大多在转化图纸或是模仿学习，也接触不到最核心的工艺设计。

"受制于人"的痛，让赵振元和十一科技立志改变现状。

于是，十一科技高举"自主、合作、创新"三面旗帜，致力于民族高端设计服务，在激烈的市场竞争中勇于拼搏，战胜对手，一次一次打破国际工程公司对 8 英寸、12 英寸集成电路工程的垄断。此后，十一科技纵横电子高科技工程领域，一直处于市场和技术优势地位，自 2010 年起连续多年雄踞全国电子工程行业第一。中芯国际、摩托罗拉、英特尔、IBM、LG、华虹等国内外著名企业，纷纷选择十一科技作为合作伙伴，这既是对十一科技的信任，也是对十一科技的认可。

企业家有多大的作为，要看他有多大的担当；有多大的担当，要看他能扛多大的责任。

当企业发展需要赵振元承担之时，当国家高端科技振兴需要十一科技人肩负之时，赵振元带领团队将企业梦想、民族利益和国家责任一肩扛起，热血创新、激情创业。

回首那些激荡的岁月，怀抱产业报国之心的赵振元以其坚韧进取的企业家精神，带领十一科技度过一次又一次坎坷，终成就了一家以"实业报国"为己任的中国高科技工程界的领航企业。

新竹高于旧竹枝，全凭老干为扶持。在赵振元看来，独木不成林，一花不是春。一个企业家再优秀，个人能力始终有限，十一科技今天的成就，全靠众人拾柴，全靠众人划桨。

赵振元深情地说："在欢庆胜利的时候，我倍加感恩，感谢时任中国电子信息产业集团有限公司总经理杨晓堂，在我们两次改制的关键时刻给予我们坚定支持和对发展方向的一次次的点拨，可以这样说，没有晓堂总经理独具战略眼光的支持，就没有我们的今天；同时，我们也深深感谢中国电子历届领导对十一科技的关怀和培养，感谢四川省、成都市、成华区各级领导对十一科技始终如一的关怀；

在欢庆胜利的时候，我特别感谢无锡市两任市委书记李小敏、黄钦，无锡市委市政府以及产业集团为实现十一科技与太极实业的成功重组做出的极具远见卓识的决策，特别是时任无锡市副市长黄钦力排众议，关键时刻促成十一科技成功实现大股东股权转让，并实现太极实业与十一科技的成功重组；

在欢庆胜利的时候，我们向 20 年来始终信任我们的新老客户们表示最衷心的感谢，你们的信任是我们 20 年来最大的动力，也是未来发展永不枯竭的源泉；

在欢庆胜利的时候，我向 20 年来与我携手并进、风雨同舟的战友们、同事们、同志们致以衷心的感谢，正是一路上有你们，才使我在 20 年的风雨历程中稳步前行；同时我向我的前任、历届老领导、老同志们奠定的发展基础表示衷心感谢。"

梦想不止，脚步不停；心中有光，何惧路长。

过往一切，皆成序章。深情地眷恋着中国这片土地，为这片热土奉献着光和热的赵振元，正以永远不变的初心，用巨大而坚毅的力量，带领十一科技继续前行，让十一科技真正成为一个令国人为之骄傲的国家品牌，让十一科技为国家竞争力的提升做出贡献。

大境界
成己达人的十一科技格局

地点，成都双流机场。

赵振元和夫人张小平正在候机，因为一个座位，他们与同样候机的两位女士发生了一点不愉快。当他们到达目的地——广西桂林参加会议时，发现那两位女士也是同一个会议参会者。宴会时，赵振元从主宾席走来，端着酒杯，与夫人主动向在机场发生不愉快的那两位女士敬酒。

两位女士迟到还抢座位，已输理，而对方主动敬酒化解尴尬，她们顿感有愧。其实，这两位女士也是做企业的，正想寻找十一科技这样的企业进行合作。

回到成都后，赵振元和夫人张小平亲自去考察了位于成都龙潭寺的这家企业，给了这家正在发展中的企业不少加工设备的订单。

一次小插曲成就一份"缘"。

当事人之一的朱姓女老板说，我们跟十一科技合作至今，企业发展一年比一年好，这全靠赵总的支持。说起机场的那件事，朱总仍感到难为情，"赵总是有格局、有境界的人，哪能跟我们一般见识啊。"

格局有多大，事业就有多大。

境界有多大，成就就有多大。

他，青春年少时进入十一科技成为一股新生力量。

他，老当益壮时扛鼎企业成就一种精神力量。

赵振元在十一科技，度过了人生中最为宝贵的44年时光。

他对这里倾注了全部的热爱，挥洒了无尽的激情，付出了所有的热血。他把青春、智慧和勇敢，把生命里最重要的部分全部献给了十一科技。

他也在这里收获了事业、爱情和荣誉。他让十一科技成为高科技工程领域一个响亮的品牌，让十一科技成为同业无法复制却又不断学习的榜样。在带领十一科技不断赶超，追求卓越的路上，他数次被评为中国最具影响力的企业家，获得了"中国经济百名杰出人物""中国管理创新十大杰出人才""亚洲管理创新十大新闻人物""中国企业改革杰出领袖""亚洲光伏创新杰出贡献人物"等众多殊荣。

但，这些看得见的财富、荣誉和成就皆是物质层面的收获，对于赵振元来说，还有一些看不见的、愉悦心灵和丰盈精神的收获，才是十一科技带给他的最宝贵的财富。

铁马冰河 20 载，赵振元带领十一科技实现了所有十一科技人过去想都不敢想的成就和辉煌，这些成就已能让赵振元成为载入十一科技发展史的人物。坐拥这些成就，赵振元原本可以停下来享受成果，但是赵振元却说，他一刻也不敢歇，一步也不敢停。

很多员工说，赵院长在工作中永远充满能量，无论寒暑，总是在全国各地的分院施工现场、工作分析会上以及与客户的洽谈会上奔波，他是一个典型的空中飞人，是工作狂。如此旺盛的精力，不知疲倦，辗转南北，让人好奇他的动力究竟来自哪里？

他知道，十一科技是一艘巨轮，这艘巨轮上有员工、有投资者、有合作伙伴。唯有带领十一科技奔涌向前，才能不负时代，不负社会，不负同行者，不负追随者。

有人说，无论什么样的企业，都不是为自己而生存，从根本上说，是为了社会，为了人民，为了伙伴，为了员工而生存。一个企业家的大境界，就是让企业的发展带来社会、集体、个人多赢的格局。这也是赵振元所追求的境界。

他严于律己。与许多优秀的企业家一样，赵振元没有被财富扭曲。他深受母亲的影响，赵振元的母亲一生平凡，最大的愿望是工作，但命运没有给她机会，有的只是短暂的临时工经历而已，即便这样，母亲也没有对她的人生和社会有怨言。母亲如此想工作，想通过工作为社会创造价值，使赵振元深受感染。因此，赵振元与家人都非常感恩这个时代，珍惜今天能够挥洒才能的工作岗位。因为感恩和珍惜，赵振元拥有财富，但却不会被财富所左右，面对各种诱惑，他坚守底线，从不逾矩。

他善待员工。把员工当作自己的家人。十一科技让所有员工共享企业发展的红利，员工通过前后共三次出售股权，股权收益约 20 亿元。他给予员工施展才干的舞台和实现价值的平台，他加大员工培训制度力度，设立各项永久性荣誉制度，管理制度透明而清澈，增强员工们在十一科技这个队伍中的荣誉感、使命感、归属感以及对未来发展的信心和希望。他力主在总部大楼打造屋顶花园和健身场所，是想给员工提供一个舒适的工作环境，感受如家般的温馨。他喜欢和员工打成一片，从基层聆听并收获新想法、新策略。他尤其关注特殊困难员工，给予他们最大程度的帮助和关爱。于员工而言，赵振元更像是兄长和益友。

他忠于伙伴。赵振元把公信力作为十一科技发展的核心价值观之一。这是对合作伙伴的一种高度责任感，也是一种超越金钱的利他之心。为了不愧于合作者，有时候他宁愿不赚钱，也要把产品和服务做到极致，用吃亏换取信誉。这种先予后取的度量，让十一科技的"朋友圈"越来越广，重量级的伙伴纷至沓来。

他回报社会。在赵振元的身上总能看到达则兼济天下的理想和抱负。从 2002 年至今，先后为成都、武汉、无锡、大连等重要城市引进电子高科技投资达 2000 多亿元，在惠及十一科技的同时，为城市产业发展做出杰出贡献，赵振元因此先后多次受到这些城市的奖励。

不仅如此，全国许多地方，都留下了他的大义之举。在光伏扶贫示范区——河南巩义，十一科技人将荒山荒坡的将军岭建成 40MW 山地集中式光伏电站，成为巩义市一个新的亮点；在河北阜平县、湖南祁东县、辽宁凌源市等地，光伏电站延伸着国家扶贫政策，让阳光变成财富，将温暖送进贫困家庭。凭借在新能源领域的突出贡献，赵振元获得了第二十九届国际科学与和平周"和平使者"荣誉称号。2018 年，无锡市委市政府授予赵振元"产业强市杰出贡献奖"，并给予 100 万元专项奖金奖励。赵振元接受奖励后，把其中的 70% 用于无锡的慈善事业，剩下 30% 用于九寨沟地震灾区的重建⋯⋯

赵振元常说，多做善事，必有回报，善良的人往往有好报。他总这样说，也一直这样践行自己的铮铮誓言。

鸟伴鸾凤飞高远，人伴贤良境界高。

有的人，自己就是世界，世界就是自己，谋的是一己之私，这种人局限于"自我"的羁绊；有的人，世界就是"圈子"，"圈子"就是世界，谋的是少数人的利益，这种人跳不出"小我"的束缚；有的人，世界就是他人，他人就是世界，满怀济世为民之志，谋的是大众的利益，这种人达到了"忘我"的境界。

显然，赵振元早已走出"自我"的羁绊，跳出"小我"的束缚，走向了"忘我"的境界。

大情怀
跨界融通的十一科技追求

一个人做点小事，可以不言情怀。

一个人做番大事，就一定要情怀，而且要有大情怀。

赵振元和他的十一科技，就是一个有情怀的人带领一群有情怀的人干出的一番大业。

"情怀"二字，不是大词，是善小而为之。

赵振元的情怀，在平凡工作里，在日常生活中，在他跨界融通的点滴里。

赵振元，一个纯正的工科男，几十年在一个纯正的高科技工程设计院工作，他的热爱和追求，却不断向诗歌、散文、书法、摄影等文学艺术跨界延伸，就像一棵大树，伸出长长的根须，寻找和吮吸大地的养分，在强壮自己生命的同时，也给大地带来生机和能量。

赵振元一次次主动把自己置于跨的状态，一次次挑战自我、挑战未知，在跨界中积蓄破茧化蝶、凤凰涅槃的力量。

赵振元说，生活中，并不是所有的东西都是美好的，但是，我们需要把生活中美好的东西提纯出来，让工作、生活充满诗意。

因此，他用一颗诗心，去感受着生活的美，用一个诗人的情怀，去面对每一个生命，让每一天的工作和生活都充满着诗情画意。

于是，无论工作中，还是假期里，候机时、飞行中、宾馆里……只要有一点儿闲暇时间，他都会用手机记下心中的感受。那感受也许是掠过眼前的大自然的美，也许是心中对一件事，或一个人瞬间激起的感动。他不停地记录，不停地书写，近些年，他个人或与妻子张小平合作，已先后出版了《江南的雨》《红旗飘飘》《窗外飘着雪》《天边的彩云》《我们走在大路上》《行走在远方》等多部文学作品。

这些作品，正是赵振元呈现给我们的精神世界，一个可以在工作中如火般热情，在生活中如风样飘逸的完美状态。

君子藏器于身，待时而动。赵振元激扬文字，挥洒豪情，他的诗歌是为他所热爱的事业而创作，为他所热爱的人而创作。每一篇诗作的背后，都蕴含着一段感人的故事，一段真实的心路历程。

有人说，有诗意的企业家是有情怀的，有情怀的人胸中自有天地，心下自有阔野，任梦想驰骋。

赵振元不仅自己喜欢文学，热爱散文诗写作，作为团队的引领者，他还将不少员工引进文学艺术的大门。他鼓励团队的员工，给他的作品写评论，带领大家一同感受文学艺术之美；他出任中外散文诗学会执行主席，不仅在物质上为散文诗学会输送养料，而且利用自己的影响力和知名度，培养热爱散文诗和创作散文诗的新人。

赵振元所钟爱的《散文诗世界》是当前全国唯一一家专门发表散文诗作品的刊物，在目前市场经济下，一本纯文学刊物的生存十分艰难。基于对散文诗的热爱，对《散文诗世界》杂志社社长海梦老师的敬佩，赵振元竭尽所能帮助和扶持《散文诗世界》的发展。

他用文学和艺术为生命赋能，多维度地不断丰富自己的人生。

近年来，赵振元又因《潮起东方》《小宝宝》《童年真快乐》《无锡美》《与亲爱的祖国同行》等歌曲的词作而在该领域声名鹊起。

今年5月，母亲节到来之际，由赵振元作词的歌曲作品《妈妈》一经发表，便备受关注。这首歌是赵振元对刚刚仙逝的母亲的悼念。赵振元说，母亲曾经是我们回家的动力、生活的方向、工作的激情，现在没有了妈妈，我们生活的轨迹仿佛改变了，但我们一定要牢记妈妈的嘱咐，努力为社会奉献。

文学和艺术是一种精神土壤，给予赵振元滋养，他总能从文学和艺术中获得鼓舞和动力。

或许很多不理解的人会认为，赵振元从企业管理跨界文艺创作，只是闲暇时的一剂调味，只是生活中的一丝点缀。然而，就如同十一科技的每一次跨界转型，都能步步为营，跨进一个领域，就成为那个领域的佼佼者一样，赵振元的跨界也是认真而执着。他不喜欢别人称呼他为企业家诗人或是企业家文人，因为他是在以"止于至善"的姿态追求文学，始终瞄准这个领域的最高层次，这是他跨界的目的和价值。

如果换一种说法，可以这样认为：赵振元和他的十一科技，成就了作为一个工科生的赵振元的事业梦想，那么向文学艺术跨界融通的追求，是成就赵振元的生命梦想。这两个梦想，如人的两条腿，是相互支撑，是一个整体。

企业家是企业的中心和灵魂，企业则是企业家综合能力的延展，是其人格魅力的体现。赵振元和他的十一科技大业里，无处不有赵振元跨界融通不断形成的大情怀。

正如，乔布斯和他的"苹果"。苹果系列，为什么成了这个时代经典品牌的象征？这背后，就是以人为中心，以人为本，这就是情怀，这就是大情怀。乔布斯早年喜欢的是文学艺术，尤其是东方的文学艺术，他还孤身一人前往印度学习艺术。他后来做苹果，做得那么大，令全球为之瞩目，也许，正因为他早年奠定在生命中的大情怀。

还有爱因斯坦，人类伟大的科学家，他十分热爱文学和艺术，他曾说音乐和文学是他思考的源泉；发明莫尔斯电报码的莫尔斯原是一个职业风景画家；1981 年诺贝尔化学奖获得者霍夫曼出版过 3 本诗集……

人类巨子的跨界，给他们的生活和事业带来了巨大的力量和成就。同样，在赵振元这个商界强人的内心里，也充满了柔软的情怀。

跨界是多个不同领域的互通、渗透、融合。文学创作、写诗作词，成为他不断激励自己、砥砺前行的动力，成为他抒发情怀的最佳出口，也成为他新思想、新思路、新理论的灵感源泉。赵振元说，文学对他发展企业有很大的推动力，企业家的实践又给他的创作提供了源源不断的素材。当他的情怀与十一科技紧密相连时，更展现出了璀璨的光华。

早在 2005 年，赵振元作为研究小组组长，把十一科技作为一个改革转型的成功案例，围绕此案例撰写出版了一本面向中国企业界推出的理论案例指导书籍——《中国企业管理科学案例库——知识资本》。该书被选入 1991—2018 年现代企业最佳案例研究成果 100 强。

他还先后发表科研论文百余篇，出版《能源科学技术与环境保护》《中外设计的竞争策略》《高科技工程的总承包实践》等多部科技专著；在企业管理方面，《平台理论》《管理随笔》等高度提炼赵振元亲身经历和感悟的管理哲学的书籍也将陆续出版。这些都是情怀与实际结合的珍贵产物。

一个人，无论做什么，身居什么位置，只要怀着一颗赤子之心，拥着一种情怀，守着一份信仰，就会让这个人，更加立体而丰富。

他热爱事业的情怀，热爱生活的情怀，热爱文艺的情怀，成为他生命中最厚重的底色。

在风云际会的商潮中，赵振元始终坚守自己的情怀与信仰，以其饱含理想与激情的诗意，追求着崇高的事业和美好的生活，让他在变动不居的时势潮流中，始终保持清醒和敏锐。

他在《太阳，每天都是新的》散文诗中写到，心中有太阳，胸中有理想，脚下有底线，脑中有智慧，身上有意志，手里有资源，实际有行动，就能创新每一天。

每一天，都是新的。每一天，太阳照常升起。

大境界承大担当。赵振元和他的十一科技，已走过了既是南征北战、历经艰辛的 20 年，又是一日一新、光辉灿烂的 20 年。

　　大情怀谋大战略。站在了新的起点上，赵振元和他的十一科技，更以"要看银山拍天浪，开窗放入大江来"的胸怀、信心和气势，面对新的太阳，奔向新的太阳。

　　　　　　　　　　　　　　　　本文刊发于 2020 年 7 月 14 日

汶川：苦耕 30 年红了甜樱桃

李银昭　杜静　侯云春

汶川甜樱桃，一张响亮的名片。

新冠肺炎疫情下，多地甜樱桃（即大樱桃、车厘子）价格大幅"跳水"。

而汶川，作为全球最优质甜樱桃主产区之一，这里的甜樱桃，不仅未受疫情太大连累，而且，价格稳得起，市场走得畅，果农卖得欢。

汶川甜樱桃，为何逆势而行，美誉不减？四川经济日报记者一行走进汶川，一探究竟。

"汶川甜樱桃，种了 30 年，汶川，海拔、日照、气候、温差、土质非常适合种甜樱桃，汶川人，也在一次次艰难探索中，在走过的'弯路'上总结出：汶川甜樱桃，要把汶川的阳光、绿色、有机种进去，要把汶川人的勤劳、善良、感恩种进去，走品牌化发展之路，让汶川甜樱桃，跃出山谷、享誉世界、福泽子孙。"四川省阿坝藏族羌族自治州人大常委会副主任、汶川县委书记张通荣说。

汶川甜樱桃的"甜"

岷江，在川西大地蜿蜒穿行，高山峡谷间，有一条流过灞州镇周达村的支流，叫杂谷脑河，河水倒映着两岸山村，倒映着挂满红红点点的甜樱桃树。

河岸边，村民李国文在打着电话往果园走，一位重庆客户订了500斤甜樱桃，天黑前，他和家人要进果园采摘、装箱，并通知快递发出去。"订单每天都有，我们的甜樱桃大家信得过，老客户很多，又有新客户来。"

汶川，地处四川盆地西北部边缘、阿坝藏族羌族自治州东南部、北纬30度到32度之间，巨大的昼夜温差、碱性的无污染土壤，是甜樱桃栽种最适宜区域，与世界优质甜樱桃原产地——美国西北部和加拿大西南部地区的气候极为相似，是世界甜樱桃最优质产区之一，先后荣获"樱桃之乡""甜樱桃基地"称号，质量上乘，且上市期早于北方甜樱桃产区15—20天，极具品质优势和市场竞争力。

灞州镇克枯村，杂谷脑河岸的另一村。因为疫情，今年到果园采摘的游客少了，但家家户户线上线下齐发力，种地人变成了销果商，甜樱桃销量并未减少。克枯村村干部耿玉洪对记者说："村民总体收入与去年持平，未受疫情太多影响。"

汶川甜樱桃，不止"甜"了果农李国文，不止"甜"了克枯村。

今年，汶川县主动出击，搭建平台拓空间、多渠道促销售，全面启动销"樱"战"疫"：

搭建"汶川三宝"产业信息服务平台，以可追溯体系为核心，甜樱桃的生产、预售、供应、到货等全流程实现信息化和标准化，共助销甜樱桃25.6万斤。

同时，精心组织"2020四川花卉果类生态旅游节分会场暨汶川甜樱桃采摘节"系列活动，截至5月15日12时，汶川县实现甜樱桃阶段性销售预估订单15.35万斤。

此外，通过阿里、抖音、京东等平台预订4万斤，农商邦平台预订4.35万斤，线下门店企业团购预订7万斤。

汶川甜樱桃，种植面积3万余亩，产量约1万吨，覆盖6000多户果农。多渠道助销下，今年汶川甜樱桃销售喜报频传：基地现场采摘销售 20%，县内市场销售 15%，线下商超、企业团购销售 15%，帮扶协作及对口支援销售 5%，线上电商销售 45%。与去年相比，销售收入预计增长 5% 到 10%。

"汶川甜樱桃扛住疫情，价格没出现大波动，非常了不起!"到汶川收购甜樱桃的重庆客商李先生说。

汶川甜樱桃的"苦"

汶川甜樱桃，甜。但栽种的 30 年间，汶川发展甜樱桃，也尝够了"苦"头。

汶川甜樱桃，1990 年从辽宁大连引种试栽。30 年产业发展史，是一部汶川人砥砺前行的求索史，一次次风雨间，走得异常艰辛与苦涩。

最早是砍树毁苗之苦。

郭朝秀老人，今年 71 岁，住克枯村。说起栽种甜樱桃的历史，老人如数家珍。她说，初期，不懂技术，樱桃树"只长个儿不结果"，七八年结不出果，大家就砍树骂树还骂人。老人边说边笑，原来果树也分公母，甜樱桃是雌雄异株，需要公枝与母枝授粉才结果。那时候，人不懂树，砍了当柴烧，可惜啊!

后来又遇上卖不出去、烂在地头之苦。

汶川，作为四川最早栽种甜樱桃的地方之一，果农尝到"甜头"后蜂拥种植，从几百亩到几千亩，至 2008 年的 1.1 万亩。面积扩大了，求富心更切，施化肥、打激素，渐成普遍。然而，产量翻了倍，品质却下降，市场不认可，价格下滑严重。

果农李丛学说，他拉到成都去卖，除去开支，跟烂在地里没啥区别。让他更苦的是，他的果子被说成是"没良心的水果"。

汶川甜樱桃，30 年间苦不断：果蝇泛滥之苦、无壁蜂授粉之苦、异常气候之苦，尤其是保卫品质品牌之苦。

吃一次"苦"，长一次"智"。

为了汶川甜樱桃不再"苦"，2016年，从果农到果园，从种植到销售，从田间到政府，汶川打响了甜樱桃种植管理优质化、投入管理绿色化、身份管理品牌化、奖惩管理导向化、销售管理多元化等系列汶川甜樱桃品质提升、品牌建设的保卫战。

汶川，在种植技术上："重间伐、降群体，巧改形、减枝量，压高度、控树冠"，如今已成果农们共识，标准化基地一年比一年多。

汶川，在质量保证上：出台"六个史上最严格"农产品质量安全监管制度，乱施化肥、乱打激素自此绝迹，"汶川甜樱桃"重新找回全国市场话语权。

汶川，在品牌建设上：年年打响"品牌保卫战"，向以次充好、缺斤少两、以假充真等行为宣战，成为四川品牌危机处置的样本经验。

"汶川甜樱桃"，从"苦"走出来，走上了"甜"的路。

汶川甜樱桃的"根"

作为全国仅有的四个羌族聚居县之一，汶川"七山一水二分田"，耕地少，坡地多，但汶川人把这方土地当成生命的根。

汶川甜樱桃，用30年耕耘，成就了高质量，守住了品质，赢得了口碑，夯实了根基，"苦"尽甘来。

甜樱桃，扎在这方土地上，成为这方百姓稳定增收的根源。

余跃兵，原本在汶川县城蹬三轮车，后来回乡种果树，成了甜樱桃专家，他说，现在吃穿不愁，还有好车好房。这些变化，全靠政府想着我们。

"今年2月初，疫情刚爆发，县委县政府就开始研判甜樱桃的销售情况，那时甜樱桃还没开花。"汶川县委常委、宣传部部长龙跃说。

县里决定拿出500万元做推广，让汶川甜樱桃在消费者心中扎根。有人说费用太多了。县委主要领导做工作说，"要学会算账"：

几百万营销费是小账，5亿元甜樱桃产业是大账，如果因疫情出现滞销，损失就是上亿元，这才是涉及甜樱桃产业、涉及果农信心的大账。政府可以过紧日子，百姓要过好日子。

汶川，为老百姓算大账。不仅在甜樱桃产业上用心用力，而且在县域南部，基本形成了笋用竹、中药材、茶叶等"六个一万亩"产业格局，在县域北部建成6.8万亩以甜樱桃、脆李子、香杏子"汶川三宝"为主的标准化生产基地。

汶川，为老百姓算长远发展账。全面融入川西北生态示范区建设，做好"生态保护建设、生态产业发展、生态惠民利民"三篇文章，探索民族地区绿色发展之路。"绿色百亿工业园区"建设、岷江流域综合治理、"无忧·花果山"农文旅融合发展基地、"主动健康"小镇、大熊猫栖息地竹旅游区等"绿色经济"，可谓亮点纷呈。

汶川，总为老百姓算账。

记者问："政府出钱出力做推广，表面上看县财政是没收入的，政府的账又怎么算呢？"

"不能只算政府投入的那点钱，如何让老百姓过上好日子，从甜樱桃产业中赚更多钱，这才是硬核道理，要算这个大账。种出甜樱桃的高品质、打响汶川甜樱桃品牌，让汶川甜樱桃走出品牌化道路，这才是汶川甜樱桃长远发展之根。做甜樱桃促销，是为了县域经济发展，但根本上是为了让老百姓富起来，钱袋子鼓起来，不断增强对党和政府的信心，夯实我们的执政基础。"张通荣说。

本文刊发于 2020 年 7 月 1 日

2020 年度四川新闻奖通讯类一等奖

汶川人的家国情

李银昭　杜静　刘琳　梁鹏

弹指十二年，曾经满目疮痍的汶川，如今大地渐绿，山河正兴。

汶川人，不言苦难，只求实干。在南北长 100 多公里的威州大地，南边搞林产，北边种水果，再加上特色养殖，引进义乌来料加工，建家国情怀书院，如火如荼。

汶川，多一棵树苗，长江多一脉绿水。

汶川，多一方青山，国家多一道生态屏障。

滴水之恩，涌泉相报。而汶川，涌泉之恩，细水长流，点滴长报。

"是祖国给了汶川第二次生命，是无数援助的手，让汶川重新站立。"作为当年地震亲历者以及后来汶川建设发展的设计和参与者，阿坝州人大常委会副主任、汶川县委书记张通荣说，建好汶川，把汶川创建为国家级慢生活度假区，让汶川人过上好日子，让汶川成为长江上游生态屏障，就是我们对祖国对人民最好的回报和感恩。

汶川人的家

在汶川，兴邦，先兴家园。爱国，先建好汶川。

最漂亮的是民居，最安全的是学校，最现代的是医院。

这是"5·12"汶川特大地震十二年之际，四川经济日报记者一行踏上有着"大禹故里、熊猫家园、康养汶川"美誉的全国四个羌族聚居县之一的这片土地，感受到的第一印象。

俗话说，苦难兴邦。

在汶川，兴邦，先兴家园。爱国，先建好汶川。

"住上好房子，拥有好身子，过上好日子"是汶川人民要去实现的"汶川梦"。

从县城到乡村，好房子，随处可见。

曾经，威州镇茅岭村是高山贫困村。

现在，村里的荒坡种了李子树；黄土平房变成二层小洋楼。

红瓦、白墙，云雾之间，隐现出民居墙上的彩绘，好一幅"云中山居图"。

村民马元虎正在他新修的小二层里收拾行李，他和家人明天要去县城，参加两年一次的全民免费健康体检，"我们已在县医院免费体检过好几次了，一切正常，身体好得很。"

2012年，汶川启动全民健康示范县创建，在全国第一个实行全民健康免费体检。国家标准化管理委员会将汶川全民健康公共服务标准化试点列入国家级试点项目，汶川县成功创建全国慢病防控示范区，老百姓在家门口就可以享受到方便、快捷、专业的医疗服务，"一小时医疗服务圈"全面形成。

健康的体魄，让老百姓有更充沛的精力和干劲投入建"家园"的奋斗中。

汶川县漩口镇，一片热火朝天。在"来料加工首届技能大赛"中经过激烈角逐后，年轻姑娘唐小苗获得了一等奖和5000元的奖金。捧着大红的奖牌，唐小苗对记者说，农忙时，干庄稼活，农闲时，不出门就能当工人，日子一天天地好起来。

同一时间的雁门镇过街楼村，村民们正忙着参加各类就业培训，村主任尚忠福正在向全村人发送最新的就业信息。

为官一任，致富一方百姓。近年来，汶川坚持"南林北果·绿色工业+全域旅游（康养）"总体思路。按照"南林北果+特色畜牧"的产业布局，深入推进农业供给侧结构性改革，"六个一万亩""汶川三宝"等产业基地和特色水果，让特色农业提质增效；加快推进"绿色百亿工业园区"建设，从技改、品牌、共享等角度出发，让绿色工业提档升级；打造美食、美景和美宿知名"目的地"，让康养旅游提速发展。

汶川人在地震遗址上建起了培训经济，"全国爱国主义教育示范基地""四川党性教育实训基地""四川省公务员培训基地"在映秀挂牌，并被纳入全国红色旅游经典景区和全省红色旅游重点线路。2019年，映秀全年接待各类成人教育（现场教学）、青少年研学实践共计410余团（班）次、5.1万余人次；全年游客量达350余万人次，较2018年增加50余万人次、增长8.5%。

同时，汶川深挖独特气候优势、区位优势和"无忧地"历史文化，加快推进旅游（康养）经济。2019年接待游客627.78万人次，实现旅游总收入28.73亿元，同比分别增长11.5%和14.9%，汶川已成为远近闻名的康养圣地。

汶川人的好日子，不仅仅是在物质上。

村文化院坝，是汶川党委政府为老百姓提供的文化生活"聚点"。2018年底，30余个集文化宣传、党员教育、科学普及、体育健身、文明创建、道德讲堂等为一体的文化院坝在汶川建成。

依托文化院坝，汶川深入开展"文明四风"建设，让"家风、校风、民风、政风"如和煦的春风，吹拂着汶川这片土地，吹进每一位汶川人的心里。

走进雁门镇过街楼村的村文化院坝，欢歌笑语阵阵传开，村舞蹈队的"演员"们正在排练舞蹈。村民孙明良说，国家政策好，县里领导关怀多，邻里之间互帮互助很和谐，过去是"你家的""我家的"，分得很清楚，现在，你家的我家的，都是大家的。汶川人，就是一家人，汶川，就是我们共同的家园。

汶川人的国

家是最小国，国是千万家。汶川人真切感受到国家力量、国家温暖。

"国家，平时感觉是一个概念，但'5·12'之后，我们汶川人，真切地感受到了国家的力量、国家的温暖。"在汶川家国情怀书院，院长王振震说，震后满目疮痍，当我们看到国旗从山的那一边出现时，我们都哭了，因为我们知道，有救了。

走进汶川，与这里的人交谈，你会感觉到他们的言语中，有种强烈的国家意识。

汶川映秀镇，当年坍塌的漩口中学，是一处保留完整的地震遗址，解说员说，要让参观的人，了解地震知识，"更要让人们记住，大灾之时，全国人民乃至整个国家对汶川的无私援助。"

作为当年地震中心的映秀镇，在"全力建设全国重要的爱国主义教育基地、以培训促旅游"的新目标中，围绕"家国情怀、应急管理、生态文明"三大精品课程体系，打造培训主题小镇。

培训小镇，是汶川主政者对映秀经济发展的新定位。而强产业，就是汶川快速发展、高质量发展的基础。

"5·12"之后的十二年间，国家和兄弟省市在帮扶汶川经济社会发展的同时，也将汶川和祖国更加紧密地连在了一起。

浙江金华和四川汶川，相距2000多公里，以前毫无交集的两个地方，在今天，因东西扶贫协作和对口支援而紧密相连。

2018年以来，浙江金华市和汶川县共同编制东西部扶贫协作和对口支援工作三年计划和年度工作清单，签订框架协议，从产业发展、人才交流到教育文化医疗开展多领域合作。

汶川在与义乌等发达地区合作的基础上，把来料加工产业作为新的经济增长点，并计划用10年时间承接20亿元来料加工业务。

同时，汶川推动电子商务学院建立，培育壮大本土电商人才，汶川电商园区目前培育网商362家，引进33家电商物流企业入驻电商中心，2019年实现电子商务网络零售额5.57亿元，汶川甜樱桃线上销售率达到总产量30%以上，销售金额1230万元，让汶川甜樱桃成为网络销售的高端产品。

此外，汶川以金华对口帮扶旅游资源推介会、浙江文博会、旅博会为契机，将当地丰富的旅游资源通过浙江，推向全国。

加工、仓储、现代物流，从全国走进了汶川。

苹果、甜樱桃、脆红李，从汶川走向了全国。

优势产业是汶川发展经济的基础，"绿水青山"是汶川发展可持续的关键。

在稳固传统优势产业、优化产业结构、拓宽产业领域的基础上，汶川县委、县政府牢固树立"绿水青山就是金山银山"理念，始终把修复和保护生态环境放在首位，实行最严格的生态环境保护制度，全面做好了"生态保护建设、生态产业发展、生态惠民利民"三篇文章，仅2019年，就实施造林面积16522.1亩，全民义务植树参加人数达36234人，栽植苗木160620株。

汶川县三江镇龙竹村，山水葱绿，村民不仅修起了一栋栋小洋楼，而且在山水间办起了生态农家乐。

"我们要把漫山遍野都种上观赏樱花，要让我们的生态环境越来越好。"龙竹村党支部书记赵勇说，这既绿了山，又清了水，还致富了村民。就是这位村支书，在今年新冠肺炎疫情期间，还与村里11位村民，驾车26小时，将100吨新鲜蔬菜运到武汉。

近年来，汶川严格落实河（湖）长制，全面推进"三治岷江"系统工程；围绕江河两岸、道路两旁、荒坡山头实施绿化行动；狠抓砂石乱采、污水乱排、农村住房乱建"三大问题"整治；大力实施重点行业、企业污染整治与燃煤锅炉改造工程……

过去，汶川水磨镇有63家企业，是远近闻名的工业小镇，但同时也是高污染重镇。在产业优化调整中，这些污染企业全部都被"腾笼换鸟"外迁了，新引进来的都是绿色产业，如今的水磨镇，已成了远近闻名的旅游小镇。

"以前，洗的衣服都不敢在户外晾晒，空气污染重，衣服上就会铺满黑灰。水磨的人都不在这里住，跑到都江堰市去买房子。"在水磨镇开餐馆的老板舒志清说，现在很多人都像他一样，又回到了水磨镇来安居乐业。

替河山装成锦绣，把国土绘成丹青。张通荣说，因汶川处于长江上游这一特殊区位，生态保护和建设，就具有了特殊的意义。他说，"汶川的一滴清水，就是长江的一滴清水，汶川的一棵树，就是国家的一棵树，汶川的青山绿水，就会融入国家的生态屏障。"

汶川人的情

爱小家，建大家，兴国家，在汶川焕发出家国之情。

连华玉，汶川映秀镇人，灾后，她收到的第一笔救助金，是来自全国党员的特殊党费。拿着这笔钱，她考了汽车驾照。她说，"这样，钱用得才有意义，使我终身都会记住这些大恩、大情。"现在，连华玉是"漩口中学地震遗址"的解说员。除了在这里向世人讲解地震灾害、灾后重建，以及在这十二年里她感受到的恩情外，她还接受汶川以外一些高校、社会团体的邀请，去讲发生在汶川的故事。她说，"我想把关于生命、关于爱、关于奉献和家国情怀的故事讲给更多人听，把感受到的大爱大情传递下去。"

陈光书，是下庄村河坝组农民，每到大樱桃收摘季节，他都挑着樱桃到汶川城里，捧着甜樱桃，免费赠送给来往游客。他说，过上好日子，不忘大恩人。"去年送，今年也送，明年还要送。"

马琼霞、何开容，都是映秀"我爱我家"的志愿者。十多年过去了，马琼霞从未忘记自己是从废墟中被救出来的，她说，"我们的志愿者服务队有64人，映秀镇七个村、一个社区，都有志愿者，每个志愿者都铭记着恩情，都在为映秀、为社会做贡献。"

何开容说，有一年，为感恩救援的解放军，志愿者们组织了428

人参与缝制感恩鞋垫，一针一线，大家用近半年时间，总共缝制了827双感恩鞋垫，针针线线里，缝进去的都是汶川人的情。感恩回报，恩情传递，何开容还将自己的儿子送进了当年救援过汶川的军营里。

把汶川人感受到的爱，感受到的情，不断往下传递的还有无数的汶川人。现在，汶川的志愿者还在不断增加，队伍还在不断壮大。这些志愿者，在汶川大地上书写着一件件感人的故事。

泥石流突袭汶川三江镇这件事，让世人见证了汶川人的大义大情。

每年夏天，成都、眉山、德阳等地，甚至重庆的人，都会到有山有水的汶川三江镇及周边避暑，尤以老弱妇孺和放暑假的学生居多。汶川县委宣传部部长龙跃向记者说起三江镇泥石流那件事时，很多细节历历在目："公安、消防、医疗、志愿者、社区人员、党委政府，迅速行动，所有参与人员，无论是从上到下，还是自下而上，很快形成了救助一盘棋，开始实行科学、有序施救，环环相扣，以最短的时间安全转移了5万多名游客。"

参与转移游客的水磨镇水磨社区支部书记姚正春说，当时，志愿者团队，分工合作，有序地奔赴三江镇，而且自带干粮，一批下来，一批又上，轮流上前。"儿子下来老子上，老公下来老婆上，那场景就像是爱的海洋、情的海洋，看着就让人感动，看着就让人想哭。"

在泥石流救灾中，掏空家里的冰箱，还向邻居借食材，给被困游客免费送饭菜的汶川威州镇下庄村王英说，"当年汶川受灾，全国人民救援，现在，汶川人一点一滴地回报，十年、二十年，代代相传，代代相报。"

当年地震时只有12岁的汶川姑娘佘沙，现在是四川省第四人民医院的护士，当新冠肺炎疫情在武汉肆虐之时，经过多次请战的她，成为四川省第三批援湖北医疗队队员，踏上了"战疫"一线的征途，"我是汶川人，是地震的幸存者，我要上前线去。"

真情、深情，在汶川汇聚成的是感恩之情。

如今的汶川，经济健康发展，社会和谐稳定，百姓安居乐业。县委号召推进"感恩情怀培育工程"，培育"铭恩奋进、知恩图报"的感恩情怀，重塑人人知恩感恩的社会风尚，把感恩情怀转化为决胜脱贫奔康的强大动力。

爱小家，建大家，兴国家，在汶川焕发出的是家国之情。

汶川，这个隶属于四川阿坝藏族羌族自治州，地处四川西北部、川西北高原东南部的少数民族聚居县，在灾难中兴业，在苦难中崛起。

汶川人，在羌乡大地上，汇聚前所未有的力量，筑高楼、建家园、兴事业，如火如荼。羌寨、碉房和邛笼，在汶川人的手中威严耸立。

中国西部，一个日新月异的宜居汶川、畅通汶川、平安汶川、健康汶川、科教汶川、低碳汶川，全国人民翘首以盼的"天府汶川生态康养慢生活度假区"承载着汶川的梦想和希望，正以新魅力和新风貌，在大禹故里向中国、向世界展现。

本文刊发于 2020 年 5 月 7 日

2020 年度四川新闻奖深度报道类二等奖

2020 年度四川新闻奖（副刊）报告文学及特稿类一等奖

四川丝绸借杭州出海登陆欧美

李银昭　杜静　鲍安华

　　一群四川丝绸人，跑到杭州搞丝绸终端产品的研发和生产，短短几年时间，已与蔻驰、阿玛尼、雨果博斯等世界奢侈品牌成功合作。包括苏州、杭州、上海在内的整个长三角丝绸织造印染业，对四川丝绸以杭州为跳板，连续拿下欧美市场大单，刮目相看。

　　已在丝绸业闯荡了 20 多年的陈江，是四川省丝绸科学研究院的技术人员。2015 年，研究院将他派往杭州，并任命他为四川省丝绸科学研究院杭州新产品研发中心负责人。

　　"国外的客户大概占了 70%，国内客户 30%，业务以外销为主，今天正在为著名的爱马仕品牌加班生产。"陈江边走边向记者介绍。

　　杭州，作为中国乃至世界丝绸产品的主产地，具有全球影响力。产业内的人才、信息、资金，以及上下游产业，都聚集于此。四川省丝绸科学研究院正是看好杭州的丝绸产业集群效应和市场的"桥头堡"优势。

　　"靠科研团队，靠研发成果，靠市场转化，靠一次又一次对前沿技术的突破和应用。"四川省丝绸科学研究院党委书记、院长程明说，四川丝绸人之所以能站稳杭州，拿下欧美市场的大量订单，主要是四川有一支包括丝绸纺织、印染在内的全产业链上的研发人才队伍。这支队伍历史久、实力强。就是靠这支队伍，不断设计，不断研发，不断创新，不断地与国内外客商配对开发产品赢得市场，仅 2019 年，杭州中心就开发了 400 多个新产品。

在杭州新产品研发中心的数码印花车间，正在为西班牙客商加工一款面料，车间主任说："这款定制的丝绒面料，其技术既能达到传统印花的效果，又比传统印花的渗透好、手感好，还能对人丝和真丝进行区别上色，面料不反丝，不露白，生产速度也更快，得到了行业和客户的一致认可。"四川人就是靠几十年的技术积累、新装备新技术的消化吸收和一次次的技术突破，奠定了在杭州丝绸业的地位。

据陈江介绍，一些国外的"大牌"客户来杭州中心，看了研发团队和产品品质，不需要验厂，就直接下单，个别客户还说报价低了，主动给加价。目前，生产工期已经排满了明年上半年。

为了拓宽视野，四川省丝绸科学研究院还要求科研人员到国外参加会展，有时一年去三四次。包括法国 PV 展、美国服装展等，让科研人员随时了解世界最新的前沿技术。

作为杭州新产品研发中心的负责人，陈江说，近几年，杭州研发中心的业务量每年保持 80% 至 89% 的增长速度，今年因整个经济环境等多方面影响，但仍然保持了 35% 的增长。目前，杭州中心正在做新的规划和调整，相信再通过两三年时间，规模和效益将会有更大的突破和发展。

四川省丝绸科学研究院杭州新产品研发中心，不仅为四川科研机构怎么与产业对接探索了一条可行的路径，同时，也为四川一些具有核心竞争力的传统产业怎样抓住发展机遇，突破发展空间，做了大胆而有效益的成功尝试。

本文刊发于 2019 年 12 月 23 日

2019 年度四川新闻奖通讯与深度报道类三等奖

宜宾：长江上游新力量

李银昭　杜静　杨波　侯云春

宜宾，长江从这里起航。

宜宾，沃野千里的岷江蜿蜒而来。

宜宾，龙腾虎跃的金沙江咆哮而至。

宜宾，三江汇流，六岸争春。千百年来，"一白一黑"的酒和煤，祖辈传下的"手艺"，上天馈赠的"宝贝"，润养出世代宜宾人的舒适和豪迈。

斗转星移，日新月异。

长江，一浪接一浪，后浪推前浪。

今日宜宾人：

以无中生有、搏击大江的雄心，再显长江的气势。聚力智能终端、汽车、轨道交通等新兴产业，用"最难"的产业追赶世界。

以敢为人先、勇立潮头的气魄，再显长江的汹涌。超常规推进大学城、科创城"双城建设"，推进资源型经济迈向知识型经济。

以初心不改、奔流不息的精神，再显长江力量。举全市之力，以今日宜宾为新起点，打一场创建全省经济副中心的攻坚战，让这方百姓共享高质量发展带来的红利。

宜宾，GDP 增速：2017 年，四川第五；2018 年，四川第二；2019 年上半年，四川第一。

以今人超古人的速度，短短三年时间，长江作证：

宜宾，建起了大学城。

宜宾，建起了科创城。

宜宾，建起了产业城。

宜宾，无边落木萧萧下，不尽长江滚滚来。

新作为　无中生有启新业

天府之国，宜宾好安逸！

靠山：刨开土，煤炭变黄金。

靠水：酿出酒，一年卖千亿。

靠山水，宜宾人躺下有吃的，坐着就发财。

这就是宜宾，在四川21个市州中，多年稳居"老四"。

然而，审视一番，却危机四伏。

成都一枝独大。绵阳、德阳作为"老二""老三"，跑得愈来愈快，宜宾被甩在后，差距越拉越大。"老五"南充紧追宜宾，赶超的势头愈发强劲，就连同处川南的"老六"泸州，也让宜宾感到压力。

"标兵渐远，追兵渐近。宜宾，绝不能再继续沉浸在'排位居全省前列'的美梦里，而是要用'总量、增速、排位'三位一体的思维，去审视和衡量经济发展的成败。"面对四川各市州你追我赶，竞相发展的局面，宜宾的决策者以这样的思维寻求新的发展路子。

宜宾，面对滚滚长江，审时度势，提出并实施"产业发展双轮驱动"战略：在巩固传统优势产业的同时，更要加大力度，加快发展智能终端、汽车、轨道交通等高端成长型产业。

产业升级，城市转型，宜宾，势在必行。

宜宾市委书记刘中伯说，宜宾传统产业基础不错，但新兴产业发展相对滞后，更需要依靠开放的理念和大力度招商补短板。"我们只有用更高的眼界和更大的格局来推动经济发展，才能够拥有与国内外先进产业、与世界对话的水平。"

从零起步，聚力为新兴产业"搭台"。

宜宾，要造汽车。

有人说：乱想，纯粹是胡思乱想。

宜宾，要造手机，搞轨道交通。

有人说：做梦，做的是白日梦。

说胡思乱想、做白日梦的人，说得还有根有据：宜宾，传统产业是优势，造汽车、手机这些新兴产业，宜宾是一无所有。

"没有，就要无中生有。宜宾要在没有的产业中，去填补空白，用汽车、手机这些最难的产业去追赶世界。"宜宾市委、市政府决心坚定。

理解要搞；不理解，说服大家也要搞。

把"搞不成"的疑虑，放下。

把"干成事"的劲儿，提起。

不信东风唤不回：宜宾市委、市政府主要领导多次带队招商，分管领导一次次登门，一家家拜访；宜宾工业史上支持力度最大的《支持智能终端产业发展若干政策》，仅用20多天就出台。

各级干部"5+2""白加黑"，甘当企业"终身保姆"和"贴身管家"；下了飞机，为赶时间，招商干部常骑共享单车去拜访企业，还经常"夜总会"——夜里总开会。

努力，换来企业高度认可。一场"无中生有"的大戏，在长江首城宜宾拉开序幕。

"5个月拍板10个亿投资。"深圳酷比通信董事长陈凯峰说，第一次站在长江边看宜宾，就颠覆了他对这座西部城市的原有看法，"到宜宾，是决心，更是信心。"

"85天建好厂房，企业拎包入住，宜宾速度超越了深圳速度。"深圳朵唯科技公司董事长何明寿说，宜宾人干事非常高效。

张丹妮，宜宾泽平智能电子设备公司董事长。她说，"宜宾的营商环境很好，目前，公司已跻身北美移动终端主流供应商行列，成为宜宾出口额最大企业。"

从无到有，三年过去，宜宾新兴产业快速崛起。

极米、朵唯、苏格、中兴等 185 个项目签约，协议总投资近 500 亿元，可年产智能终端产品 3.3 亿部。如今，宜宾已初步形成较为完善的智能终端产品体系和产业链体系，产业规模居西部前列、川南首位。

今年前三季度，宜宾 101 户投产的智能终端企业中，41 户外向型企业实现外贸出口总值 34.3 亿元，占全市外贸出口总值的半壁江山；宜宾外贸进出口总值排前 10 的企业中，智能终端企业占据 6 席；"宜宾造"智能手机自去年以来成为宜宾第一大出口产品。

宜宾新兴产业，并非智能终端一枝独秀，还有汽车、轨道交通、新材料产业也异军突起。

奇瑞宜宾分公司和凯翼汽车两大整车项目落地，一体化同步建设冲压、焊装、涂装、总装车间 4 大工艺生产线和研发体系。自今年 1 月首车总装下线以来，"宜宾造"新能源汽车的订单，已排到三个月后。宜宾汽车产业园全面建成后，可实现年产值 220 亿元以上，带动配套产业实现年产值 330 亿元以上。

此外，宜宾与四川铁投、中车株洲所等企业联合打造西部最大的智能轨道快运系统产业基地，致力于打造集智能轨道快运系统、核心技术研发、整车总装、零部件生产、销售贸易、维保等综合服务为一体智轨系统产业基地。目前，全球首条智能轨道快运系统运营线已在宜宾开通，标志着我国自主首创的新型城市轨道交通——智能轨道快运系统从试验走向商用。

宜宾的新材料领域，引入宁德时代、苏州天华超净等知名企业，在宜宾建设总投资近百亿元的新能源汽车动力电池制造基地，着力构建完整的新能源电池及上下游核心产业链体系。

宜宾市委副书记、市长杜紫平说，宜宾市智能终端、汽车、轨道交通等新兴产业从无到有、强势崛起，预计通过 5 年左右的努力，这三大产业将实现 2000 亿元以上的销售收入，基本实现再造一个产业宜宾的目标。

滚滚长江，奔流不息，护航着日新月异的宜宾。

在质疑中起步，宜宾的智能终端、汽车等新兴产业，已在业内成为"宜宾智造"，宜宾"不止一瓶酒"，已成了新的美誉。

新魄力　敢为人先走新路

李德申，喝长江水，听长江涛声长大的宜宾人。

站在龙头山上，他指着山下，对记者说，三年前，要在那里建一座大学城，不信，大家说"那是在做美梦"。

"看，太快了，一座大学城，在长江边就冒出来了。"李德申说。

宜宾，把长江边本可以开发江景房的好地段，留给四川大学和电子科技大学。宜宾人把大学落户，视为"交钥匙"工程，让教职员工"拎包入住"。

如今，宜宾已与中国人民大学、同济大学、哈尔滨工业大学等18所大学签订战略合作协议，其中与7所高校签订项目落地协议。

四川轻化工大学宜宾校区、西华大学宜宾校区、电子科技大学研究生院宜宾分院、四川大学宜宾园区4所高校已建成投用，宜宾在校大学生由2016年的2.5万人，增加到现在的5.7万人，其中留学生600余人，居全省第2位。

宜宾：大学城，拔地而起；科技创新城，同步兴起。

宜宾科技创新中心今年3月建成，已吸引中国人民大学长江经济带研究院、宜宾同济汽车研究院等9所产研院，以及邓中翰院士工作站、清华启迪控股等科研团队、智能终端四川省重点实验室进驻。

从大学城、科创城，到产业城，宜宾的"产学研"更加精密衔接。目前，宜宾各高校、产研院所，与五粮液、天原、领歌、朵唯等企业的"产学研"合作项目超过100个，教育、科技、人才和产业的同频共振，沿长江两岸全面铺开。

四川大学党委书记王建国，在宜宾校区开学典礼上致辞说："建大学，短期并不赚钱，要长期才能体现价值。宜宾市委、市政府大力实施科教兴市的远见卓识，令人钦佩！"

其实，宜宾人对包括教育、科技在内的文化知识的向往，由来已久。

古称叙府、戎州的宜宾，诗圣杜甫来过，黄庭坚走过，他们写诗作词，传道育人，引宜宾尚文重教之风潮。宜宾人感念至今，刻石记之。

即便在国难当头、烽火硝烟、物资奇缺的抗战时期，宜宾人仍旧迸发出了难以想象的担当。

79年前，宜宾李庄，罗南陔等一批开明士绅，发出"同大迁川，李庄欢迎，一切需要，地方供给"16字电文，以一个仅有3000人的小镇，接纳了包括同济大学、中央博物院在内的国内10余家教育科研学术单位的学者、师生及家属，共1.2万余人，长达6年。

傅斯年、梁思成、林徽因、董作宾、李济、陶孟和、李方桂等一大批大师，云集宜宾李庄。

时光荏苒，斗转星移。

与李庄隔长江相望，如今，占地36平方公里的大学城、科创城，矗立江边，延续先辈精神，传承华夏文脉。

何东，西华大学长江产业园区规划研究院院长、教授。他认为，宜宾通过教育、科研破解传统区域发展路径，是创新驱动发展的具体体现。"过去，我们从产业上发展，宜宾跳出传统，从人才、科技、创新动力上探索路径，这个做法是高起点、大手笔。"

"投百亿建大学城、科创城，这是智能终端产业的最佳配套，既为企业提供源源不断的人才，学校和企业也更好合作搞研发。"朵唯集团总裁张明楚说，短视的企业，也许是看重宜宾的政策红利来，但追求长远发展的企业，更关注宜宾对未来发展的谋划。

宜宾立足长远发展，着力培育经济新动能，不断加码智能终端、汽车等战略性新兴产业，这些产业是典型的知识型经济，科技含量、专业化程度高，产业"天花板"不再取决于资源是否富集，而更多地取决于技术、研发和人才的支撑。

一座城市，一个地方，能走多远，取决于教育、科研这些新的"基础设施"的厚薄。当前，宜宾正处在加快建成全省经济副中心的关键时期，比以往任何时候都更加渴求人才。

宜宾，以敢为人先的魄力，将大学城、科创城建设，作为服务经济社会发展、造福子孙后代的百年基业和伟大工程来抓，从长远来看，将为宜宾"创新、协调、绿色、开放、共享"发展，提供源源不断的动力，影响深远。

新起点　初心不改展新力

长江，涌动着力量。

宜宾至上海，3000 公里黄金水道，顺流而下，润养出汽车城重庆、中国光谷武汉、六朝古都南京、金融中心上海，直抵大海。

宜宾，"黄金水道"零公里起点。

四川盆地，长江在川南冲出一道大口。世代宜宾人，逐水而居，在长江边，繁衍生息。

宜宾港，如今，汽笛声越来越密集，已成为宜宾经济高质量发展的新起点。

港航货物：从单一的几个品种发展到几十个品种；集装箱吞吐量，从 2011 年的 8055 标箱上升到 2018 年的 40 万标箱。过去一年，宜宾港仅钛精矿同比增长达 17 倍，铁矿石同比增长 3 倍，磷矿石增长近 6 倍，元明粉、草甘膦等化工产品增长了 2 倍。宜宾造智能终端产品通过宜宾港保税物流中心（B 型）运往东南亚、印度、巴基斯坦等地。

宜宾港的繁忙，折射出宜宾经济新的活力。

新的活力，首先来源于一批新的企业家。

钟波，"80 后"，成都极米科技有限公司创始人，他带着团队在宜宾设立生产基地，实现成都研发，宜宾制造。

被誉为"东南亚小王子"的领歌集团，庄晓丰、周利东等管理团队，平均年龄只有 32 岁，这个致力于开发适合时尚年轻群体的智能手机的团队，立足宜宾，征战海外市场。

"只有产业跑起来了，才能加速融入世界。"宜宾腾卓智能科技公司总经理卓泽俊说，智能终端，是当今世界发展最具活力的产业，研发、产品、市场，瞄准的都是全球，相比西部其他城市，拥有相当规模智能终端企业的宜宾，无疑在新一轮发展中，抢占了先机。

这些年轻才俊、富有全球视野的企业家还有四川京龙光电科技公司张仕强、宜宾格莱特科技公司杨楚欣、四川全盛通网络技术公司李宇、四川苏格通讯技术公司林长海，他们进驻宜宾，扎根宜宾。这群新兴产业的企业家，将与宜宾传统产业的企业家，如前有五粮液的王国春、丝丽雅的冯涛、惊雷科技的王典灿，今有李曙光、罗云等，组成当代宜宾新的企业家团队，扛起宜宾新一轮经济发展大旗，在宜宾新的起点上，搏击市场。

宜宾新的活力，还体现在一批新的产业工人群体的聚集。

目前，仅宜宾智能终端产业，产业工人就超过万名。

卢平，曾在沿海打工，回家乡后，慢节奏的工作，让她很不适应。"加入朵唯后，让我找到了在沿海时的节奏和效率。"

陈茂，宜宾智威科技精密工具车间总经理，他在深圳富士康等企业工作 8 年，现在他主管的生产线，采用先进仪器和沿海管理方式，生产效率大大提高。

刘远翔，苏格通讯工程部技术员，是第一批造手机的宜宾人。他告诉记者，上班做工，下班学习，手机研发和应用，更新太快，这样的工作，让他感觉一天不学都不行。

宜宾，新兴产业的崛起，一批新的产业工人正在成长，他们不仅年轻充满活力，他们的新知识新观念，也正在助推新产业的发展，为宜宾这座城市增添新的活力。

新的产业、新的企业家，新的产业工人，在重塑宜宾经济发展格局的同时，也不断增添着这座西部城市加快发展、高质量发展底气和定力。

宜宾人深知，宜宾到上海有多远，发展的差距就有多大。西部城市宜宾，因长江而生，必随长江远行。

今日之宜宾，以今日为起点，整装再出发，不仅要建成四川经济副中心，未来的宜宾，还要努力成为经济、社会、科教文卫等全方位一流的四川副中心城市。

滚滚长江东逝水，英雄逐浪立潮头。

短短三年时间，今日宜宾人，在这条母亲河的岸边：

托起了一座新的产业城；

崛起了新的大学城、科创城。

宜宾，矗立长江边，站在新起点，不忘初心，敢担当，有作为。

这就是宜宾无中生有的勇气。

这就是宜宾敢为人先的气魄。

这就是宜宾的力量，四川的力量，长江的力量！

本文刊发于 2019 年 12 月 16 日

"国家队"构筑跨省区合作"致富桥"

杜静 侯云春

扶贫，是富裕的帮穷困的，是强壮的帮弱小的，是发达的帮欠发达的。

然而：

新疆，喀什，疏附县。

四川，凉山，盐源县。

这两个相距数千里的"贫困县"，通过天虎云商，这家由中国电信重点打造的全国综合性电子商务信息化平台，在核桃产业领域建立起了种植、加工、销售全产业链合作。

这两个少数民族聚居的"贫困县"，通过天虎云商，让有着前端种植优势的盐源县企业，与依托中国电信消费扶贫发展起来的、有着后端销售优势的疏附县企业，实现了资源整合，优势互补，产业相连。

这两个资源变现弱的"贫困县"，通过天虎云商，两个"穷兄弟"，既有了适合各自发展的"路子"，又有了面对市场的"胆子"，实现了从"输血式发展"，向"造血式发展"转变。

这两个少有往来的国家级"贫困县"，从陌生到合作，从单打独斗到聚力共进，从各自脱贫到同行互惠，全部得益于天虎云商，为两个跨省区"穷"县，架起了千里"合作桥"，搭起了平台"供销桥"，修起了互惠"立交桥"。

在中国电信的帮扶下，两个"贫困县"，合力迈向了小康路。

"国家队"架起千里"合作桥"

蜿蜒的雅砻江，风光旖旎。

森林资源丰富的盐源县，就坐落在雅砻江畔。

盐源，盛产核桃，被誉为"国家级核桃示范基地""省级优质核桃标准化示范区""四川核桃之乡"。截至目前，核桃种植面积达120万亩，鲜坚果年产8800余万斤，带动全县种植户户均增收2000元以上。核桃成为盐源脱贫奔康的重要支柱产业之一。

然而，核桃多了，如何卖核桃，却成为盐源人的"拦路虎"。

可喜的是，天虎云商为盐源带来了"及时雨"，让盐源核桃走出大山，走向都市，走向全国。

时间回溯到2019年5月，受天虎云商邀请，位于新疆疏附县的疆果果农业科技有限公司人员一行，来到四川盐源县考察。随后，疆果果公司与凉山州现代农林开发有限公司就核桃产业进行合作，首批订购500万元盐源核桃。

根据协议，疏附县的疆果果公司，还将对盐源核桃产业提供种植、加工环节等全产业链支持；

盐源县的凉山现代农林，按采购标准和要求，负责去核桃青果皮、裂壳、烘干、分选、包装等初加工环节，并优先聘用建档立卡的贫困户或低收入人员，解决盐源当地贫困人口就业的问题。

两个少数民族聚居的贫困县的千里合作，源于中国电信精准扶贫专馆的一场热销。

2018年，天虎云商承建了以销售贫困地区特色生态农副特产为主的中国电信精准扶贫专馆，并积极对接引入中国电信四个对口扶贫县（四川盐源县、木里县，新疆疏附县，广西田林县）和两个定点支援县（西藏边坝县、青海久治县）符合电商销售条件的农产品达 200 余款。其中新疆疏附县特色的干红枣、红枣夹核桃等特色坚果产品大受欢迎，成为精准扶贫的标杆产品，自 2018 年四季度上线以来，新疆干果类产品销售额已达 1500 万元左右。

新疆干果类产品卖得这么好，在干果种植方面极有优势的盐源县，能否借势发展，携手共进？

"盐源的核桃，有规模、有品质，而新疆的干果销售企业，在天虎云商平台的助销下，有名气，有市场，对双方来讲，可以优势互补，可以实现互利共赢。"天虎云商执行副总裁吴江说，这一次跨区域合作，中国电信各层级力量通力配合，通过集团工会和扶贫办的推动，通过天虎云商利用大数据摸清贫困县实情，通过一线帮扶干部因地制宜精准对接，使盐源的核桃，在线上线下，来来往往，卖向全国。

"国家队" 搭建平台 "供销桥"

核桃，从种植到变成最终的消费品，中间还有多个环节，尤其是加工环节极为重要。在这个环节中，需要建一个初加工厂。那么，这个加工厂怎么建？建哪里？谁来建？钱谁出？风险谁担？

疏附县，疆果果公司的优势和精力，主要集中在产业链后端的销售环节，对投资建厂搞前端加工，意愿并不强烈；

盐源县，凉山现代农林的优势和精力，主要集中在核桃的种植采摘、技术培训环节，对上千万元的建厂资金感到力不从心。

而核桃的初加工，又是合作最基础的环节。

"盐源，偏远贫困，无区位优势，不愿错失任何一个有利于发展的机遇。"中国电信帮扶干部、盐源县副县长王超告诉记者，初加工环节，是盐源农产品走出去的关键，也是包括疆果果公司在内的客商引进来的关键，不仅一定要建，而且还要建好。

为此，盐源特地在县城边划出一块地，由盐源县国资公司出资，建一个包括核桃在内的农产品加工园，建成后，以优惠的价格转租给有需要的企业。

正是按照这样的建设思路，盐源农产品加工园迅速拔地而起。

在盐源县城一角，佛凉·盐源电商物流农业产业园，农产品交易区、多功能服务区、现代化检测分选包装生产线、气调库、保鲜库等在内的功能区鳞次栉比，多个厂房内的设备正在安装，预计今年 10 月将投入试运行。

这个以农产品加工为核心的产业园，是盐源县着力打通核桃电商销售流程、破解产业发展短板的重要一环——通过建设现代化生产线，实现盐源核桃及其他农产品在本地的初加工，向订单客户提供品质稳定的产品。

"经过初加工的核桃，附加值提高了 20% 左右。"凉山州现代农林开发有限公司执行董事陈明松说，在他看来，政府兜底，解决了加工环节最大的投入难题，企业只需要投入比建厂少很多的租金，就能顺利运转，把前期风险降到了最低。

农产区加工园的建立，架起了供销之间的合作平台，得到了种植基地、产业协会、电商企业等的认可，各方合作的信心得到了极大的鼓舞。

"国家队"修筑互惠"立交桥"

扶贫是一项持续工程。

盐源核桃首次与新疆实现跨省区合作后，至今年 7 月，又与广东、安徽、江苏等地企业携手，实现跨省互惠合作，其中，仅安徽詹氏食品股份有限公司和临安新宝炒货食品有限公司两家企业，就与盐源签订了共计 1200 万元的核桃订单。

此外，盐源核桃，还将得到农业农村部"110 网络扶贫"、中粮海优等"国字号"平台的大力推广和助销。

"依托各方力量，构建多平台、多层次电商帮扶体系，建立长效的'造血式'扶贫。"王超说，这个帮扶体系，初步由三方集群构成：

第一集群，是以詹氏食品、疆果果、临安新宝等为代表的国内知名电商企业，将以订单方式直接带动销售盐源核桃。

第二集群，以"110网络扶贫"、中粮海优等为代表的涉农平台，将依托其强有力的平台资源，助力盐源核桃品牌打造和宣传推广。

第三集群，是中国电信的消费扶贫、以购代捐活动。这是前两个集群未成气候之时，对盐源核桃进行"兜底"销售，缓解种植户的压力和风险。2019年，"兜底"资金预计达500万元。

古话说：单丝不成线，独木不成林。

盐源核桃，众人拾柴火焰高。

在中国电信的大力帮扶下，身居凉山不"凉"的盐源核桃，随着信息的传播，随着美誉度的提升，随着帮扶体系的不断完善，随着跨区域合作的扩大，正迎来前所未有的发展机遇。

本文刊发于 2019 年 9 月 20 日

第32届中国经济新闻大赛新闻报道类一等奖

2019年度四川新闻奖通讯与深度报道类二等奖

宝兴"孤岛"脱"孤"记

庄祥贵

8月24日下午3点多，当救援队伍最终到达宝兴县穆坪镇新民村村民活动中心时，该村第一书记刘程梁总算松了一口气。

从现在开始，新民村应该已经不是一个绝对意义上的"孤岛"了。虽然这里还没有电、通信也断了，但救援队一行从上午10点出发，搭了9座简易木桥，开辟了十几里的羊肠小道。现在，从新民村步行，只要1个多小时就能到宝兴县城了。

"但愿没有大雨和洪水冲击，这些桥和路应该可以让村民方便临时进出。"刘程梁说。

正是这条路，也让新民村自20日晚成为"孤岛"之后，迎来了首批外界物资援助。

就在新民村对外应急通道打通之前，为了打探这个"孤岛"的情况，刘程梁等人就曾进出过一次，而这一次往返新民村与宝兴县城他们用了整整3天。

"四人组"探"岛"怀揣使命出发

说起8月20日晚上开始的那场特大暴雨，宝兴县的很多人至今仍有点"细思恐极"。

"那天的雨越下越大，我的心也越来越紧张。"刘程梁回忆说，特别是 21 日清晨得知村口石桥已经被水冲毁，进村的路已经完全断了的时候，心中更是焦急万分。

21 日早 5 点多，刘程梁还能打通村支书的电话，村支书告诉他上面雨很大，路基垮得也很多。等到早上 8 点多，电话就已经打不通了。

这时刘程梁着急了！而这时，焦急的人还不止刘程梁。

由于 8 月 19 日 14 时至 21 日的暴雨，特别是 20 日之后持续的特大暴雨，引发宝兴境内河水猛涨、山洪泥石流肆虐、滑坡等次生灾害丛生，导致交通、电力、通讯中断，形成 60 个 "孤岛"。

面对突如其来的巨大灾情，如何尽快确认 "孤岛" 内群众的安危，这让宝兴县乃至雅安市党委政府的主要负责人焦急万分。

在这种情况下，唯一可行的办法就是派人进去 "打探" 情况了。

刘程梁告诉记者，21 日，由宝兴县委常委、宣传部部长周船带队，穆坪镇人大主席何晓依、县委办 1 名工作人员和他，一行四人步行从临近的山翻过去，绕行进入新民村。

挺进新民村 "孤岛"，一路翻山越岭、摸爬滚打，其中辛苦只言片语难以说清。

"最让人后怕的就是沿途要经过很多湍急的河流，河水很急，又有暗石，只能踩在倒伏的树干上涉险过河。行进过程中一名同志不慎落水，险些被洪水冲走。"

"而且河的两岸还有许多滑坡的痕迹，泥土和小石子还时不时地往下掉。" 刘程梁回想起当时的情景还心有余悸。

三天报平安带出宝贵信息

经过 5 个多小时的艰难跋涉，21 日晚 7 点多，四人终于到达新民村活动中心。在了解到 "大家虽然都遭了灾，但没有伤亡"，一行人都比较欣慰。

但好心情还没持续多久，大家就开始担忧起来了——这时雨又下大了。

本来按照当初的计划是：把情况摸清楚后就即刻返程，尽快把"孤岛"内的情况带出去。然而，由于雨越下越大，沿途河水、山体等情况都随时有变，于是四人决定先帮助"孤岛"内的村民疏散避险并组织自救，同时更加深入的查访灾情。

时间来到 23 日，从新民村返回宝兴县城的路仍然有风险，但情况紧急、灾情严峻，急需与外界取得联系。于是大家一致决定："不能再等了。"四人便再一次鼓起勇气出发。

"当天水很大，路上又新增了两处山体滑坡，危险和困难进一步加剧，四个人能平安地回到县城，也真是运气好！"刘程梁有些释然地笑道。

就这样，用了三天时间，探"岛""四人组"和当地村组干部一道组织群众避险疏散，并将新民村的灾情带回指挥部，也带回了村民平安的好消息。这消息不仅让"岛"外苦盼的亲人们的心"一块石头落了地"，也让指挥部为下一步抢险救灾决策有了可靠的信息基础。

而此时的刘程梁也带着下一个任务，重新带队出发，又一次挺进新民村"孤岛"。

二番进"孤岛"思考灾后新生

这一次，刘程梁的队伍有点大，30 多人，有雅安武警支队的官兵，他们为"孤岛"内的村民背来了 2500 支蜡烛、大米等食品 200余斤，还有充电煲和手电；有新民村在外务工人员，他们在得知家人平安后，也急切地想回家看看。

而此行，大家还有一个重要的任务，就是要一边搭桥、开路，一边行进。最终到达新民村村民活动中心时，就为村民铺了一条可以临时进出的便道，先行打破交通"孤岛"。

"新民村有 16 位外出务工人员灾后因担心家人安危，都回到了宝兴县城，但都进不了村。"刘程梁说，当得知 24 日要组织大家一同搭便桥开路回家时，他们都很激动和高兴，积极参与。

就这样，这个临时组建的救援队表现出前所未有的团结。大家齐心协力、争先恐后，与武警官兵共同奋战了 5 个多小时，最终顺利达成目标。这就是本文最开始的那一幕。

看着村民活动中心里的众人，现在的刘程梁心情却有些复杂。

一方面，由于平时宣传教育到位和村组干部的高度责任心，遇到大雨均有干部到临河居民家中查看地灾隐患；灾害发生时，干部和青壮年主动帮助老弱病残转移，从而避免了人员伤亡。为此，他感到十分可喜和庆幸。

另一方面，经初步统计，此次灾害损毁道路、石拱桥，以及水电通信等基础设施外，还造成部分村民房屋倒塌、受损，农作物减产或绝收，受灾群众 400 余人。这对于一个刚刚走出贫困的山区村来说是非常致命的，对很多刚刚脱贫的家庭来说也是如此。因而，他又不仅陷入了对未来的思考。

这位从 2017 年 5 月就在新民村担任第一书记的青年干部说，他已经开始琢磨下一步的任务了——在确保村民安全度汛后，将不得不面临着一个更大的挑战——如何带领着乡亲们重建家园，摆脱贫困，重新走上幸福生活的奋斗路。

记者手记>>

"孤岛"不"孤"，因为有"我"

"孤岛"不"孤"，因为有"我"。

8 月 19 日以来，特大暴雨突袭过后，雅安境内常常是这样的景象："这里原本有走了多年的路，一夜暴雨过后却'没有'了！"

原本只距二三十分钟车程的两地，现在却要翻山越岭走上五六个小时，甚至更多。不仅路没了，水、电也停了，通讯也断了，能吃的东西越来越少了……

这就是"孤岛"，尤以芦山、宝兴为甚。

被来势汹汹的雨水反复冲刷着的原本脆弱的山体，引发山洪泥石流和山体滑坡，造成交通、电力和通讯的全部中断。

19 日以来，芦山县大川镇等乡镇先后形成多个"孤岛"，而宝兴县在 20 日的特大暴雨之后，"孤岛"就有 60 多个。

孤岛不仅造成了空间上隔绝，阻断了物资的输送，更阻断了信息的传递。

"孤岛"内是群众惶恐中的漫长煎熬，"孤岛"外是亲友杳无音信的焦急等待，还有更多人的牵挂和惦念也由此而生。

天灾无情，人间有爱。各级党委政府在大灾面前义无反顾地担负起了抢险救灾的重任，各方救援抢险力量更是积极参与。

"'我'来清淤扫石、架桥铺路、修电引水，'我'来给你送来了大米、蜡烛、电筒，'我'来组织大家转移安置，'我'则驾驶着直升机把滞留游客运出去……"

这其中有党政干部、有武警官兵和消防战士、有医护人员、有专职技师、有媒体记者、有普通群众……

一个个可爱的身影，正在雅州大地的众多"孤岛"穿梭，打通交通、恢复电力、传输讯息，最终让"孤岛"们脱"孤"。

渐渐地，这一个个小"我"汇聚成一个个大"我"，这就是一个个团队、一个个组织。

面对天灾突袭，这一声"我来了！"——让多少人在生死之间顿觉安然，又让多少人在劫后余生中泪流满面！

最终，无数个"我"将汇聚在一起——就是我们引以为豪的国家和自强友爱的民族！

本文刊发于 2019 年 8 月 28 日

2019 年度四川新闻奖通讯与深度报道类三等奖

广安：广土安民见初心

张萍　侯云春　闫新宇　余萍

滔滔渠江，蜿蜒流长。

雄阔壮美处，一座秀丽之城伫立江畔。

这里，地阔为广，和谐即安，广土安辑，此为广安。

广安，灵气所聚，山水所钟，物华所宝。

近百年前，少年邓小平，16 岁那年，在穿城而过的渠江码头，踏上孤舟，求学海外。由此，也开启了他为中华民族复兴奉献毕生精力的伟大历程。

"一定要把广安建设好。"自离开家乡，再也没回过广安的邓小平，为广安留下了这殷殷嘱托。

时代交汇，继往开来，砥砺奋进。

今日广安，秉持改革的决心，左冲右突，破盆地意识，谋赛州大地高质量发展。

今日广安，致力开放的恒心，登高望远，跨区域合作，变赛州大地为开放高地。

今日广安，坚定进取的信心，内外兼修，塑城市名片，靓赛州大地颜值与气质。

今日广安，永葆为民的真心，上下协同，致村富民安，让赛州百姓安居又乐业。

"进入新时代，广安认真贯彻落实习近平新时代中国特色社会主义思想和习近平总书记对四川工作系列重要指示精神，全面落实中央、省委决策部署，不忘初心，牢记使命，坚持'1234'工作思路，擦亮伟人故里、川东门户、滨江之城、红色旅游胜地'四张名片'，把高质量发展的路子走对走实走好，全力建设美丽繁荣和谐广安。"广安市委书记李建勤说。

秉持改革的决心
左冲右突，破盆地意识，谋广安高质量发展

广安在变。

变，街道宽了，城市新了。

变，草木美了，大地兴了。

变，办事快了，项目多了。

……

这些看得见的"变"，源于一场看不见的"变"。

广安，地处内陆，渠江、嘉陵江蜿蜒流经，给水岸人民以浇灌和润泽，然而，东去的江水，却难以将大海的信息、海洋的文明带回广安大地；华蓥山、明月山风景秀美，给山下百姓以庇护和养育，然而，矗立的山脉，却难以让山区人民翘望的视野更宽、远行的脚步更快。

奔康，首先是观念的奔康。

振兴，首位是精神的振兴。

发展的高质量，首要是思维的高质量。

"广安崛起步伐能否加快，全面建成小康社会的宏伟目标能否如期实现，关键取决于我们的思想是否更加解放、观念是否进一步转变。"李建勤说。

谋局先度势。

去年9月，广安市委五届六次全会，深刻剖析了当前和今后一个时期广安发展的大势、大局、大事。

察大势：国家"一带一路"建设、长江经济带、东西部协作、新一轮西部大开发等重大战略的部署，省委对广安"建设川渝合作示范城市"和"嘉陵江流域国家生态文明先行示范区"的两个战略定位，让广安面临前所未有的历史发展机遇。

观大局：建市以来，广安发展取得巨大成就，但仍面临经济总量偏小、产业结构不优、发展质量不高、增长动力不足等问题。当下，广安处于高质量发展"爬坡上坎"阶段，亟需抢抓机遇，加快城市产业转型升级，培育新的增长点。

谋大事：对标中央、省委战略部署，结合实际，广安提出"1234"施政方略：实现推进高质量发展，建设美丽繁荣和谐广安"一个目标"；发挥小平故里和紧邻重庆"两个优势"；强化项目、政策、资金"三个抓手"；加快川渝合作示范城市、嘉陵江流域国家生态文明先行示范区、现代农业示范基地、红色旅游胜地"四个加快建设"。

将"规划图"变为"施工图"，广安选择从思想"根子"上破局。

转观念、转作风、提能力、抓落实的"两转一提一抓"活动今年初启动，广安目标明确：坚持解放思想，坚决破除"盆地意识"，站在全国、全省发展大格局中谋划广安，推进广安高质量发展。

开展"怎么办""怎么干"大讨论，把思想行动统一到贯彻落实中央、省委要求和市委决策部署上。

小平干部学院正式挂牌，被中组部列入全国 64 家干部党性教育基地备案目录，面向全国开展干部培训。"广安亟需一大批想干事、能干事、干成事的干部队伍，成立小平干部学院，为广安乃至全国培养忠诚干净担当的高素质干部搭建了更高更好的新平台。"李建勤说。

走出去，学先进，换脑子：

广安市委、市政府主要领导率先示范：两次组织高规格的党政代表团，到深圳、珠海、厦门和汕头 4 个全国首批经济特区，学习取经特区好作风、好做法、好经验。

广安区，选派多名干部，前往浙江挂职学习，让这些干部直接"浸泡"在东部沿海地区先进的观念思想里。

广安经信局，组织党员干部走出去，实地考察省内优秀企业，找差距，学经验，增信心。

广安高新区，赴江苏省张家港保税区等地，学管理，提能力，谋发展。

大讨论，识时势，变观念：

前锋区，举办"抓项目、抓政策、抓资金"专题培训，党员干部集中"充电"，提升实战效能。

广安经开区，开展干部淬炼提能"1+5"系列培训。

广安区，开展"干部提能大讲堂"。

……

大走访，找问题，转作风：

武胜县，以"走基层、解难题、办实事、惠民生"为主题"大走访"。

广安统计局，问"计"于民，深入了解人民群众对各级党员干部在"转观念"等方面评价和建议。

广安区公安分局，问"警"于民，对每起执法活动电话回访。

……

"这些年，广安工业快速发展，部分干部自我感觉良好，看不见日益激烈的区域竞争和各地奋起直追的强大压力。"广安市经信局局长赵胜强表示，通过对标学习，既找到差距，也学到了新的理念。

看今日之广安，转观念带来的新景象让人欣喜：

招商引资项目预审机制进一步健全完善，评估评审时限缩短50%以上。

广安区紧抓政策东风乘势而上，推动南浔·广安东西部扶贫协作产业园顺利开工。

邻水县通过学习，找准比较优势，瞄准川渝合作全面发力。

......

如今，行走在賨州大地，"两转一提一抓"带来观念、作风和能力焕然一新，务实新风，扑面而来。

致力开放的恒心
登高望远，跨区域合作，变广安为开放高地

广安，以越过群山的气概走出去；

广安，以顺江而上、逆水行舟的魄力引进来。

仲夏时节，记者一行踏着《春天的故事》的旋律走进广安，在"广安（深圳）产业园"，见证了两市成功合作新的"春天的故事"。

广安，地处西部内陆，三年前成为四川"千亿俱乐部"成员。

深圳，亚洲排名前五的"两万亿俱乐部"成员，粤港澳大湾区经济总量最大的创新型城市。

广安（深圳）产业园，由广安、深圳两地合作共建，是深圳在四川的唯一"飞地"。

"飞地"，首先飞来的是"深圳速度"：

12天，促成比亚迪与四川铁投签订战略合作协议；

33天，完成临时综合服务中心建设；

82天，完成比亚迪云轨龙头项目落地。

"飞地"对标："深圳理念、深圳质量、深圳标准"。

"飞地"理念："以发展论英雄、以项目见高低、以产业立园区"。

"飞地"模式："深圳总部基地+广安生产基地"。

"飞地"成效：两年累计实现签约投资 353 亿元，完成投资 118 亿元。

面向大海，广安不仅与深圳，还与珠海、厦门、汕头首批经济特区缔结友好城市，建立跨区域战略合作。

短短一年，首批经济特区及粤港澳地区到广安投资企业 35 家，

涉及装备制造、电子信息、能源化工等多个领域，去年产业规模达185亿元，华金润集团、信利来、玖源化工等已成广安龙头企业。

开放的视野更宽，开放的触角更广。广安全力推进广深、广蓉、广渝"三大合作"，打造广安（深圳）产业园、成都·广安"双飞地"生物医药产业园、川渝合作高滩园区"三大园区"，最大程度释放开放发展新动能，区域开放合作更上一层楼。

面向内陆，广安与北京中关村、天津滨海新区、成都、重庆等地建立深度合作。

与成都，广安主动向"省会"靠拢。2018年，广安在全省首开广蓉"双飞地"合作模式，已吸引43家医药企业入园，川内4家全国医药工业百强企业2家落户。

与重庆，"一体化发展"潮起蓬勃。川渝合作共建高滩园区，生产汽配产品90%以上为长安福特等渝企配套。

邻水县，农产品60%以上销往重庆，全县70%企业来自重庆、80%产品配套重庆，63%游客来自重庆。

武胜县，去年13.5万头生猪，全县29.1%的水果、21%的水产品销往重庆。

华蓥市，区内多家企业为重庆惠普、戴尔、长安、力帆等知名企业生产配套，还与重庆共建红色旅游精品线，年接待重庆籍游客150万人次。

……

广安市长曾卿说，省委十一届三次全会做出"一干多支、五区协同""四向拓展、全域开放"战略部署以来，广安立足自身区位条件、资源禀赋、政策环境等发展实际，以更加长远的眼光、更加开放的姿态谋求合作，加快多层次多方位的跨区域合作，全力推进广安建成内陆开放高地。

坚定进取的信心
内外兼修，塑城市名片，靓广安颜值与气质

广安，上天的厚爱。

嘉陵江、渠江两江相绕，广安人杰地灵。

华蓥山、铜锣山、明月山三山环抱，广安天宝物华。

"一定要把广安建设好"，伟人有嘱托。

一定建好广安，后人有担当。

建好广安，首先建好广安城。

渠江，穿城而过，千百年来滋养着沿岸的广安百姓。

"这片河滩，以前少有人来，现在成了公园度假区，美观大气，还有好多有历史典故的雕刻景观，连我这个60多岁的老广安人，都没听过，政府为民确实很用心了！"广安居民张清宏，在渠江印象休闲旅游度假区的滨江路，边走边与记者交谈，他的喜悦与自豪，都写在了脸上。

渠江印象休闲旅游度假区，结合广安历史文化元素，成功打造从四九滩电站到滨江路北门一段600米长的古城墙，再现广安老城记忆，成为市民游客拍照打卡地，广安"滨江之城"特色进一步彰显。

滨江路的改变，只是广安城市提质工程的一个剪影。

同步推进的，还有广前大道城区段改造工程等35个续建项目，中桥商业休闲运动公园等18个新建项目，以及"绿化、美化、亮化、净化"专项行动、城市燎原铺开的"花街、花道、花园、花海"行动……

按照建设"宜居宜业宜游城市"的目标，广安着力实施城市提质、乡村振兴两大工程，让广安成为一座"闻者向往、来者依恋、居者自豪"的公园城市，一座"望得见山、看得见水、记得住乡愁"的滨江之城。

广安城，不仅是百姓安居梦的承载地，也是产业发展的主引擎。建好广安，广安一手"城市提质"，一手"产业增效"。

广安华蓥市，曾经的"煤都"，鼎盛时期，煤炭业产值占工业总产值70%以上。

华蓥，发力电子信息产业，引来为华为、小米等品牌供货的坤鸿电子和为戴尔、惠普等品牌供货的怡田科技等多家电子信息企业落户，"煤都"正华丽蝶变为"西部硅谷"。

"工业是广安发展的根基和支柱，广安着力打造'341'现代工业产业体系，即突出发展装备制造、电子信息、能源化工3个支柱产业，大力发展生物医药、食品饮料、先进材料、轻工服装4个优势产业，积极发展数字经济新业态，为推进高质量发展，建设美丽繁荣和谐广安提供有力支撑。"赵胜强说。

储项目。今年以来，围绕"341"现代工业产业体系精心包装70个工业重点项目。截至6月底，8项目竣工投产，20项目开工建设，42项目有序推进，1—6月完成投资41.7亿元。

帮企业。开展"入园帮扶"，今年以来，为7个重点项目争取中央、省支持资金5100万元。

强保障。实施工业园区提档升级工程，扩大市级工业发展引导基金规模，争取在重点产业园区执行"整体打包团购电"政策，增加天然气指标和增设输气管线，全面落实减税降费措施等……

多措并举，广安现代工业产业体系构建推进迅速。今年上半年，全市"341"中七大产业实现工业总产值720.3亿元，同比增长11.9%，占全市工业总产值的81.7%。

广安目标：2022年，力争"341"现代工业产业体系在现有产业规模上翻番，全面完成城市提质工程，建成"川渝明珠·魅力广安"。

内外兼修，靓广安颜值与气质，一个魅力的新广安，呼之欲出。

永葆为民的真心

上下协同，致村富民安，让百姓安居又乐业

"春深农家耕未足，源头叱叱两黄犊。泥融无块水初浑，雨细有痕秧正绿。"

陆游的《岳池农家》，是一幅广安的"富春山居图"。

忆往昔，广安田园景色令人咏颂。

看今朝，广安乡村振兴令人瞩目。

"走进红色旅游胜地广安，体验生态康养华蓥山"，日前启动的2019 华蓥山旅游文化节，不仅让中外游客体验了广安红色旅游资源的丰富，也感受到广安百姓"吃上旅游饭"的富足和开心。

广安，拥有邓小平故里和华蓥山游击队遗址两大红色资源，上榜全国 12 个"重点红色旅游区"和 30 条红色旅游精品线路，红色旅游已成广安最重要、最醒目的一张名片。

"加快建设红色旅游胜地，是落实省委书记彭清华对广安提出的要求，是广安发展四大突破重点之一，也是发挥优势，推动广安发展特色旅游有效载体，是经济发展新增长点。"曾卿说。

如何充分利用资源，进一步扩大广安旅游的吸引力？

以旅游为载体、以文化为内核，大做"融"文章，广安着力将单一红色旅游转变为"旅游+"：

以乡村振兴工程实现农业产区变景区、田园变公园；

举办国际红色马拉松赛等活动，增强广安旅游知名度、影响力……

"水泥路通了，吃住行方便了，游客来了一拨又一拨。与过去比，现在的日子像换了个活法！"武胜县芦山村七组的吴远芳，喜滋滋地把记者引进她的"农家乐民宿"参观。

"搞农家乐，现在收入翻了倍。"活了几十年，吴远芳第一次感觉到日子是这样的滋润安逸。

芦山村，曾是广安武胜县贫困村之一。近年来，利用当地山清水秀的资源开发民宿，全村2300多人现在人均年收入1.8万元左右。

芦山村所在的白坪—飞龙乡村旅游度假区，以往只是旅游线路一个观光点，游客平均停留两三小时，人均消费30—50元。

如今，引进业主和鼓励农民利用自家房屋发展农家乐、民宿客栈，床位近500张，平均出租率超过60%，"旅游饭"让当地农民收入"节节高"。

做大做强旅游蛋糕，广安大做"融"文章。

武胜县，探索"现代农业"与"乡村旅游"相结合，现已成为四川首批三个田园综合体建设试点县之一。

广安区，依托渠江沿岸大龙、肖溪等乡镇的自然、人文资源，打造文化度假乡村旅游。

邻水县，启动冷家乡汤巴丘村等传统村落保护与开发利用，让更多人欣赏到"川东古民居活化石"。

……

百花齐放的"农文旅"融合，让广安市乡村旅游渐入佳境。

乡村振兴，产业兴旺是重点，产业发展有势头，农民致富才有奔头。

大力发展现代农业，广安以广安蜜梨、广安龙安柚、邻水脐橙"三大拳头"产业为引领，建成现代经作产业标准化基地8.18万亩。推动"三大拳头"产业"提质扩面"，着力构建现代农业产业体系、生产体系、经营体系，做强乡村振兴引擎。

拓产业，产区变景区，产品变礼品。

扩渠道，劳动变运动，一业变多业。

增收入，打工变创业，农民变居民。

"人民对美好生活的向往，就是我们的奋斗目标。"这一理念在广安，正被生动诠释：

上半年，广安农村居民人均可支配收入7261元，比上年同期增长9.4%，增速高于全国。

广安 6 个区市县全域地处秦巴山区连片扶贫开发特困区域，截至 2018 年底，已全部退出贫困县序列，在全省首批实现全域摘帽，荣获"全省脱贫攻坚先进市"，广安区、前锋区、华蓥市荣获"全省脱贫攻坚先进县"。

同时，广安将确保每年投入乡村振兴资金不少于 100 亿元，努力建设"农业精""农民富""农村美"的幸福美丽生态宜居乡村，确保 2020 年全面建成小康社会。

嘉陵之水滚滚向前，新时代之潮浩浩荡荡。

渠江两岸，"心宽广，安天下"，情怀依旧。

华蓥山下，"红岩精神"迸发出新光彩。

深广园内，新的"春天的故事"铿锵豪迈。

广安，不忘初心，牢记使命，"广土安民"，高质量发展，只争朝夕！

本文刊发于 2019 年 8 月 22 日

地质"探路" 加速四川文化旅游高质量发展

杜静　通讯员　罗会江

从黄龙、九寨到青城、峨眉，从卧龙、贡嘎到海螺沟、亚丁，从自贡盐井到宜宾竹海，说起四川的旅游资源，无人不夸山美、水美、景色美。

四川，在中国西南腹地，东与三峡险峰比邻，西与青藏高原相连，南享云贵高原拱卫，北拥巴山秦岭屏障，山川秀美、人杰地灵，有"天府之国"美誉。

四川，得数亿年时光厚爱，高山岭谷极现绚丽，平原丘陵尽争多彩，大江大河蜿蜒多姿，独具魅力。

四川，借地矿与文旅联姻，2019 年将在 48 万平方公里的土地上，摸清文化旅游家底，促发现与规划同行，转丰富资源优势为发展优势，地质"探路"，力撑文化旅游产业高质量发展。

地质调查先行
为发展助力夯基

山水景色，是地面的美，而四川的美，还美在地质构造和地貌的独特性、复杂性及多样性。

四川发展全域旅游，不仅是在发展地面的文化旅游，更有待向地层下发展。

"地质旅游，是从地质学的角度重新解读自然山水与传统景区，从地质地理的角度挖掘景区价值，从而对景区主体定位、营销策划产生奇效。"四川省地矿局局长王建明表示，四川的文化旅游资源极为丰富，向地质挖掘资源的潜力还很大，包括将地质元素融入旅游中，挖掘地质元素的旅游价值和科普功能，推动地质博物馆、地质公园、地质遗迹景点的建设和提升，讲好地球的故事、地质的故事、自然的故事等。

说起四川旅游，大家即刻就会想到三星堆、九寨沟、大熊猫等，其实，包括"三九大"在内的许多四川旅游资源，都与地质有关。

大熊猫为何在雅安发现最多？因为那里是成都平原向川西高原的过渡带。九寨沟、黄龙的山水为何如此美？因为那里是高原岩溶地貌。也就是说，任何自然乃至人文的景点，与地质的关系都难以分割。

北有九寨黄龙，南有稻城亚丁。

稻城，作为四川着力打造的旅游"两极"中的"南极"，其旅游的发展一直离不开地质。早在 2000 年，四川省地矿局就开始在稻城开展旅游资源调查、亚丁本底资源调查、稻城地热资源调查评价等工作，并且助力亚丁国家级自然保护区、亚丁省级地质公园等成功申报，成为稻城旅游开发的先行者。

去年底，四川省地矿局物探队承担了"稻城县地质遗迹详细调查示范项目"，共完成稻城县域 7323 平方公里的地质遗迹普查、22 处重要地质遗迹集中区的详细调查；对海子山古冰帽遗迹、贡嘎日松贡布雪山（亚丁雪山）、亚丁第四纪冰川遗迹、稻城温泉等稻城县核心地质景观进行了深入解剖，并形成机制研究。在调查过程中，物探队新发现 10 处重要地质遗迹资源，其中距县城仅数公里的黑海古冰川遗迹和龙古花岗岩地貌极具价值。

此调查项目，在自然资源部中国地质调查局中国地质环境监测院 2018 年度成果验收会上获得 95 分的最高分，被评为优秀成果。

地质价值挖潜
为产业提质增效

地质地理自然景观资源，是文化旅游产业开发的主要资源对象。不仅是稻城，对享誉中外的峨眉山来说，对地质元素的进一步挖掘，也成为提升该景区旅游价值与内涵的"利器"。

四川盆地的西南缘，有三座呈品字排列的"桌状孤山"，分别为东面的峨眉山、西侧的瓦屋山和南端的大瓦山。它们兀立平畴，共同组成我国罕见的构造断块山群。"经调查，'桌状孤山'的发现，不仅对研究这一地质地貌有重要意义，对区域内的旅游再开发也有重要作用。"四川省地矿局物探队副总工程师、地质旅游专家李忠东说，"地质作用是形成四川自然景观的主要动力源，地质地貌景观是自然美景赖以存在的载体。大力发挥地质作用，可提升旅游资源品质。"

在四川，像稻城、峨眉山一样，通过地质勘查发现新景观，创造新价值，并由此创建新景区的例子还有很多。

在乐山市马边彝族自治县和宜宾市屏山县的交界处，一处"环崖丹霞"景观被大自然"珍藏"在群山深处，人们要穿过亚热带常绿阔叶混交林，走进山林深处的峡谷，才能欣赏到那些横亘在两县交界处的环形崖壁，最多的一处有12个，它们壁面光滑、环环相扣，呈一字形排列，高600—700米，蔚为大观。这些崖壁常隐匿于雨雾之中，若天气晴好，赤色岩层裸露，在朝霞夕晖照映下，色若渥丹，灿若明霞。

经地质专家初步评价，这里的环崖丹霞地貌具有较高的科学价值和美学价值，是侧向侵蚀型环形丹霞地貌的典型代表。李忠东表示，四川丹霞地貌奇特壮观，或将成为"中国丹霞"世界遗产增补。

川南如此，川北巴中的旅游发展"尖兵"——光雾山—诺水河世界地质公园，打的依旧是"地质牌"。

光雾山位于南江县，以峰丛等地表喀斯特景观为主；诺水河位于通江县，以溶洞等地下喀斯特景观为主。

早在 2000 年前后，四川省地矿局区域地质调查队就开始对光雾山及诺水河景区及周边进行区域地质调查。2012 年，光雾山—诺水河挂牌国家地质公园。2018 年，一份联合国的公函抵达巴中，光雾山—诺水河世界地质公园正式授牌。

以九寨黄龙的高原岩溶地貌、海螺沟现代冰川、稻城海子山为代表的古冰川遗迹，以自贡恐龙化石为代表的古生物化石，以自贡盐业为代表的矿业遗迹……除了沙漠地貌和海岸地貌外，四川几乎拥有所有的地质地貌景观类型。

"地质遗迹和地质景观是自然资源和自然景观的重要组成部分，也是人类生存环境的重要组成部分，重要的地质景观往往是许多国家级乃至世界级风景旅游地的资源基础。"四川省地调院地质专家、教授级高工付小芳说，地质景观和地质遗迹本身具有较高的观赏价值和旅游开发价值，从而构成四川旅游资源的主体。

地质资源保护
为经济强筋壮骨

四川省地矿局与四川省文化和旅游厅，于 2019 年在成都签署战略合作协议，双方将以此为新开端，摸清四川省 48 万平方公里土地的文化旅游家底，并在技术服务工作、文化旅游资源大普查、重要地质景观科学研究、乡村旅游开发等七个方面，以及在四川省地质博物馆的筹建和文旅产业整合上开展广泛合作。

旅游，除了观其外，还要探其内，除了看现象，还要知内因，这样的旅游，或许才更有深度和广度，才更能让观者、游者记忆深刻、有所感悟，才能让人更了解我们生活的地球和生存的环境，从而更好地保护环境、珍惜资源。

拿地质遗迹来说，地质遗迹是地球漫长演化过程中形成的典型地质现象，对研究地球演化、地理环境变迁、矿产资源勘探和生物多样性等具有重要意义。这些珍贵的地质遗迹，是重要的不可再生自然资源，一经破坏，难以恢复。

保护地质遗迹等自然资源和周边生态环境就是保护生产力，合理利用地质遗迹资源就是发展生产力。

诺水河景区所在的巴中市通江县，是深度贫困县。2018年4月17日，光雾山—诺水河地质公园被批准为世界地质公园，短短一年时间，就为当地的脱贫攻坚注入了强大动力。2018年国庆长假期间，光雾山—诺水河地质公园游客达7万人次，旅游综合收入达3000万元，同比增加1000余万元。

2018年，诺水河景区吸引回乡创业人员102人，解决贫困户就地就业200余人。伴随地质公园建设，去年，通江县从事旅游产业的人员达3万余人次，人均稳定增收3200元以上。

在全域旅游和建设旅游经济强省的背景下，四川正将丰富深厚的地质资源和旅游资源进行"1+1>2"的强力整合。

2018年，四川实现旅游总收入10112.75亿元，同比增长13.3%，四川旅游历史性地迈入"万亿级"产业集群。

四川，从成都平原、川西丘陵到高原山地，几乎囊括了地球陆地主要的地貌类型和自然气候带。不仅有人文的厚重，更有地质地貌自然景观的秀丽和壮美。

四川，通过开展典型地质旅游资源调查研究、"地质+文旅"综合研究，在做好文化与旅游融合，重新审视、发掘新的资源地，提升景区旅游资源科学内涵和旅游品质的同时，推动景区旅游向全域旅游转变。

四川，正以一种立体而全面的发展态势，从旅游资源大省，向文化旅游高质量发展大省和旅游经济强省迈进。

本文刊发于 2019 年 8 月 8 日

2019 年度四川新闻奖通讯与深度报道类二等奖

阆中：梦越千年耀天下

杨璐　黄晓庆　张小星　李国富

嘉陵山水秀，阆中古城美。

山水秀，秀在青山四面环，绿水三边绕，是古蜀道上钟灵毓秀的"巴蜀要冲"，是诗人眼中天造地设的"阆苑仙境"，是画圣吴道子笔下的"嘉陵第一江山"。

古城美，美在阆中拥有 2300 余年建城历史，棋盘式的古城格局，南北相融的民居院落，原汁原味，古色生香，是中国保存最为完好的四大古城之一。

阆中，集山水之灵韵，得天地之独宠。

从历史的深处走来，阆中，既有说不尽的往日故事，又有面向未来、远征世界的千年梦想。

在全面贯彻落实省委"一干多支、五区协同""四向拓展、全域开放"战略部署，以及南充加快建设"成渝第二城"，争创全省经济副中心的大格局中，阆中怀揣理想与激情，站在新的交汇处，承载新的使命，焕发新的魅力，让全球聚焦阆中，让"阆苑仙境"真正成为"世界古城旅游目的地"。

南充市委书记宋朝华说，阆中旅游发展风生水起，重大旅游项目一个接一个。不论是旅游项目还是城建项目，都体现了谋定而动、高举高打。阆中的旅游一定会引领整个经济高质量发展。

阆中，走向新世界。

世界，走进新阆中。

大梦想　延续走向世界的征程

一座城市，一个梦想。

2019 年 7 月 5 日。阆中把"会客厅"，从嘉陵江边，搬到了千里之外的首都北京。在阆中市"开放年"文化旅游产业推广暨投资推介会上，阆中用三个"yù jiàn"，诠释了这座古城的过去、现在和将来。

阆中市委副书记孔北川向世界发出邀请，让世界"誉见"一个桂冠闪耀的阆中，让世界"遇见"一座活力勃发的古城，让世界"预见"一方神往流连的旅游目的地。

走向世界，千年一梦，一梦千年。

阆中的世界梦，发轫于世界与这座古城的千年往来。

阆中，西部一个县级市，曾是巴国的都城，曾是四川的省会，被誉为"川北重镇""巴蜀要冲"，历来为川北政治、文化、经济中心和军事要塞。

骚客文人慕名而来。杜甫两赴阆中，为阆中留下诗文 60 余篇。陆游来过，一句"城中飞阁连危亭，处处轩窗对锦屏"的佳句，传诵千年。

行商坐贾络绎而临。作为水陆要冲，阆中自古为川北商品集散地，造就了一方舟楫如蚁，熙来攘往的繁华景象。

外国友人接踵而至。康熙年间，著名学者阿卜杜·董希拉来到阆中，死后葬于阆中，其墓地巴巴寺成为旅游胜地；光绪年间，英国女探险家伊莎贝拉·伯德到达阆中，在她眼里，阆中有孔雀绿的嘉陵水，有"郊外别墅"般的建筑，是"第一眼便魅力无限"的城市；宣统年间，英国植物学家威尔逊多次到中国西部考察，进入四川，从仪陇沿嘉陵江逆流而上，抵达阆中南津关。

古阆中，有世界的"来"，也有对世界的"往"。

阆中丝绸，唐代即为贡品。1915年，阆中丝绸在美国举行的首届巴拿马"太平洋万国博览会"上获奖。阆中丝绸，为阆中绽放了光彩，给世界留下了"阆中记忆"。

阆中的保宁醋，更为抢眼，在"太平洋万国博览会"上，出自田福顺之手的保宁干醋，斩获金奖，给世界添加了"阆中味道"。

时光悠游，延续千年，阆中与世界交往的梦想在全球一体化的当下，更是步履不停，生生不息。

阆中的世界梦，筑构于令世界向往的阆苑山水中。

阆山。阆中境内群山连绵，盘龙山、锦屏山、白塔山等青山拥四围，形如高门。

阆水。阆中地处嘉陵江中游。巍巍秦岭，源出滚滚千里嘉陵江，蜿蜒南行，在北纬30°绕出一个完美的U形大弯，将阆中古城轻拥入怀。

阆中。"嘉陵江色何所似，石黛碧玉相因依。正怜日破浪花出，更复春从沙际归。"杜甫眼中的阆中，如同一幅水墨丹青，穿越时空，带着厚重的人文底色，不仅成就了"阆苑仙境""嘉陵第一江山"的美誉，而且给世界展开了一幅秀美的"阆中景色"。

阆中的世界梦，孕育于与世共鸣的历史文化中。

落下闳，无疑是阆中悠远厚重的历史文化中，一座绕不开的人文高峰。2010年，中国民协授予阆中"中国春节文化之乡"称号。近年来，阆中不断推动落下闳和春节文化走出中国、融入世界。

2019年春节前夕，蕴含阆中春节文化元素的视频登上了被誉为"世界第一屏"的美国纽约时代广场纳斯达克大屏，向世界展示原汁原味的东方古城，邀世界友人到阆中寻"春节之源"。

在古城，贴春联、挂灯笼、写福字、剪窗花、包汤圆、煮饺子……来自美国、韩国、芬兰、马来西亚、泰国等国家的家庭应邀而至，在阆中感受中国年。

"目前2020年第三届落下闳春节文化博览会已谋划'春节文化大观园·原装中国看阆中''千龙千狮闹新春'等近20个活动。"阆中市委常委、宣传部部长蒋晓平透露，6个月后，让全球游客都来感受一个"年味最浓、时间最长、舞台最大、传承最广"的"阆中大年"。

阆中向世界输出的不仅有春节文化，还有三国文化、古城文化、科举文化、民俗文化这些与世界共融共享的多元的特有的"阆中文化"。

阆中，天造地作，山水爱拥，历史悠久，人文厚重，民风淳朴，这些，不仅造就了一个独特的阆中，更为阆中实现"世界梦"增添了勇气和力量。

以梦为马，与时代共进，融入全世界，阆中响亮地提出：建设"世界古城旅游目的地"的口号。

大格局　构筑全域旅游的拼图

"阆中胜事可肠断，阆州城南天下稀！"杜甫的这首诗，被人传颂了1200年。

阆中何以天下稀：稀在山，稀在水，稀在山水天成。

阆中何以旅游兴：兴在山，兴在水，兴在山水人文。

如果以阆中古城的城市中心为圆心，圆心距离古城周边、绕城江心、临江山脚基本为等距离，城边、江心、山脚构成了阆中古城独特的"同心三圆"大格局：圆中圆中圆，这就是最大的"稀"。

"'旅游'是方向，'古城'是核心，'世界'是定位，'目的地'是追求。"阆中市委书记张斌说，阆中将瞄准"世界古城旅游目的地"发展定位努力奋进，打造"街巷休闲、院落度假、水上游乐、城周康养、乡村体验"的旅游综合业态，让阆中成为一座"来了不想走，走了还想来"的全球性休闲度假名城。

梦想高远，目标清晰，阆中围绕建设"世界古城旅游目的地"摆开了新的棋局：构筑全域旅游大拼图。

于阆中而言，古城内，沉淀着千年历史精华；古城外，是环山抱水的灵韵之地。由此，阆中构建全域旅游大拼图战略清晰：立足古城，聚人气；跳出古城，谋新生。

古城内外，历史与现实交汇，人文与山水交织，阆中与世界交融。

古城，是阆中旅游的金字招牌。在疾驰的城镇化发展中，多少古城或"捧着金饭碗要饭"，或过度商业化改造中支离破碎。而阆中无疑是明智的，设立古城景区管理局，坚持"文化立魂"，在平衡中坚守，在保护中开发。

在平衡中坚守，让古城"古味"如初。阆中先后投资2亿多元，实施二次保护提升，新申报了国、省文保单位20余个。张飞庙、贡院、川北道署等古城核心景点，古味依旧。整座古城保证了原真性和完整性，为世界留住了"阆中旧样"。

在保护中开发，让古城"活力"永葆。为了再现古城的"唐宋格局、明清面貌"，阆中复建了南津关、中天楼、文庙、明代城墙等标志性建筑，新建了博物馆和丝绸文化展示馆，形成了一批特色街区和文化古院。

南津关，阆中城南的一座古镇，昔日是川北必经的水陆码头，三国名将张飞曾驻守于此。如今，南津关不仅恢复了容貌，也重拾了热闹。

巡城的"张飞"，轻快的民歌《晾衣裳》，"陈氏三状元"的读书声，俏丽活泼的《亮花鞋》……2013年开始，每晚8点，大型移动实景演出《阆苑仙境》在南津关古镇上演。一小时的时间，曲曲折折的古镇街道，一步一景，集中将阆中的桑蚕养殖、太极武术、阆苑仙乐等名人轶事、民俗文化通过亦歌亦舞的形式呈现得淋漓尽致。

为葆古城活力，阆中不仅"复活"了古镇，也擦亮了沉睡的特色历史文化名片。

阆中丝绸，历史悠久。在古城内，还保存着20世纪留下来的阆中丝绸厂500多亩老厂区，车间如旧，机器如旧，墙板地板，物是人非。唯有2000多名上海女工，来阆中扎根，在这里缫丝织绸的故事还在流传。

为再现历史和文化，阆中招商引资 40 亿元打造阆中古城文化创意产业园。文创园将以"工业文化情怀"为特色，以"三馆三中心一街"为主概念，打造集科技馆、美术馆、泛丝绸博物馆，文化创意中心、休闲中心、演艺中心和南北小吃街于一体城市文旅综合体。

　　"放眼望去，整个城市人流、车流如织。"在外地生活的"90后"市民白潇说，每年春节回家过年，看到阆中热闹非凡。

　　阆中古城，古而不老，古而不败，焕发着时代气息，为世界迸发出"阆中活力"。

　　举古城大旗，引游客如潮，但古城容量有限，而城外别有洞天的"阆山阆水"，就被构入旅游发展"一盘棋"格局，使之成为承接古城游客、拉长旅游线路的"新空间"。

　　2017 年 3 月，总投资 100 亿元，沿嘉陵江铺，集水上娱乐、文化体验、休闲农业等于一体的"水城"开建，与"古城"遥相呼应。

　　8 个月后，总投资 120 亿元，阆中宜华康养城项目正式签约，主要开发养老公寓、康养城医院、颐乐学院等高端养老项目，致力于开创中国养老产业新模式。

　　2019 年 3 月，总投资 80 亿元，以打造国际汽摩赛区、低空飞行赛区以及彩弹基地、极限运动场等项目的"赛城"开工，"小镇+赛事"的构想成为现实。

　　"赛城"打造方北京星盟公司表示，相中阆中，地缘优势是其一，更重要的是这个"古而不老的城"正吸引着越来越多的年轻人。

　　随着古城、水城、赛城、康养城"四城同构"战略的落地，全域旅游的大格局轮廓逐渐清晰。

　　一心构建旅游大格局的阆中，不仅将目光放在了城市，旅游形态的布局还延伸到了城外广袤的田野。

　　沿古城西南行 20 余公里，五龙村乡村旅游度假区别有一番风味。吃蒸笼宴、全牛宴、生态西河鱼等乡村美味，住水上玻璃屋、素清、云珍民宿等森林民宿，感受花轿游、八仙鼓、生态民歌等民俗体验。乡村旅游，盘活了农村闲置资源。据不完全统计，阆中已建成天宫五龙度假区、枣碧杨家河等 12 个乡村旅游景点，形成了天宫、柏垭、天林、博树、老观等一批有代表性的特色旅游乡镇。

从城市到乡野，从单一向多元，阆中坚持山水线、经济线、文化线齐头并进，打造了独具"阆味"的 IP 产品，成功推出了阆苑仙境之旅、三国寻踪之旅、研学体验之旅、避暑休闲之旅、红色经典之旅、夜游古城之旅六大精品旅游线路；推出了"阆苑仙境"实景演出、夜游嘉陵江、山水城灯光秀等系列夜游产品；推出了春节文化博览会、嘉陵江国际龙舟节等数十个国际节会产品。

"城里看、江里看、山里看"，阆中拼出了旅、文、农、工融合的多层次旅游发展版图，阆中"一核三区两带五线"全域旅游格局的画卷正徐徐展开。

"Langzhong is very beautiful, I like Langzhong.（阆中非常美丽，我很喜欢阆中）"近日，几位来自美国托莱多市的游客一到阆中，就生发出几多"阆中情愫"。

川东旅游看阆中，阆中稳占川东旅游"C"位。

据统计，2018 年，阆中共计接待游客 1307.7 万人次，实现旅游综合收入 133.6 亿元，其中过夜游客中省外和境外游客占比达 50% 以上。

城乡共舞、领跑川东旅游的阆中，让世界再次见证了全域旅游的"阆中格局"。

大手笔　撬动未来发展的潜力

灵魂高处行，双脚平地走；梦想越千年，一步一画卷。

实现"世界级"的梦想，阆中还有多远？

谈文化，阆中古城，作为全国保存最完好的四大古城之一，其瑰葩与丽江映衬西南，渊源与歙县贯通秦汉，文化与平遥呼应中原。阆中以其特有的文化与历史，与其三座古城遥相辉映，雄持神州。

论名气，阆中古城，略逊于丽江古城、平遥古城，尤其与丽江相比，在世界的知名度上，还有一定的差距。

正视差距，弥补短板，也为打造一个更具吸引力和承载力的旅游福地，阆中瞄准"世界古城旅游目的地"的目标，大手笔补短板，大气魄推项目。

大型室内外演艺项目、食品企业孵化园、果蔬饮料加工园、生物医药产业园、现代丝纺产业园、汽车汽配产业园……在阆中市"开放年"（北京）文化旅游产业推广暨投资推介会上，阆中发布了总投资达48.5亿元的6个项目，邀请全球客商到阆中投资兴业。

阆中市委副书记、市长杨德宇表示，近年来，阆中谋划储备重大项目669个，总投资达2144亿元，涉及旅游三产、城市建设、交通枢纽、教科文卫、产业园区"五大板块"。

7月20日，记者来到阆中市天宫院特色文化小镇建设现场，只见运输车、挖掘机忙碌不停，一栋栋古朴的中式精品度假酒店已具雏形。在各重点项目建设现场，都能感受到如火一样的建设激情。

去年，南充市项目拉练，得到了"考官们"对阆中"项目个数多、块头大、质量好"的评价。今年，阆中紧紧围绕建设世界古城旅游目的地、争创南充经济副中心的目标，全力打好项目建设突围战。

全域旅游，全力挺进。

事实上，阆中"世界古城旅游目的地"是一个系统性的工程。阆中市委常委、副市长曾向桢说，这好比请客，需要解决"拿什么请客""用什么留客""怎样待客"的问题。

"拿什么请客"是吸引人气的核心，需要发挥唯一性。

"用什么留客"关系着旅游产品的内容和布局。

"怎样待客"是指基础设施建设和配套服务，关乎游客获得感，决定是否"来了不想走，走了还想来"。

基于此，阆中不敢懈怠。用大项目撬动旅游发展的潜力：以建设现代综合交通体系、空港新区、城市现代化会客厅为抓手，从

"软硬"两方面做好城市建设文章。

"硬"交通,是阆中走向新世界的大通道。

阆中,地处中国西部、四川盆地北缘,东枕巴山,西倚剑门,南骧华蓥,北横秦岭,与古金牛道、古米仓道和嘉陵江水道交汇,连接中原与巴蜀,曾因水而兴,华盖云集。

一度,随着水运的没落和历史因素,阆中受制于陆上交通的落后,长达半个多世纪成为偏安一隅的小城。

以史观今,阆中在建设"世界古城旅游目的地"过程中,把交通建设放在了重要的位置。

阆中坚持水陆空"三线并举",加快推进嘉陵江航道阆中港建设,推进阆仪营高速、广南高速北互通建设,争取新建铁路过境阆中等建设,推进阆中机场、阆中国际休闲旅游城市旅游客运专线配套项目等建设,完善"五位一体"现代综合立体交通网络体系,融入长江经济带、成渝城市群网。

今年 7 月 2 日,四川省发改委表示,国家发改委已正式批复了机场的可行性研究报告,预计 2022 年建成。建成后,不仅对阆中建成世界古城旅游目的地具有深远意义,对促进整个川东北地区发展也影响重大。

2013 年以来,阆中的交通路网如雨后春笋般从无到有,由少到多。截至目前,兰海高速全线贯通,兰渝铁路建成通车,国道 212 线和 347 线穿境而过,已形成十字形辐射全市,通达的交通,不仅重塑了阆中人生活的质量,还呈现给了世界一个全新的"阆中速度"。

"软"环境,是吸引世界走进新阆中的魅力点。

为与"世界古城旅游目的地"的目标匹配,阆中高标准规划、高水平建设江东航空港片区,力争在机场通航后启动空港新区建设,并配套引进一批重大支撑性产业项目,实现城市与产业时序上同步演进、空间上分区布局、功能上产城一体,使其成为阆中未来城市发展的新名片。

空港新区建设之外是城市环境提升。一座城市的形象品位，透着一座城市的气质和内涵。阆中，将建设"两门两厅两区"等一批体现阆中元素、阆中印记、阆中味道的地标性建筑，全面提升城市宜居度、城市文明度、让市民生活更加美好。

阆中市住建局局长宋学刚说，"两门"，即整体提升城市北大门、东大门，充分展示独特的山水格局和厚重的历史文化；"两厅"，即老城区的"文化会客厅"，新城区的"生态会客厅"；"两区"，即火车站周边片区和江东航空港片区。

以大项目撬动发展潜力，阆中先后拥有了中国优秀旅游城市、阆中古城国家 5A 级景区、国家森林公园、国家湿地公园、国家休闲农业与乡村旅游示范市等数十个"国字号"品牌，千年古县、国际可持续发展试点城市、国际最佳旅游度假胜地等十余个"世界级"品牌也花落阆中。

今年 4 月，阆中被命名为首批天府旅游名县。短短 3 个月后，7 月 12 日，四川省县域经济发展大会在成都召开，阆中又将"县域经济发展强县"的殊荣收入囊中。

阆中，这座充满活力的古城，从 2018 年除夕至今，30 余次出镜央视；登陆美国纽约时代广场、美国侨报，以及俄罗斯各大主流媒体，向世界全方位展示了"阆中魅力"。

蹄疾步稳，跫音激荡。88 万阆中儿女，背靠千年古城，面向广阔世界，用古城、水城、赛城、康养城"四城同构"战略，当好南充"对外的名片、旅游的龙头、发展的主力"，加快文旅资源大市向文旅经济强市转变，让阆中成为一座实至名归的"世界级"旅游胜地，让全世界在嘉陵江边，见证一个全新的"阆中形象""阆中姿态"。

阆中，不负历史，不负时代，追梦路上，前行不止。

本文刊发于 2019 年 7 月 23 日

川威：向死而生铸铁魂

杨璐　唐千惠

川威，钢铁劲旅。

川威，王者归来。

人间五月天，记者一行走进四川省川威集团有限公司。

"森林式"的新厂区，干净整洁，红花与绿树相映。在这清新、优美的环境里，川威大高炉钒钛矿冶炼已稳定顺行超 1000 天，破全国纪录。曾经，马鞍山钢铁高炉顺行 29 个月，书写了马鞍山钢铁的历史，轰动了整个炼铁界。如今，川威集团大高炉稳定顺行的时间，无疑将载入行业史册。

"不创造奇迹就不是川威人！"

创建于 1929 年的川威，以军工起家。一根高 30 米的方形烟囱，如一根脊梁，矗立在老厂区，见证着川威 90 年的风雨历程。

川威，巴蜀大地上，第一个炼出生铁、第一个炼出钢、第一个轧出材的钢铁企业。

川威，曾经全国唯一不通铁路的钢铁企业，被达钢、成钢、攀钢等众多钢铁"老大哥"包围的"山里娃"，却从威远连界出发，走出四川，走向全国甚至走向世界。

抗战时期，川威人用热血和铁水，浇铸出"还我河山"四个大字，正是基于"军工""家国情怀"这一英雄基因，在两次生死关头，川威人，向死而生，脱胎换骨，凤凰涅槃，今天，最终迎来了川威历史上"最好的时期"。

一切过往，皆为序章。川威，钢铁劲旅，将"最好的时期"作为新起点，以王者风范，走向百年！

为活下去而求生　铸造百折不摧的铁魂

川威，是四川工业界的一面旗帜。然而，这面旗帜，也曾一度无力高扬，甚至险些被狂风吹倒，被暴雨击落。

2014年5月23日，是川威集团成立16周年的日子。按惯例，川威人要聚集一起，在老厂区，望着阳光下的厂旗，目送它冉冉升起。然而，这天与往年不同，天空下起了雨，雨中的旗帜，低垂无力，比旗帜更低垂无力的，是川威员工此刻的心情。

"我们都在想，几代人为之奋斗的川威，或许是最后一次升起厂旗了。"

此时，川威正遭受着前所未有的、猛烈的冲击。而川威陷入困境实则"冰冻三尺非一日之寒"，背后印刻着中国经济发展转轨的烙印。

从2002到2012年的10年间，钢铁行业经历了"黄金十年"。在中国钢铁行业高歌猛进之际，问题随之而来，大规模扩张导致的产能过剩以及世界经济疲软，令全球钢铁市场陷入困境，钢铁行业失去盈利能力，甚至出现了"钢价不如白菜价"的惨状。

钢铁企业纷纷陷入亏损境地，本来挺进在"钢铁川威"向"钒钛川威"转型路上的川威集团也未能幸免。

雪上加霜的是，十余家银行从2014年初开始陆续抽贷。负债过高、成本上升、效益下降，致川威资金链断裂，拥有2万多员工的大企业面临停摆，上下游产业10万人饭碗堪忧。

"川威崩盘"的言说，一时间在金融、钢铁、媒介等领域甚嚣尘上。

历史总会有一些惊人的相似，其实，这并非川威第一次遭遇危机。

1997年，同样是钢铁行业的寒冬，价格暴跌、产品积压、三角债务、银行催贷、人员负担等问题接踵而至，当时的川威三个月发不出工资，企业举步维艰、濒临破产。

时年34岁的王劲临危受命，出任厂长，挑起了川威改革自救的重任。王劲曾说，最困难的时候，有时正是企业改革的最好时机。上任后，王劲就把改革之剑挥向了陈旧的体制，快刀斩乱麻地做起了改革兴企的文章。

1998年5月23日，"威远钢铁厂"从此成为历史，王劲在成都银河王朝大酒店宣布："四川省川威钢铁集团有限公司成立了！"

困局盘活，新局已成，川威集团，脱胎换骨。

2000年4月17日，王劲宣布：川威已经跨过生存关，迈进了把企业做大做强的新征程、新阶段！

2008年初，川威提出，要实现"钢铁川威"向"钒钛川威"的转型。

从濒临破产到重整旗鼓，川威用十年时间创造了奇迹。

1997年的"困局"没有让川威倒下，2014年的"危机"更不会让川威言败。为活下去而求生，川威在困境中逐渐铸造出百折不摧的铁魂。

2014年7月3日，川威接连召开管理骨干会议和员工代表大会，王劲宣告：川威集团面临危机，进入司法重整。

此刻，川威人都明白，"司法重整"意味着几代人为之奋斗的川威已到了生死存亡的时刻。沉默的会场，有了啜泣声，但却没有喧杂声、质疑声。

川威集团党委办公室副主任陈英涛说，会议前，王劲安排她起草一份"责任书"，目的是告诉大家，"集团领导将做最后的努力，绝不放弃。"

川威集团钒钛科技公司党委副书记林继华回忆说："王总上台前

倦容憔悴，几近昏厥，但当王总走上台，面对川威员工时，从他瞬间焕发出的神色里，我立刻读到了坚定、信心和川威在困境中生发出的希望。"

王劲没有倒下，川威的掌舵人还在坚守，那么相信川威、热爱川威的人也绝不会放弃。川威上下将再次挽狂澜于既倒，扶大厦于将倾。

这是一场多方参与的解困接力。

2014 年危机爆发后，川威一方面狠抓改革，一次性削减、整合60%的职能管理部门，管理部门从 310 人精简到 80 人，10 多个部门减少到 4 个。集团公司领导每个月仅 2000 元的收入，出差费用全部自己承担。另一方面，川威全面梳理原有管理制度，即便在最困难的时候，也不惜重金聘请全球著名的麦肯锡管理咨询公司为企业会诊，重构企业的生产、管理、经营等各项流程。

政府也第一时间站了出来。"企业转型遇到困难，政府不能坐视不理，简单地放任市场去调整不行，否则牵一发而动全身。"省委省政府的态度十分鲜明。事实上，川威面临的难关也是四川工业经济、四川金融生态环境所面临的难关。当年 7 月 10 日，四川银监局、四川省银行业协会召开四川银行业帮扶川威专题座谈会。5 天后，"协调金融机构帮扶川威脱困发展专题会"上，省政府金融办、人行成都分行、四川银监局、内江市人民政府、22 家相关债权金融机构负责人参加会议，形成了"金融帮扶一致行动方案"。

经过多方专家研判分析，促进川威成渝钒钛快速恢复正常运转，是川威打赢翻身仗的关键。在省委省政府、内江市委市政府、威远县委县政府的大力支持与协助下，在金融单位与客户的理解与支持下，2014 年 8 月 20 日 5：55，新区高炉成功点火，8 月 21 日 5：50 转炉复风，至此，新区高炉重新运转，停顿的工作动了起来。

有人这样评价："如此大规模的企业，这么短时间能恢复生产，在全国实属罕见。"

随后，川威撰写了《创新发展振兴计划报告书》，形成了"围绕中心、分块突破，寻找增量、激活存量，调整结构、转型发展"的脱困发展思路，走出危机的脚步持续加快。

2017年5月23日，川威在集团成立19周年的升旗仪式上郑重宣布，集团生产经营已步入正常良性发展。

向死而生——回望川威90年的发展历程，川威面临多次这样的挑战。为一方经济的安定而生，为数万员工的幸福而生，为百年强企的梦想而生，为活下去而求生的川威不负时代、不负未来，不负同行者、不负投资者，百折不挠的川威总能在逆境中坚强地活下去。

为站起来而谋生　铸造一往无前的铁魂

"川威，创造了建厂89年来的历史最好业绩。"

2018年11月22日，在内江市民营企业家座谈会上，川威集团党委副书记、工会主席李和胜说。

短短几天之后，"2018四川企业100强"发布，川威名列第10位。李和胜代表川威集团走上了领奖台。

脱胎换骨，绝处再生，川威用拼搏和勇气继续走在重振之路上。

川威集团成渝钒钛科技有限公司，高炉中控楼现场繁忙而有序。橘红色的钒液源源不断从炉膛流出，经冷却、压片、切段后产出的五氧化二钒，产量在去年首次突破一万吨，虽只占钢铁钒钛产品总量的千分之二，利润却占到六成以上。

川威集团四川汇源钢建装配建筑有限公司内江基地，办公区里，实验室传来"哐哐哐"的声音，是专家小组正在对灰渣混凝土轻质隔墙板进行抗撞击能力测试，测试结果表明，产品强度已远超国家标准。办公区外，装卸车穿梭在厂房，来来回回运送着新型墙体材料。当前，装配式建筑成为川威集团最具活力、最具代表性的转型升级产业板块。四川汇源钢建装配建筑有限公司具有建筑全产业链优势，凭借其"钢结构+PC组合结构技术体系"，不仅参与到了成都新世纪环球中心、四川广播电视大厦等500余个规模型和标志性项目，也不断创造着建筑领域的"川威速度"和"川威奇迹"。

川威集团川南冶金建材物流港信息中心，是内江渤商西部物流中心、西昌经久产业园区、川南冶金建材物流港的信息集中展示中心。中心巨大的屏幕上清晰地显示着运输车辆的物流轨迹：一辆两天前出发的装有 2712 公斤热轧带肋钢筋的货车，此刻距离目的地还有 200 余公里。就像网购一样，客户能随时查询运送情况，而这些看似繁杂的信息，因为智能化水平的提升，四五个工作人员便能轻松管理。

不远处的船石湖运动特色小镇初见雏形，作为川威打造的集培训、赛事、运动休闲、体育旅游等于一体的国际足球竞训中心，船石湖运动特色小镇成为川威集团文旅产业的代表之作。

……

"现在是川威最好的时期！"

不论是老川威人还是新川威人，都不约而同地发出了这样的感叹。

在钢铁行业风生水起的"黄金十年"，没有人这样感叹；在川威曾经连续快速增长的 10 多年里，没有人这样感叹；在川威于 2012 年和五粮液、新希望等五家企业一起被四川省推荐为重点打造的"千亿企业"时，也没有人这样感叹。

为何在历经生死劫难之后，面对仍在恢复元气的川威，许多人却发出了这样的感叹？

"最好的时期"源自一组组振奋人心的数字。

2018 年，川威的生产经营达到建厂 89 年以来历史最好水平。川威钒钛钢铁产业 6 项主要经济技术指标位居全国一流，产钢量突破 500 万吨，全国排名第 35 位，产销水泥 1000 万吨以上，熟料产能位居全国第 28 位，五氧化二钒生产突破 1 万吨，排名全国第二。

不仅如此，在三年多前，大高炉是川威钒钛钢铁生产经营中一块挥之不去的"心病"，高炉运行正常的时候少、失常的时候多，公司甚至一度怀疑高炉炉型的选择是否正确。如今，大高炉冶炼钒钛磁铁矿顺行超过 1000 天，打破行业纪录，创造业内奇迹。

"最好的时期"源自一次彻底的环保转型。

2012 年 6 月，川威集团钒钛资源综合利用项目点火投产，这是川威集团从"钢铁川威"向"钒钛川威"转型的重大项目。可是 2 年以后的 2014 年，当川威陷入进退维谷的资金泥淖之时，不少人却在质疑，如果不是成渝钒钛项目的巨大负债，川威或许不会站在生死边缘。

如今再次回首往事，许多川威人却说，如果不是钒钛资源综合利用项目，依靠传统产业和传统技术的川威或许早就倒在了最严厉的环保治理门槛前。

对钢铁行业来说，环保早已成为攸关生存发展的大问题。以传统钢铁冶金起家的川威，利用"钒钛资源综合利用项目"这一项目，将科技创新、节能减排与企业转型升级紧密连在一起，使企业实现了一次彻底的环保转型。

去年，川威持续投入资金 2.6 亿元，共计实施 32 个重点环保提升项目，顺利通过了中央环保督察"回头看"等近百次各项督察。其中，成渝钒钛科技有限公司基本实现了废水、固体废弃物"零排放"的目标。接下来，川威还将在新项目里打造零碳概念，即不产生二氧化碳。

"川威是全国唯一一个在森林里的钢铁企业。"川威集团总工程师谢建国骄傲地说。正如他所言，不论是老厂区还是新厂区，高大耸立的绿树随处可见，大面积的绿地让企业被绿色包裹。

在成渝钒钛科技有限公司，"让天更蓝、地更绿、水更清"的标语尤其引人瞩目。这些看似简单的字句凸显的是一个企业对未来负责的决心。

"最好的时期"源自凝聚在一起的人心。

2014 年企业最困难的时期，有些川威人离开了，但是更多的川威人却选择了留下，他们与企业同舟共济。历经患难后，员工们爱厂、为厂的情感更加深刻地凝结在一起。

成渝钒钛科技公司总经理代宾说，败而不馁真英雄，大浪淘沙后留下的都是精英，当前集团内部各个产业板块互相支持、相濡以沫，已成为一个有凝聚力更有战斗力的团队。

汇源钢建装配建筑公司副总经理王杜槟说，即使在 2014 年最困难的时候，集团依然坚持研发新型墙体材料，员工一定要对得起集团的信任。如今，川威人保持了血液里的军工企业基因，不管凌晨还是周末，只要有工作任务，员工都能随叫随到。

早已退休的"第三代"川威人苏绍友说，川威是他"献了青春献终生，献了终生献子孙"的地方，虽早已退休，但仍时刻关心这个"家"的发展。

数据攀升、环保给力、人心凝聚，迎来最好时期的川威，不仅实现中国钢铁企业第 35 名的排位，还成为全国产能第二大、全球第四大的钒制品基地以及西南最具有竞争力的企业。为站起来而谋生的川威，以一往无前的铁魂，成为四川乃至全国的钢铁巨人。

为走更远而创生　铸造百年强企的铁魂

川威，涅槃凤凰，两次重生。

川威，不以活着为幸事，而以行远为追求。

"百年川威"，点开川威集团的官方网站，这四个字映入眼帘，字字千钧。

"百年川威"，是几代川威人接续奋斗的梦想与期盼，是九十载川威即将摘取的时代勋章。

"百年川威"，是四川乃至中国实体经济的一个奇迹。在"脱实向虚"现象越来越严重的当下，振兴实体经济成为全社会的呼唤。"百年川威"将用一个世纪对实体经济的坚守，树立起四川乃至全国实体经济的一座丰碑。

如今，梦想就在眼前。百年川威，仅差最后十年。十年奋进，今年是第一年。

"哪里跌倒就在哪里爬起，把川威的事做到极致，实现大川威、强川威。不创造奇迹就不是川威人！"王劲在川威集团 2018 年年会上的讲话，铿锵有力。

居安思危，思则有备，有备无患。作为掌舵人的王劲，并没有安享眼前这"最好的时期"，而是用一"守"一"攻"，运筹千里，决胜未来。

"守"，集团将继续降杠杆去风险，持续稳定地做好各板块、各产业的生产经营工作。

"攻"，就是企业的转型发展，在夯实基础的同时，大步向前再拓新版图。

王劲形象地把企业转型比作"弯道超车"，他说企业转型转不好就会翻车，但是不去转就会永远跟在别人后面。就算有风险，川威也要义无反顾去创造新的奇迹。

对于转型升级，王劲有着无比坚定的信念。他时常说，"川威人尤其是领导干部心中要有一个'变'字，在变中求生存，在变中求发展，如果不换脑袋就换人。"

转型升级，川威怎么转？

一方面，川威大力推动已有的钒钛钢铁、水泥、矿业、钢结构、新型墙材等生产制造业向钒钛、优钢等新材料转型，使产品更加贴合市场需求，把川威做精、做强、做大。

另一方面，推动装配建筑、智能制造的转型，并大力发展现代服务业，例如生产性物流和以文体为主的旅游产业。使这些产业与制造业相辅相成，降低制造业单边波动带来的风险。

强根基、增后劲，为了实现百年川威的梦想，集团还专门成立了经济研究所，为未来十年转型发展进行战略谋划和顶层设计。

根据川威未来十年的战略规划，2018 到 2020 年，一方面加快将资产负债率降到合理水平，另一方面转型形成雏形；2021 到 2023 年，转型取得突破，二、三产业错配发展风险对冲格局全面形成；2024 到 2027 年，步入快速发展、创新发展、可持续发展快车道。

到 2028 年，集团将实现业务结构从传统制造业为主转向新型制造与现代服务业并重，二、三产业协同持续稳健发展的新格局，集团发展成为国内一流、西南区域领先的现代大型综合性产业集团。总体业务收入达到 1000 亿元以上。集团利润贡献中，制造业与服务业各占半壁江山。

有的企业钢铁炼得好，有的企业建筑做得好，有的企业文旅搞得好，但是川威，只有川威，是中国西部地区唯一彻底打通产业链，构建起从矿业开发、钢铁生产、水泥生产、钢结构（及 PC 构件）设计制造、建筑安装、旅游服务为一体的完整产业链的企业集团。

川威始终坚持的那份"把创造奇迹当成习惯，把追求卓越变成常态"的精神，是让鲐背之年的川威敢自信剑指"百年强企"的强魂。

川威初生之时，外界对它的评语是"全国唯一一个不通铁路的钢厂，不垮才是怪事！"

但是，川威自己开辟了一条通往市场的路，连续 14 年名列中国企业 500 强，2018 年川威名列四川企业百强第十位。

20 世纪 90 年代，当时冶金建材部的调研组来厂里，断言川威的年产量永远不可能超过 50 万吨。

但是，2018 年 9 月 25 日 19：50，川威轧钢月产达到 47.4 万吨，这标志着川威牌钢材不再是"年产能"500 万吨，而是"年产量"达到 500 万吨，意味着川威的钢铁生产能力进入全球百强之列。

一个又一个不可能变成了可能，一个又一个魔咒被彻底地打破。

川威，四川"冶金鼻祖"已走过九十载，如今蹄疾步稳再向前，即将创造四川工业史上的百年奇迹。

诗人歌德曾说："一个时代有一个时代的歌声！"

川威集团，四川最大的民营钢铁企业，历经从小到大、从弱到强的钢铁强企之路，唱响了一曲澎湃激昂、振奋人心的钢铁赞歌。

智慧和力量凝聚在新的岁月里，

面对机遇不放弃，挑战敢迎击。

不创造奇迹就不是川威人。

我们只争朝夕，

我们海纳百川鹏程万里。

百年川威向死而生，百炼川威铸就铁魂。

川威，钢铁劲旅，王者致远！

本文刊发于 2019 年 5 月 22 日

蓬安：千年古城书新赋

杨璐　黄晓庆　张小星　李国富

蓬安，嘉陵江畔的千年古城，这里地杰人灵。

地杰，嘉陵十分美，六分在蓬安。

人灵，司马相如带着少年灵气，以一篇《子虚赋》开中国辞赋新篇，扬名天下，延绵两千年。

时光远去，岁月轮回。相如依旧站立在江边，其赋文中的英雄气概，《凤求凰》里的浪漫情怀，依旧激荡在蓬安大地、嘉陵江两岸。

在南充建设"区域中心城市"和"成渝第二城"的大格局中，蓬安从"生态宜居江城、历史文化名城、融南发展新城"三个维度，把相如故里建成嘉陵江畔大美公园城市。

大美公园城市，是蓬安率四川乃至全国之先，于2016年提出的具有前瞻性的发展理念。公园城市不是简单的"公园+城市"，而是有机融合自然山水、现代产业、市民生活的现代城市形态。

大美公园城市，是蓬安洞察时代大势、抢抓时代机遇、结合自身优势做出的战略抉择；是今日蓬安人，以江水为墨，大地为纸，续书的千年古城的时代新赋。

赋一江水，流淌千年的嘉陵江，润养了"生态宜居江城"的灵秀，成就了公园城市的生态之美。

赋一方人，从先贤到新贤，积淀了"历史文化名城"的底蕴，赋予了公园城市的人文之美。

赋一座城，高质量的城市内涵，擢升了"融南发展新城"的高度，定义了公园城市的未来之美。

一江两岸，三城同建，大美蓬安，时代新赋，徐徐展开。

赋一江水　千年嘉陵生新绿

嘉陵江，起源于陕西秦岭海拔 2800 米的嘉陵谷，循西南蜿蜒而下，淌过凤县秀美的百里花谷，流经川陕咽喉广元、巴蜀要冲阆中，到达蓬安，在赋圣故里百转千回后，过南充，出广安，在重庆与长江相汇，全长 1345 公里。

嘉陵江美，最美在蓬安。

首先美在长。嘉陵江从西北平头乡的古鸭滩进入蓬安，由西南猫儿溪流出县境。89 公里水域穿城而过，是南充境内流域最长的段面，水过之处无不草木丰茂，奇景迭出。

再是美在宽。嘉陵江在蓬安，有着南充范围内最宽的江面，且嘉陵江流域面积占蓬安县面积 90%。嘉陵江不仅润养了蓬安，也成就了蓬安的生气与灵动。

尤其美在多情。江水入川前，匆忙、急切；出川后，又迫不及待，直奔长江而去。唯在蓬安境内，嘉陵江绕着弯，打着转，蜿蜒曲折，行吟回首，千回百转，把多情的身段留在了蓬安。

江水两岸：相如湖、凤凰湖、锦屏湖、山湾湖，湖光潋滟；白云山、龙角山、金鸡山、小乐山，群山环抱。山水相依的蓬安城，在绿水青山的掩映中，显得飘逸俊秀。

特色在山水，优势在生态。今日蓬安人，不负天地一江水，不负江水几多情。

在大美公园城市的建设中，为将自然生态之美、山水田园之秀呈献给世人，蓬安深入实施"绿色明珠""十园之城""百景之都"三大行动，形成"一江两河，三山五湖，八片十园"的绿色生态格局，倾力打造生态宜居江城，让居者自豪、来者依恋、闻者向往。

"这片荒滩，以前少有人来，现在变成了公园，这么漂亮，简直没有想到。"

在蓬安县城生活了几十年的居民蒲树忠，走在清溪河畔的凤凰生态公园，边走边与记者交谈，他的喜悦与自豪，都写在了脸上。

凤凰生态公园，总投资 6.5 亿元，占地 1070 亩，公园东起相如镇团包岭村绕城东路桥，西止清溪河红光堰，是集市民健康生活、城市观光、休闲慢跑、户外体验于一体的城市公园。公园既改善了清溪河沿线风貌，带动了凤凰新城开发，又提升了城市生态宜居水平，彰显了蓬安"生态宜居江城"的特色。

初冬，霞光穿过银杏树，为凤凰生态公园抹上了一层淡淡的金黄。蒲树忠说，他每天都来这里散步，身心舒畅，空气都是甜的。

据蓬安县住建局副局长胡玲介绍，为把好山好水好风光融入城市，蓬安高起点规划，大手笔建设白云山国家森林公园、相如湖国家湿地公园、笔架山运动公园等 10 个特色主题公园，将蓬安打造成"十园之城"。同时，蓬安因景补绿、见缝插绿、全域植绿，建嘉陵江畔璀璨的"绿色明珠"。

随着大美公园城市画卷的徐徐展开，蓬安的美不仅生长于城市，也绵延到乡村，最终将城市和乡村串联成"百景之都"。

蓬安依托"嘉陵江流域最美田园风光、最美乡野丘陵、最美北纬30°"等资源禀赋，在全县范围内重点打造嘉陵江流域生态景观带、森林康养文化景观带、最美丘陵乡村休闲景观带三条特色景观带，集中打造 100 个特色生态旅游景点。到"十三五"末，蓬安将成功培育产值 100 亿元的生态旅游产业，将蓬安打造成川渝一流、全国知名的生态旅游目的地。

张伟建，摄影爱好者，他在中央电视台看到蓬安"百牛渡江"的纪录片后，专程从重庆万州来到蓬安，用自己的镜头捕捉全国独有、嘉陵江上最奇特最原始的生态奇观。

每年，从暮春到初秋，相如镇油房沟村的嘉陵江江面会出现罕见的原生态奇观：清晨，上百头大水牛游过嘉陵江，到江心太阳岛上啃食青草，与野鸭为伴，与鸟共生；黄昏，无需主人吆喝，牛儿结伴回游。场面震撼，被当地老百姓称为"百牛渡江"，也被学者誉为"乖乖牛儿的水上芭蕾"。

百牛渡江，成为蓬安代表性的生态旅游品牌，吸引了众多像张伟建这样慕名而来的游客。

从嘉陵江到江的两岸，从城市到乡村，"绿色明珠""十园之城""百景之都"这一张张靓丽的名片，让世界认识了全新的蓬安。

嘉陵江流淌千年，亘古未变。它所润养的这片土地，常绿常新。这里的人深爱着嘉陵江水，因为热爱，他们保护江水，用好江水，在水上书写出生机勃勃的绿色新赋。

赋一方人　文脉流芳涌新贤

有句老话：地以人传，人以文名。用这句话来说蓬安，再合适不过。

蓬安，历史悠久，是西汉大辞赋家司马相如的出生地。公元507年，梁武帝因崇拜司马相如，析安汉县设置相如县，并在司马相如的故宅修建了新的县衙，即现在的蓬安县相如故城，距今已有1500多年历史。

今日蓬安人，在建设大美公园城市过程中，通过打造历史文化名城，来彰显公园城市的人文之美。

司马相如，不论是他的文学才华，还是他的政治作为，抑或他与卓文君的爱情故事，在蓬安悠远的历史、厚重的文化中，都是浓墨重彩的一笔，都是无法攀越的山峰。因此，今日蓬安人对相如故城的打造，既是传承先贤风骨，延续历史风华，又是弘扬文化之魂，凝聚73万蓬安儿女奋进之心之举。

作为蓬安建设历史文化名城"一号工程"的相如故城，位于蓬安县城的西面，与县城隔嘉陵江而望。记者一行踏上这片古韵之地，一阙巍巍的古城门，厚重而雄峻，在夕阳的晚唱里散发着细碎的浪漫。城门内，忙碌的工人们掏沟、铺砖、栽花、植草。

唐晓零，司马相如研究会副理事长，长期研究相如文化的地方文史工作者。他说，相如故城古建筑面积 1.3 万平方米，拥有玉环书院、文庙、武庙等古建筑群 6 处，多数修建于明清时期，仅与司马相如有关的故迹就有相如故宅、相如祠、琴台、慕蔺山、相如里、文君里等 10 多处。相如故城独特之处还在于，嘉陵江绕城三面，玉环溪穿故城而过，漫滩湿地与锦屏城区左右策应，形成了全国少有的太极太玄城格局，也被专家学者誉为"巴蜀风水太玄城""天地自然之图上的秀珍古城"。

蓬安县旅游局局长杜长书介绍，蓬安集中精力、智力、财力推进相如故城保护开发，以建设国家历史文化名城和 5A 级旅游风景区为标准，按照"一线一带七片"的规划布局，全面修缮相如故城文化遗迹，加快完善基础设施和配套功能，把相如故城打造成为古色古香、设施齐备、功能完善的文化旅游展示区，擦亮相如故城这张"金字招牌"。

"予独爱莲之出淤泥而不染，濯清涟而不妖。"

以一篇《爱莲说》名垂千古的周敦颐，也在蓬安留下佳话。

因仰慕司马相如，周敦颐不远千里来到蓬安，朝拜相如，并在此讲学。后人为纪念这位理学大师，将当年讲学的舟口镇，更名为周子古镇。

周子古镇是全国唯一保存完好的坡形古镇，今日蓬安人，在保护开发周子古镇过程中，坚持生态旅游发展理念，融合周子古镇人文、生态资源和现代旅游服务精髓，做好景区修缮保护工作，着力体现嘉陵江最后的码头古镇独有的历史文化。同时，整合周边资源，协同开发建设周子古镇景区。

沿周子古镇北行，龙角山下，是为纪念画圣吴道子曾在此画"锦绣嘉陵三百里图"而修建的画圣广场，其间塑有肩宽 30 米、头高 15 米的吴道子头像，临江处，修建了画江楼。

千年蓬安，因先贤而名。司马相如、周敦颐、吴道子、颜真卿，一个个名字流芳史册，享誉古今。

千年蓬安，因文化而耀。汉赋文化、爱情文化、民俗文化、农耕文化、古镇文化、红色文化，渊源厚重，多姿多彩。

其中，农耕文化是嘉陵江流域最为古远的一种文化。

古时，人们在房前屋后栽种桑树和梓树，久而久之桑树和梓树就成了人们想家、回望故乡的一种符号、一种象征。后来，人们就将"桑梓"比喻为家园和故土。

蓬安新园乡油坊村，"中国桑海"核心区。今日蓬安人以现代农业为抓手，大力实施乡村振兴战略，在这里演绎出新时代、新蓬安、新农村的新农耕文化。

"山高石头多，出门都爬坡"是油坊村过去的写照。因穷，这里曾是远近闻名的光棍村。

村民尹正高说："种了一辈子的地，现在才晓得土里还能长出'摇钱树'。只要自己肯干，就不愁能过上好的生活。"

因地制宜，油坊村打造出"万亩桑海"。在这片郁郁葱葱的"桑海"里，村民不仅收获了租金、薪金、股金，还有土地"返租倒包"收益金、三产带动的服务收益金，这"五金"使远近闻名的穷山村走上了致富路。

为了探索出符合蓬安实际、独具蓬安特色的乡村振兴之路，也为了让农村不再"千村一面"，今日蓬安人大力实施万亩桑海、万亩花椒、万亩花木、万亩果蔬、万亩有机稻、万亩中药材"六万工程"，通过产村相融带来村兴业旺。蓬安悠久的农耕文化，为当前乡村振兴注入了独特的精神内核，而乡村振兴战略又为蓬安传统农耕文化赋予了新的时代内涵。

蓬安县委常委、宣传部部长石昆仑说，从汉赋文化到民俗文化，从古镇文化到农耕文化，蓬安在建设历史文化名城中，努力激活每一寸耀眼的历史，精心打造每一种优秀的文化，把蓬安的历史和文化，厚植进大美公园城市的建设之中。

古人唱罢，新人登场。今日蓬安人传承先贤的开创精神和奋进之风，在新的历史起点上，沿袭悠久的文化脉络，书写蓬安人文新赋。

赋一座城　融南发展焕新姿

蓬安，因水而生，因人而名。

蓬安，因水因人，造就了昔日的繁荣和盛名。

面对当今人流、物流、资金流的瞬息变化，面对互联网、大数据、全球化的新时代，今日蓬安人，在新的历史方位上，顺嘉陵江水流的方向，为建大美公园城市找到了发展之路、未来之路。

省委十一届三次全会明确提出构建"一干多支、五区协同"区域发展新格局。南充被赋予了成渝经济区北部中心城市和重要交通枢纽节点的定位。顺势而为，乘势而上，南充提出，将高标准构建全面开放新格局，高质量建设现代产业新体系，高水平打造城乡宜居宜业新环境，加快建设区域中心城市，努力争创全省经济副中心，实现"大城崛起"。

蓬安，作为南充确定的同城一体化城市，从嘉陵江水的流向上，找到了发展的方向。嘉陵向南，蓬安向南，融入南充，跨越发展，重新找回当年嘉陵江水上的热闹和繁华，找回当年码头上的人流和荣光。

"建'融南发展新城'，就是为了与南充成为'更亲的亲人'。"蒲国说，蓬安作为"南（充）西（充）蓬（安）一体化发展"的生态核心板块，以及南蓬经济走廊的重要组成部分，融入南充，不仅有利于蓬安与南充主城区早日实现规划同筹、基础同网、产业同链、区域同城，也有利于蓬安进一步扩大开放，在更大的范围配置资源、集聚要素，全方位提升发展动力和潜力。

蓬安县城边，顺蓬营一级公路建设现场，各类工程车来回穿梭，机声隆隆不绝于耳。这个 2018 年 4 月开工的项目，建成后将进一步畅通蓬安与南充主城区的快速连接。

近年来，蓬安加快推进与南充主城区交通互联。南大梁高速建成通车，顺蓬营一级公路、绕城北路开工建设，嘉陵江竹溪林航运码头启动实施，畅达的水陆"大通道"形成了融南发展的"大动脉"。同时，蓬安的"4423"对外交通网络，让其成功融入南充"半小时经济圈"、成渝"两小时经济圈"。

"交通网络的编织，实现了空间上的融南。而产城融南，才能真正实现'你中有我，我中有你'。"蓬安县委副书记、县长崔竹君说。

于是，蓬安发挥在发展空间、生态资源、产业基础等方面的优势，坚持差异化、特色化发展，实现产城互补、资源共享。

作为四川重点培育的500亿产业园区，蓬安工业园区无疑是蓬安产业发展的主战场。截至2017年，园区已基本形成以机械汽配和农产品加工为主的产业体系。其中，机械汽配产业正是蓬安与南充产业同链的"主力军"。

在园区的机械汽配产业园，形成了以嘉宝汽车、跃镁镁业、隆固机械、旭日塑料等38户企业为骨干的机械汽配产业集群。蓬安支持机械汽配企业，为在南充落户的吉利汽车、北汽银翔等龙头企业加工配套，融入南充汽车产业，打造产业发展增长极。

产业的发展，带给蓬安融入南充的活力，而现代化的城市建设增强了蓬安融入南充的底气。

在嘉陵江支流清溪河沿岸，一方3.8平方公里的新城已然成型。在这个为蓬安城市建设提档升级的凤凰新城里，高品质小区、商业广场和特色街区分布其间。

其中的碧桂园·翡翠湾是碧桂园川内第一家在县级修建的商住楼盘。龙头企业的选择，往往带有风向标意义。选择蓬安，不仅看重这里优美的生态环境，也是认可蓬安的发展潜力。销售一空的业绩，印证了碧桂园的眼光。

比邻碧桂园，是由知名的四川一品天下集团投资5.5亿元，打造的以餐饮、娱乐、休闲为主体的商业文旅风情街，这里将引进大蓉和、巴国布衣等知名品牌入驻，从而形成蓬安高品质的消费商圈。

为让新城展新姿、旧城换新颜、故城变新样，蓬安疏交通、扩新城、架骨架、美环境、提形象，基本形成"一城三片、组团发展"的总体格局和"两轴、两带、六心、五组团"的功能布局。

融南发展，蓬安还要做南充的"菜篮子""米袋子"。

作为蓬安第一家专业农副产品批发交易市场，中农联·川北农旅电商产业园于 2018 年 9 月建成，不仅补充丰富了蓬安的三产业态，提升了蓬安优质农产品供给能力，也解决了农产品"买贵卖难"的问题。同时，它还成为川东北农产品电商 O2O 重要分销平台和枢纽性电商物流集散基地，让蓬安人坐在家里就能"买全国，卖全国"。

蓬安，从过去水上船舶如云到今日地上路网纵横，从过去热闹繁华的码头到今日三城同建的大美公园城市，蓬安经岁月而不老，生生不息，繁华更胜。

今日蓬安人，站立嘉陵江岸，背靠千年历史，面向广阔未来，挥如椽大笔，蘸嘉陵江之水，以两岸大地为纸，在赋圣故里，续书大美公园城市的时代新赋。

本文刊发于 2019 年 1 月 2 日

不负时光不负民

——四川米易的高质量 "发展策"

杜静　杨波

岁月无冬花好客，

山川有韵水含情。

这首《米易吟》里的诗句，说透了米易。

约 6 亿年前，扬子古陆从澳大利亚板块分离，向北漂移，终与青藏古陆拼接，形成攀西大裂谷。四川米易县，就位于这一地球上罕见的大裂谷之中。

米易，地表沟壑纵横，古时，为不毛之地。如今，这个位于川滇交界，远离成都 600 公里，平均海拔 1000 多米的山区县，充分发挥比较优势，扎实做好 "钒钛" "阳光" 两篇文章，创新做好 "工业强县、农业富县、三产活县、旅游兴县"，按照四川省对攀枝花市 "加快建设川西南、滇西北区域中心城市和南向开放门户" 的整体部署，积极融入攀枝花市的发展大局。

如今的米易，吸，有清新的空气；食，有安全的果蔬；行，有迎面的笑颜；居，有充足的阳光。

如今的米易，如一束艳阳，耀映攀西大地，诱引着成都、重庆、昆明乃至北京、上海的宾朋前去休闲度假、安居乐业。

如今的米易，荣誉多多：全国平安建设先进县、国家园林县城、全国法治先进县、全国百佳深呼吸小城十佳示范城市、全省首批乡村振兴战略规划试点县等。

米易，作为"三皇五帝"中颛顼大帝的故里，往日，不缺讲述的故事，今朝，把"合理增速、注重质量、调优结构"作为应对经济新常态的务实举措，辩证处理好发展中"快与慢""近与远""贫与富"的关系，奋力争当高质量发展排头兵，稳中求进，以不负时代的使命感，续写着新时代的高质量发展故事。

快与慢　立足更长远的发展策

在中国经济由高速增长转向高质量发展的背景下，米易县提出的"合理增速"，这意味着，不以增速"快"为目的，要把增速掌控在"合理"范围内，"合理"对应的是"好""优"，哪怕增速"慢"一点，也要追求高质量的发展。

在米易，有一块被誉为"城市绿肺"的地方，位于县城中心黄金地段，曾令无数开发商垂涎。

说起那块空地，米易县住建局局长刘学义说，如果用于商业开发，那块地值 3 个亿，是米易当时财政收入的一半。如果卖掉，可实现三个"快"，即：快速变现、快速增加财政收入、快速实现 GDP 增长。

但是，那块地没被卖掉，没用来实现那三个"快"。经过深思熟虑，米易县委、县政府决定：将这块地留给市民，打造成一个慢步、慢话、慢生活的城市森林公园。这就是今天位于县城中心，被市民赞为"绿荫似绸花如海，游人成织客当家"的易园。

这样的慢，表面是没将地变为"钱"，没"快"壮大财政，似乎还"亏了本"，但实际上，政府将那块空地建成公园，以生态优先，还"绿"于民后，周边住房和商铺的价格翻了几番。随着县城"花街、花道、花园、花海为重点的绿化、美化、净化、亮化工程"的不断推进，米易正逐渐成为"花园在城中，城在花园里"的时尚花园城，使闻者向往、来者依恋、居者自豪。

这样的慢，是以"注重质量"为前提的慢，是以"调优结构"为先的慢。这样的慢，不仅这一例。

米易城南片区，依青山面绿水，位置优越，有 3000 亩土地储备，各路商家带着能挣"快"钱的项目，接踵而至，竞相寻机开发。

但米易县根据攀西高原的实际情况，以"宁留空白、不留遗憾"的决心，以慢工出细活的工匠精神，规划城市发展，引进开发项目，将"慢"的理念浸润进工业、农业、服务业等多个领域。对城南片区：从整体考虑，设计出合理蓝图；从项目业态考虑，规划打造国际顶尖的康养型 5A 级景区城市；从长远发展考虑，谋划出不负子孙后代的产业布局。

"能耗高、污染重的企业，基本不考虑。"据米易县经信局透露，因米易有丰富的钒钛等资源，每年都有不少企业前来寻求投资。为坚持工业绿色发展理念，米易县建立了严格的工业生态文明制度体系，对产业园区能耗、环保、安全不达标的项目坚决执行环保"一票否决制"。反而，米易县却对一些看起来见效"慢"的项目更感兴趣，比如以抗衰、延老、防病为特色的东方太阳谷项目，集户外、登山、野营为一体的康养运动小镇项目，以及对米易梯田、颛顼龙洞、农业主题公园等旅游景区景点项目的打造。

2017 年，米易县共接待游客 400 余万人次，全县 70% 的康养房产被外地游客购买。"深呼吸·在米易"，已被越来越多的人认可。米易，正日渐成为多地游客康养休闲、旅游置业的首选地。

在中共米易县委书记王飚看来，米易的高质量发展，就是要把增速掌控在合理范围，这样合理的慢，不是惰，不是拖，不是无为，而是稳，是稳中求进，是进中求优，是优中求得发展的高质量。

远与近 立足更均衡的发展策

一蓑一笠一渔舟，
若水烟波任去留。
杨柳堤边歌韵起，

芦花岸上笛声悠。

这是古人对米易"不是江南，胜似江南"的吟唱和描绘。

米易，美的不仅是"花园县城、公园城市"，还有县城以外的那些"远处"：远山、远路、远人家。

米易是典型的山区县，山多地少，全县26个民族，23万人口中，农民就占18万。

远山不绿，米易不算绿。

远路不美，米易不算美。

远人家不富，米易不算富。

"远山、远路、远人家"，让县委、县政府念念不忘，为了让老百姓"住上好房子、过上好日子、养成好习惯、形成好风气"，他们按照产业兴旺、生态宜居、乡风文明、治理有效、生活富裕的总体要求，大力发展"一乡一业、一村一品"特色优势产业，积极探索走出具有米易特色的产业融合发展之路。

米易新山乡，位于龙肘山西侧，作为傈僳族"祖居圣地"，路远山险，千百年来，傈僳族世代在悬崖绝顶上挥锄开垦，艰难生存。

贺树湘，新山乡一名傈僳族基层干部，他说，耕种梯田，一年到头，只能果腹。山高路远，上面领导来调研，也只能走到半山腰。

为了改变这里的现状，米易拿出上亿资金：让外面的公路，连进了村子；让"沉睡千年"的梯田，变成了动人景观；让原始的民族风情，转化为脱贫致富动能；让古老的傈僳族乡村，焕发出新时代力量。

"一步跨千年"的新山傈僳村，只是米易实施山区帮扶发展战略的一个点。

米易，属干热河谷气候，夏季多雨，旱季漫长，因干旱缺水，二半山区和中高山区的村民，看着哗哗流淌的安宁河水白白流走，只能望水兴叹。

县农牧局副局长唐文跃说，在这些地区，要让现代农业上山，有三难，首先难在水上山，其次难在公路上山，最后难在农业技术上山。而这三难，都难在一个字：钱！

但为了"远处"的发展，米易这些年投入在脱贫攻坚，投入在现代农业上的资金，从财政比例来看，远远大于城市建设和管理等多方面的资金。

麻陇彝族乡，距米易县城67公里，为了让古老乡村与瞬息万变的外面世界变"远"为近，缩短村民与外界交流的时间和距离，米易县仅此一项交通投入就近2亿元，平均每位村民花掉财政费用达3万元。

米易县交通局副局长高永恒说，米易对县乡村道路的投入，每年都超出下达的目标任务。两年整合6亿资金，打通了山区所有道路，这样的投入，无法算眼前的经济账，只能算远期的效益账。这是投给民生的，也是投给未来的。

米易县扶贫移民局副局长李有莉说，在米易"远处"的山里，大多数贫困户都住上了新房子。米易在国家规定对修新房的贫困户补贴2万元的基础上，每户补贴增加到6万元。

脱贫后，因病返贫的现象在一些地方时有发生。为防止因病返贫，米易县在尽力用好、用足医保帮扶政策的基础上，成立了初始资金为500万元的卫生扶贫救助基金。彝族村民何兴文就是通过这项资金帮助，家中因病负债的情况得到了迅速改善。

以人民为中心，全力以赴打赢脱贫攻坚战，米易形成了西番村产业脱贫、新山村旅游脱贫、仙山村基础脱贫、南厂村新村脱贫等典型模式，使全县所有贫困村、贫困户提前3年在全省率先实现脱贫。

"让'远'和'近'均衡发展，就是做好城乡统筹、乡村振兴工作。"米易县县长许军峰说，米易县的乡村振兴必须彰显米易特色，坚持以产业兴旺为核心，突出产业融合，质量兴农，推动米易"三农"，尤其是农业高质量发展，只有这样的发展，才是城市和乡村、市民和乡民共同的发展、全面的发展，从而做到全面小康路上一个都不能少，共同富裕路上一个都不掉队，将米易全力打造成全国和全省乡村全面振兴样板县。

贫与富 立足更文明的发展策

有志贫不久，

无志富不长。

米易，2017年，全县25个贫困村、12914名贫困人口，提前3年在全省脱贫摘帽。贫，已渐渐离去。

米易，2018年，提出"到2020年，脱贫家庭人均纯收入在2017年3500元的基础上再翻一番，达到7000元"。富，已渐渐走来。

脱贫，在米易是一场硬仗。这一仗主要是帮助贫困家庭实现增收、脱贫致富。脱贫后的米易，要让百姓避免返贫，实现长久富裕，实现逐步振兴，就必须在解决物质和精神两方面的"贫"上下功夫。

米易的发展，不仅体现在物质的日渐充裕，人民生活水平的逐渐提高，更体现在文化、精神等诸多软实力的逐步提升。

仙山村，距米易县城32公里，属省级贫困村，2016年脱贫。该村一村民在烧秸秆时，不小心把邻居家十几棵核桃树烧了。这位村民说，给邻居赔核桃树的钱。邻居不让赔，说："不小心烧着的，赔啥呢，再种上就是了。"村民心里过意不去，就牵了头羊，去补偿邻居。邻居推辞不了，就叫来了全村人，一起品尝羊肉，一起分享快乐和谐。

于是，一场"全羊席"这样在村里摆开了；一次因"火烧核桃树"而可能引起的纠纷，就这样化解了；一个村民间睦邻友好、和谐文明的故事就这样传开了。

如果说，村民与邻居"火烧核桃树"这个故事，是从仙山村开出的"乡风文明、治理有效"之花。那么，也可以说，在米易城里，市民赏花、爱花，尤其是护花的文明之举，也是在经历了时间的浇灌和孕育之后，才常开常艳。

米易县城管局副局长黎明说，曾经，美化街面的一盆盆鲜花，会被一些市民拿回家。此事被县委书记王飚知道后，他说，继续将花摆上去，丢多少盆，就再摆多少盆，市民拿花回家，说明他们爱花爱家，他们爱自己的小家，所以用花装扮家，我相信，等我们把城市建设美了，他们也会爱城市这个大家！

米易，美的不仅仅是规划设计，美的不仅仅是鲜花绿地，美的还有米易人在物质和精神上的富有。现在，大街小巷，人流车流，管理有方，秩序井然；老人孩子，笑脸相迎，怡然自得；市民游客，亲如一家，友好和谐。

关于富，有一句古话，叫"富不过三代"。

关于富，有一句名言，叫"少年富则国富"。

为了米易的长富久富，学校成了米易城中最好的建筑；学生成了米易县委、县政府最关心和牵挂的群体。

"扶贫先扶智、扶志"公益夏令营活动，米易一做，就持续了多年。

杨花是新山傈僳族乡中心学校的一名学生，在夏令营活动启动时，问她长大后想做什么？她羞涩而犹豫地回答："不晓得。"

夏令营结束后，同样的问题，但她的答案已是："想当一名科学家。"虽依然羞涩，却语气坚定。

这些参加夏令营的孩子，有不少因家境贫困，从未走出过大山，随着夏令营的推进，不断开阔视野，孩子们已从最初的"没有梦想"，变成"有了梦想"，从"长大了放牛"，变成"想当科学家"，奋进的"种子"，在孩子们的心中，默默生了根，发了芽。

为了孩子，为了孩子的梦想；为了米易，为了米易的未来，米易对教育的投入，不仅超出了国家要求占GDP4%的标准，同时，米易还推出：贫困户子女接受中、高等职业教育实施助学补助的"雨露计划"；贫困户子女免费就读成都机电工程学院且提供生活补助的"百工技师"工程；设立500万元规模的教育扶贫救助基金，建成了贫困户子女从幼儿园到大学的全程资助体系。这些措施的出台，从制度上保证了"因学致贫"难题的破除。

米易，一个镶嵌在攀西大裂谷，远离成都、昆明的山区县，以一种既要速度，更要优质；既立足眼前，更看重长远；既解决脱贫，更追求长治久富的高质量的"米易发展策"，使米易在攀西大裂谷成为一个和谐发展、全面发展、高质量发展的样板，赢得了外界的关注、赞美和向往。

王飚说："米易的发展，是中央高质量发展的有关指示在米易的践行；是攀枝花市贯彻落实省委、省政府'治蜀兴川'的有关精神在米易的行动；是米易县委、县政府，以及全县人民以不负时代、不负时光的使命感，共同努力，共同奋斗所取得的阶段性成效。就脱贫致富、乡村振兴等当前一系列工作而言，皆为序章，米易仍需踏实苦干，勇于实干，认真巧干，把米易建成'美丽宜居公园城·阳光康养目的地'。"

俗话说，一方水土养育一方人，在米易，一方人正在振兴一方水土。

本文刊发于 2018 年 11 月 27 日

稻城：从高原净土到世界名城的故事

李银昭　杜静　侯云春

稻城，被誉为"蓝色星球上的最后一片净土"。

这片净土，是大自然的神奇馈赠。

然而，这里，还有一个你所不知道的人间奇迹。

稻城，一个高原小县，3万多各族同胞，鏖战在平均海拔4000米左右的雪域地带，用不到20年的时间，让世界了解了稻城，让稻城走向了世界。

不到20年，牛拉马驮的闭塞之地，变成内通外畅的自驾天堂。

不到20年，稀有人知的无名小城，变成享誉世界的旅游胜地。

不到20年，收入无几的藏区百姓，变成脱贫致富的奔康人家。

不到20年，稻城从落后走向进步，从封闭走向开放，从贫穷走向富裕。

如此短的时间，如此快的速度，是什么让稻城享誉世界？

曾几何时，在年财政仅有25万元收入的困难岁月，稻城毅然拿出15万元"巨款"，聘请专家团队，高标准启动县内第一个景区——亚丁景区的规划。

曾几何时，稻城用30万元、30天时间，修筑了一条30多公里的公路。这速度，这劲头，被誉为"稻城亚丁精神"。

有志向者事可成。2017年，稻城农牧民人均可支配收入首次突破万元大关，达到10895元，城镇居民达到31130元，全县人均

GDP21176 元。

稻城人民天不负。从高原净土，到世界名城，如今的稻城，除了大家都知道的海子山、红草地、亚丁村、青杨林、桑堆河谷、三座神山等自然风景外，在这片神奇的土地上，还有无数的没有传开的稻城故事。

一条河流的福泽故事

宛若天河，在缥缈的云雾之上，在仰望不及的海拔 3600 米高空，潺潺的河水，如一条玉带，从古冰川时代流来，润养着两岸挺拔的万亩青杨林，环抱着一座如江南水乡般美丽的高原小城。

这就是稻城河。

稻城河，发源自稻城县境北部的海子山西北麓，是一条古老的河，又是一条年轻的河，一条充满着活力的河。

说她古老，是因为她的河床上，留着 200 万至 300 万年前古冰川的印记。她从 1145 个海子，以及嶙峋巨石构成的海子山出发，蜿蜒在古冰川运动时期形成的高原河谷，百转千回，后与巨龙河、水洛河、金沙江交汇，最终流入长江。

古老的稻城河，因地壳运动变迁、青藏高原抬升、气候变暖等多种原因，在沧海桑田中，渐渐衰退。一度，每到旱季来临，稻城河水就会渐渐减少、断流，甚至干枯，成了一条没有水的干河床。

说她是一条年轻的河、充满活力的河，是因为随着"大规模绿化全州·稻城行动"的持续推进，稻城县委、县政府按照"山植树、路栽花、河变湖（湿地）"思路，让一度断流，甚至干枯的古老稻城河，青春焕发，四季重新波光粼粼，游鱼跃动，白鹭翻飞。

年轻的稻城河，日复一日地浇灌着两岸的田地牧场，年复一年地润泽着两岸百姓的今天和未来。

从古老变年轻，这条河的变化，是稻城县全面发展蓝图上的一步谋划。

河岸的县城,原名稻坝,处于川滇五县交界之地,是川西高原深处一座古老美丽的小城,随着全域旅游的推进和发展,稻城加大了对县城民族特色、地域特色、生态旅游特色的打造力度,使这个茶马古道上的驿站,变成了民族文化特色突出,现代气息浓郁,商贾聚集,游人潮涌的靓丽的高原小城。

河岸的金珠湿地公园,总面积高达1730公顷,涉及稻城河流经的金珠镇、傍河乡、色拉乡。这里河床宽阔,河水舒缓,冬日冰雪覆盖,夏季山花盛开,湿地内丰富的植物群落,与周边的万亩青杨林,构筑了一道调节区域小气候,净化空气,遏制生态系统退化,维护青藏高原水源,保护生物多样性,固碳增氧的生态屏障,有效提高了区域经济可持续发展能力。

河岸的傍河乡,落地了国家重大科技基础设施项目——空间环境地基综合监测网(简称子午工程二期),被当地人称为"天文望远镜基地",将在1平方公里范围内建起401个射电成像望远镜,对太阳爆发活动等进行预报和预警。这一国家项目,也将与落地稻城河上游海子山的高海拔宇宙线观测站(LHAASO),共同助推稻城向"大天文观测集群所在地"进发。依托这张名片,稻城正着力推进建设包含一揽子体验式旅游项目的天文公园,未来又将成为稻城旅游的一大热点。

稻城河的新生和焕发出的活力,以及两岸生态、产业、旅游等一系列变化,让这方土地,正经历着千年未有的大变革。

稻城县委书记曾关和说,近年来,全县上下以"慢不得"的紧迫感、"坐不住"的责任感、"放不下"的使命感,坚定不移推进脱贫攻坚、依法治州、产业富民、交通先行、城乡提升、生态文明建设"六大战略",从城市到乡间,从景区到牧场,稻城儿女以"每年有新变化,三年上大台阶,五年大变样"为目标,敢于担当,大干苦干,推动着稻城的发展,涌现出一个个感人的故事。

一个牵马人的远见故事

桑登，茶马古道上的一个牵马人，他的祖辈生活在稻城县香格里拉镇的仁村，世代种地放牧。

父母去世早，冻土地里的土豆、青稞填不饱一家人的肚子，作为六个弟兄中的老大，肩负养家重任的桑登，只得远走他乡，以牵马为生。

桑登与马队同行，常年在外，涉过一条条河，翻过一座座山。后来村里选村长时，尽管他没上过一天学，但村里人说，他见过世面，推选他为仁村的村长。四年后的1993年，他当上了村支书。

2018年国庆节，村支书桑登向记者讲述他和仁村的故事。

"仁村有这么多车，有这么多游客，家家住的大房子，家家都有汽车，这变化，是谁也想不到的，是怎样想也想不出来的。"

桑登今年55岁，当了近30年村干部，仁村的发展，他是参与者，也是见证者。

桑登说，香格里拉镇原来叫日瓦乡，藏语意为"乱石沟尾"，一直都是全县最穷的村子之一，直到20世纪末才解决温饱。

他说，这里最大的变化，发生在2006年前后。

那时，稻城县加大了对香格里拉镇亚丁村景区的开发力度。

然而，世代少有走出这方山水的村民们，对景区的旅游开发前景看不透，对开发的意义也不能全面理解，尤其在修建公共厕所这件事上，分歧很大。村民认为，把厕所建在景区，是对神山的不敬，就极力反对，甚至集体阻止施工，致使景区开发的进程比原计划大大推迟。

"那个时候，白天难受，晚上更是整夜睡不着觉，一边是天天相处的村民，一边是县上帮我们搞致富的好事，那时觉得，当村干部，太累了。"

桑登说，小时候，我想读书，穷，没读成，家里六兄弟，都没读成，全村也几乎没人上过学。

牵马那些年，桑登在外见过一些世面，景区搞开发，他知道是件好事，可村民理解不了。作为村干部，他给村民讲开发后的远景，村民们不仅听不进去，反而孤立他，都不和他说话。"明明是一件走致富路的大好事，可村民就是不同意。"为这事，桑登经常夜不能寐，经受着身体和精神上的双重煎熬。

随着开发的推进，游客逐渐增多，村民渐渐感受到了景区开发带来的实惠，他们对桑登的态度也开始变好了。后来，在桑登任村干部的那些年，村民们给了他极大的支持和信任。

一晃，时间过去了十多年。

仁村，如今的村民，在谈到当年阻止景区开发那件事的时候，常常自嘲："那是咱们干的一件大蠢事儿。"

仁村，马帮没有了，牛车没有了。

仁村，游客坐飞机来了，自驾游的车队来了。

仁村，一半的家庭都建起了两栋房子，一栋自住，一栋出租，仅租金一项，一年就可收入20万到80万元；其余一半的家庭，围绕旅游业，办民宿、做餐饮、销售工艺品。

仁村，日子过得红红火火。

"越开放，越文明，越发展。"稻城县县长樊玉良说，随着全域旅游的持续推进，一系列新业态相继出现，并快速发展。现在的稻城，不仅经济发展更快，民生得到了改善，而且人们在思想观念、发展理念上也有了极大的转变。这种新的变化，对稻城今后的发展来说，是良性的、互动的、可持续的。

一个客栈的演变故事

一家小客栈，起源于一个小卖部。

小卖部里的老人怎么也想不到，多年后他的后人会在稻城县香格里拉镇，开起一家在全县400多家酒店、民俗客栈中名列前十的大酒店。

这就是绿野亚丁酒店。

一位上海游客，在酒店里接受了记者的采访。

清晨的太阳透过落地窗照进酒店，使酒店更加温暖和明亮。

"原是一个小客栈，一步一步到今天，我见证了发展的全过程。"这位68岁的上海游客说，他第一次来这里，距现在快20年了，那时他还算中年，是个到处跑的"背包客"。稻城的风景，稻城的人文、民俗很吸引他，这家客栈主人热情周到的服务也很让他感动，每每入住，宾至如归。此后，每年他都会来这家客栈住上几个月。

格绒拥忠，是酒店女老板的名字。"从小卖部、小客栈到酒店，再到现在这样的规模，每一次变化，都是在县里大力发展旅游的带动下，推着我们发展起来的。"

她说，酒店经历了三次大的变化：

1997年，贷款10万元搞民宿客栈，为过往的赶路人提供歇脚之地；

2004年，贷款150万元，将客栈变成三层楼的酒店；

2014年，贷款2000万元，并自投1000多万元，建成了现在的绿野亚丁酒店。

这家酒店，是香格里拉镇一户藏家人，依托旅游勤劳致富的一个小故事，也是稻城县发展旅游、带动百姓致富故事中的一个普通故事。

数据显示，稻城：

2013年接待游客31万人次，实现旅游综合收入2亿元。

2017年接待游客218.05万人次，实现旅游综合收入21.79亿元。

五年，游客人次增长了7倍，旅游综合收入增长了近11倍。

"以前酒店发展慢，自从县里加大旅游开发和管理力度后，现在，一年的收入抵得上过去十年了。"老板娘指着她的酒店说。

一件土陶的传承故事

稻城有"四绝",其中三绝是"神山":仙乃日、夏诺多吉、央迈勇,合称"三怙主神山",均为大自然造就。

阿西土陶,也是"四绝"中的一绝,却是唯一由人创造的。

阿西土陶,源自稻城县赤土乡的阿西村。据考证,阿西村制作土陶的艺人,已传承了十六代。这种土陶,因煅烧后呈黑青色,又称"黑陶",历史渊源可追溯到距今 7000 多年的余姚河姆渡文化时期。

降措,稻城县阿西村人,是阿西土陶国家级"非遗"传承人,也是家族里第五代传承人,今年 52 岁。

走进降措的作坊,他正在制作土陶。他边做边给我们介绍:"制作一件土陶,要经过选土混合、捏槌敲打、碎瓷点缀、煅烧成型工序,每道工序都是手工细活,半点马虎不得。"

在当地藏家,阿西土陶除了作为茶具、酒具、炊具等日常生活所需品外,还被用作求婚的礼具。如果哪家的儿郎看中另一家的姑娘,通常是由家人提着盛满青稞酒的土陶酒具,直奔姑娘家中。如果姑娘的家长喝下青稞酒,婚事就成了,反之则视为拒绝。这习俗保留至今。

"用陶罐煮出来的汤,味道特别鲜美;泡出来的茶,香味更持久;用来插花还能起到保鲜的作用;用来喝酒,更觉醇香。"降措说。

"12 岁跟师傅学徒,15 岁出师,跟土陶打了 40 年交道。"降措说,阿西人做土陶,用土陶换粮食,一代代的制陶人,就这样养活自己,也养活一个家。

阿西土陶,成了"非遗",名气更大了,来买的游客也多了,"前几日,北京有个人,一次就买走了 300 多件。"

降措也有烦恼:担心手艺传不下去。他说,现在能坐得住,静下心学陶艺的年轻人越来越少了。

"父传子承"，这是以前的旧习惯，老规矩。降措打破规矩，广收门徒，只为这门技艺得到传承和发扬。

"阿西土陶是稻城的一张名片，县委、县政府不遗余力地进行保护。"稻城县委宣传部部长王芳说，降措家的新作坊，就是县里协调让他搬到了通往景区的公路边，前铺后坊，生意更好了。

除了土陶文化，稻城还有别具一格的服饰文化，独具特色的歌舞文化，个性鲜明的民居文化，古朴厚重的旋木文化、编织文化，这些述说着悠久历史、具有神秘色彩的稻城文化，没有在经济发展中被淡忘，而是像阿西土陶一样，得到了县委、县政府的高度重视，被精心地保护和传承。

一个村子的致富故事

子定村，是稻城县赤土乡的一个贫困村。说起村子的变化，40 岁的村支书四郎益西很激动："这几年的变化大得很，比前 35 年的变化还要大。"

过去，村民世代居住在山上，山高路险，泥石流等自然灾害经常发生。

过去，饮水困难，家家户户的水，都是女主人从遥远的山下，艰难地背回。

过去，家里的电灯经常不亮，电线通了，电却常停，很不方便。

过去，村民与天斗，与地斗，关键是，还要为采松茸、虫草，与外县的村民发生争斗，为此，还出过人命。

子定村，2013 年启动整村地质灾害避险搬迁，全村 60 户、265 人全部搬到了山下开阔地，住进了安全舒适的新房子。

作为村干部，四郎益西是最后一批搬迁户，住进了 360 平方米的木结构"别墅"，其中约 100 平方米用于自住，其余房间用来接待游客。

让四郎益西最高兴的是：他家的两个孩子，一个在读大学，因是定向培养，不仅学杂费全免，每月还有生活补助；小儿子在县城读中学，同样免费住宿就读。"村里没几个识字的，我这个村支书，也算文盲，但孩子们都上学念书了，下一代就更有希望了。"四郎益西说，村里的孩子，大多被送出去读书了。

如今，村里有 20 户人搞起了民宿接待，30 多户人搞传统的牦牛养殖，农闲时还可出去打工或搞农产品加工和销售，家家户户都有了稳定的收入。2017 年，全村通过旅游接待和农特产品生产销售，人均增收 2000 余元。

大崩秋，是子定村的第一书记，她说："几年来，随着精准扶贫的深入推进，村民的观念发生了非常大的变化。"

2010 年刚来的时候，大崩秋下村走访，村民很抵触，还说"有事没事你跑来做啥子"，现在日子变好了，村民见了她，都笑脸相迎，主动打招呼，有时还和她坐下来拉拉家常。

稻城，一直以来，贫困量大、面宽、程度深。2014 年，中央出台实施精准脱贫政策，稻城审定贫困村 55 个、贫困户 1266 户、贫困人口 5520 人。虽然贫困总数小，但贫困比例大，贫困村占 44.35%，贫困发生率高达 20.25%。

面临如此现状，稻城聚全县之智，集全县之财，举全县之力，与各级帮扶力量一起，坚守风雪高原、默默奉献，倾力推进脱贫攻坚，探索和创新出"党建引领""就业、产业、创建三个工程""生态、精神两个文明"、旅游扶贫"132"稻城实践，贫困村路、水、电、通讯、住房、活动中心等基础条件显著提升，产业培育、集体经济、群众增收等方面成效明显，群众内生动力、满意度得到不断提高。

截至 2017 年底，全县已有 1121 户 4996 人脱贫，28 个贫困村退出，贫困发生率降至 1.9%，脱贫攻坚取得了阶段性成效，荣获"全省农民增收工作先进县""全省维护社会稳定和社会治安综合治理工作先进县""全州'三农'工作先进县"称号，生态文明建设和城乡提升排全州第一。

在这片大自然赐予的土地上，稻城儿女乘着改革开放之机，抓住每一次发展机遇，敢于担当责任，勇于直面现状，善谋实干，实事求是，锐意进取，扎实推进各项工作，使稻城这个曾不被人知的小地方，变成了享誉世界的名城。

稻城，一处处自然的、人文的风景，一个个过去的、未来的故事，吸引着越来越多的人，从世界各地涌来。

稻城，风景看不够。

稻城，故事讲不完。

本文刊发于 2018 年 10 月 24 日

在全国深度贫困地区甘孜，通过运用"互联网+"思维，积极探索农村财务管理新方法，确保了上亿的扶贫资金在阳光下运行，为高原藏区百万农牧民群众换来"安定心"——

一本"明白账"稳了藏区百万心

杨琦　杜静　唐千惠

陈兴，四川甘孜高原上的一个放牛娃。

以前，他边放牛，边看风景。

现在，他边放牛，边玩手机。

陈兴玩手机，不仅看新闻、打游戏，他还登录"互联网+精准扶贫代理记账"App，看到了自己所在的道孚县各卡乡甲拨村全村的资金、资源、资产情况。他翻阅着手机，对记者说："截至 7 月 31 日，我们村结余资金 256940.74 元，利息收入有 134.12 元。"

"村里何时买了一顶帐篷、花了多少钱，都能看到；自己可以领多少惠民资金，一清二楚。"陈兴说，草原上的牧民，今天也能像村干部一样查看村子的账本，想不到。

在甘孜，2679 个行政村，村村都有一本像甲拨村一样的"明白账"。

在甘孜，110 万老百姓，人人都可以像陈兴一样成为村里财务的"监督员"。

从前期准备，到全面上线，甘孜，只用了 56 天。

从专人管账，到授权可查，15.3 万平方公里的甘孜，"互联网+

精准扶贫代理记账"实现了全覆盖。

一笔粗放的"流水账",变成一本"明白账"。甘孜,给高原百姓吃下"定心丸",为藏区群众换来"安定心"。

快,56 天书写"甘孜速度"

"瞧,只需点点鼠标,就能将报账的票据传到平台,两三分钟就可搞定,也不需专业的财会人员操作。"在道孚县冻坡甲村"两委",管理员色吾初对记者说,以前,村里报一笔账有时需要半年之久,如今,就这么简单,就这么快捷。

这就是"互联网+精准扶贫代理记账"给村里带来的方便。

而这一"方便"刚进入冻坡甲村时,村干部认为,"扶贫任务重、工作多,如今,还要推广网上记账,这不是增加负担嘛。"

类似场景,在甘孜全州所有行政村和社区全面推广"互联网+精准扶贫代理记账"的过程中,时有出现。

面对基层的不理解,甘孜州财政局推进办负责人翁秋耐心地解释:"国家上百万的扶贫资金投入到贫困村,村级层面账本和固定资产台账上只登记一个蒸笼和一个烧水壶,这样记账怎么能行?"

甘孜,作为全国集中连片特困地区,6 个深度贫困地区和全省扶贫攻坚"四大片区"之一,全州 18 个县(市)均属深度贫困县,是"贫中之贫、困中之困、坚中之坚"。近年来,来自各级的上百亿扶贫资金涌入甘孜,加强资金管理,尤其是加强对村级财务的管理已迫在眉睫。

"互联网+精准扶贫代理记账",就是将原乡镇管理的扶贫资金,改由长虹公司提供的财务云平台进行监管,统一代理记账。这既规范了村级财务管理,又能让老百姓清楚明白村级账簿。

虽阻力多,任务重,但速度不减。

今年 1 月 18 日,甘孜州委州政府决定将这一代理记账模式推广到全州所有行政村和社区。

随后，完成此项工作的数据收集、账户开设和数据上线等流程，甘孜，全域覆盖只用了56天。

如此速度，从何而来？

来自老百姓认可。"互联网+精准扶贫代理记账"让群众原本难看到、难看懂的村集体和个人财政补助，公开透明，让村里资金使用情况清清白白。

来自创新推广。在总结绵阳北川县经验后，甘孜州因地制宜采取"走出去"学、"请进来"讲、"深下去"督和"多渠道"宣等方式，将细节做到极致。

来自领导重视。自实施"互联网+精准扶贫代理记账"以来，甘孜州主要领导高度重视并亲临现场指导，特别是8月12日州委书记刘成鸣深入甘孜县拖坝乡检查指导"互联网+精准扶贫代理记账"工作，并做了重要指示。各县（市）成立了以县委、县政府主要负责同志为组长，分管县长为副组长，各相关单位"一把手"为成员的推进领导小组，尤其是甘孜、道孚两县成立了由书记、县长同负责的"双组长"推进工作领导小组。

截至目前，甘孜州所有行政村（社区）村级财务均已正式上线，上线率达100%；县级层面业务单据上传率实现全覆盖；已生成记账凭证的系统记录16011条，单据上传量达到91772张。

负责在全省推广此项工作的四川省财政厅会计处处长刘绣峰说，此前，"互联网+精准扶贫代理记账"在甘孜推行，其实心里没底。现在，56天的"甘孜速度"，"力度之大，速度之快，在全省乃至全国都绝无仅有，令人振奋！"

准，理出一本"明白账"

"过去，村上的资产有哪些？有多少？用到哪儿啦？也许保管员都不清楚。"泸定县杵坭乡瓦斯营盘村村主任刘元品说，有的财会人员把账记在空烟盒上。

一本"糊涂账",使帮扶资金无法"一步一个脚印",甚至还会"一步一个漏洞"。

由于受经济社会发展长期滞后的影响,甘孜村级财务人员文化较低,专业知识缺乏。全州2993名乡村财会人员中有2234人为初中及以下学历,而专业会计人员仅有38人。

由此,甘孜州村级财务管理长期有诸如账务核算存在"包包"账、白条入账、无凭证支出等问题;资金管理存在大额现金支付、公款私存、虚报冒领等问题,甚至还有向不符合条件的人员发放相关补助,惠民政策执行不到位等问题……

"不能因为是边远的民族地区,经济滞后,人才缺乏,甘孜就可以对村级财务管理降低标准,反而,更应抢抓国家大力支持民族地区发展的机遇,实现甘孜村级财务管理水平'一步跨千年'的目标。"甘孜州财政局党组书记、局长文建国告诉记者。

2017年,甘孜州道孚县在全省率先试点村级"互联网+精准扶贫代理记账"工作。通过实践探索,村级财会人员只需稍经培训,学会操作业务单据扫描上传—数据颗粒化采集—智能财务记账—动态信息发布(出具财务报表)等几个简单流程,就能从"零基础"变"熟练手"。

自年初推广运用"互联网+精准扶贫代理记账"平台以来,甘孜在提升农村财务管理同时将财政专项扶贫资金纳入代理记账,实现了精准管理账务、精准运用资金、精准监督过程三个"精准"。

精准管理账务。"互联网+精准扶贫代理记账"平台真实记录各项扶贫资金类别、使用情况及实施进度,村会计将原始票据上传至"云尚行"互联网数据平台,经过流程操作,不仅实现财务数据处理的"规范采集、自动处理、智能输出、永久存贮,在线监测",同时也有效地解决了民族地区基层会计人员数量不足以及专业化水平较低的问题,提升了民族地区乡村财务管理水平。

精准运用资金。"脱贫攻坚是现实的民生工程,扶贫资金是脱贫攻坚的'助推剂'。"甘孜州财政局农业科长杨杰说。财政专项扶贫资金，可由各监管部门通过平台实现"点对点"检查，查看是否瞄准建档立卡贫困户，资金是否用于精准脱贫项目，项目实施是否与脱贫攻坚紧密挂钩，实时、动态监管每一笔扶贫资金的落实情况，确保财政扶贫资金用到最需要的地方和最需要的人身上。目前，甘孜州"云尚行·扶贫"手机 App 送达数 18911 次。

精准监督过程。村民通过手机、电脑登录平台，能了解到各项惠民政策的详情，各方扶贫资金的流向，以及贫困户的精准信息，同时对发现的违纪违法行为进行举报，从制度上遏制了扶贫资金"贪污挪用、层层截留、虚报冒领、挥霍浪费"等现象发生。

此外，为了让村级财务管理制度更精准，甘孜州还在全州推进规范化乡（镇）财政所建设，年底在全州设立 49 个规范化财政所，从而实现乡（镇）财政所建设和村级代理记账工作，互为促进、互为补充。

"从前，做账没有统一的标准，也不够规范、精准。现在，通过学习一些基础会计知识，我也能快速准确地做出一份漂亮账！"8 月 16 日，道孚县格西乡若珠村记账员高绒他姆一边在网上扫描录入为村里买书的单据，一边对记者说。

稳，换来百万"安定心"

"以前只晓得惠民政策多，但内容不清楚。现在好了，打开手机'云尚行·扶贫'平台，我的补助是多少？什么时候拿到？平台上写得明明白白，踏实了，心稳了。"在甘孜县拖坝乡移民扶贫新村，村民生龙尼玛说。

通过这一平台，让心安稳的不仅仅是生龙尼玛，还有甘孜州上百万农牧民群众。

来自康定市甲根坝村的加措说："平台上的政策解读，清晰明了，村里的资产情况，一目了然，账目清清白白，我们心里安安稳稳。"

自实施"互联网+精准扶贫代理记账"以来，通过政府购买服务，聘请第三方机构对甘孜州行政村开展资产清查，重点对 2017 年 12 月 31 日前的资金、资源、资产进行清查，并将结果录入"村级资产管理系统"。

"这是全州史无前例的一次村级资产清查，准确地掌握了所有行政村的家底，全面理清了村级'三资'的'明白账'，让村民不仅关心个人的'荷包'，更关心集体经济的现状和发展，形成了一股强大的向心力和凝聚力。"文建国说。

通过资产清查，清晰了村里资产，尤其是如草场、山林等常常引起纠纷的大宗资产，也得到了清理和登记，使村与村之间的资产更加明晰，村民之间的关系更加和谐。

"现在，类似草场纠纷的'扯皮'事件，尤其是每到虫草采挖季，因界限不明，越界采挖而引起的各类矛盾冲突大大减少，有力地促进了民族地区社会和谐稳定。"甘孜州政协副主席、甘孜县委书记雷建平说。

据了解，目前，甘孜州"互联网+精准扶贫代理记账"管理平台，正在积极开发藏语版 App 和汉语、藏语语音播报系统，并逐步将草原禁牧补贴、农资购置补贴等 25 项惠民财政补贴资金"一卡通"内的信息，逐步纳入平台管理。

作为全国深度贫困的民族地区，甘孜的这一大胆实践、有益探索，实现了民族地区乡村财务管理水平的大跨越，为民族地区基层扶贫资金的监管提供了新路径，也为新时期民族地区的"三农"工作及新时期民族地区社会治理和谐稳定提供了诸多新的启迪。

本文刊发于 2018 年 8 月 24 日

第 31 届中国经济新闻奖深度报道类一等奖

宣汉纪行

侯云春　李洋　王晓英

一个人的名字，可以看出祖辈的修为、家风和情怀。

一个地方的名字，可以透出一方土地的历史和人文。

宣汉，就是这样一个历史感和人文色彩极强的县名。

自公元 90 年，即东汉和帝二年置县以来，宣汉就被赋予了"宣扬汉王朝之德威"之意。

宣汉县，位于秦巴山区，是国家扶贫开发重点县、革命老区县、四川唯一的土家族聚居县。山区、老区、少数民族聚居区，宣汉县可谓"三区叠加"。

这样的叠加，意味着：老少边穷，山高路险，闭塞落后。

尽管"老少边穷"，尽管"欠发达"，也遮挡不住宣汉在大山里迸发出的蓬勃力量。

从沿革来看：

这里历史积淀厚重。巴蜀文化中，宣汉是巴文化发源地之一，巴风土韵源远流长，罗家坝遗址是全国最大的巴文化遗存。

这里红色底蕴深厚。创造了"一县成军（红三十三军）"的传奇，230 位共和国将帅曾在这里浴血奋战，3.2 万参加红军的宣汉儿女牺牲在走向新中国的伟大征程中。

从新时代来看：

"三区叠加"的宣汉：一栋栋新居，白墙黑瓦，正拔地而起。田间地头，生机勃发，产业兴旺；檐前院中，山上山下，一盏盏高挂的红灯笼，不仅挂高了这方土地上百姓的幸福指数，更挂高了这方土地上百姓的信念和理想。

宣汉县，在新时代，以先辈"宣扬汉王朝之德威"的气概，在精准扶贫，"产业兴旺、生态宜居、乡风文明、治理有效、生活富裕"的中国乡村振兴行动中，勇做开路人，敢于担当，奋发有为。

一粒露珠虽小，却能照见太阳。

宣汉，中国西部的一个山区县，它的探索之路、发展之路，折射出一幅中国脱贫攻坚、乡村振兴的新时代"富春山居图"。

乡道纪行

骑着摩托像耕田，

看见小车如过年，

成熟产品烂在田，

上千群众苦难言……

这首民谣，道出了宣汉老百姓前些年的辛酸苦辣。

蜀道难，难在秦岭大巴山。

出成都东北行，经德阳、遂宁、南充，至达州，连绵的秦巴山群，横亘在四川与中原大地之间。

宣汉县，位于秦巴山区南麓，川渝陕结合部，地形复杂、山势逶迤，1000 米以上山峰 171 座，2000 米以上 14 座。

百余年前，"入党比建党还早的革命家"王维舟，就从这山里走出，先后投身辛亥革命、四川护国护法战争、红军长征、抗日战争、解放战争，成长为中国人民解放军高级将领。

初夏，记者一行进入宣汉，崇山峻岭间，曾经雨天一身泥，晴天一身灰的泥巴路，变成了宽阔平坦的柏油路。道路两旁：十里蔬菜绿，百亩鲜果香，千家丰收园，万户鸡鸣声。

庙安乡八庙村村民黄孝鹏站在屋前，指着挂满枝头的脆李说：

"今年又是一个丰收年！"

那片脆李地，面积上千亩。因种植技术一再提升，平均一棵脆李树能产 200 斤，一斤卖 5 元，与种小麦相比，一亩脆李，相当于十亩小麦。

昔日，像黄孝鹏这样的村民，辛辛苦苦劳作一年，仅能解决温饱，遇上年景不好，肚子都吃不饱，只得外出打工，背井离乡。

而今，黄孝鹏和妻子回到村里，将自家 4 亩地流转出去，不仅坐收租金和分红，而且，盘活自家庭院，开起夫妻农家乐，年收入 20 多万元。乡道两旁，类似这样的农家乐随处可见。

"这里不仅是田园，更像是景区，不仅是乡道，更像是街市。"在路边购买脆李的游客李娟来自达州市，她说，成都的同学来了，以前是住市里的星级酒店，现在住乡村，吃跑山鸡、时鲜蔬菜，采野山果，既生态环保，又增长见闻，实惠舒服。

产业的兴旺，给庙安乡引来了人流物流信息流，以前的荒村、空心村、无人村，迎回了无数从土地里、乡道上出走的村民。

"全乡在外打工的 5000 人里，已有 3000 多人返乡种植果树，部分村民还通过搞农家乐发家致富。"八庙村所在的庙安乡党委书记李建军说，现在村民们都觉得，回乡创业走在乡道上，比在城里打工走在街道上更踏实，更有"奔头"。

村村环绕致富路，

坡坡栽满摇钱树，

农民住上小别墅，

跟党脱贫能奔富！

正如新民谣所唱的，八庙村的变化，是宣汉县农村产业发展的一个缩影。

近年来，宣汉在着力建设通乡通村公路等基础设施的同时，基于牛、药、果、菌、茶等特色主导产业，积极引导各乡镇特别是贫困村从单一的传统农作物种植，转向"一乡一品、一村一业"的农业产业化、规模化发展，产业示范村不断涌现。

在产业带动下，宣汉依托乡村建景区、围绕产业兴旅游，结合丰富的红色文化、乡土风情资源，将颇具特色的古墓古树古院落、红军驻地、红军街等许多深藏在乡村内的人文旅游资源挖掘出来，大力实施乡村旅游，成功创建省级旅游扶贫示范区，被评为"四川省旅游十强县"、列入全国全域旅游示范区创建单位。全县农民人均纯收入从 2015 年初的 7840 元增加到 2017 年底的 9068 元。

"思路决定出路，决心决定力度，产业决定发展高度。"宣汉县委书记唐廷教说，从 2015 年的 20.94 万建档立卡贫困人口减少到 2017 年底的 6.12 万人，三年累计减贫 14.82 万人、退出 120 个贫困村。宣汉县之所以有这样的发展，是中央、省委省政府、达州市委市政府有关脱贫攻坚和乡村振兴的一系列精神在宣汉县贯彻落实的结果。宣汉百万人民，将继续撸起袖子加油干，让"三区叠加"的宣汉县与全省和全国人民一道同步实现全面小康。

乡民纪行

宣汉，不仅是人口大县，也是文化教育大县，尤其是宣汉的教育，更是远近闻名。

读书，是孩子最好的出路，一直是宣汉这方百姓最简单，也是最深刻的认识。

桂贞林，20 多岁就开始在土地里刨食，然而日子却一直过得相当"紧巴"。为了改变穷苦日子，在妻子怀上第一个孩子的时候，他狠心辞别了怀孕的妻子，外出打工挣钱，供孩子读书，改变下一代人的命运。

"孩子从出生到上小学，我常年在外，见面后，孩子都不愿意喊我，和我不亲（近）。"桂贞林尽管想和家人一起，想多陪孩子，增进父亲和孩子的情感，但孩子读书行，成绩好，小学、中学、大学，一路顺当，当父亲的不得不常年打工挣学费钱。

"家里发展了 3 亩多脆李，去年卖了近 7 万元。"桂贞林把孩子送出了大山，送进了都市，孩子在那里工作、买房，而他却返回乡里，种植脆李，搞起了产业。

像桂贞林这样，供子女读书的故事，很多。

像桂贞林这样，重返乡里发展产业的乡民，也很多。

何婷婷，一个美丽质朴的"80后"姑娘，初中毕业后念了中专，赶上了中专生可以考大学的好政策，刻苦学习考上了西南民族大学。2005年毕业后工作了几年，带着对家乡的眷恋，她回乡创办了巴山礼电子商务有限公司。

2016年7月，何婷婷策划了野生猕猴桃"电商精准扶贫"行动，实现3万多斤的销售业绩，销售收入40余万元，带动200多个贫困户增收；协同县电商服务中心共同打造了宣汉脆李网销节，首战1个月销售李子20余万斤，成交金额200余万元，直接带动了120余户贫困户的脆李销售。

"脱贫攻坚重点在基层，难点在于缺少能带动群众脱贫增收的领路人。"宣汉县委副书记、县长冯永刚说，近年来，一批有文化、懂技术的在外乡友将感恩之心化作报答家乡的实际行动，回引创业项目600多个，投入资金超过100亿元，带动农民增收10余亿元，成为宣汉脱贫攻坚和乡村振兴路上不可或缺的生力军。

这支生力军还在扩大。因为宣汉把脱贫攻坚、乡村振兴与教育紧紧相连。

宣汉中学，前身为创办于明朝万历元年（1573年）的来鹿书亭。现在有上万学子在这里苦读，每年重本上线的高考生都在500人以上，本科上线在1500人以上。在川东北5市34县，宣汉的教育，长期名列前茅，成为贫困县办大教育典型事例。

在升学数字的背后，是一个个"耕读传家""尊师重教"的感人故事。

唐瑜，是明代的一位教育家，明成祖朱棣和航海家郑和，是他的两位得意学生。晚年举族迁居宣汉，并自他起，家族世代在此兴办学院，使山里贫穷子弟得以受到教育，延续至今。为了尊崇这位教育恩师，在他居住过的南坝镇，宣汉建起了"帝师文化主题公园"。唐瑜的《咏石牛梁》诗，被刻在公园显要位置，让逐渐富裕起来的宣汉子孙世代铭记：

怪石巍巍恰似牛，独卧山岗几千秋。
风吹遍体无毛动，雨洒浑身似汗流。
青草齐眉难开口，牧童扣角不回头。
自古鼻上无绳索，天地为栏夜不收。

乡风纪行

就像一个家族的传承一样，单有物质的积累，是靠不住的。宣汉，在鼓起老百姓腰包的同时，也在丰富人们的精神和文化；在向土地要收获的同时，也在让土地留住乡愁，让乡村唤回曾有过的美好的民俗乡风。

法制道德天天讲，
以身作则好榜样；
不良作风全改正，
红黑两榜定分明。
……

王美发，花甲之年，站上领奖台，他从县领导手里接过一盏象征光荣的"县级道德模范户"红灯笼，唱起自编的快板。

"这灯笼，红红的，捧在手里，比钱重。"王美发老人说。

过去的王美发，让双河镇镇、村干部颇为头疼。老人不仅年龄大，还是一位有文化的老人，乡镇干部和群众说的事，他总按自己的"道理"唱反调、对着干。2017年上半年，王美发一度进入道德"黑榜"。

转变，源于挂红灯笼。

2016年开始，每年腊月，宣汉各乡镇给老百姓发放公民道德红灯笼，高高挂在自家屋檐下。正是这一盏盏红灯笼，让王美发知耻而后勇，半年多就从黑榜跳到红榜。

拿到了红灯笼的，还有 8 年来义务照顾 83 岁残疾老人的毛坝镇永胜社区邹仕波，奋不顾身勇救 7 名落水儿童的南坝镇居民罗贤贵，自发捐出退休养老金为村民接通自来水的芭蕉镇泉水村 70 多岁的王德仁老人……

为什么要给村民挂红灯笼？

"2016 年，宣汉县委、县政府在对全县农村进行大量实地调研后，发现一个突出的问题：在农村物质文明建设跑上'快车道'的同时，关心集体、孝敬父母、和睦邻里、勤劳奋发等传统美德正被一些人淡忘。"宣汉县委常委、宣传部部长张升国说。

这是一个非常严肃的问题，传统美德和正能量的丢失，久而久之，是非曲直被模糊了，社会就没有正气，这样的乡村不是大家想要的。

富了口袋，更要富脑袋！为此，宣汉开展以"诚信、守法、感恩"为核心的公民思想道德教育活动，并以挂红灯笼这个富有仪式感、荣誉感的方式，增强道德的力量，激发社会正能量。灯笼分县、乡、村三个级别，以县级最光荣，也最为华丽漂亮。

灯笼一挂，无上荣光。榜样，在潜移默化地影响带动着身边群众：上访户不闹了，刺儿头讲理了，邻里不吵了，干群和谐了。

红岭镇曾被称为"上访镇"，村民一点小事就要四处告状，镇村干部说起当地民风就伤脑筋。而眼下，在"红灯笼"的荣誉感召下，当地老百姓从环境卫生、家庭和睦、勤劳致富、安全稳定、遵纪守法五大方面的积分量化自家的道德和荣辱，一年多来，出镇上访群众几乎没有了。

在 2017 年春节前夕，大渔池村村民沈芹正终于在自家门前挂上了红灯笼。之前一年，她因为外出打工，没有留在家里照顾瘫痪在床的母亲而错失了红灯笼。羞愧难当之下，选择在家附近打些零工，每天坚持给母亲洗头擦身体，时常推母亲出门转转晒太阳，还定下了新的"家训"：上要养好老，下要教好小，家和万事兴；打好工，种好地，创好业，勤劳致富最光荣。她的改变被村民看在眼里，纷纷效为榜样。

小小的红灯笼，挂出了宣汉的良好乡风。两年来，大渔池村、白鹤村等8个村成为农村精神文明建设示范点，71个村（社区）被评为思想道德建设先进村，县级模范户2万多户，乡镇模范户4.8万户，村（社区）模范户12万，"诚信、守法、感恩"先进典型代表的照片，像明星一样被张贴在公路干道、商业街区、公交站台。淳朴的民风乡风重新回到古老的宣汉大地。

时间悄然流逝，行程终有归期。沿着大巴山南麓峰峦交错间通畅的乡间油路，记者一行踏上了归程。

乡道、乡民、乡风。

"三区叠加"的宣汉，房子在变，收入在变，乡风在变，青山在留，绿水在留，乡愁在留。

我见青山多妩媚，料青山见我应如是。弄潮于脱贫攻坚、乡村振兴的时代大舞台，宣汉正以昂然的脚步，阔步走向新时代。

本文刊发于 2018 年 6 月 8 日

百万 "父亲" 兴巴山

——农业农村的巴中 "变" 法

李银昭　杜静　侯云春　何菊

通江河、南江河，我是巴山背二哥

爬过一坎又一坡，风尘仆仆为生活

……

一首《巴山背二哥》，高亢悠扬，穿云钻雾，道尽了巴山儿女生活的艰辛，也道出了巴山儿女对未来美好生活的向往。

巴山背二哥，翻巴山、涉巴河，驮盐茶、背丝绸，东进西出，背回了唐玄奘从西天取的经书，一背就是 3000 年。

在中国的版图上，自西向东，有两条平行的山脉，一是秦岭，一是大巴山。大巴山因山高沟深，与外界阻隔，成为全国最贫困的地区之一，被国家纳入重点扶贫开发计划。

四川巴中，位于这片贫困地区的深处。

20 世纪 80 年代，巴中平昌一位背二哥，感动了一个时代，感动了几代中国人。

这位名叫邓开选的老人，就是油画《父亲》的原型。

"父亲" 古铜色的脸庞，勤劳苍劲的双手，穿透岁月的眼神，激励着他身后一代又一代巴山子孙，像当年苦战在这里的红军为秦巴山区带去黎明的曙光一样，去拼搏、去奋斗，去改变山乡的贫穷和落后。

宁愿苦干,不愿苦熬。380 万巴山儿女,发扬"不胜不休"的红军精神,苦战、鏖战扶贫开发、脱贫攻坚和全面小康:

巴山,旧屋换成新居,巴中人民变了一种活法;

巴山,土地连接成片,巴中人民变了一种干法;

巴山,盘活了人地钱,巴中人民变了一种赚法;

巴山,筑梦进山到边,巴中人民变了一种追法。

变!巴中,正在呈现产业兴旺、生态宜居、乡风文明、治理有效、生活富裕的一幅"富春巴山图"。

变!巴中,成为全国 330 多个地级行政区中,唯一的"国家新农村建设综合标准化示范市"。

变!巴山上下,"父亲"的儿孙们,告别穷苦,走向更幸福的新生活、更文明的新时代。

渐渐富裕起来的巴山人,把象征着一个时代,象征着一代人生活、命运的著名油画《父亲》,复制成壁画,矗立在巴山新居的村头。

巴中市委书记罗增斌说,当前,巴中坚持生态优先、绿色崛起,建设川陕革命老区振兴发展示范区,必须瞄准现代农业主攻方向,能巩固、可持续,做强做优现代农业产业,让巴中的农业,有质量更有总量、有产品更有商品、有品牌更有名牌、有说头更有看头,成为巴中人民脱贫攻坚、全面小康强有力的支撑。

新房到新村 变一种活法

新建、改造、保护并举,巴山新居站上云端。远离喧嚣的村落山头,变小桥流水、香格里拉。

枯藤老树昏鸦,

小桥流水人家,

古道西风瘦马。

夕阳西下,

断肠人在天涯。

马致远的这首小令，在巴中通江县的梨园坝村，人人都会背诵。这里有一支马致远的后人，为躲避战乱，辗转迁徙到这里，与山为伴，过着与世隔绝的生活。

"水泥路通了，院坝亮堂了，吃穿住行啥子都方便多了，游客更是来了一拨又一拨，与过去比，现在，环境变得像换了个天地，日子变得像换了个活法！"正在吃午饭的马胜勇，把记者引进他的"新居"。

马胜勇是马致远第32代后人，活了几十年，他第一次住进了这样的新房，住进了这么漂亮、方便的新居。

梨园坝，曾是巴中最贫困的村子之一，山高路远，与外界交流少，民风淳朴，村子里还保留着许多古旧的民居。政府深挖梨园坝的历史文化底蕴，借鉴山外民俗村落保护特色，对村落进行整体性保护修缮和集中搬迁新建。

木窗、青瓦、白墙、飞檐，镶嵌在青山翠柏间，云雾缥缈，远远望去，梨园坝仿佛站上了"云端"，被誉为"大巴山深处的香格里拉"。

类似梨园坝村这样的新村，巴中已有1860多个。其中，像梨园坝村的传统村落有95个。

类似马胜勇这样住进新居的家庭，巴中已有24.25万户。

从新房到新村，不仅解决了老百姓一家一户住上新房的问题，还解决了包括交通、医疗、入学、购物、文化体育在内的整个基础设施和居住环境的问题。每个聚居点，建了村"两委"阵地、便民服务中心、综治维稳中心、医疗卫生中心、农民培训中心、农家购物中心、文化体育中心。

早上7点45分，阳光和煦，南江县青杠村9岁的小女孩张小苗，背着小书包，牵着爷爷的手，蹦蹦跳跳地向村小走去。

小苗的父母在城里务工，以前，村里没小学，孩子们上学，要走十几里山路，早上出门天还没亮，晚上回来天已黑，上学的问题成了让大人和孩子都很为难的事。现在村民住进新居，小学就办在村子里了。

同村的李大爷以前住的老房子，独门独户立在半山腰，想找个人"摆龙门阵"都不方便，有一次病了，在床上躺了两天才被人发现。

"还是现在政策好啊！"李大爷感慨道，"烧的天然气，喝的自来水，走几步就能串门，村里有医院，有医生，这日子好过，安逸。"

李大爷所在的青杠村，从四川数千个幸福美丽新村中，脱颖而出，成功入选 2017 年"四川十大幸福美丽新村"。

巴中，创新"五建五评五比"方式，开展"四好村"创建活动：建新居、建产业、建设施、建配套、建机制；现场评、定时评、动态评、集中评、公开评；比户容院貌、比言谈举止、比致富兴业、比尊老爱幼、比律己守法。对鳏寡孤独和"五保"对象，以"互伴互助"为设计理念，统规统建了农村廉租房和幸福院 1500 多套。南江县小田村创造性地开展"乡村道德银行"建设，村民的好风气好习惯可以挣积分兑换实物，截至目前全村 152 户村民分别获得了 60 至 570 分的道德积分，兑换了价值 3.5 万余元的生产生活物资。巴中还把环保、河长制工作和巴山新居相结合，借势提升规划建设水平。"新村+N"和"N+新村"的建设模式，在巴山大地比翼齐飞。

截至目前，巴中已建成中心村 102 个，达到幸福美丽新村标准604 个。去年创建省级"四好村"95 个、市级"四好村"174 个。今年市级"四好村"创建公示，又有 245 个村上榜。

从通江县到平昌县，从平昌县到巴州区、南江县、恩阳区，昔日偏远的山村，撂荒的土地，现在变成了业兴、家富、人和、村美的乡村。巴山"美丽、现代、文明、富裕"的景象，正如国务院副总理马凯写的《天净沙·巴中池园农家》那样：

春风云路人家，

绯桃白李黄花，

小院修竹新瓦。

荷塘月下，

陶公也想听蛙。

土地连成片　变一种干法

贫困户，铆在了产业链上。《父亲》在新村的村头，被百万乡亲矗立起来，以励今人后世。

搬新房，村民变市民。

住新居，村庄变社区。

干产业，田地长金银。

南江庙坪村李佳林翻出了一页账单：

2015 年，8 亩①地，种玉米小麦，收入 15000 元；

2017 年，8 亩地，改种金银花，收入 35000 元。

通江沙溪村刘友德讲出了他的账单：

把大豆田，变成药材地；把山坡坡，变成黄羊圈；把闲置老屋，变成农家乐；把麻将桌，变成电商办公桌。

同样的地，换一种干法，收入却增了一倍还多；

同样的人，换一种想法，日子和生计就宽得多。

山区的变，山里人自己都没想到，变得这么快。

"他，是看不到今天的好日子了。"

他，就是油画《父亲》的原型邓开选老人。

在平昌双城村，"父亲"的老屋前，村民邓开松，这样说起他的堂兄，画中的那位邓开选老人。"30 年前，吃点米糠糊糊，他都只能舀半碗，可现在米、面、肉啥都不缺。"

村民的日子渐渐好起来了，村民的腰包渐渐鼓起来了，村里的集体经济也开始渐渐发展和壮大起来了：

上营村，发掘三国文化，开展农业体验教学，打造特色乡村旅游，让巴中、广元、重庆等地的游客纷至沓来；

创举村，依托驷马水乡旅游资源，58 户干起了农家乐，117 户

---

① 　1 亩≈666.7 平方米，全书同。

入股成立旅游公司，其余农户就近入园、入企务工，户均年收入突破 6 万元；

中岭村，发展富硒蔬菜产业，流转土地 2000 亩，种植紫色玉米、红薯、花生、马铃薯等富硒农产品；

西南村，重点发展葡萄产业，为全国第四批"一村一品"示范村，目前，全村共建成葡萄产业园 1200 亩；

长滩村，以七彩林产业为主，优先承租贫困户土地，优先安排贫困户务工，以零租金方式支持农户发展大豆、蔬菜、中药材等套种产业，2016 年，全村农民人均纯收入超过 10000 元。

"农业供给侧改革，在巴中，一是立足生态优势，提高农产品的品质，二是扩大优质产品的规模，三是打造更通畅的营销链，加快农业向全产业链、多功能化转变。"巴中市委副书记、市长何平说。

产业上规模。巴中着力壮大生态养殖、茶叶、核桃、中药材四大百亿主导产业，实施培优、提质、扩量、品牌推广、营销拓展、招商、金融扶农"七大行动计划"。到目前，全市累计建成茶叶基地 84 万亩、核桃基地 125 万亩、中药材基地 80 万亩、食用菌基地 6 万亩、商品蔬菜基地 9.5 万亩，建成现代农业万亩示范区 55 个、畜禽规模养殖场 849 家。

产品创品牌。巴中依托"巴食巴适"区域品牌，实施"区域品牌+企业品牌+产品品牌"联动战略，打造一批行业公共品牌、市场领军品牌，采取基地联建、资产重组、企业兼并等方式，整合品牌资源，增强巴中农产品品牌拳头效应，并着力构建从菜园到菜板、从田间到舌间的无缝供给通道。

此外，巴中还在示范基地建设、新产业新业态、新型经营主体培育培优、小农户生产现代化、社会化服务体系等方面大做文章，推动农业产业化发展，造福巴山父老乡亲。其中，把贫困户铆在产业链上的做法，受到了省委主要领导的肯定。

巴山有了好日子，乡邻未忘告"父亲"。

油画《父亲》，被今天的巴中人，复制成一幅巨大的壁画，矗立在"父亲"生前所在的平昌驷马水乡的街口。"父亲"那沟壑般的额头，那穿透岁月的眼神，无不使人感动、震撼！

《父亲》出现在这里，是巴山儿女以此来告慰"父亲"，让他看到今天巴山的好日子，还是让"父亲"激励着巴山儿女们永不停滞、永不懈怠地建设巴山、改变巴山？

盘活人地钱　变一种赚法

人地钱，在探索中盘活、生金。改革，就是更好更快地让百姓赚更多更长远的钱。

巴山土地，一直响动着改革的脚步。

巴山儿女，一直流淌着改革的血液。

改什么？改环境，改土地，改贫困。

革什么？革观念，革思想，革命运。

巴中，徐向前、李先念在这里建立了中国第二大苏区——川陕革命根据地。

在这片有12万人参加红军、4.8万人壮烈牺牲的英雄的土地上，今天，巴山儿女以红军精神，以敢为天下先的改革精神，向贫瘠的土地，向贫困的生活宣战。

巴中开全国先河，实施"土地增减挂钩节余指标省内跨市流动"，以29.5万元一亩，将4500亩土地指标转让给成都高新区，获得13.28亿元。

巴中将这笔款用于脱贫攻坚，使17.5万人从"土坯房"搬进"巴山新居"。

巴中的探路之举，既缓解了"先富"地区用地不足，又解决了贫困地区脱贫攻坚"钱从哪来"的问题。国土资源部在巴中召开专题培训班，向全国推广。

盘活"三类人""三块地""三种钱"，已成为巴中深化农村改革的突破口、动力源和增长极，以此，将资源优势转化为经济优势、资本优势转化为发展优势，激活巴中农村发展潜力。

盘活三类人：新型职业农民、创新创业科技人员、返乡下乡回引人才。

巴中，实施"巴山优才计划"，成立"农林科学院"，引进241名产业急需和高端人才；培育的3500名新型职业农民中，有305人取得了高级职称，772人取得了中级职称；2800多名干部当起了招引员，仅今年以来就回引返乡创业人员3602人，创办各类实体707个，投资总额达14.48亿元。

盘活三块地：农村承包土地、农村集体建设用地、农村宅基地。

巴中，探索出先股后转、整村流转、土地信托、土地股份合作等方式流转土地承包经营权，全市累计流转农村土地99.2万亩、林地151万亩。2015年，巴中在每个区县开展2个乡镇试点试验农村集体产权制度改革，截至目前，10个试点乡镇流转农村集体建设用地经营权10宗，涉及面积87.11亩，金额941.41万元；探索创新农村宅基地政策，通过集中修建"巴山新居"聚居点，全市"巴山新居"工程目前已完成拆旧4.34万亩，复垦4.16万亩（其中耕地4.08万亩），扣除建设新占地2.11万亩，全市共节约集体建设用地2.23万亩。

盘活三种钱：财政的钱、金融的钱、社会的钱。

巴中，强化财政涉农资金统筹整合，不仅将中央、省35个可整合涉农项目全部纳入整合范围，每年将不低于50%的当年新增财力纳入统筹整合，财政专项扶贫支出占一般公共预算支出的比重不低于30%。2017年，巴中统筹整合财政涉农资金将达到30亿元。大力盘活金融的钱，今年，扶贫小额信贷累计发放14亿元，产业扶贫贷款累计发放28亿元。通过资金入股、订单发展、PPP项目撬动社会资金500余亿元。

据统计，目前巴中共承担了"8+28"项国家、省农村改革试点试验任务。其中，巴州区作为全国第二批农村改革试验区，已形成

55 项制度性成果，探索出的 7 项试验经验获中央、省成果转化，探索出的农村土地预收储、用活土地政策助推脱贫攻坚等做法被列入全国改革实践案例集；恩阳区作为省级农村改革综合试验区，探索出"1+16"农村专项改革工作推进体系、"五个+"拓宽农民增收渠道路径。

今年，巴中农村改革获全省农村改革年度考核中期评估第一名。

赚钱，不仅是在生产和流通环节。

盘活，就是赚钱。

改革，就是更好更快地让百姓赚更多更长远的钱。

筑梦进山到边　变一种追法

一曲《巴山背二哥》，又响起了，粗犷吼唱中，父老乡亲走出苦日子，走向新时代。

人往高处走，水往低处流。

而在巴中，水也往高处走。

大巴山，地处川陕两省交界，誉为中国"南方的北方，北方的南方"。

巴中，面积 12300 平方公里，海拔高差大，最高 2513 米，最低 267 米。

空山坝，位于通江县，属高山盆地。山脉到此，拔地凸起，海拔比周边高数百米。因熔岩地质构造，多石少土，雨水流失严重。当年，红军在空山，饮马都很困难。

水，成了空山人祖祖辈辈的梦想。

如今，这个梦，正在变成现实。

"空山坝引水工程"，是将垂直落差数百米的水，从山下用大型抽水设备送上半山，再用另一套设备，将半山的水再次提送，让缺水的空山人，实现数千年的梦想。

这一"引水"壮举，被人称为"把梦想送上山"。

巴中不止于送梦想"上山"，还要送梦想进山"到边"。

所谓"边"，就是山的边沿，山的边边角角，山的全覆盖。

巴山新居，要进山到边。

产业布局，要进山到边。

乡村道路，要进山到边。

贫困人口帮扶，要进山到边。

这是巴中平衡发展、充分发展的主题。

但这种平衡和充分，巴中不仅限于区域内，同时，追求与区域外的平衡，努力缩小巴中与外界的差距，为巴中的充分发展，拓宽新的空间，增添新的动能。

"第三轮交通大会战"，就是巴中在更高的站位上，更长远的起点上，谋划的新的梦想。

继 1993 年第一轮交通大会战实现巴中到成都"两头不再摸黑"，2006 年开始的第二轮交通大会战，实现巴中到成都、重庆、西安"三小时交通圈"之后，巴中针对"大通道不完善、主干道不顺畅、内循环不衔接"的短板，今年 9 月，又拉开了新的交通大会战。巴中市委书记罗增斌表示，要以"跳出巴中的眼光规划大通道"，以"城乡一体"理念规划内循环，以"路通业兴"标准布局产业链，突出"加密、联网、升级"主攻方向，建成以"空铁高"为骨干、融入全国、综合立体的对外大通道，以国省干道和区县环线为支撑、辐射全域、畅通高效的市域内循环，以期脱贫梦、小康梦、中国梦在秦巴山区尽早全域实现。

最近，巴中市委又成立了大巴山干部学院，以体验教育为重点培训党员干部，把红色教育主题做优做亮，努力建设成为全国、全省一流的干部教育培训基地。

巴中，这片诞生过世界级"乡村建设家"晏阳初，创建过中国历史上第一个"红军女子独立营"的土地，今天，巴山儿女不负英烈，不负先贤，"苦干实干，创新创造"，求索在农村改革的大道上，践行在乡村振兴的征途中，全力以赴，誓让百万父老乡亲，从秦巴山区的苦日子里，走出来，走向幸福的新时代。

高亢悠远的《巴山背二哥》，粗犷的吼唱声，自千年而来，在巴山女儿的血脉里，在巴山汉子的筋骨中，在中央电视台的舞台上，在巴人广场的欢庆中，又响起来了：

巴山背二哥，巴山那个好儿郎

好儿郎，巴山背二哥

墩墩犟犟粗又壮

春来去成都，秋后上北京

渴了喝二两，一起奔小康

……

本文刊发于 2017 年 12 月 8 日

第 30 届中国经济新闻奖深度报道类一等奖

2017 年度四川省报纸副刊作品奖一等奖

南充：新风新雨生新景

张萍　杨璐　张小星

一场大面积的降雨，涤荡着尘埃，清润着大地。

雨中，车出成都，一路向东。

车内，热议着党的第十九次全国代表大会报告。

车外，新雨淅沥，清风扑面。

"南充新未来·成渝第二城"，一幅巨大的广告牌矗立在嘉陵江边。

新雨纷飞中，我们踏上了这片历史源远流长、文化底蕴厚重的土地。

南充，巴蜀人文胜地，也是"三国文化"发源地。

蜀汉名将张飞领军驻守于此，护一方平安，佑一方百姓。

南充，"中国绸都"，华阳志称其"秦汉丝绸名邦"。

作为"丝绸原点"，阆中丝绸，"六合"产品，伊格尔品牌，从古至今，享誉中外。

行走在这片自古兵家必争之地，商贾向往之地，我们听到、看到、感受到最多的，就是：新！

街道在变新，草木在变新，城市在变新，一位南充市民说。

项目在刷新，企业在创新，产品在更新，一位南充工业人说。

村道在变新，村居在变新，村貌在变新，一位南充村民说。

这是看得见的新，南充还有许多看不见的新。

理念、思想、战略、精气神，一切都在变新。

"新风扑面、清风送爽、雄风乍起。"党的十九大代表、南充市委书记宋朝华在南充传达十九大精神时如是说。

南充沐新风，南充润新雨。

新风新雨中，伫立嘉陵江边已千年的古城，正生发无限新景。

新景象
亿元项目遍地开
十亿项目接连来
百亿项目零突破

"天上取样人间织，满城皆闻机杼声。"

诗人白居易所描绘的，是唐时南充的盛景。中国丝绸80%产于四川，四川丝绸50%产于南充，南充被考证为丝绸原点。以南充为代表的四川丝绸蹚过夔门，翻过秦岭，最终在中国南方的江浙一带得到发展和兴盛，便有了"千里迢迢来杭州，半为西湖半为绸"的说法。

南充与杭州，结缘于千年的丝绸。

如今，浙商李书福，把建在杭州西湖边的"吉利"，进军西部的桥头堡定在了南充。

"立足南充，面向中国，走向世界"是李书福的梦想。

外界猜测，李书福把他的新能源商用车基地定在南充，是想让"吉利"像当年的"丝绸"一样，从南充出发，走向全国，走向世界。如果这不是猜测，那么，李书福新的梦想将在南充起飞，中国新能源汽车改变全球新能源汽车格局的燎原之势，已在南充酝酿，已在南充蓄势。

南充，筑梦之地。

在这里构筑新梦想的，不仅有李书福。

投资200亿，北京中铁联运来了；

投资 150 亿，宁夏宝塔石化来了；

投资 120 亿，重庆银翔整车生产来了；

投资 120 亿，宜华康养城来了；

投资 100 亿，江苏三胞康养来了；

投资 100 亿，四川交投阆中水城项目来了；

投资 100 亿，中兴能源阆中古城旅游综合开发来了；

投资 25 亿，三环电子六期项目来了；

新项目，一个接一个，如雨后春笋，在"绸都"拔节生长。

今年 1—10 月，南充新签约项目 158 个，协议总投资 1220.5 亿元、增长 83.1%；新引进亿元以上项目 135 个。前三季度到位国内省外资金 347.2 亿元，位居全省第三、川东北第一。

咀嚼这些数字，不仅尝到了南充经济的"量"，更品到了南充经济的"质"。

作为川东北工业重镇的南充，丝绸、化工、汽配曾是其经济支柱。此时，走马南充，记者看到的却是，从现代物流到新能源汽车，从文旅康养到新兴产业，从大手笔投资到多次追加投资，亿元项目遍地开花，十亿项目接二连三，单个百亿产业项目实现"零突破"。

宋朝华说，党的十九大紧扣我国社会主要矛盾变化，在经济、政治、文化、社会、生态文明建设等方面提出了一系列新论断、新战略、新举措，我们必须全面贯彻、全面对接、全面落实。南充坚持把发展作为第一要务，"今年以来，南充以重大项目为引领，用重大项目作支撑，做大做强'五大千亿产业集群'，大力推进'五大板块重大工程项目'，打响了项目建设'大会战'。这既是贯彻落实省委省政府'项目年'部署，也是贯彻落实十九大精神的重要抓手。"

南充，有丝绸，但南充不仅仅有丝绸。

南充，是绸都，但南充不仅仅是绸都。

南充，是李书福新的梦想之地，但不仅是他一个人的梦想之地。

南充，是中国新能源汽车搅动全球汽车新一轮竞争的策源之地，也是中国加快"建设现代化经济体系"的践行之地。

新动能

技术创新增后劲
产品创新添活力
市场创新拓空间

"万家灯火春风陌，十里绮罗明月天。"

这是宋人笔下的果城，这是农耕时代的南充。然而，新风新雨中的果城，一片盎然生机，处处给人新奇。

此行南充，让记者没有想到，普普通通的陶瓷，在南充却玩出了新花样，让人开了眼。

传统印象里，陶瓷，是做杯子、烧制成碗或工艺品的。在南充三环电子生产车间，一负责人却告诉记者："可别小瞧这种比头发丝粗不了多少的材料，是陶瓷做的，用于通信、机械、新能源、航空航天等多个领域，年产值可达20多亿元。"

作为中国陶瓷元器件领域的龙头企业，广东潮州三环集团自2007年入驻南充以来，一年上一个台阶，生产的电阻瓷体占世界年产量70%以上。蓬勃的发展势头激发三环电子在南充一次又一次扩大生产规模，增加投资力度，目前，一、二、三期项目如期建成投产，四期、五期、六期项目正快速推进。

"技术创新，产品更新，使产业不断升级，在南充，以'新'制胜，不仅仅只有三环电子。近年来，作为一个老工业城市，南充将工业转型升级作为抓经济工作的重中之重，出台了一系列措施，予以保障。"南充市市长吴群刚说。

南充嘉陵区，新能源汽车产业园。

每4分钟32秒，一辆新能源商用车总装下线。

吉利南充新能源商用车一期项目，规划年产10万台。今年7月9日首辆新车下线以来，已有近2000台销往全国各地。

"吉利，仅新能源商用汽车，就将带动南充千亿产业的发展，推动南充产业提档升级，更为南充的高坪、仪陇、蓬安、嘉陵、西充等区县解决了上万人的就业。"南充市委常委、嘉陵区委书记廖伦志透露，下一步，将依托吉利、银翔等项目，以商招商、沿链招商，不断壮大汽车产业集群。

在营山，四川奥龙铸造车间，厂小人不多，但这里的产品却用于风电、石油钻井、舰船制造。因拥有多项专利技术，受到"重齿"等大型机械制造企业的青睐，公司订单不断，生产满负荷运转。"今年公司总产值比去年将增加40%，利税将增加60%。"公司总经理魏彬自信满满。

创新，让奥龙尝到了甜头；创新，也成了包括营山企业在内的南充企业发展的生命线。

技术在创新，产品在创新，市场拓展也在创新。

南充，位居川东北区域中心，东连达州通湖北，南靠重庆接贵阳，北邻巴中广元达西安，西接成都到拉萨，独特的区位优势，使其经济带动力和辐射能力凸显。

在营山"重庆配套产业园"，义丰亨汽车零部件制造厂瞄准重庆，唱好"配角"戏，产销量逐年翻番。老板罗新生说，他今年还有新打算，准备上两台机器人，实现智能化生产。"到时产品速度和质量都会有提升，效益会再上一个新台阶。"

营山五四机械厂，一个建于中华人民共和国成立初期的老国营企业，曾濒临倒闭，如今通过改制和加大技术创新，产品已辐射成渝西安等多地，老企业变成"小鲜肉"，年年成营山县的纳税大户。

"营山要争当融入重庆发展排头兵"，这是南充市区域发展的战略部署和对营山的要求。营山县委书记黄金盛说，通过打破行政藩篱，立足自身优势，实现错位发展，壮大营山经济。"下一步，营山将发挥成渝两地中间区位的优势，建好重庆配套产业园，大力推动35个改革方案和64个改革落实台账任务的落地见效，进一步鼓励企业创新，进一步优化营商环境。力争今年招商引资签约项目15个，到位资金50亿元。"

新城乡

城市再塑新名片

乡村更换新脸面

百姓过上新生活

"巴童荡桨敧侧过，水鸡衔鱼来去飞。阆中胜事可肠断，阆州城南天下稀。"

在杜甫诗中，山围四面，水绕三方的阆中古城，风景已美得天下罕见。

阆中，全国四大古城之一。

作为南充的一个县级市，阆中倚"美"卖"景"，以"古"做文章，大兴旅游。如今全市有 13 万人吃上"旅游饭"，2016 年实现旅游综合收入 79 亿元，近 5 年来游客数量和旅游综合收入均保持 20%以上的高速增长。

守"古"不"循旧"。阆中没有沉醉在杜甫的诗意美景里，而是在构思新时代的新梦想。

围绕建"世界古城旅游目的地"，"水城""古城""赛城"，三城同建在阆中拉开了帷幕。

阆中市委书记张斌说："随着兰渝线全线贯通，阆中机场建设重新启动，嘉陵江即将复航，以及三大旅游项目的推进，阆中成为世界古城旅游目的地将成为现实，阆中旅游的好戏还在后头。"

古城谋"新"意，南充的乡村，也在展"新"姿。

西充，传统农业大县。境内无江河舟楫之便，地下无矿产资源之利，是川东北典型的农业县、财政穷县和省级贫困县。近年来，依托得天独厚的生态资源，该县大力发展有机生态农业，有机农业规模稳居中国西部第一。

放大生态资源优势，将"景"植入"城"、将"城"建成"景"成为西充新蓝图。"西充将围绕'中国西部现代农业公园'总目标，以农业供给侧改革为抓手，通过全域规划，与脱贫攻坚有机结合，奋力实现与全国同步全面小康的'西充梦'。"西充县委书记孙骏说。

乡村更换新脸面，百姓也过上了新生活。

南部县，刚刚摘掉"贫困帽"的国家级贫困县。

"现在出村的路是新建的，住的房子是新修的，在家门口就能打工赚钱，这样的新生活是以前想都不敢想的哦。"南充市南部县东坝镇打鼓山村村民罗堂秀对记者说。

"近两年来，打好打赢脱贫攻坚战，我们在补齐基础设施欠账和短板的基础上，以产业发展为抓手，抓产业，促就业，长短结合稳增收。如今，村民的生产生活条件大大改善，村风村貌焕然一新，昔日的穷山沟变了模样。"南部县扶贫和移民工作局相关负责人说。

南部县是南充脱贫攻坚的一个生动缩影。

聚焦"两不愁、三保障"和"四个好"目标，南充以攻城拔寨的决心、背水一战的勇气、抓铁有痕的力度，精准施策、精准发力，全力打好脱贫攻坚战。目前，全市 326 个贫困村成功退出，13.98 万贫困人口成功脱贫；"脱贫奔康产业园"模式和"9+5"暗访督查机制在全国推广。南充被评为四川 2016 年脱贫攻坚先进市，位列全省 7 个脱贫攻坚先进市第一位。

乡村在变新，生活在变新，南充的城市规划、建设和管理也在变新。

"路面升级改造与建设截污干管同步实施，避免重复建设。同时借道路改造之机，配合河道景观长廊建设，对地下管线进行整理规范，将沿线高压线下地，完善重要节点景观。"南充顺庆区城乡规划建设局负责人说。

11 月 18 日，虽是周末，南充市玉带路道路扩容及景观提升改造工程现场依然热火朝天，工人们忙着铺设地下管网。"现场部署 4 台机械顶管施工设备，工人全天 24 小时施工抢工期。"现场负责人说。作为主城区重要交通干线，这里路窄行难，上下班高峰期，拥堵不堪，同时，由于原污水管网管径较小，部分污水无法纳入排污管而直排河里，加上原污水管网局部破裂，极易造成污染。

南充提出，今年将实施 30 个重大城建项目，力争在明年春节前全部完成，再塑一张南充"城市新名片"。

新风貌

谋事之心一处想

干事之劲一处使

成事之志一处聚

南充，产业在变新，城市在变新，乡村也在变新。

南充，"新"动力从何而来？

火车跑得快，全靠车头带。

宋朝华说："作风关乎形象，政风决定民风。"两年多来，南充深入贯彻习近平总书记系列重要讲话精神，在中央和省委的坚强领导下，全力净化政治生态，在较短时间内推动形成了风清气正、崇廉尚实、干事创业、遵纪守法的良好政治生态，管党治吏实现了"由软到硬"的根本转变，官风民风实现了"由乱到治"的根本转变，干部状态实现了"由松到紧"的根本转变。

新风新雨生新景。南充，有了这三个根本转变，人心思上、人心思进，700 多万南充儿女想干事、能干事、干成事的劲头足了。

面对发展不足、发展滞后的市情，南充始终坚持以对外开放为抓手，大力实施大项目、大企业、大集团带动战略，以"后发也要高点起步"的姿态，再塑南充新形象。

"抓项目，人人都是招商员。"

南充创新投资促进"一把手"工程。由市委、市政府主要领导挂帅出征，分管领导一线奋战，先后多次带队南上北下、东突西进，以"节、会"为媒，广邀客商、广结客缘，促成一批重大项目落户南充；另一方面，县（市、区）全力驱动，各地党政"一把手"挂帅，分管领导主动敲门招商，对接目标企业。

"推项目，人人有本明白账。"

自我加压，挂图作战。在南充市经信委，墙上两幅图表异常醒目，一张是《南充市 2017 年重点工业项目挂牌表》，一张是《南充市 2017 年工业投资进度表》，表上罗列出重点项目名称、工作进度、责任单位、完成时间等，一目了然，清清楚楚。

类似的"作战图"不只在经信委，在南充市县两级主要负责人办公室的墙上随处可见。

抓落实，强责任。对全市重大项目建设施行定人、定时、定目标，突击拉练，现场问责……

打造一方投资热土。简政放权，流程再造，办事效率一次又一次"提速"；对"不作为、慢作为、乱作为"进行专项治理，坚决查处"中梗阻"行为；开放的南充，让外来投资企业安心发展、舒心发展。

"南充的投资环境让我们感受到了'亲'和'清'的政商关系。"一位在南充投资的企业家说。

推窗但见天地阔，理念变新活力来。

当下的南充人，用心谋发展，用情引项目，用力搞建设。今年上半年南充 GDP 同比增长 8.7%，总量居全省第五，增速高于全国、快于全省、好于预期。

谋划 2018 年，南充已包装储备重大项目 159 个，计划总投资 3362 亿元。

新南充，新未来，南充站在了新的历史起点。

面对新时代，南充确立了"155 发展战略"，开启了 5 年初见成效、10 年大见成效的豪迈征程。全市上下击鼓奋进，全力以赴打赢"三场攻坚战""三场保卫战""三场持久战"九场战役。

"九场战役"瞄准的是南充经济、生态文明和党风廉政建设。有专家评论说，这是南充立足当前、着眼未来的高远布局，将为南充未来发展积蓄源源不断的可持续发展动力。

"一年好景君须记，最是橙黄橘绿时。"

嘉陵江潮涌，千年不息，为有源头活水来。

活水，就是清水，就是新水。

生机勃勃的绸都大地，收获过富裕，经历过成长的烦恼，也滋生着新的激情和梦想——"南充新未来·成渝第二城"。

新未来！这个梦想，属于南充，属于四川，属于新时代的中国！

本文刊发于 2017 年 11 月 23 日

借助"互联网+"思维，率先在全国创造性地启动对扶贫资金实行全面全程透明化、痕迹化的跟踪与监控试点工作，以切实筑牢扶贫资金风险管控的一道安全防线——

四川：确保上千亿扶贫资金在阳光下运行

——我省在绵阳成功试点"互联网+精准扶贫代理记账"管理模式之观察

任毅

"2020年，我们将全面建成小康社会。全面建成小康社会，一个不能少；共同富裕路上，一个不能掉队。我们将举全党全国之力，坚决完成脱贫攻坚任务，确保兑现我们的承诺！"这是习近平总书记在十九届中共中央政治局常委同中外记者见面时的一番深情讲话。

念兹在兹，唯此为大。四川有秦巴山区、乌蒙山区、大小凉山彝区、高原藏区4个集中连片特困区，贫困面宽、量大、程度深的特点突出，脱贫攻坚工作难度非同寻常。而随着脱贫攻坚向"啃硬骨头"与"攻坚拔寨"的纵深推进，全省财政扶贫资金支持的力度也越来越大。2016年四川财政投入17个专项、共计890亿元；2017年投入22个专项，达1074亿元。

然而，受制于"地域面积大、基层长期面临财务人才缺乏、财务基础管理相对薄弱"等问题，如何更加科学有效地提高对扶贫资金的使用效益与有效地防控风险，成为一道亟待破解的时代课题。据此，四川省运用"互联网+"思维，积极探索农村财务管理新方法，形成了以"互联网+会计服务"为抓手、以资金管理为主线的"互联网+精准扶贫代理记账"管理模式，并选取了在四川具有典型代表性的北川羌族自治县进行试点。不久前，这一极富针对性的探索成果，还得到国务院领导的关注与批示。

破 题

在坚持以"问题导向"中，催生出的"北川探索"

扶贫资金，不仅是减贫脱贫的"催化剂"，在某种程度上讲，也甚至可以说是广大贫困群众的"保命钱"与"救命钱"。

"既不能耽误一分一秒，更不能乱花一分一厘。"如何科学有效地将每一分的扶贫资金都"用在精当处、花在刀刃上"，不仅关乎贫困群众的福祉，关乎脱贫攻坚的成败，更关乎党和政府的形象。

而据调查发现，随着精准扶贫工作的纵深推进及其扶贫资金的投入力度的加大，整个财务管理监管需求的"高、严、紧"和当前基层财务管理能力普遍存在的"低、宽、松"矛盾日益突出。这一现象，引起了四川省财政厅的关注与重视。

在坚持以问题为导向的改革中，一项以"省主导、市指导、县负责"为基本思路与"以制度规范为前提、以科学技术为手段、以安全高效为目的"为基本原则的"互联网+精准扶贫村级财务代理记账"试点工作，于2016年12月在绵阳北川羌族自治县拉开了帷幕。

据四川省财政厅总会计师黎家远介绍："之所以选择北川，不仅因为这里是全国唯一的羌族自治县，是'5·12'汶川特大地震极重灾区、少数民族地区、革命老区、边远山区和连片特困区'五区合一'的贫困县，而且也是全省今年计划摘帽的16个贫困县之一，具有典型的代表性。"据称，省财政厅希望能通过在北川的试点，能为"全国扶贫任务最重的省份之一"的四川，在面上的推广奠定基础。

在承接使命中，绵阳市委市政府与北川县委县政府高度重视这一试点工作。具体承担此项试点任务的绵阳市财政局与北川县财政局将此项工作作为两级财政部门改革创新的一大重要课题，成立了主要领导牵头、多个科室参与的试点和推广工作领导小组，精心绘就试点工作的"线路图"与"时间表"。

这一被称为"互联网+精准代理记账"管理模式，其操作方法为将原始票据上传至长虹公司开发的一个叫"云尚行"的互联网数据平台，经过业务单据扫描上传——数据颗粒化采集——智能财务记账——动态信息发布（出具财务报表）等具有"自动化"与"傻瓜式"流程化操作，即可实现整个财务数据处理的"规范采集、自动处理、智能输出、永久存贮"，推动农村传统的"粗放型"财务管理向"智能化"管理变革。

绵阳市财政局局长侍玉蓉就此告诉记者，这一集成互联网、大数据与云计算等现代信息技术于一体的现代化与精细化管理体系的构建，其核心点在于不仅解决了长期以来基层财务管理所普遍存在的诸多薄弱的问题，而且可实现对扶贫资金与财政专项资金"层层溯源"地进行透明化跟踪与实时监控，从而筑就了农村资金风险管控的一道安全防线。

效 应

以"三个精准"，实现扶贫资金从"开始一公里"到
"最后一公里"的全程化、透明化、精细化管理

"以前必须由专业的财会人员来记账，现在只需要将业务单据扫描上传平台即可轻松完成交单操作，大大减少了工作量，提高了效率，同时确保了各级不同的管理部门能更方便、更快捷地查阅村级原始凭证等财务资料。"

——2017年10月20日，以四川省财政厅厅长王一宏为组长的调研组一行，专程前往北川就"互联网+精准扶贫代理记账"工作进行专题调研。

在擂鼓镇村财代理服务中心，王一宏详细听取了这一项目的实

施情况介绍，并现场观看了工作人员的模拟演示。他说，随着脱贫攻坚工作的逐步深入、农村集体经济的发展壮大，农村财务管理工作已经成为当前农村工作中普遍关注的热点问题，北川的这一探索是一件具有政治、经济、民生意义的大事，要继续以高度的责任感与强烈的使命感推动此项工作向各层次、多方面、更深处延伸，努力形成可复制推广的绵阳经验，为全省乃至全国精准扶贫精准脱贫做出新贡献。

据了解，在四川省与绵阳市两级财政部门的精心部署与跟踪指导下，从 2016 年 12 月在北川擂鼓镇启动"互联网+精准扶贫代理记账"试点工作，到如今这一探索性工作已在北川 23 个乡镇全面推进。目前，这一富有创新性的试点工作，不仅得到财政部领导的重视，而且国务院有关领导不久前还就此做出了"进一步跟踪，总结可推广经验"的重要批示。

对于这一探索在提升农村财务管理水平方面的作用，四川省财政厅与绵阳财政局有关方面用实现了三个"精准"来予以概况：

一是账务的"精准"管理。"互联网+会计精准代理记账"平台，能真实记录反映各项扶贫资金使用情况及其实施进度，实现规范化、标准化、流程化管理，同时也有效地解决了当前基层会计人员数量不足以及专业化水平较低的问题，大大提升了村级财务管理的质量。

二是现状"精准"分析。通过指标的可视化分析，自动推送与智能查询，能准确、真实、快速地反映资金管理现状，提升扶贫的透明度，让大家清楚知道"扶贫的钱花了多少，花到哪里去了"，同时还有助于寻找扶贫盲点，有效实施扶贫计划。

三是资金"精准"运用。扶贫资金是群众的"保命钱"，是打赢脱贫攻坚战重要的"助推剂"。平台通过对扶贫资金的拨付、使用进行及时追踪，实现用财务数据说话，用信息支撑决策，为以"绣花功夫"全面打赢脱贫攻坚战提供了得力的支持。

"随着脱贫攻坚步入攻坚期，这一全新的探索与设计，可以说，能够实现对扶贫资金从'开始一公里'到'最后一公里'的全程化、透明化、精细化管理，从而更好地助力贫困地区的精准扶贫、精准脱贫。"绵阳市财政局副局长杨彦彬这样告诉记者。

思　索

从实现对扶贫资金"跑冒滴漏"的有效监管，

到通过这一平台实现对整个农村"三资"的规范化管理，

再到实现将整个涉农的民生项目资金纳入平台管理，

绵阳的这一探索，不仅为新时期基层扶贫资金的监管提供了新路径，

也为新时期涉农资金的管理乃至推进新时期"三农"

工作提供了诸多新的启迪。

近年来，随着脱贫攻坚工作的深入推进，中央财政向贫困地区转移支付力度不断加大，省、市、县各级财政部门全力抓好脱贫攻坚这个头等大事，通过盘活存量，统筹增量，多渠道筹集资金，为坚决打赢脱贫攻坚战提供了有力的财力保障。

然而，扶贫领域的腐败现象也屡见不鲜，侵蚀着贫困群众的切实利益，啃食着群众的获得感。在去年6月29日国务院审计署在向全国人大常委会第二十一次会议报告上年度财政审计情况时指出，有8.7亿元的扶贫资金闲置或损失浪费；有1.51亿元的扶贫资金被虚报冒领或违规使用。

同样，在今年3月7日十二届全国人大五次会议举行的记者会上，国务院扶贫办有关领导在接受媒体采访时表示，2016年，全国纪检监察部门就查处了扶贫领域16000多个问题，处理了19000多人，检察院系统处理了1800多人。财政部、扶贫办去年搞了一次集中的检查，就处理了1000多个问题、1000多人。国务院扶贫办开通"12317"监督举报电话，两年来就收到1万多个电话……

何以通过一套科学的制度化设计，来监管好"量大、面广、点多、线长"的扶贫资金，北川的这一借助互联网与大数据等现代化

手段所探索的"互联网+精准扶贫村级财务代理记账",对于财政与扶贫部门来说,不仅能够点对点地掌握每一笔资金的流向,而且甚至可以点对点地跟踪其使用绩效;而对于群众来说,不仅可以通过手机与电脑登录这一平台了解国家关于扶贫资金的政策规定,熟悉资金的拨付程序,而且还可以知道国家"拨付了哪些钱、金额多少、花到了哪儿",极大地提高了资金使用的公开性和透明度。

这样的一个纵横结合架构,无疑从制度上遏制了对扶贫资金的"贪污挪用、层层截留、虚报冒领、挥霍浪费"的发生,有效防范了"微腐败",畅通了群众了解、监督扶贫及民生资金的渠道,化解了过去信息公开透明不够所带来的紧张的干群关系,促进了党群干群关系的融洽与基层发展的稳定。

同时,借助这一平台,可以较好地改变以往重点关注村集体资金管理,而忽视对村集体资产、资源管理的状况,用通过可视化的图片或影像资料等方式将村集体"三资"信息上传平台,形成农村"三资"管理数据库,为精准化地推进农村集体经济发展特别是通过培育产业来实现造血式扶贫,乃至推进党十九大提出的实施乡村振兴战略提供了第一手的宝贵资料。

正如习近平总书记今年3月24日在主持召开的中央全面深化改革领导小组第三十三次会议所言:改革是奔着问题去的。据绵阳及北川方面介绍,下一步的探索中,还将在发挥会计大数据的智能分析与自动预警方面予以深度开发,并计划将农业、林业、水务、交通、民政等民生项目的资金纳入这一平台进行管理,这样不仅将科学有效地整合整个涉农资金,也将为落实十九大报告提出的"在省市县对职能相近的党政机关探索合并设立或合署办公"提供诸多富有价值的探索。

本文刊发于 2017 年 11 月 2 日

穿越"国道天险"的英雄交响乐

——写在世界最高公路隧道、国道317线雀儿山隧道通车之际

李银昭　杜静　侯云春　杨琦

雀儿山，天堑变通途，是四川高原藏区几代人半个多世纪的梦想。

在共和国的版图上，有一条横跨中国东、中、西部，一览平原、丘陵、盆地、山地、雪域高原，长达5476公里的国道——G318线。这条中国目前最长的国道，起于上海，终点为西藏聂拉木县，途经江苏、浙江、安徽、湖北、重庆、四川。在被誉为天府之国的成都平原，这条国道一分为二：南线为国道318线，北线为317线，又称为川藏线。几十年来，这条线成为中国东、中部省市连接西藏最繁忙、也最重要的大通道，被称为"川藏生命线"。

雀儿山，位于四川省甘孜州德格县境内，被称为"生命禁区"，垭口处海拔5050米，是整个川藏线的最高点。时至今日，作为川藏公路北线必经之地的雀儿山路段，仍因海拔高、道路险、冰雪重被称为"国道天险"。

打通雀儿山隧道，这是66年前十八军官兵的夙愿。

那时，由于技术等多种客观条件所限，十八军战士只能在山顶辟山开路，修筑一条进藏的"山巅公路"。历时3个多月，几乎每推进一公里，就牺牲一名战士。可以说，这条路是无数先辈用生命铺就而成的。

如今，半个世纪的"隧道"梦想，终于实现了！

作为国道 317 全线重点控制性工程，雀儿山隧道于 2012 年 6 月开工，全长 8.955 公里，隧道海拔高度 4378 米，是目前在建公路中世界第一高海拔特长公路隧道。

"顺利通车的雀儿山隧道，将为经济插翅、为生命保驾，为几代人执着的理想和信念，谱写一曲'国道天险'上的英雄交响乐。"正如甘孜州委书记刘成鸣所说，以前，雄鹰飞不过的"生命禁区"，今天，变成了通衢四方的经济大道；以前，草木不生的"险道""鬼门关"，今天，变成了呵护生命的安全大道；以前，无数藏区群众和十八军官兵，以及这条横贯东西几千公里国道上的人们，他们渴望征服"天险"的梦想和信念，今天，终于在雪域高原变成了现实。

经济大通道

雀儿山隧道，是一条经济大通道。它东连川渝、华中、上海至太平洋，西入拉萨过新德里接印度洋，南下云贵高原连东南亚，北上青海、甘肃入中亚、欧洲直达大西洋。

清晨，朝阳从寂静而又庄重的德格印经院掠过，朝圣者围着红墙转经。作为中国藏传佛教印经院之首，德格印经院在藏区老百姓心中有着无比神圣的地位。

德格，这里历史悠久、文化厚重，近三十万块手刻经版成为世界奇观，格萨尔王的英雄故事世代流传；这里资源富集，八坞虫草、玉隆大黄、红景天等 500 多种中藏药野生药材，让这里成了宝库；这里人杰地灵，早在 15 世纪，高僧唐东杰波就配制出了主治胃病的"成道白色丸"，使德格地区成为南派藏医药的发祥地，如今 74 岁的果塔拉吉·彭措热登，被誉为康藏的"华佗"。

然而，这些悠久的历史、这些厚重的文化、这些富集的资源，却因崇山险道，大雪封山，让游客望山兴叹，让商贾望而难行。

今天，雀儿山隧道要通车了，如天空打开了一道缺口，使这片得天独厚的土地，迎来了前所未有的历史机遇。

日多，是成都来的一位商人，他主要经营德格县的"嘎玛嘎孜派"唐卡。一说起隧道通车，他竖起拇指，连说几个"好！好！好！"。日多说，以前，每年9月之后，就基本不到德格了，现在，雀儿山隧道打通了，方便了，安全了，一年四季都可以自由进出了。

与日多一起来德格的还有张朝国，他扳起指头说，德格的有机蔬菜和牦牛肉，几个小时就可以新鲜地摆到成都人的餐桌上。

还有做自驾游策划的李芮宁，她看好这里的格萨尔文化和草原，想把德格作为川藏线上自驾游的一个停靠点。此行，她从泸定、康定、道孚到德格，还将一路考察下去。她说，这都是雀儿山隧道通车给她带来的生意上新的构想。

穿隧道8.9公里，缩短了以前40余公里的"天险""鬼门关"。

穿隧道10分钟，节约至少两小时的翻山时间，以前如果遇上塌方、车祸等，可能造成几小时甚至几天都翻不过雀儿山。

穿隧道后，一路前行，过昌都，入西宁，达玉树，到拉萨，将一路坦途，不再有天堑挡道。

德格县县长黄杰说，从区位来看，德格北上为青海玉树，西进为西藏昌都，东南为甘孜州府康定市，南下为旅游胜地稻城亚丁，再向南，则是香格里拉。这些城市所在的区域，其实就是自古以来的康巴文化区域。再从交通来看，除雀儿山隧道通车外，在建的格萨尔机场，位于甘孜县和德格县交界处，是甘孜继康定机场、稻城机场之后的第三个机场，预计2018年通航。"交通条件的改善，区位优势的凸显，为德格的资源'走出去'，为外面的信息、人才、技术、资金'走进来'提供了便捷。可以说，得天独厚又偏居一隅的德格，如今迎来了千载难逢的发展机遇。"

机不可失，时不再来。德格全力做强县城更庆镇，加快马尼干戈、阿须、竹庆、达马、错阿的旅游集镇规划和建设，其中，仅阿须格萨尔文化集镇投资就达两亿多元。预计到2020年，德格县城将建成"文化名城"，现有集镇全部成为"特色集镇"，上百个贫困村将嬗变为"美丽村寨"。

"雀儿山隧道的通车,'激活'的不仅是德格。"甘孜州委副书记李江说,仅就农牧产业来说,道孚的大葱、甘孜县的瓜果花卉、炉霍的高原有机蔬菜,以及整个甘孜盛产的松茸、虫草、牛羊肉等,都将在交通改变后,引起产品、产业结构优化调整新的革命。

雀儿山隧道,是一条经济大通道,它将东西南北更加便捷地连通,是一条通江达海的隧道。因此,雀儿山隧道,不仅是德格县、甘孜州的一条公路隧道,更是五省藏区一条致富的通道,是贯穿东西几千公里国道上一条奔小康的通道,是西部大开发和"一带一路"倡议中走向世界的通道!

生命大通道

雀儿山隧道,是一条生命大通道。它将彻底改变"车过雀儿山,如闯鬼门关""年累计发生交通事故371起,死亡68人"这些"以命搏命"的悲壮历史,成为司机和乘客放心、家人安心的平安大通道。

秋日的雀儿山,天朗气清。

在海拔4889米的路旁,道班工人杨厚刚一边巡道,一边张望着从山下爬上来的车辆。他在这座山上做道班班长已快十年了。中午时分,他等到了要等的车,等到了要等的那个人。这个人就是甘孜县邮政局驾驶班班长其美多吉。

现年54岁的其美多吉,在这道"鬼门关"上,已经来回走了28年了。他与杨厚刚在雀儿山结下了生死友谊。

一个是常年行走在"国道天险"的邮车司机,一个是昼夜熬守在"生命线"上的道班工人,他们曾一起在雪地上修车、推车,一起在雪夜里守候、等待;今天,他们将一起在海拔5050米的垭口做告别:隧道通车后,其美多吉的邮车,将不再爬雪坡,走山顶的险道,而是从隧道里安全、快捷地通过;而道班工人杨厚刚,也将转场到几百公里以外的石渠县，继续当道班工人。

两个雪山顶上生死之交的朋友，将在隧道通车后，分别走上各自的新路和新岗位。

雪线上的友谊像山一样厚重，难舍难分，而车辆能在隧道平安穿行，又让两个因雀儿山相识的硬汉子，深感轻松、畅快，如释重负。

就在这一天，记者跟随邮车一起来到了雀儿山。

雀儿山上险象环生，只有雀儿山上的人知道，它让每一个过往的人都心生敬畏。从1951年通车以来，雀儿山一直是土路，冬天冰雪覆盖，夏天泥泞不堪，山上一年四季一片荒凉，寒风凛冽，过往乘客大多会产生眼花耳鸣、头痛胸闷、心慌气短等高原反应。据统计，从1995年到2003年，雀儿山40余公里路段年累计发生交通事故371起，死亡68人。

杨厚刚对记者说，国道317线最险的路段就在雀儿山，路面最窄处不足4米，外侧没有任何遮挡，往下望去，悬崖深渊，令人心惊胆战。飞石、雪崩、泥石流，随时都可能发生。有些路段，一听见名字都让人胆寒，比如"老一档""鬼招手""燕子窝""老虎嘴"等。"鬼招手"年年都会堵车，因为这里雪崩频发，经常把原本就狭窄的路面堵得严严实实。而"老一档"说的是，所有过往的卡车，在这里，都只能将挡位挂在最低速，慢慢驾驶，才能通过陡坡。

其美多吉告诉记者，在雪线邮路上，有这么一句话：车过雀儿山，如闯鬼门关。这段坑洼不平、既窄又险的道路，因海拔高，常常是山下天蓝日丽，山上霜冻结冰。每年10月至次年5月是雀儿山"风搅雪"的季节，加之路况复杂，常有司机被困，引起交通堵塞。熟悉路况的其美多吉，常常充当义务"交警"，给司机们传授经验，教他们安装防滑链，或干脆爬上驾驶室，帮他们开过危险路段。

"他是最好的开道司机。"杨厚刚夸赞其美多吉说，大雪封山的时候，总是由其美多吉或他所在班组的邮车驾驶员当"领头羊"开道，让后面的车跟着邮车安全通过。

"他是司机心中的守护神。"其美多吉又夸赞杨厚刚。

然而，这种种"以命搏命"的过去，都将成为雀儿山的历史，成为雀儿山的往事和被后人讲述的传奇故事。

待雀儿山隧道通车之日，就是雀儿山开启一条畅快、安全的生命大通道之时！

信仰大通道

雀儿山隧道，是一条理想信念大通道。千百年来，雀儿山横亘在甘孜大地上。66年前，十八军官兵开启"开山"征程，第一次将红旗插上山巅。如今，隧道打通，天堑变通途，梦想成现实。

红旗，在海拔4400米的雀儿山隧道口飘扬。

张海鹏，中铁一局四公司雀儿山隧道项目部副经理，他站在隧道口猎猎飘扬的红旗下接受记者采访时说："从来没有一个工程有这么难，这么令人痛苦，最初，它让我们痛苦得想要逃跑。"

环境苦——雀儿山"海拔高、地应力高、地震烈度高，低气温、低含氧量、低气压"的典型三高三低环境，让所有人都出现了嘴唇干裂、耳鸣头胀、流鼻血、失眠、血压升高等高原反应，也让部分人员心理恐慌。作业工人来到工地一看，有的甚至连车都没下，说了句"这不是来挣钱的，是玩命啊"，转身就走了。短短几个月先后走了600多人。

施工难——雀儿山特殊的地质结构，让断层、涌水、冻土、岩爆、供暖、供氧、通风等世界级高原施工难题层出不穷，仅塌方一项，最多的时候一天就遇到5次。2012年9月至12月，隧道工程仅推进了40米；半年后，隧道仅推进了130米。

然而最终，张海鹏和他的团队还是在这场挑战生命极限的战斗中坚持了下来。2015年12月10日，项目部提前8个月掘进至分界里程，之后，又主动跨标施工900米。2016年11月10日，实现了雀儿山隧道主洞和平导安全顺利贯通，创造了高原隧道施工的奇迹。

有着 20 多年在崇山峻岭参与工程建设经历的张海鹏说，在雀儿山隧道战斗的这 5 年，如果没有理想和信念，是难以坚持的。

说到理想和信念，张海鹏说到了藏区群众及甘孜人民的支持，说到了 66 年前，进藏的十八军官兵，第一次将红旗插上雀儿山的人的精神对他们的鼓舞和支撑。

时间回溯到 66 年前。

1951 年，十八军前方部队进到拉萨，后方部队在甘孜。9 月，十八军后方部队首长在甘孜开大会动员："同志们啊，前方的同志在拉萨饿肚子，我们怎么办？"在场的师团干部说："今年冬天坚决打通雀儿山！"

帐篷搭在 30 度的坡度上，气温零下 30 度，开水的沸点是 70 多摄氏度，可战士们的劳动热情到了 120 摄氏度。冻土冻得很深，十字镐挖上去一个白点子，根本挖不动，战士们就从山下背柴火来烧，冻土烧化了之后再挖。

一般人打钢锤打五六十锤就会累得气喘吁吁，何况在海拔四五千米的高山上！但在筑路部队中，工兵八团出了一个"千锤英雄"，一口气打一千锤，不休息。后来，陈明义觉得这样不能持久，还是要大家休息，一小时休息一次，最后下命令，党员干部带头休息。

作家高平在《亲历川藏线》一书中写道：10 月的雀儿山已是冰封雪裹，银镂玉雕，地冻三尺，冰凌悬挂。战士们住在雪坡上，吃饭的时候，一碗饭才吃了一半，另一半就冻成冰疙瘩了；有的战士清早起不了床，因为头发冻结在地上了；起了床，脚穿不进毛皮鞋，因为鞋已经被冻得硬邦邦的，变了形。

历史，记住了 1951 年 12 月 27 日，这一天，是有史以来插着红旗的汽车第一次从垭口碾过了雀儿山。

"作为十八军的后代，我是第四次含着眼泪登上雀儿山的。当年为打通雀儿山这条道路，让进藏大军能够顺利挺进西藏，（平均）每打通一公里就会牺牲一名战士。可以说，这条路是我们无数先烈用生命换来的。"在成都工作的黄丽萍于去年在网上写下了这段话。

张海鹏将这段话抄到了他的笔记本上。他说，是十八军先烈的英雄事迹鼓舞着他们，使他们在这艰苦的环境下，创造了今天的奇迹。他说，在隧道西出口的不远处，十八军烈士的墓碑就矗立在路边，每次他路过墓碑，心里都满是敬意、满是尊崇。

甘孜州委常委、宣传部部长相洛说，当年，十八军的英雄们在雪线上修筑"山巅公路"，靠的是理想和信念；今天，在如此艰苦的条件下，打通雀儿山隧道的施工队员们，靠的也是理想和信念；为了这条隧道的贯通，坚定支持施工和为施工队提供各种方便的甘孜人民，靠的还是理想和信念。一个人，一个地区，一个民族，无论在什么时期，都不能缺失了理想和信念。

跨越 66 年，几代人奋斗不息，在雀儿山用理想和信念续写传奇。

一条目前在建公路中世界第一高海拔的特长公路隧道，终在雀儿山贯通，千百年的"天险"，变成了今天的通途大道：一条通衢四海的经济大道，一条呵护生命的安全大道，一条传承精神的信仰大道！

本文刊发于 2017 年 9 月 25 日

2017 年度四川新闻奖文字通讯深度报道类一等奖

中国改革开放 40 周年融合传播经典案例（作品）二等奖

西部各省形成"一家亲"共荣格局

李银昭　　杜静

四川媒体人张剑雄，在青海省的戈壁滩，说着"四川普通话"采访都兰县委书记焦胜章时，焦书记说："你就说四川话吧，这里的青海人都能听懂。"原来，四川话在青海，就像四川菜、四川酒、四川茶和成都的房子一样受到青海人的喜欢。虽然成都与西宁两个省会城市相距 1200 多公里，但过去省际的区域界限，正在被信息共享、经济共荣、生活共乐所打破。一幅西部各省间老百姓喝着同样的酒，吃着同味的菜，说着同一样方言的你省有我、我省有他的"一家亲"共融图正在西部大地上展开。

在青海，最大的枸杞基地是四川妹子邱雪梅干出来的。她的"大漠红"枸杞，不仅有了枸杞酒、枸杞饮料、枸杞冻干，她还把枸杞系列产品卖到四川及全国各地。在都兰县贝壳梁风力发电现场，仅这一处，四川德阳"东汽"生产的风机就有 300 多台，按每台1000 万元计算，总价值达 30 亿元人民币，这些立在青海山头上的"大家伙"，为"四川造"出了"风头"，为四川人赢了"风光"。

川人，从亿万老板到普通打工者；川货，从重装"大家伙"到一瓶辣椒酱，都成了青海人生活中的一部分。

在四川，枸杞、牛羊肉等青海产品，也深受四川人喜欢。而更让人没有想到的是大量青海人涌入成都购房置业。据青海电视台记者许建玲说，她就是在成都双流附近购房的 20 万青海人中的一位。

许建玲说，她和她身边的青海人都把退休后的养老生活地选在了四川，选在了成都。

这种跨省的人员大流动，物产大流通，不仅发生在四川和青海之间。

丁瑞娟，是甘肃兰州的一位外宣干部，当她和青海都兰县宣传部部长刘海云谈着"兰州牛肉拉面"的前世今生时，两省间的两姊妹，如谈着共同经历过的往事，如话着共同居住过的一间老屋。经她们介绍才知道，兰州拉面，正宗出在甘肃兰州，这本是兰州的一大特色品牌，但把兰州拉面做大，做到全国各地去的却是青海人。原来，一根拉面牵着两个省，一头是甘肃，一头是青海。

回族商人马明朝，是宁夏中宁人，站在都兰县热水大墓的旷野上说，宁夏枸杞的种子好，但土壤、温差、日照没青海的好。于是，宁夏枸杞的1号和7号种子，播到了青海的土壤里，就有了"宁夏的种，青海的土，两省种出的枸杞全国红"的民间业界说法。

陕西的柏桦却喜欢吃重庆的火锅，看四川的变脸；新疆的牛敏，工作在乌鲁木齐，读书在成都，吃着九眼桥的串串香，却喜欢听陕西的秦腔和陕北的"走西口"。

无论是在河西走廊，还是在青藏公路，不仅有挂着西藏、青海、陕西、重庆等西部省市牌照的车穿梭来往，也有挂着江苏、浙江、福建、广东、海南等东部及沿海省市牌照的车疾驰而过；西部人喜欢到江南看"柳间黄鸟路，波底白鸥天"的秀美，南方人则渴望到西部看"大漠孤烟直，长河落日圆"的壮美。

广袤的中国西部，各省际以地缘为区域的格局，随西部大开发的深入、"一带一路"的推进和老百姓生活水平的提高，渐渐从传统的观念里和固有的意识中淡出，使各省各民族间乃至中国南方与北方间共生共荣共发展，共同富裕奔小康的西部"一方人"，民族"一家亲"的新格局正在形成。

这是四川经济日报记者在参加"西部七省市都兰行采风活动"的几天中真切感受到的中国西部新变化。

本文刊发于 2017 年 8 月 25 日

2017 年度四川新闻奖文字通讯与深度报道类三等奖

话说童恩文

李银昭　杨璐

童恩文，你认识吗？

多年没见面的一个朋友问记者。

在成都生活了三十多年的一个普通市民，不知道童恩文，也许是正常的事，而作为在四川专门从事经济报道的记者，不知道童恩文，就不太正常了。

童恩文就是菊乐的老板和创始人。

知道童恩文，不是因为他是朋友的老板。知道他的时间可追溯到 20 世纪 80 年代。当年成都市没现在这么大，只有两个区，靠东边的叫东城区，靠西边的叫西城区。借全国改革开放之大势，当年西城区的书记是后来成为四川省政协主席的陶武先。当时的西城区率全市甚至是率四川之先，与广东、浙江等沿海城市遥相呼应，发展市场经济，鼓励企业创新。其中每年一度的"少城企业家"评选和表彰，为当年长期生活在计划经济里的四川吹来了一股新鲜的改革之风、开放之风、发展之风。童恩文就是当年那群最早的"少城企业家"之一。记者大约两次去过菊乐采访，一次是菊乐企业上利乐包生产线，一次是菊乐出租汽车公司作为全国第一家民营出租公司的成立。对菊乐这家企业和童老板，记者一直关注。

"童老板是一个少见的好老板，没有他，就没有今天的菊乐。"朋友的话里全是掩藏不住的真诚。眼下这世风，员工这样说企业，不多，员工这样说老板，更不多。

作为成都的一家食品饮料企业，与它同时代做食品的企业，先后有耀华食品、天府可乐、华西饮料、五福饮料、新蓉饮料、老成都牛肉干、蓉新蓉泡菜等，可现在还"健在"的企业，不多，大概唯有菊乐。这是从行业上来说。

我们再从"少城企业家"当年的那个群体来看，如保险柜厂、东风门窗厂、现代钢家具厂等，很多企业早就不复存在了，在记者获知的有限信息里，当年的"少城企业家"群体，好像没有一个企业还继续在做实业。中国改革开放历经30多年，起起伏伏，大浪淘沙。从当年成都食品饮料行业，再到"少城企业家"群体，在这两个"坐标"上，为何成都菊乐企业（集团）股份有限公司能走到今天，仍然"菊花乐放"。当然，成功的企业，有很多因素，但作为菊乐企业的老板，童恩文无疑是所有因素里面最重要的。

舍得童恩文

要读懂一个企业，尤其是那些成功的企业，首先要读懂企业的老板。老板是企业的中心和灵魂。企业是老板综合能力的延展，是人格魅力的体现。面对菊乐，我们先面对童恩文。我们从童恩文在人生重大诱惑面前的选择，就可见他的智慧、品格和魅力。

人都渴望成功，渴望伟大，而实现这种成功或伟大的最直接的证明就是手中的权力和金钱。在权、钱面前能做出有益于一生的正确选择的人不多，童恩文是其中一个。

第一次是面对当官的选择。

从工厂的技术员，一路做到厂长的童恩文，在1981年被成都市西城区组织部约见谈话，要提拔他担任当时西城区的副区长，并提交区人民代表大会表决，他是第一候选人。面对这个许多人做梦都想的好事，童恩文却做出了一个几乎让所有人都难以理解的决定。他放弃当副区长的机会，愿意继续留在当时是被人看不起的集体企业工作。他反复给区里领导解释。到了区人大开会的时候，区领导不得不临时到各代表组去通知"童恩文实在不愿任此职，选他人吧!"

童恩文说，想到去做官，一天到晚主要时间都在机关里，开会、学习、写报告、谈体会，"我天性好动，喜欢做具体工作，怕没能力适应那种工作。"

面对当官的诱惑，童恩文是这样，面对留在香港挣大钱、过好日子的诱惑，他该做何选择呢?

从童恩文的父辈和祖辈来看，童家应该是一个有名望的家族。改革开放初期，童恩文获准到香港去探亲，探望二十多年未见面的姐姐。童恩文的姐姐是香港中文大学的牙医专业毕业生，姐夫在尖沙咀开牙医诊所，在香港是收入颇丰的人士，也有较高的社会地位。

当时的赴港探亲证没有单程双程之分，凭通行证可合法留在香港居住，亲朋好友都劝童恩文留在香港。彼时的童恩文30多岁，年富力强，在内地月收入仅50多元人民币，而香港那时一个工人的月薪就达2000多港币。对于有能力、有才干的童恩文来说，留在香港，会有大把的发展机会。

目睹了香港与内地巨大的经济差距，童恩文的内心也有过反复的挣扎。他最终再次做出了一个令所有人都大吃一惊的选择：没有留在香港，而是毅然返回内地，甚至在过海关时，海关的人都劝他考虑清楚。

回首人生这两次大的选择，童恩文没有"不堪"，而是发出会心的微笑。他说，当时他已是菊乐的厂长，从小所接受的家庭教育和价值取向，让他无法成为在航船未沉之前就弃船而逃的"船长"。尽管当时在做决定的时候是经过了千辛万苦，甚至是痛苦的挣扎，但当决定做出之后，他从未后悔过，现在说起那段往事，童恩文认为，一个人在得到什么之前，先要想好放弃什么，舍去什么，这不仅是一种生活态度，更是一种生命状态。

那么，童恩文在如此诱惑面前，为何能做出冷静和智慧的选择呢？也许这跟他的家庭和经历有关。

名门童恩文

在湖南宁乡，童恩文的祖辈因几代人多有功名，成为当地有名的望族。

小的时候，家里客厅墙壁上有一块丝绸装饰，听家人说，这块丝绸是太爷爷当年在清朝做官时官服的一部分，就是胸前那个标志品阶的方形图案，即民间老百姓说的"补子"，文官是一种鸟的图案。官位不同，鸟的种类也不同。

所以童恩文很小就知道，童家在晚清80年中出过两个举人。其中一人是童恩文的太爷爷童兆蓉，而另一位是童兆蓉的堂兄弟童秀春。

1867年，童恩文太爷爷童兆蓉29岁时考中举人，后从军，屡获军功得以升迁，做了多地知府，为官30多年，官至温州道员，赏头品顶戴。因平反冤假错案、官费资助高才生留洋等，领浙省一时风气。民众自发修建童公亭。1994年因台风，童公亭被毁过一次，当地民众随后修葺一新，这让童恩文至今非常感动：一个已经过去一百年的官员，居然还有民众愿意为他重新修亭，说明为百姓做了好事，永远有人记得。

到了童恩文父亲这辈，仍是名望之家。父亲童凯，出生在宁乡童家大屋，后去美留学，毕业于哈佛大学，是中国第一代电信专家。

童凯回国后一直在教书，初在上海中国公学任教，其间，位于天津的中国第一个商业广播电台即由他负责建设。20世纪30年代初，童恩文的父母举行婚礼，证婚人是鼎鼎大名的胡适。

1956年，国家决定在成都设立一所专门的电讯工程学院，也是苏联援助中国的项目之一。作为留美的专家，童恩文的父亲被调往成都。当时，成都电讯工程学院只有两个系，一个是有线电系，另一个是无线电系。童恩文的父亲童凯任无线电系主任兼学校的图书馆长。

改革开放后，童恩文父母被其姐姐接至中国香港、美国居住。童凯晚年坚决要叶落归根，回到国内，1984年病逝于成都。

童恩文的父族是书香门第、名门望族。童恩文的母亲曹曼殊是教会学校上海沪江大学的大学生，宁乡牛角湾人，祖上也是望族。马英九的母亲，小时候就长住在童恩文的外婆家，和童恩文外婆家是亲戚关系，从小就和童恩文外婆、姨妈、妈妈都非常熟，她1980年到美国，就是住在童恩文美国的姨妈家里。

马英九当选的前一年，童恩文还到台湾专门拜望了马英九的母亲，并共进晚餐。

作为名门之后，尽管从中学时候起，童恩文就走上了一条坎坷的人生之路，但他不论处于何等境遇，都诚实地做人做事，延续着父母祖上简朴的家风和荣光。

创新童恩文

有人说，童恩文并不是经营管理的天才，但菊乐为什么在每一个关键时期，都能顺利地转型，都能迈上一个新的台阶？纵观菊乐的五十年，它每一步，都伴随着两个字：创新。从创办菊乐到菊乐终于被打造成中国奶制品的知名品牌，几十年的不断积累，几十年的不断发展，使童恩文认识到只有不断创新，才能够真正地抓住消费者，进而巩固整个市场。

生于20世纪80年代初的许多人，应该都还记得小时候吃过的"果汁大冰"。到了夏天，不论是在课间操的学生，还是晚饭后散步的市民，吃上一个菊乐牌的"果汁大冰"，定是消夏和解馋的享受。这就是菊乐在90年代初的创新产品，导致后来许多厂家跟着学，一窝蜂地效仿。

菊乐转入乳品生产也是创新的结果。1993年，公司投入1600万元购进西南地区第一条利乐包灌装线，主要生产柠檬茶、菊花茶、豆奶等饮料，但公司连续两年遭遇亏损，且两年之内食品公司的两任经理先后辞职。童恩文在对国内外市场考察分析后，果断做出了转型的决策：由原来的饮料生产，转向奶制品生产。对这一转型，童恩文付出了全部心血。从引进生产线到产品生产、包装、销售各个环节，都是他亲自管理。严格的管理和高起点的市场切入，使菊乐纯牛奶一上市就受到了欢迎，销售业绩节节攀升。

菊乐的拳头产品，菊乐酸乐奶已连续畅销了 17 年。1997 年，当市场上还只有适合儿童饮用的乐百氏、娃哈哈、太阳神等乳酸饮料时，童恩文已经开始思考：我们能不能生产成人也喜欢的乳酸饮料？就这样，经过不断创新，菊乐酸乐奶诞生，至今畅销不衰。

因信任危机，2008 年，是中国乳制品行业危机四伏的一年。对于信任危机，菊乐人反而看到了新的机遇，在消费者与企业之间，找到了调和信任危机的突破口，那就是：做最真实的产品，靠产品特性赢得消费者的心。于是，菊乐农场鲜牛奶这一经典产品应运而生。

丝奇经典酸奶、仟牧源高端牛奶、超醇酸奶、乳酪工坊，一个又一个创新的乳品系列，完善了菊乐的产品结构。

对产品的创新是这样，对企业机制的创新也是菊乐不断取得成功的关键。

有恒产才有恒心。菊乐在打破集体企业工资标准，自行制定了企业新的分配制度，拉大了收入档次，极大地调动了职工、技术人员与销售人员的积极性之后，1992 年童恩文又在成都的集体所有制企业中第一个开始全面转制，实行股份制改造，从根本上转变了企业的体制。除了内部股改以外，在 1992 年，企业又抓住成都股票市场极其火爆的机遇，经成都市体改委批准，向社会募集到 1000 万元的现金，当年引进的第一条瑞典利乐公司无菌灌装线，用的就是这笔资金，并开始了菊乐公司与利乐公司的长期合作。

榜样童恩文

在菊乐，上至公司高层，下至普通员工，或许都能说上几件和"童老板"之间的趣事。

炊事员给童恩文打了饭，收发室工作人员给童恩文送了报纸，司机给童恩文开车后，都会收到一声真诚的"谢谢"。在员工面前，童恩文从来不是高高在上的老板，就如一位大哥，一位长者。

已在菊乐工作了近 15 年的记者的那位朋友至今还记得，她刚来菊乐上班不久，一位机关领导说童恩文是个舍不得花钱的吝啬老板，但在朋友眼里：童老板是她遇到过的对员工最好的企业家。

她说，每年，公司都要按照销售、生产、行政分别组织员工去国内外旅游，明眼人都懂这个花费有多大。十余年来，在朋友的记忆中，菊乐人足迹遍布国内大江南北、三山五岳、东南西北中；国外也不胜枚举：新加坡、马来西亚、泰国、越南、日本、澳大利亚、新西兰、美国、欧洲各国、土耳其……记得有一年，童总安排一线员工去澳大利亚旅游，那是怎样的旅游团队啊，很多人没有出过国，甚至连飞机都没有坐过，仅仅因为他们是在菊乐有 30 年工龄的人，那种惊奇、喜悦和感激不言而喻。

童恩文最喜欢的一句话，是极富传奇色彩的美国陆军五星上将麦克阿瑟说的一句"Old soldiers never die. They just fade away."（老兵永远不死，只会慢慢凋零）。

童恩文说，人肯定会死去，但是一个人对国家，对民族，对社会留下的责任和精神却会传承下去。企业亦是如此，企业的文化和企业的精神也是可以传承下去的。

他说，中国很多企业的寿命都很短，菊乐能够有 50 年的生产和发展，必然有支撑企业长时间发展的精神和文化。

在 1983—1992 年企业改制的整个过程中，有两点童恩文特别注意，一是严格在国家的法规之内进行；二是企业改制要公平、公正，凭良心办事。企业的大部分股份都分给了职工，当时的全体职工包括退休职工，根据工作年限、岗位、贡献等因素都拥有不同数量股份。

20世纪90年代中期菊乐发行了股票，迄今为止年年分红，股票没有上市，没有谁要求发行股票企业每年必须分红，而童恩文做到了让红利每年惠及菊乐的股票持有者。童恩文说，一个人完全不计较个人得失是不太可能的，但是我们至少可以做到先公后私，大公小私。

童恩文说，在菊乐的企业文化里，很重视诚信。对市场诚信，对用户诚信，对政府诚信。菊乐现在每年对国家都有税收贡献，而且每年都在增长。在纳税问题上，菊乐从不含糊。例如：成都市2006年开始，政府买单为全市近2万低保学生免费提供学生饮用奶，仅此一项，一学年就有上百万的财政奶款划到菊乐账户，按规定，这笔款是不需要企业出具发票的，但菊乐依然出具正式发票，照票纳税。不仅如此，就连"5·12"地震期间，菊乐为灾区捐赠百万乳品，牛奶分期分批送到了灾区，发票也一张一张地开出！这就是菊乐，自始至终，中规中矩，自觉主动为国家纳税！

榜样的力量是无穷的，通过童恩文的言行举止，言传身教，一种坦荡、诚信、先公后私的文化氛围在菊乐逐渐形成。

边缘童恩文

一个人是否有品位，不是看他上班做什么，而是看他下班之后的业余时间都干了些什么。菊乐稳健地走过了50年，随着时间的远去，菊乐正在渐渐成为四川行业和一个时代的标志。沿着企业的成长轨迹，我们发现，作为企业家的童恩文，不论上班还是下班，似乎更喜欢按照自己对生活和事物的理解去做，就像一个走路不走中间，喜欢在路的边缘蹦蹦跳跳快乐走路的孩童。童恩文在边缘思考，在边缘钻研，在边缘愉快地生活和工作，这反而让菊乐在他的掌管之下实现了无为而治，无为而发展。

　　走进童恩文的办公室，房间的位置、规格和设施，不会使人想到这是一个企业老板的办公室，与惯常老总们办公室高大上的豪华摆设完全沾不上边，但舒适、雅致，尤其是墙壁上的几张摄影艺术画，平添了几分雅兴和品位。童恩文作为企业老板，与时下的惯例相比，似乎他不太愿意按常规出牌。比如，除了正常的工作交往和联系以外，他不愿意把业余时间用在人际的交往和应酬上。他早就提出从菊乐做起，在企业与银行之间，建立起一种正常的银企关系；在企业与政府之间，建立起一种正常的政商关系。任何一个人，任何一个企业，要想有大的发展，要想干出一番成就，就不能把各种正常的关系搞得不正常，甚至庸俗化，反之，将贻害人生，贻害事业。

　　与童恩文面对面交流，他办公室墙壁上挂着一张他拍摄的狗的照片。据说他喜欢动物，喜欢摄影，喜欢阅读，喜欢南极和非洲。一位员工介绍说，看童总对待动物的态度，尤其是童总对待流浪狗的态度，就知道这人的心有多善良和柔软。有一颗善良和柔软的心的人，无疑是一个仁爱之人。仁爱，这也是世界经营大师稻盛和夫最基本的做人做事态度。

　　说起南极和非洲，很多人都只能心向往之，对于童恩文来说，他已连续多年往返于那些人烟稀少的地方，在那里他看天空，看大地，看冰川，看奔跑的动物。每次返蓉，他都带回数千张珍贵的摄影作品。一位员工在看了童恩文拍摄的这些照片后说，也许就是这些看似在企业边缘的这些爱好，使童总视野宏阔，思维敏捷，反过来，恰恰是这些宏阔的视野，敏捷的思维，使我们的企业50年来稳健地走到了今天。

　　一路走来，其实童恩文的人生一直都行走在主流的边缘上。

　　1965年童恩文高考中名落孙山。在数年后"文化大革命"爆发时，童恩文才了解到成绩优异的自己名落孙山真正的原因：由于出身知识分子家庭，又因姐姐在香港，姨妈在美国的海外关系，其就读的成都第九中学将其内定为"白专的典型"。本来梦想着好好读书，考上一所好的大学，毕业后再出国留学，像父辈们一样走上一条人生的康庄大道。然而，"文革"爆发了。为了减轻家庭的压力，童恩文不得不到一个小厂工作，这家街道小厂的生产场地在一座破庙里。这种小厂在当时全民所有制的计划经济时代，是被人看不起的，成员有失业青年、家庭妇女及前国民党遗留下来的军政人员，也就是当时被边缘化的人员。

在那样的环境下，童恩文没有自怨自艾，当同龄人在大串联、游山玩水闹革命时，童恩文埋头自学无机化学、有机化学、高等数学、理化英语等大学课程；当造反派们武斗打成一团时，童恩文仍然在简陋的实验室里做实验。

在当时生产条件差、机器设备落后的情况下，童恩文靠动脑筋，想办法，以一颗没有杂念的专一之心，没有物质欲望的纯净之心，沉迷于产品的开发之中。他从实验室烧杯、烧瓶开始，到用各种办法把合格产品试验出来，再销售出去赚钱回来，每一次成功，都让童恩文感到无比快乐。

在所谓的主流看来，这种被边缘，被淡化，甚至被轻视的人生经历，无形中也养成了童恩文性格中的两个字，一个是"忍"，忍受，忍耐的"忍"；另一个是"韧"，韧性，韧劲的"韧"。这两个读音相似的字，按童恩文的体会是：第一个"忍"，是要忍得住孤独和寂寞，能够忍受长时间的边缘和没落；第二个"韧"，是坚强的意志，能经受住打击，经受住挫折，经受住失败。

古话说得好：祸福相依。从哲学层面来说，那叫事物的两面性，事物的辩证关系。边缘和主流，在不同的时空里，互为转换。在中学时童恩文申请加入共青团，因是"白专"学生，被拒之门外，后来童恩文成了成都市的优秀共产党员，几十年来，他先后获得国家、省、市先进工作者、劳动模范、优秀企业家等荣誉，并担任区、市两级人大代表多年。

当年考大学不被录取，至今也没有大学文凭的童恩文，却在

1983 年获轻工部科技先进生产者称号，1992 年获国务院颁发的工程技术方面政府特殊津贴，成为成都市首批获此殊荣的专家。

当年那个十几岁就被扣上"白专"帽子，读书、参军、就业都无望的少年，今天却掌管着像菊乐这样的企业——拥有温江海峡工业园、雅安雨城、眉山三个生产区，一个双流奶牛生态养殖园。拥有菊乐牌乳制品系列共计 40 多个品种，是西南最大的乳品生产企业之一。

原来，所谓的不按常规出牌，在人生的边缘上走上了事业的高峰，不是童恩文人生目标的路径选择，而这种处事态度，这种人生哲学，是童恩文的出身家庭背景，所受教育以及人生经历的深刻体验和苦苦悟出来的，由此，再来看童恩文和菊乐集团的今天，就一切都在常理之中了。

本文刊发于 2017 年 3 月 30 日

四川为企业家奏响"春之声"

李银昭　杨璐

　　一场大雪从新疆、内蒙古一路南下，使立春之后的大半个国土又重返冰封雪寒。就在这样一个寒潮南流之时，从西部的蜀中大地，一股工业战线鼓舞人心的暖流缓缓涌来。这几天，四川多家主流媒体将长虹赵勇、新希望刘永好、通威刘汉元等企业家，在报纸的重要版面和电视台的黄金时段集中推出，此举在社会各界引起极大的反响。普遍认为，那些站立在经济潮头的企业家被主流媒体请到重要版面和黄金时段集中依次"亮相"，如在寒流中为四川工业注入了一股暖流，在万物复苏中为企业家、为企业家精神奏响了一曲《春之声》。

　　刚刚过去的 2016 年，四川工业发展"高于全国，好于预期"。全省规上工业增加值增长 7.9%，比全国高 1.9 个百分点，比全年预期目标高 0.9 个百分点。在全国工业增速超 GDP 增速的 4 个省份中，四川列第二位。

　　四川与全国一样，经济发展进入新常态，结构调整遭遇阵痛，经济增速进入换挡期，下行压力不断加大。而四川工业"筑底回升"这一"小阳春"现象，可谓来之不易。

　　四川工业逆势而上的发展态势，离不开一大批优秀企业的支撑和贡献；而一个优秀的企业，离不开优秀的企业家来统领。

　　正如习近平总书记所言："市场活力来自于人，特别是来自于企业家，来自于企业家精神。"

企业家、企业家精神，当这些名词、这些文字被我们再次提起的时候，我们不得不重温它的含义和分量。

企业，是市场经济的主体，是就业的主渠道，是社会财富的主要来源和聚集地。

企业家，是企业的引领者，是社会的稀缺资源，是国家强盛和民族复兴的中坚力量。

企业家精神，是企业家面对瞬息万变的市场，面对成王败寇的法则，所展现出的睿智、胆识、拼搏、坚韧和大爱的精神。

这些本该让人肃然起敬、热血沸腾的文字，却一度黯然失色。当企业遭遇困难时，我们少了些对企业的信任对企业家的理解；当企业创新受挫时，我们少了些对企业的包容对企业家的宽待。

企业家的信心不足，会极大地制约实体经济的发展。在转型变革的关键时期，我们更应关心支持企业，更应尊重信任企业家，更应崇尚和弘扬企业家精神。

于是，蜀中多家主流媒体，在省委宣传部的支持下，在省经信委的组织安排下，走进企业，走近企业家，在厂房，在车间，在他们行色匆匆的路上，更深入地认识他们，更近距离地感知他们的精神和风采。

他们是四川优秀的企业家群体，他们中既有千亿企业的领军人物，又有推进军民深度融合的典型代表；既有传统行业的常青树，又有新兴产业的后起之秀；既有杰出川商的标杆人物，也有返乡创业的青年企业家。

从这些具有代表性的企业家身上，我们不仅能找到四川企业家的传统品格和精神，还能读到四川企业家新时代的气质和风采。

长虹董事长赵勇坚持"转型才能更好发展"，使长虹从 2005 年的 176 亿元营收，发展到 2015 年的上千亿级营收，并在 2016 年进一步巩固千亿台阶，前三季度实现利润总额同比增长 698.29%。成绩背后是赵勇的辛劳、坚韧，甚至是难有人知晓的隐忍。他习惯了面对压力与挑战时，于无声中前行。

中国民营企业的先行者、商界的"常青树"，这是我们所熟知的刘永好，但鲜有人知的是他发起的光彩事业。在20多个年头里，在"老少边穷"地区的投资已超过50亿元，帮助了数以万计的贫困人口脱贫。这次采访，让我们更了解了一个勇担社会责任、大爱向善的刘永好。

与赵勇、刘永好这些商界"大佬"相比，"80后"的钟波是一位高学历的年轻创业者。为了梦想，他在创业之初，住毛坯房、挤六人间，蹲在工厂里吃泡面。他的坚持，成就了一个领跑世界的中国自主创新品牌——极米，也书写了"后发也要高点起步"的商业奇迹。

宜宾丝丽雅集团有限公司是一家令同行既"羡慕"又"复制不了"的企业：全球市场低迷，别的企业没有订单，丝丽雅却供不应求。丝丽雅集团党委书记、董事长冯涛却说，丝丽雅的成功没有秘密，就是让创新深入企业骨髓，成为企业发展的信仰。冯涛在企业遭遇困境时，从"打破思维里的不可能"开始，一步步带领丝丽雅成为行业领军者。

我们聚焦的企业家中，还有在最专业的领域做最优秀的企业，"不断革自己的命"的通威集团董事局主席刘汉元；有敢于冒险，怀揣着"凑来的"5万多元毅然放弃"铁饭碗"下海创业，并终于以"专业"赢得国内外认可的四川迈克生物科技股份有限公司董事长唐勇；有47岁从零开始创业，却有着全球化视野和坚持绿色发展的成都天翔环境股份有限公司董事长邓亲华；有情系桑梓造福家乡的自贡红谷实业有限责任公司董事长邓申伟；有面对新时期军民深度融合的探索使命，在坚守初心与勇于担当中推动军民融合发展的九洲集团董事长杜力平；有"只做有价值的创新"的四川英杰电气股份有限公司董事长王军。

这些"响当当"的企业家是优秀的企业引领者，他们传送了先进的发展理念和管理经验，诠释了勇于担当、敢闯敢拼、不断创新、富于爱心的企业家精神，体现了吃苦耐劳、坚韧不拔、勇挑重担、乐于奉献的川商情怀。

当前，从中央到地方，企业家精神被频频提及，这是国家和地区发展的需要，也是时代的呼唤。

作为西部经济大省，四川提出 2017 年力争规上工业增加值增长 8%，"工业挑大梁"的责任进一步凸显。四川工业还面临着大力深化供给侧结构性改革，千方百计促进新动能发展壮大、传统动能焕发生机，继续保持"稳中求进"的发展态势，加快西部制造强省和"中国制造"西部高地建设的诸多重任。企业家群体无疑是四川实体经济的中坚力量，是四川工业"稳中求进"的主力军。

做实业，得一步一步做起来，别无捷径。我们呼唤四川企业家"撸起袖子加油干"，我们也期待四川企业家精神在蜀中大地传播和升华。

因为，四川企业家精神之于四川不仅是一张响亮的名片，更是四川工业的脊梁。

当今之世，舍我其谁。为了经济社会发展，当企业家创新在先、拼搏在前时，需要我们更加关心和爱护企业家。尽管市场经济的法则是以成败论英雄，但对待企业家，尤其是对待那些创业创新的企业家，我们不能简单地以成败论之。在他们顺势的时候、成功的时候，给予他们鲜花和掌声；在他们还没有成功，还没有胜利，甚至是遭遇挫折的时候，更要给予他们支持、理解和拥抱。

当我们对企业家群体的这组集中报道接近尾声的时候，自北而南的寒流已经消退，暖暖的春风拂面而来。在春天的脚步里，在舒缓的《春之声》旋律中，我们呼唤企业家精神，我们更呼唤适合企业家生长的环境，呼唤厚植弘扬企业家精神的土壤。

本文刊发于 2017 年 2 月 28 日

德阳城管：变"硬性执法"为"情怀管理"

杨璐　侯云春

在中国，"城管"是一个让人纠结的话题，他们总是身处舆论的风口浪尖。说起"城管"，人们会想起"霸道""蛮横""欺凌"等负面词汇，想起新闻里一次又一次的暴力执法。在许多城市，这支队伍让商贩不欢迎，市民不理解，连城管自己有时都觉得尴尬。

然而，在四川德阳，"城管"却悄然变了一张"脸"，变成了一张"柔和"的脸、"亲切"的脸、"微笑"的脸，让老百姓从这张"脸"上，看到了不一样的"城管"。

德阳城管的"变脸"，源于从单一执法向管理服务延伸，从"执法者"向"服务者"延伸。德阳城管寻求"变脸"，努力让小商贩守住营生，也守住规则；让市民更加方便，远离脏乱；让城管扛住职责，不需要再扛起误解与谩骂。

德阳城市正在探索的这种和谐变化，这项努力实现的皆大欢喜的"多赢管理"，为中国城市化进程中的城市管理，提供了值得思考和总结的经验。

方便了市民也方便了城市管理

初冬的德阳，早起的市民李阿姨在东湖山公园晨练后，顺便在路边的临时菜市场，买了蔬菜和鲜肉。

在路边卖菜的刘树清老人，一大早骑着三轮车出门，拉着自家地里产的大白菜来此摆摊，他再也不担心跟城管"打游击"了。

城管江仁军，与摆摊的商贩和提着菜的市民笑脸相迎，再也没有过去的冷漠和抵触。

在不方便买菜的地点，现在可以买菜了；在不能摆摊设点的路边，现在可以摆摊了；在原来最难管理的地方，现在方便管理了。

方便，是买菜的市民、卖菜的商贩都想拥有的；而没有规则的"方便"，又恰恰是城市现代化管理的一大难题。然而，这个难题，在德阳东湖山公园路旁的临时果蔬便民服务点悄然化解。

这样的变化，源自德阳城管变"堵"为"疏"，实施"潮汐式"管理的"十分钟市民菜篮子计划"。

今年4月，德阳城市管理行政执法局对市区流动摊贩现状、面临的问题及问题成因进行了一次深入调查。调查显示，截至目前德阳市区共有流动商贩2600余户、7100余人，流动贩卖水果车800辆左右。

"针对流动商贩，一味地'堵'并非良策。"在德阳市城管局局长刘泽球看来，流动商贩能在城市中存在，说明城市对他们有一定需求。另一方面，7100个流动商贩同样有生存的需求。"赶尽杀绝"的办法是行不通的，必须把民生服务摆在前面，在"堵"的同时更注重疏导，让他们在城市也有一席之地。

随后，德阳城管局在开展"让流动摊贩融入城市"市民好点子征集、广泛听取民意的基础上，先后在秦岭山北路、天山南路乐福南苑、亭江街、岷山路紫荆花巷等17处设置了临时便民服务点，允许小商贩在城市适当街道和地段，规范有序经营，并实施"潮汐式"管理，允许商贩在上午6点至10点和下午5点半至8点半这两个时间段摆摊。

临时便民服务点的设立，让德阳部分商贩从"游商"变"坐商"。而此后，德阳城管继续推进的"文庙广场老味道""彩泉小食代"和"舌尖上的工农村"三个特色便民服务点一期项目均已在国庆期间投入试运行，受到德阳市民的肯定。

"十分钟市民菜篮子计划"成了名副其实的"三满意"举措——市民满意、商贩满意、社区与城市管理更轻松更和谐更满意。

"临时便民服务点只是一个过渡。"据介绍，随着下一步农贸市场和各类专业市场的逐步完善，德阳将引摊入市。

服务了市民也服务了城市形象

一场大雨突至，将下班途中的德阳市民张文君女士困在了雨中。焦急间，她向城管的岗亭走去。她发现原来的城管执法岗亭，现在增加了"便民服务亭"功能。她在便民服务亭里借到了一把雨伞。

"城管便民服务亭"是德阳城管推进执法服务转变的一个探索。岗亭不仅备有雨伞、医药包、针线盒等物品，向市民提供免费服务，还是环卫工人的休息站。

不仅如此，为更好地服务市民，城管一线人员还集中学习心肺复苏、创伤救护、家庭急救等应急救护技能，提高处理突发情况的能力。

"提供免费针线、雨伞并不是城管的分内之事，德阳城管做了；学习应急救护技能也不是城管的职责所在，德阳城管同样做了。"德阳城管局副局长卿烈泉说。

从单一执法向管理服务延伸，从"执法者"向"服务者"延伸，德阳城管"俯首甘为孺子牛"地做着"服务"。

围绕"便民""服务"二词做文章，德阳城管又顺应互联网及"智慧"发展大潮，推出"城管便民导航系统"。

该系统依托"德阳城管服务"微信公众号，结合城管职能和用户需求进行分类优化，开设停车场、公共卫生间、公共自行车、公园广场及景观、美食街区、农贸市场、其他市场、临时便民服务点、汛期警示点等9项手机导航功能，市民可以根据实际需要点选导航，有任何关于城市管理的疑问或者困难，都可以进入这里寻求城管服务。

毋庸置疑，城市管理是一个举国关注的话题。去年 12 月，中央城市工作会议在北京举行，这是城市工作会议时隔 37 年后首次以中央的名义召开。会上提出，抓城市工作，一定要抓住城市管理和服务这个重点，彻底改变粗放型管理方式，让人民群众在城市生活得更方便、更舒心、更美好。

新的要求、新的理念，给德阳城管部门带来新的思考、新的命题。

"为人民管理城市。"局党委一次次给城管队伍传递这个思路。

于是，德阳涌现出城管便民服务亭、城管便民导航系统等便民新事物。不仅如此，指挥中心 24 小时有人值班接听市民的投诉；有投诉必处理，出勤处置限时赶到……

在这座城市的每一个角落，德阳城管用行动践行着城市管理者的责任与承诺，也无限延展着城市管理的人性化维度，让这座城市更有温度。

理念一变，气象万千。城管在市民心中的形象也在转变。市民对城管粗暴执法的投诉，在许多城市屡见不鲜。但记者了解到，德阳城管局信息指挥中心近几个月接到的市民投诉中，没有一起是因执法人员态度不好或执法粗暴而引起的投诉。"零"执法投诉的背后，是德阳城管的倾力作为，也是德阳市民对城管这支队伍的肯定。

管理好一座城市，既是管理者的事，也是参与者的事。一次城管进社区活动，会让社区群众对德阳城管多出一份份理解；一个网络正能量转帖，同样也会在网络的另一头，多出一个个支持的声音；一次"大手牵小手"城管宣讲进学校活动，又会让他们多出一群孩子朋友……德阳城管希望理解与支持像种子一样，能在越来越多的人心中生长。

"希望有一天，大家眼中的'城管'不再是'粗暴'的代名词，而是'暖心'的同义词。"德阳市城管局副局长李兴炳说。

满足了市民也满足了城市发展

德阳中心城区长江路，有着城市"骨架"的别称，是德阳建市以来的第一条城区交通大动脉。今年初，通过集市政、园林、照明设施、地下管网改造等于一体的综合整治后，长江路摇身一变，成为德阳最现代和靓丽的街道之一。

然而，到这条大道来观景的不少外地游客，都遭遇到了尴尬——很难找到公共厕所。记者实地走访发现，长江路沿线近四公里的街道，仅有两个公厕。

这种情况在许多城市并不鲜见。城市化的快速推进，使城市功能及城管效能跟不上，短板问题日益凸显，这是中国多数城市面临的难题。德阳市区的 86 个 A 类公共卫生间，满足不了城市发展的需要，给市民和游客带来极大不便。

城市配套的短板，怎么补？德阳城管用"缺陷管理"的思维，着手推进"私厕公用"——采取补贴的方式，动员临街商户将私用厕所改为公用。

同样，临时菜市的设立，也是"缺陷管理"思维下的产物。按照 2 平方公里一个农贸市场的正常配置，德阳应设置 50 个左右农贸市场，而目前仅有 27 个。因此，德阳城管在保障市容市貌的前提下，将流动商贩集中规范管理，缓解了德阳城区综合市场不足的矛盾。

今年 9 月，针对部分市民反映城区一些地方存在无主垃圾堆、断头路、缺少路灯等问题，德阳城管开展了城市管理三大死角问题清理行动，共排查出责任主体不明确的城市管理死角问题 811 个，已对 656 个问题进行了清理整治，受到辖区群众的欢迎。"不管我们是不是责任主体，解决好关系群众切身利益的问题，就是我们该做的工作。"德阳城管局副局长刘超表示。

"缺陷管理就是补短板，把问题找出来，然后解决掉。"李兴炳说。

在补短板的过程中，德阳城管也孕育出了未来的发展蓝图。德阳城管意识到，要解决城市管理中的诸多问题，促进自身转型升级，不能简单地"头痛医头，脚痛医脚"，必须要进行系统谋划。

很快，"五个城管"的发展蓝图从"纸上"落到"地上"。

"法治城管""全民城管""智慧城管""人文城管""服务城管"，德阳提出的"五个城管"既是蓝图也是路线图，既解决了德阳城管发展的"顶层设计"问题，又是系统转型的良方。"五个城管"的实施方案既系统又全面，既有稳扎稳打的"常规动作"，也有让人眼前一亮的创造性的"自选动作"。

"实现'五个城管'会是一个长期艰难的探索和完善的过程，但我们会一步一个脚印地坚持走下去。"刘泽球信心满怀。

本文刊发于 2016 年 10 月 27 日

重建雅安开放合作发展新格局

杨璐　张萍　庄祥贵

一场由印度板块北上，与欧亚大陆板块"顶托"引发的强烈地震，使雅安满目疮痍。在灾后的废墟上，经过三年重建，一个崭新的雅安矗立在青衣江两岸。

7月，当我们行驶在雅州大地宽阔的道路上，穿过绿色的田野、炊烟缭绕的农舍，走进现代化的工厂、书声琅琅的学校，那一张张笑脸，让我们深切地感受到：这是一个脱胎换骨的雅安，这是一个充满希望的雅安。

雅安的灾后重建，不是"修旧如旧"的简单重建。

雅安的灾后重建，不是"原地起立"的恢复重建。

雅安的灾后重建，是开放合作、借智借力，打破雅安区域空间的重建。

雅安的灾后重建，是物质上的重建，更是战略上的重建，重建十年、二十年甚至更长时期雅安发展的新格局。

正如国务院总理李克强在视察雅安灾后重建时所说：这不仅是恢复重建，更是发展再建。

大开放
站在历史和现实交汇点上的重建

翻开历史长卷，雅安，以"城"的姿态坐落在四川盆地边缘，已经 2000 多年。这座城市，以它厚重的历史文化和优越的生态环境称道于世。国道 318 奠定了雅安"西藏门户"的战略地位，与甘孜、阿坝、凉山三州相邻，又使其成为天然的"民族走廊"。

回望往昔岁月，曾经的雅安皮革、通工汽车以及石棉矿业名声在外，造就了雅安川西产业重镇的辉煌。

斗转星移，时光变迁，旧时荣光犹若云烟。

现代区域发展理论认为，一个区域的发展往往是以若干个增长极为中心，然后逐步辐射周围地区，促进本区域发展。而地区和地区之间的边缘地带，很难得到应有的重视。雅安正是处在多个经济圈的边缘交叉位置。

尤其是五年间，雅安又遭遇"5·12"汶川地震和"4·20"芦山地震两次重创。

"经济社会发展滞后。"这是《芦山地震灾后恢复重建总体规划》对当时的雅安做出的科学研判。

废墟上的雅安如何站起？

重建中的雅安如何前行？

习近平总书记说："各国经济，相通则共进，相闭则各退。"一语道破世界经济发展规律。

在经济全球化不断深入的大背景下，对外开放的程度决定着一个地区发展的速度和水平。因此，中央将开放发展作为引领我国未来五年乃至更长时期发展的"五大发展理念"之一。雅安，也抓住了这一关键。

不愿被起伏的山峦挡住发展的目光，雅安渴望跳出盆地，突出重围。构建开放合作发展新格局，是雅安站在历史与现实交汇点上的必然抉择。

"既要打赢灾后重建的'硬仗'，也要补上发展的'欠账'。"雅安渴望经济社会发展提速，雅安人民渴望城乡环境不断改善、生活质量不断提升。

如果雅安的重建，仅仅是建好房子，拓宽道路，立起工厂，那么改变的只是"外貌"，雅安后发赶超依然缺少持续的强劲动力。

破而后立，涅槃新生。雅安需要在一个全新的格局中，实现发展再建。

世事如棋局，善弈者谋势。

谋势，雅安将子落定"开放"。

新格局
打破时间和空间界限的重建

对一个人来说，"梦想有多大，舞台就有多大"。

对一个地区来说，"发展格局有多大，发展空间就有多大"。

灾后重建中，面对中央、四川省的关心和重视，面对四面八方的支持和援助，面对雅安的过去和未来，雅安市委市政府顺势而为，立足于对外开放，为雅安长远发展谋篇布局，提出"构建全方位多层次开放合作发展新格局"。

对于长期囿于盆地之中的雅安，"开放"一词不仅仅呈现在文字里，也不仅仅停留在口头上。开放，是观念和意识的开放，是思维和眼界的开放，更是区域和地缘的开放，要让雅安大地150多万干部群众的思维和视野跳出山区与盆地，面向更加广阔的世界。

因此，开放合作发展新格局首先应该是一个突破思维束缚的新格局。

"开放，不是政府做不做的问题，而是必须顺势而为。"一位雅安干部对记者说，早于政府的步伐，民间的合纵连横早已激流涌动，

"像我们雅安的许多企业，生产中心在雅安，研发中心在成都，产品原料来自其他市州，这样的情况不胜枚举。"

位于石棉县的四川蓝海化工，在目前市场不景气的形势下逆势而上。企业负责人表示，在当地政府的支持下，企业以循环经济为突破口，不断延伸产业链，发展磷化工系列产品，提高产品附加值，而该企业所用的磷矿就来自与雅安相邻的市州。

市场主体对市场的感知总是发生在第一时间，其举手投足往往具有风向标意义。市场的开放，倒逼着政府加快脚步，思维解放的步伐必须跟上。

"走出去，引进来，敞开大门谋发展"。在不到三年的时间里，雅安市党政代表团以开放合作发展的姿态遍访周边市州以及相关省级部门，话感恩、寻合作、谋发展，积极对接援建市和援建部门。

在雅安，开放的理念如春风荡涤人心。

"新格局"是目标，"开放合作"是路径。那么新格局"新"在哪里？我们用时间和空间为雅安画一个坐标。

首先从时间上来看。

根据国务院《芦山地震灾后恢复重建总体规划》和省委十届三次全会精神，雅安灾后恢复重建确立了"三年基本完成、五年整体跨越、七年同步小康"的目标。

但不论是三年、五年还是七年，在历史的长河中不过是一瞬。当把视野拉长，把时间延伸，雅安未来十年、二十年甚至更长时期的发展，才是雅安决策者以对历史负责、对雅安未来负责的态度，必须直面的命题。

谋万事而不是谋一时。重构开放合作发展新格局，意味着雅安当下所做的一切，皆是为了夯实未来的发展基底——为经济起飞建起跑道，为文化繁荣厚植优势，为民生改善孕育沃土，从而，将雅安的发展置于历史的时间长轴中，孜孜不辍。

再从空间上来看。

雅安东靠成都，西连甘孜，南界凉山，北接阿坝，三面环山，单看自然环境，雅安处于一种地理上的封闭。因此，雅安的重建和发展，不能仅限于 1.53 万平方公里的土地上。

谋全局而不是谋一域。通过内引外联、开门开放，构建开放合作发展新格局，雅安将打破空间的限制，让发展脉动跨越雅州大地，在更大领域和更大范围共振共赢。

6 月的一个周末，来自重庆的张先生和家人、朋友一行 8 人，住进了雅安市区一家商务酒店。他告诉记者，这次他跟亲戚朋友先在乐山耍了一天，然后走乐雅高速到雅安，准备第二天在雅安看碧峰峡的熊猫，再到上里古镇看看，晚上到周公山泡泡温泉。不过张先生略显遗憾地说："要是雅康高速早点通车就更好了，那样就能连甘孜一起耍了！"

其实，张先生期盼的雅康高速两年后就能建成通车，到时候从雅安到康定可能只有一个多小时的车程。

不仅如此，连接乐山峨眉和雅安汉源的峨汉高速的前期工作，也正在紧张有序地开展中，这是雅安的第六条高速，不仅把乐山和雅安更加拉近，还将进一步打通川南和攀西的快速通道，加速两大区域的矿产、旅游资源整合。

与此同时，雅安人民期盼已久的川藏铁路成雅段正在加快推进，预计 2018 年通车。届时，雅安作为连接成渝与攀西经济区的战略枢纽地位将更加凸显。

在新格局之下，雅安将不再是盆地的雅安，而是西部的雅安、中国的雅安、面向世界的雅安。

开放合作发展新格局之所以"新"，因为它将促进雅安从观念到机制、从时间到空间、从产业到环境的全面提升，为雅安一跃而起洞开全新的天地。

宽路径
构筑全方位多层次开放的重建

山高路险，新格局从何破题？

立足市情、摸清特点、放大优势，雅安提出：全面提升环雅安全方位、多层次开放合作水平，建立立足成渝、面向全国、拓展海外的大开放大发展新格局，把融入成都平原经济区作为错位发展、特色发展的重要方向，主动接受成都经济圈辐射带动。

思路出，方向明。

抓重建契机，雅安用飞地园区实现区县共建共享，与周边市州"抱团共赢"，变"对口援建"为"对口合作"——三条路径同时发力，攥指成拳倾力出击。

用飞地园区实现区县共建共享，着眼于雅安全域资源的整合。

芦山、天全、宝兴三个重灾县，都处于长江上游重要的水源涵养区和建设长江上游生态屏障的重点区域。生态保护区本来的产业发展就受限，加上交通不便，产业发展空间更是受到很大制约。

这些受灾县的产业重建之路将如何走？

震后，国务院发布的芦山地震灾区灾后恢复重建总规明确指出，支持雅安工业园区发展，选择适宜区域设立芦山、天全、宝兴三县"飞地产业园区"，作为产业转移和发展的载体。"飞地"的概念让苦于没有发展空间的县区获得了新的发展机会。

在雅安芦天宝飞地产业园区，管委会主任张桥说，雅安用飞地园区探索出了兼顾长江上游生态保护区环境保护与产业重建恢复发展的新办法。

通过坚持优势产业向飞地园区聚集、利益分成向"飞出地"倾斜，激发了"飞出地"和"飞入地"各方的发展动力。飞地工业园区实现了"借船出海""借鸡下蛋"，为厚植灾区发展新优势提供了动力源泉。

全域"飞地经济"下的雅安产业发展不再是以地域划分的"分灶吃饭",而是产业发展的共建共享。

与周边市州"抱团共赢",布局于区域间的资源互补、错位发展。

行政区划藩篱形成的各自为政的时代早就应该过去,牵手发展才是根本出路。

2014年5月5日,雅安与眉山签署区域合作框架协议,拉开了构建环雅安全方位多层次开放合作发展新格局的帷幕。此后,历时663天,雅安先后与周边眉山、甘孜、乐山、阿坝、成都、凉山6个兄弟市州签署战略合作协议,擘画了环雅安全方位多层次开放合作发展新格局的宏阔图景。

与成都在基础设施、工业、农业、生态文化旅游、商贸物流、金融、招商引资等13个方面进行深入合作,与乐山在交通、旅游、茶产业、生态环保等4个方面开展区域合作,与甘孜在交通、能源、工业、旅游、医疗康养、人才等6个方面开展区域合作……

雅安与6个周边市州的"牵手",促进了区域资源要素在更大范围有效配置,拓展了合作主体发展空间,培育了新兴经济增长点,推动雅安与周边兄弟市州优势互补、市场共享、资源整合。

变"对口援建"为"对口合作",升华于从"输血"到"造血"的动力转换。

雅安有难,多方支援。

灾后重建三年来,成都、绵阳、德阳、南充、攀枝花、自贡、泸州7个市,省发改委、省投资促进局、省经信委、省商务厅、省农业厅、省委台办、省外侨办、省工商联、省旅游局等9个省级部门倾情援建的幸福家园在雅安大地上成长,雅安人民被爱心包围。

后重建时代,如何让这跨越巴山蜀水的心手相牵,成为雅安实现发展新格局的"源头活水"。答案指向变"对口援建"为"对口合作"。

一招妙棋,牵引多方共赢。

今年 2 月 23 日，省卫生计生委和雅安签署《医养产业快速发展战略合作备忘录》，双方将在医疗健康服务、医养健康服务、中医药健康服务、"互联网+健康服务"、区域紧急救援、人才培养支持等方面开展合作。

除了直接的对口合作，省发改委、省经信委、省商务厅、省投促局等 9 部门充分发挥部门产业政策、项目信息、企业库资源、对外联络等优势，助雅招商。

雅安市投资促进局局长郑朝彬直言，正是在 7 个对口援建市和 9 个省直部门的努力下，一些以前想都不敢想的大项目、好项目纷纷落户，成为恢复雅安"造血机能"的催化剂。

过去三年，坚持大开放，雅安招商引资出手不凡，成果喜人。据统计，灾后恢复重建以来，雅安累计引进招商项目 194 个，总投资 884.56 亿元。

优环境
重构格局与全域提升同进的重建

在重构格局中提升发展优势，在提升优势中促进格局构建。启程构建开放合作发展新格局，雅安一路行来，一路跃升。

经过三年灾后重建，一个崭新的雅安开放之门越开越大，开放的胸襟越开越宽，开放的底气越集越厚实。

当下的雅安，灾后重建和区域发展政策叠加，交通物流体系日益完善，"四大骨干产业""六大特色产业"竞相发展，园区建设取得重大进步，投资发展环境更加优越。

格局构建，交通先行。

以雅安为中心，向东——已建成的成雅、邛名、雅乐高速，直达成都，挺进重庆；向南——雅西高速穿山越岭连接攀西；向西——在建的雅康高速公路，将大大缩短成都与甘孜之间的时空距离。

密织交通网，内联外接四通八达。一张以成雅、成乐、雅西、名邛四条高速为骨架，国道 108 线、318 线为两翼，国道 351 线和多条省道，数千公里农村公路为延伸的交通网已经形成。

环境优化，筑巢引凤。

雅安市经信委主任曾毅告诉记者，通过灾后恢复重建，雅安的产业园区建设取得重大进步，"1+8"产业园区新格局正在形成，园区基础设施和政务服务、投融资担保等公共服务平台不断完善，综合承载能力大大提升，发展基础得到夯实，尤其是芦天宝飞地产业园区、成雅工业园区等园区的崛起，为产业发展奠定了坚实的基础。

不断优化的软环境，也是雅安外向发展、招商引资的重要砝码。

走进雅安经济开发区，在四川新筑通工汽车有限公司的生产区，一辆刚刚下线的高能超容快充城市客车正在厂区里缓慢地试行。这家从 2011 年就入驻雅安经开区的企业，见证了园区的变化，也见证了园区的成长。

入驻园区 5 年的时间，让公司副总经理胡涌泉感触最深的，就是园区对企业"保姆式"的服务，"不仅如此，园区还帮助我们引进上下游的配套企业，形成集群效应，降低了企业的物流成本。"

为了让软环境更"软"，雅安对企业不折不扣地落实省、市各项惠企政策措施，从项目建设、要素保障、市场开拓等方面为企业提供 360 度无死角"保姆式"服务，促进企业快速发展壮大。

大开放对雅安发展新跨越的导向、激活、引爆效应正在加速释放。在重构开放合作发展新格局中，雅安已初尝甜头。

2015 年，在成都平原经济区体量较小的雅安在重建中起跳，跑出 9%的增速，居全省第 6 位。9%的增速，意味着雅安后发追赶的发展质量更优、基础更牢、活力更强。

放眼雅州大地，到处是项目开工、建设的火热场面。一批批重点项目，为雅安加快发展注入全新动力。

龙头企业的引爆效应显而易见。一些大企业、大品牌的入驻提升了雅安产业发展水平。

去年 7 月，"雅安产"王老吉红火面市。作为"4·20"芦山地震后首个签约的示范项目，王老吉以"输血+造血"创新模式投建生产线，拉动当地就业和经济增长。

雅安迄今为止引进的最大产业项目中国恒天雅安汽车生产基地项目今年将投产。2017 年项目全部达产后，可实现年销售收入约 200 亿元、税收约 20 亿元，从业人员将达到 5000 人以上。

这些产业项目的入驻，对雅安产业振兴、后发追赶、跨越发展将起到明显的带动和辐射作用。

绵绵用力，久久为功。秉持"开放合作、共赢发展"的重建理念，雅安干在实处、走在前列。雅安的灾后重建，为四川、为中国、为世界探索出了一个在自然灾害面前，人类重建家园的"发展重建"芦山样板。

东方欲晓，莫道君行早，踏遍青山人未老，雅安风景独好。

本文刊发于 2016 年 7 月 14 日

以改革担当国家使命

——写在攀西试验区破冰之时

李银昭

这座城市注定是来承担国家使命的。

这是一座用一种象征英雄的花来命名的城市。

这座英雄的城市就是中国攀枝花。

攀枝花的国家使命就是打造世界级钒钛基地。

"希望在我有生之年,看到攀枝花这个梦想实现。"这是 81 岁高龄的原攀钢集团董事长、总经理赵忠玉心中的梦。

这梦,也是一代又一代攀枝花人心中的梦。

这梦,更是一代又一代共和国领导人心中的梦。

今年 2 月 7 日,国家战略再次瞄准攀西,批准设立攀西战略资源创新开发试验区,这是国家批准设立的唯一一个资源开发综合利用试验区。

试验区的设立,让攀枝花人第二次肩负起了国家使命。

48 年前,为了国家的需要,周恩来总理批示:"攀枝花成立特区政府,仿大庆例,政企合一。"国家在攀枝花设立了中国第一个"特区"。

在计划经济年代,攀枝花建设者通过国家意志和艰苦奋斗,在 2.5 平方公里的"不毛之地"崛起了一座"象牙微雕钢城",创下了"钒钛光华""车轮上的工业基地""30 万军民打通成昆铁路"等那个年代的七大奇迹,圆满完成了共和国赋予攀枝花这座城市的国家使命。

今天,国家又将综合开发利用钒、钛、铬、钪等国家战略资源的使命交给了攀西人民。攀枝花作为攀西试验区建设的龙头和主力军,第二次承担起国家使命。

"建设攀西战略资源创新开发试验区,过去的老路走不下去,也没有现成路子可借鉴。"中共攀枝花市委书记刘成鸣深感责任之光荣,使命之艰巨。

而此次试验区的建设与第一次攀西开发虽同属国家责任、国家使命,但已斗转星移,今非昔比,当年纯计划经济时代的开发,与今天试验区的建设已不可同日而语,两次"使命"间存在许多不同之处:

第一次国家使命是指令性下计划,拨资金,举全国之力,聚全国之智完成的;

第二次国家使命是在市场经济背景下,主要是"先行先试",依靠攀西人民自身力量来完成。

第一次国家使命实施时,钢铁短缺,"皇帝的女儿不愁嫁",一句话是卖方市场;

第二次国家使命实施时,市场产能严重过剩,据国家工信部12月3号发布的数据称,国内每吨钢的利润仅为0.84元,连买一根冰棍都不够。

于是此次试验区的建设就面临着这样一个局面:最好的时代,最光荣的任务,最艰难的时刻。

压力有多大,源于深感使命有多大、责任有多重。

践行第二次国家使命,作为试验区所在的四川,作为试验区主力军和探路者的攀枝花该怎么办?

四川省委省政府高度重视试验区的建设,省委书记王东明对此做出重要批示。试验区建设,必须在行政壁垒、科技协同攻关、区域利益共享等重大问题上放开思路,放开视野,放开手脚,努力走出一条试验区战略资源创新开发、综合利用的新路子。

刘成鸣说："既然国家定位创新开发试验区，就是鼓励我们创新，允许我们试验。因此，只有用改革的精神放开胆子，迈开步子，去闯去试，并支持改革者，宽容失败者，我们才能完成国家赋予的战略任务。"

去闯去试，支持改革者，宽容失败者。这也正是中国改革开放三十多年来的精神坚守和经验传承。

"改革"一词，在十八届三中全会公报中出现了 59 次，"深化"一词出现了 30 次。这些字眼的多次出现，昭示着新一轮深化改革的大潮，将在 960 万平方公里的国土上继续展开。而攀枝花已将"改革"和"深化"这些字眼的精神，践行在了攀西资源创新开发这一国家使命的探路中。

国家使命怎样去践行？国家战略这块"金字招牌"怎样才能熠熠生辉？

机不可失，时不我待。

严峻的局面，倒逼我们必须改革。

四川省和攀枝花市在攀西试验区建设破冰之时，已推出许多重大举措。比如，近日在攀枝花钒钛论坛上，推出的"借脑工程"，聚全球钒钛科研力量建攀西试验区；创建国家级钒钛新材料战略园区，搭建产业发展高端平台；国家钒钛制品质量监督检验中心落户攀枝花，已建成国家钒钛制品质量监督检验中心、钒钛资源综合利用国家重点实验室、国家级冶金产品检验实验室等国家级钒钛科技创新平台……

一个接一个的举措证明：

在攀枝花，改革只有进行时。

在攀枝花，践行国家使命只有进行时。

建攀西战略资源创新开发试验区，攀枝花还将向全球招标，引全球之智联合攻关攀西试验区重大科技项目；筹办钒钛产品交易博览会等影响广泛的会展活动；创新机制，汇集全世界钒钛领域人才，打造人才集聚高地……

扛着国家责任，英雄的攀枝花人已经"先行先试"。

"在科学的路上，从来就没有平坦的道路可走"，用这句话说攀枝花，那就是：在攀西开发和建设的道路上，从来就没有平坦的路可走。路漫漫其修远兮，只要我们拿出当年在山顶上"弄一弄就平""骑着毛驴下攀西""建不好攀西睡不着觉"的勇气和"去闯去试，支持改革者，宽容失败者"的胆魄，攀枝花人定能敢为天下先，发挥试验区"火车头"作用，肩负起国家赋予的光荣责任和历史使命。

英雄的攀枝花，将不负时代不负历史。

英雄的攀枝花，一万年太久，只争朝夕！

本文刊发于 2013 年 12 月 18 日

又闻宜宾改革声

张萍　闫新宇

　　宜宾这座"改革名市"，曾在中国第一轮改革浪潮中，通过县属企业产权制度改革蜚声全国，缔造了闻名遐迩的"宜宾经验"，成为全国县属国有企业改革的"排头兵"，成功实现了多年的快速发展，一跃成为川南经济群的龙头和长江经济带重要的支撑点。

　　28 日，由宜宾市市长徐进召集召开的一次企业家座谈会上，丝丽雅集团闻新一轮改革之风而动，提出了深化十项改革的谋划。一时间，"改革"一词成了热词，"改革"激荡着会场，"改革"激动着每个与会者。

　　风动而叶动，远在成都的本报记者，寻改革之声一路南下，在长江边，我们已感受到了宜宾，这个流淌着改革"基因"的长江第一城，雄浑、激越的改革脉动。

　　在这里，新一轮改革浪潮正蓄势推来。

　　"加大科技创新的改革力度"；

　　"加快推进混合股份制经济的改革力度"；

　　"加大战略性新兴产业投入的改革力度"；

　　"加大企业国际化现代化改革力度"……

　　丝丽雅董事长冯涛在 11 月 28 日宜宾举行的"全市企业家代表经济工作座谈会"上，描绘出这家企业即将加大改革的指向。

　　"企业在市场中要谋得先机，就需要嗅觉灵敏，紧跟发展形势，先人一步，在政策调整中寻求机遇，在进一步深化改革开放中，激活发展的动力和活力。"在此次大会上，宜宾市委副书记、市长徐进对丝丽雅的谋划给予赞赏。

党的十八届三中全会吹响了中国新一轮深化改革的号角，创新发展的春风激荡神州大地。

万里长江第一城宜宾，是一个因在20世纪90年代创造出"宜宾奇迹""宜宾模式"而闻名全国的改革名城。丝丽雅，因改革而崛起，在改革中发展壮大，今天的"百亿丝丽雅"只是宜宾众多受益于改革的企业之一。

"丝丽雅传奇"的启示

"可以说，丝丽雅的发展史就是一部创新改革史，改革创新是贯穿丝丽雅发展每一步的利器。"丝丽雅的掌门人冯涛面对记者，开门见山，直言企业发展的关键。

丝丽雅，一个普通的国营企业，从20世纪80年代初诞生之日起，挣扎徘徊，濒临破产。90年代中期，宜宾石破天惊的县属国企改革震动全国，"改革名城"蜚声天下，受益于此轮改革浪涛的洗礼，丝丽雅挣脱桎梏，涅槃重生——

规模、产值、效益曾位列全国倒数第一，如今跨越式地跻身全省"百亿产业集群"方队，走到行业"世界第一"。

一个不沿边、不靠海的西部内陆外向型小企业，何以凤凰浴火，站上了行业的世界顶端？冯涛说："以智治企，大志有为，创新制胜。依靠科技创新，激发科研团队的智力潜能，增强产品的核心竞争力。这就是丝丽雅取胜之道。"

丝丽雅的成功，在冯涛看来更离不开宜宾这座"改革名城"。

冯涛说，宜宾这座"改革名城"绝非徒有虚名，宜宾的改革精神已经延续20余年，营造了敢为人先、敢于实事求是、敢于创新的改革氛围。

在这种氛围造就下，长期以来，宜宾作为四川的边缘地区，经济总量却一直位于全省前列。今年1—10月，宜宾规模以上工业增加值总量又回归到全省第三。

改革为宜宾带来了活力，为宜宾带来了实惠。

怎么改至为关键

"要不要改革"，没有异议。

"怎么改革"，引人关注，至为关键。

中国改革开放30多年来，改革是过去经济社会发展的推动力，也是未来发展的关键。

"如果没有创新改革精神，宜宾不可能取得如此成就。"这是冯涛的理解。在冯涛看来，政府和企业的改革，首先是思想的改革、"灵魂"的改革，只有解放思想，形成改革合力，才能"人心齐，泰山移"。

丝丽雅如何进一步深化改革？冯涛认为，加大混合制经济的改革力度，增强国有资本的实力，释放民营资本的活力，让资本流动起来，创造更多的产业推动力。开放员工持股，特别是技术人员入股，让员工更深入地参与企业发展。

对于传统产业的取和舍，冯涛提出，对传统产业，过去人们有误区，一说传统就认为是落后的代名词，其实传统是"永恒"的代名词，比如说"吃"和"穿"，所涉及的都是最传统的行业。高新技术不是要抛弃传统行业，而是要人们吃得更有营养，穿得更舒适、更靓丽、更时尚，让传统产业不断发展，使成本更低、技术更高、效益更好。

冯涛还提出，要加大结构调整产业升级的改革力度，加大发展新兴产业，这也将是决胜未来的主战场。此外，产业结构升级还在于扩大、延伸产业链。"过去的发展模式都比较单一，单腿走路。产业链的延伸可以让优势叠加，从单腿走路到多条腿走路，让成本优势更加凸显。"而这，也正是丝丽雅将成本做到全球最低、发展效率全球最高的制胜之道。

目前，丝丽雅已把改革的视线延伸到创新、管理、文化、项目等多个方面。

共享改革红利

改革进入深水区，改革不仅需要智慧，更需要有敢"啃硬骨头"的毅力和勇气。

新一轮改革顺利推行，动力从何而来？

"让每一个人参与改革，让每一个人共享改革红利。"在冯涛的理念中，他认为，营造好的发展环境，做大改革红利，就得让民众不仅成为改革推动者、参与者，更应成为改革成果的受益者。过去，国企权力集中，对领导依赖性很高，领导权利和利益很大。现在，改革就需要将各级按责权利进行再分配，把领导的权利、责任、压力分解到每一个员工身上，最后，把利益也应该分配到每一个员工身上。为此，丝丽雅进行改革，成立了董事会，让团队和员工决定企业的未来。

"要为人才提供舞台，让人才从一个配角变成主角，同时配套相应机制，包括社会待遇、政治待遇。"实施跨越式的"人才战略"也是丝丽雅的此次深化改革方向之一。

与大部分企业家认为改革是挑战、风险的心态不同，冯涛认为，改革应该是一种愉快的享受，因为改革所带来的结果是愉快的，"改革已经成为我人生动词，我非常享受改革的过程，享受劳动和工作。"这位改革的参与者和见证者，对改革有着别样的见解。

政府和企业角色的转变

宜宾百亿企业丝丽雅闻新一轮改革之风，提出深化十项改革，而作为改革名城的宜宾市，有何谋划？

"政府就是要转变职能，就是要为企业做好服务，破除制约经济社会发展的体制机制障碍，尽最大努力为企业营造平等的竞争环境和优越的发展环境。"徐进在此次会上说，2014 年是深入贯彻十八届三中全会精神、全面深化宜宾改革发展的关键一年，宜宾市委、市政府正在研究，将实实在在地推进深化改革。

徐进谈到，宜宾将全力深化重点领域和关键环节改革，特别是要围绕市场机制和企业发展，尽快建立经济体制改革部门协调机制，及时研究化解重大改革推进过程中出现的新情况、新问题；积极推进户籍制度、农村产权制度、社会保障制度三项核心改革；有针对性地开展招商引资活动，着眼于延伸产业链，努力形成以高新技术产业为先导，基础产业和制造业为支撑，服务业和社会事业全面发展的产业格局。

徐进认为，发展是第一要务，针对宜宾来说，煤炭和白酒这"一黑一白"两大经济支柱，受政策和市场因素影响，行业面临前所未有的困难，导致一些上下游行业走入低迷。

改革，不仅是行政和企业的改革，更需要从产业着力。徐进提出，积极改造提升传统优势产业，充分发挥名优白酒产业的品牌优势，加强资本运营、品牌运作和市场拓展，加快筹建"宜宾名优白酒产业联盟"，支持白酒企业加大品牌酒和"宜宾酒"销售力度。

事实上，突围当前的困境，作为占据宜宾经济半壁江山的白酒产业，其领头羊五粮液集团深化改革的步伐也已开启。五粮液集团公司相关负责人介绍说，五粮液瞄准低端品牌，启动了低价战略，新推出了低价产品棉柔尖庄，这也被行业解读为其产品结构改革的一大有利动作。此外，公司加大了营销改革，将于明年在全国组建七大营销公司，具体运营各个区域的具体业务，将营销执行力、执行权进一步下放，提高市场反应速度。

转变政府职能，深化国企改革，是十八届三中全会深化改革的核心议题。宜宾的改革曾走在全国前列，今天，这块领风气之先的改革热土，也将职能转变、国企改革作为深化改革的重要一环。

深化改革，丝丽雅在行动。

深化改革，宜宾在行动。

本文刊发于 2013 年 12 月 2 日

欧洲，中国白酒来了！

李银昭

欧洲，中国白酒来了！

今日，我们站在英国伦敦的泰晤士河旁，站在法国巴黎的埃菲尔铁塔下，庄严地宣告：中国白酒以"中国白酒金三角"的名义走向世界！

欧洲，中国白酒来了！我们带着穿越上下五千年的芬芳，带着中华民族厚重的历史与文化而来，向世界展示中国白酒的魅力与神奇！

欧洲，中国白酒来了！在四川省政府的安排部署下，在省经信委、省贸促会的组织下，我们带着"中国白酒金三角"里的"六朵金花"来了，她们浓郁的酒香飘遍整个欧洲，熏醉整个欧洲！

欧洲，中国白酒来了！在伦敦，在巴黎，在巴塞罗那，在阿姆斯特丹……所到之处，激起一片惊呼与赞叹！

欧洲，中国白酒来了！它代表着天府之国四川，更代表着中华民族灿烂的历史与文化，更昭示着中国白酒集体迈向国际市场的决心与信心。

欧洲，中国白酒来了！

它告诉世界：它来自中国，更属于整个世界！

欧洲，我们来了，带着中国的佳酿——白酒来了。

欧洲，我们来了，沿着"中国瓷器"之路，沿着"中国丝绸"之路，追随先辈们走向欧洲的脚步，穿过乌拉尔山脉，横跨欧亚大陆，飞越英吉利海峡，来到巴黎，来到伦敦，来到郑和船队到访过的地方，来到"中国瓷器""中国丝绸"抵达的彼岸！

如果说，瓷器是中国人劳动的结晶，丝绸是中国人智慧的产物，那么，白酒折射的就是中华民族几千年历史与文化的结晶。

中国白酒，这是上天赋予人类最美的琼浆！

而这最美的琼浆，上天只赋予了北纬30度的"中国白酒金三角"。

这一区域的环境十分优越，被称为地球"活化石"的大熊猫就生活在此。这里水系丰富，气候温湿，土壤肥沃，盛产适合酿酒的糯米、稻谷、玉米、小麦、高粱等优良作物，因此而成为酿造中国白酒的最佳产地。此地已有5000多年的酿酒历史，早在秦汉，就发明了领先时代的蒸馏酒。

今天，四川人来了。

带着五粮液、泸州老窖、郎酒、剑南春、水井坊、沱牌舍得等这些上天赐予的宝贝，与欧洲共享！

5月的欧洲，白酒飘香。

在伦敦国际葡萄酒及烈酒展览会上，"六朵金花"绚丽绽放，浓郁的酒香在伦敦上空飘荡，熏醉各国宾朋。

在伦敦，"中国白酒金三角"品牌推介会暨四川名酒品鉴会上，"六朵金花"在夜晚"盛开"，摇曳在泰晤士河旁，醉了一条大江！

在爱丁堡，中国白酒与顶级洋酒激情碰撞，巅峰对话让这座古老的城堡酒香四溢。

在法国巴黎，"中国白酒金三角"与波尔多不期而遇，中国白酒与红酒的浪漫牵手，演绎了一曲优美的"华尔兹"，中国玉液征服了高雅浪漫的法国人。

川酒香飘欧洲。四川省政府代表团"中国白酒金三角"品牌世界营销之旅，川酒以全新的面貌叩开了进军欧洲市场的大门。

这是我们向外发出的宣告——"中国白酒金三角"龙头企业已在此起舞！

这是川酒抱团打天下的雄心谋略，更有着"中国白酒金三角"复兴壮大川酒的责任与担当！

全新亮相的"中国白酒金三角"，不仅是新时期四川以全球视野打造优势产业的新思路、大手笔，也是有着几千年历史的中国白酒对川酒寄予的渴望与期待，更是四川探索新型工业化、新型城镇化和农业现代化"三化"联动建设的战略之举。

欧洲之行让我们看到川酒走出去的决心和征服欧洲的雄心，路途艰辛但重任在肩，使命如山。

抱团作战，四川白酒集体发力，川酒领军人物聚集欧洲，企业单枪匹马闯天下的时代已经过去，抱团合作才是新形势下的出路。合纵连横，延伸产业链，资源互补的企业抱团出征，共同面对巨大的国际市场，这就是团结的力量。

这是一场传统民族产业的集体出征！这是四川白酒酝酿征战世界的"四川攻略"！

有此担当，以五粮液、泸州老窖、郎酒、剑南春、水井坊、沱牌舍得为龙头的川酒，在省委、省政府的战略引领下，底气十足。

龙头领擎，白酒川军抱团打天下——这不仅是一种强悍凛冽的血性，也是一种锲而不舍的精神，更是一种"敢为天下先"的气概。如四川白酒，外观清净如水，骨子里果敢刚烈，真性真情，有一种"永不妥协"的风骨，傲然卓立。

"白酒波尔多"的战略构想今天已经全面铺开，4年多来，四川白酒已实现了"千亿产业"的目标，正向"再造一个千亿产业"的目标推进。川酒上下驰骋征战的历史，悠悠五千年氤氲的积淀，四川白酒文化在中华文化的百花园中，已成奇葩一朵，逢此盛世良机，必定厚积薄发，征服欧洲。

杯中斟满玉液，以川酒之荣耀盛情发出邀请——

让我们共同举杯，向欧洲问好！

让我们共同举杯，与世界同醉！

本文刊发于 2012 年 6 月 12 日

绵阳告诉世界：中国的伟大力量

任毅

"任何困难都难不倒英雄的中国人民！"

——胡锦涛（2008 年 5 月 18 日，德阳什邡蓥华镇废墟之上，救援现场）

"昂起倔强的头颅，挺起不屈的脊梁，燃起那颗炽热的心，向前，向光明的未来前进！"

——温家宝（2008 年 5 月 23 日，绵阳北川中学，临时学校）

（一）

三年了。

整整三年了。

尽管时间的流逝一往无前，但怆然回首 2008 年 5 月 12 日那个至今仍令人窒息的日子，泪水与悲切，依然是我们心中一种挥之不去的痛。

山崩地陷，家国之难。那废墟之上淋漓的鲜血、悲情的呼救，还有那盼着亲人平安归来时焦灼的寻找、漫长的等待以及那痛失亲人撕心裂肺的悲怆，至今回望，仍让人锥心疼痛！

全市受灾人口 521.7 万，占全国受灾人数的 1/4；因灾遇难 21963 人、失踪 7795 人，占全国遇难失踪人数的 1/3；9 个县市区全部沦为重灾区和极重灾区。在这场中华人民共和国成立以来破坏性最强的地震灾难中，绵阳成为整个汶川特大地震"受灾人数最重、伤亡人数最多、重建难度最大"的地区。

于危难中崛起，在砥砺中前行。三载拼搏，绵阳，在祖国的怀抱中，凤凰涅槃，浴火重生。

"此时此刻，我们庄严地告慰逝去的同胞们：我们从悲壮走向豪迈，夺取了抗震救灾和灾后重建的伟大胜利！"——2011年4月2日，汶川特大地震后的第三个清明节到来之际，在北川老县城掩埋着遇难同胞的废墟前，绵阳市委书记、市人大常委会主任吴靖平如是深情告之。

人间五月，重访灾区。废墟之上，鲜花绽放，生机再现。放眼望去，新场镇、新楼房拔地而起，新学校、新医院红旗飘飘，新企业、新园区动力澎湃。历经三年灾后重建，绵阳地震灾区城乡面貌发生着脱胎换骨的巨大变化，人民生活得到了前所未有的大幅度改善，基础设施和公共服务得到了跨越时代的历史性提升，经济社会发展实现了从"起立"到"起跳"的再生性跨越。

从悲壮走向豪迈，绵阳，见证着中国的伟大力量！

（二）

这是来自绵阳地震灾区的两个新闻切片：一个人与一座城。

这人，是绵阳地震灾区的一个普通的女孩：

她叫李月，喜欢跳舞和画画。2008年5月12日，猝然而至的地震将她压在了废墟之下70多个小时。当左腿被截肢抬出废墟后，她咬着牙对营救她的解放军叔叔说：今后一定会跳芭蕾舞给他们看。是年9月6日，北京残奥会开幕现场。随着法国作曲家拉威尔的《波莱罗舞曲》悠然响起，一位手拿红色芭蕾舞鞋的小姑娘出现在"鸟巢"的聚光灯下。她，就是在地震中失去左腿的"芭蕾女孩"李月。在八方的关爱下，灾区群众生活在继续，希望在继续。轮椅之上，这一小小少年继续着自己"永不停跳的舞步"。

这城，是绵阳地震灾区一座崛起的新城：

她叫北川，这是一个有着1400余年历史传承与浓郁西羌风情的美丽之城。2008年5月12日，一场从映秀沿着东北方向朝北川老县城呼啸而至的特大地震将这里夷为平地。数秒内，飞沙走石，北川县委办公楼塌了、县人民医院整体变为废墟、北川中学新校区20多个班被滑坡的山体与巨石掩埋。以胡锦涛总书记提出的"一定要把北川建设好"和温家宝总理提出的"安全、宜居、特色、繁荣、文明、和谐"12字标准为指引，千日之后，这个在汶川特大地震后唯一一个异地重建的新县城，气势恢宏、拔地而起，"再造一个新北川"的庄严承诺在一张白纸上奇迹般地变为美丽的现实。从"泪落北川"，到"大爱汇川"，这一座千日建成的"中国羌城"，成为"国家力量"与"中国速度"之写照。

"臣闻国之兴也，视民如伤，是其福也。"这一《左传》中用以概括政府与国民的关系之语，其大意为主政者应把百姓当作有伤病的人一样照顾。

救灾就是救民，重建就是安民。从"一线希望，百倍努力"的黄金72小时的生死救援，到基本完成无房户过渡安置任务的"百日攻坚"，再到全面启动恢复重建的"千日奋战"，在泰山压顶的灾难面前，一个"人本中国"的执政理念在灾区每一个民众的真切感知中彰显。

三年来，胡锦涛、吴邦国、温家宝、贾庆林、李长春、习近平、李克强、贺国强等党和国家领导人90余次莅绵视察指导，省委书记刘奇葆、省长蒋巨峰等省部级领导1860多人次来绵现场指挥。从救灾的废墟，到堰塞湖的坝顶；从山区重建群众的家中，再到企业生产的车间，在抗震救灾群众最危险的地方，在恢复重建灾区群众最需要的地方，都可以看到我们党和国家领导人与省委、省政府主要领导躬身为民的身影。

大爱之下，千日攻坚，绵阳优先推进的民生重建交出了一份群众满意的答卷：全市 118.3 万户农村住房重建和维修加固全部完成，6.3 万户城镇住房重建已完成 6.2 万户，751 所学校重建完成 732 所，381 个医疗卫生机构重建完成 350 个，198 所敬老院、12 所福利院全部完工；2.2 万名"三孤"人员救助措施逐一得到落实，31 万名符合条件的困难群众全部"应保尽保"，19228 户因灾失地农民全面实现有房住、有地种、有就业……

从满目疮痍到一片生机，从山河破碎到欣欣向荣。如今，行进在绵阳、行进在北川这个昔日让亿万国人血脉同搏、情牵流泪与守望相助的重灾区，您看到这里处处都是一幅重生的画卷，个个都有一张幸福的笑脸，人人都洋溢着跨越的豪情。

"共产党好、社会主义好、解放军好、灾后重建好、对口援建好"。这一个在灾区老少民众中都广为传颂的"五个好"，道出了 540 万绵阳人民的共同心语！

（三）

没有人希望通过灾难来获得进步，但历史却显示，"没有哪一次巨大的灾难不是以历史的进步为补偿的"。

千年不遇的大地震，百年难遇的国际金融危机，矛盾叠加，困难重重，让处于爬坡上行的绵阳面临着少有的遭遇和处境，少有的困难和考验，少有的压力和责任。

愈挫当愈奋，愈挫当愈勇。在省委、省政府对绵阳提出的"灾后重建保持领先，经济发展走在全省前列"这一期望与要求面前，在地震中直接经济损失高达 1689 亿元的绵阳，何以化危为机、逆势而上？

以"三个加快"为指向的绵阳，提出了"止滑提速、爬坡上行、加快发展、科学发展、又好又快发展"的工作取向，认为"止滑提速"是震后绵阳的紧迫任务、基本前提，"爬坡上行"是现实选择、基本要求，"加快发展"是当务之急、民心所向，"科学发展"是本质要求、根本途径，"又好又快发展"是奋斗目标、检验标准，这五者有机统一。

在灾后重建中，绵阳有 7314 个项目列入国家重建规划，估算总投资达 2267.3 亿元。这一巨笔投资，相当于绵阳建市 20 多年投资总和（1985—2007 年为 1490 亿元）的 1.5 倍。

"奋力把灾后重建难得的机遇期转化为追赶跨越的加速期"，绵阳市委书记吴靖平、市长曾万明以其凝重的声音言之谆谆地寄语全市干部"灾后重建的两三年，是中央、省领导力量最集中、社会各界最关注、资源配置最到位的战略机遇期。这个机遇如抓不住、用不实，则愧对两万多遇难的父老乡亲，愧对关心支持我们的全国人民，愧对这一非常时期历史所赋予的每一位绵阳干部的责任、重托与担当！"

带着责任谋重建，带着激情促跨越。在这三年重建中，灾区重建任务面宽量大、千头万绪，问题和困难想象不到的多。在如山的使命面前，其中不少本身就是灾民的绵阳各级党员干部，大家忍悲上阵、超常努力、超常付出。"5+2"（5 个工作日加周末双休日）、"白+黑"（白天上班、晚上加班）、"8+4"（8 小时工作时间加 4 小时加班时间）、"星期六保证不休息，星期天休息不保证"，这一高强度的工作状态成为绵阳灾区干部工作的一种常态。

"今晚又要熬通宵！" "从年头，到年尾，总结就是一个字'忙'，两个字'很忙'，三个字'非常忙'，四个字……2010 年最后一晚，又在办公室加班！""我有一个梦：晚上 12 点前能回家！"在前往绵阳市政府研究室收集有关绵阳重建的素材时，当记者无意识地读到一位工作人员在他的 QQ 签名栏里的这些留言时，内心涌动着一种难以言表的情感，甚而是眼眶发热，为灾区的这群干部们的坚韧、职守与付出而为之流泪与感动。

正是这种担当与责任、恪守与坚持，绵阳三年重建取得决定性胜利。截至目前：全市纳入国家三年重建规划的 7314 个项目、2267.3 亿元投资，已完工 6838 个、完工率 93.5%，完成投资 2115.7

亿元、占总投资的 93.3%。预计今年 9 月底前，绵阳将如期完成灾后重建任务。

这批涉及城乡住房、城镇体系、教育卫生、交通水利和农业生产与农村基础设施的重大项目的完工，将绵阳基础设施水平一举提前了 20 年。在抢抓机遇、朝夕相争中，绵阳"苦干三年，跨越二十年"由愿景变为现实！

产业重建是绵阳实现由"起立"到"起跳"的"造血干细胞"。在地震灾难中，绵阳 2410 户工业企业受灾，规模以上工业受灾面达到 96%以上。这一猝然而至的打击与彼后接踵而至的金融风暴，无疑给处于调整期的绵阳工业雪上加霜。

绵阳市委、市政府要求全市各级干部"始终保持一种抓不好工业就吃不好饭、睡不好觉的精气神，集中人力物力财力和领导精力，重振绵阳工业雄风"。全市产业园区建设用地总规模达到 168 平方公里，形成"一县一园区"的发展格局。2009 年，绵阳规模以上工业企业总产值首破 1000 亿元，2010 年，全市规模以上工业企业总产值达到 1343 亿元，增长 34.2%。其中，全市电子信息、汽车及零部件和冶金机械、材料及新能源、环保化工、食品及生物医药"2+4"优势产业实现总产值 1229 亿元，占全市工业总产值 91.5%。三年间，全市招商引资引进项目 1637 个，协议引资 1040.79 亿元，累计到位国内市外资金 979.98 亿元，相当于震前 7 年总和的 1.56 倍。

在危机叠加的震后三年，绵阳经济从 2008 年的"止滑提速"，到 2009 年的"巩固回升"，再到 2010 年的"高位运行"，一路上行。

"灾区没垮，灾区经济没垮，灾区精神没垮"，这不能不说是个奇迹！

（四）

灾区三年，行进绵州，处处新闻，遍地英雄。

在这里，我们不止一次地为这里灾难猝降，那些璀璨的人性、崇高的坚守、伟大的大爱，包括在巨震发生的那一刹那间，以人之善性，毫不犹豫地把生的希望留给父母、儿女、同事、学生而舍生取义的普通民众而流泪；

在这里，我们不止一次地为这里危情时刻，那些从天而降、越岭而来、驱车而至，直入灾区，不畏生死，与灾难展开了搏斗、与人民同呼吸的人民解放军而流泪；

在这里，我们不止一次地为这里废墟之上，重建生活家园，重开生活新篇的那些坚忍不拔的父老乡亲而流泪；

在这里，我们不止一次地为这里大难之中，那些从远方而来，甚而是不知其名、不知其姓，却默默地以己之力进而汇聚汤汤大爱的那些为灾区忙碌着、奔波着、奉献着的志愿者们而流泪；

在这里，我们不止一次地为这里山崩地陷，那些尽管不在灾区，却"你的心连着我的心，你的痛牵动着我的痛"，那声声声震长空"中国加油、四川加油、汶川加油""坚强中国、坚强北川"的肺腑呐喊与深情助威，以及那无垠大爱地为灾区同胞捐款捐物的这样无数的场景而流泪……

——由是，我们行进灾区，含泪写新闻，用心记录历史。

在这群人中，有这样一个人的名字将永远地铭刻于地震灾区，铭刻于北川的新县城，他就是崔学选，山东潍坊市原建设局党委书记、局长，也是北川新县城建设组第一任组长。

从2008年5月29日，他第一批进入北川开展援建工作以来，就"一直很少在凌晨2点前睡觉"。直到已诊断出结肠癌晚期仍不肯离开北川，人们只好用担架将他抬上飞机。弥留之际，这位时年仅有54岁的山东汉子啊，还喃喃地对守在身边的84岁的白发老母说："妈妈，等我病好了，我一定带你去看新北川……"

"川蜀大地菜花香，草长莺飞蜂儿忙。雪国归来满眼绿，已把出征当回乡。"

三年来，正是无数个像崔学选这样的壮烈之士，用生命托起了这片灾难土地上的希望。

而被国外媒体誉称为只有社会主义制度下才能释放如此巨大力量的"中国式帮扶",更是以中华民族的勠力同心给绵阳四个极重灾区的重生注入了无穷无尽的内力,成为人类抗震救灾史上的一个伟大创举。

山东援建北川各类项目369个,总投资120亿元;辽宁援建安县102个项目,总投资40亿元;河北援建平武108个项目,总投资25.9亿元;河南援建江油300个项目,总投资29.94亿元。

在"输血"与"造血"并举的同时,这些"先富起来"的东部地区,还为灾区的发展与振兴注入了新观念、新思路,谱写了"区域协调发展"的新篇章。

山东人把市场理念带到了北川。2010年10月,四川省首家农产品电子交易市场、西南地区最大的果蔬产品电子交易市场——北川维斯特商品交易所开业,板栗、核桃、木耳和花椒等特色山货实现了网上交易。

河北人把现代金融手段运用到了平武。利用援建资金创立的两个"亿元基金"产生了"撬动效应"。1亿元农房重建信用担保基金,撬动了10亿元金融机构贷款流向受灾群众;1亿元中小企业恢复重建担保基金,让震损企业恢复了"元气"。

……

"滴水之恩、涌泉相报;涌泉之恩,代代相报"。

在祖国和人民如山如潮的大爱中,以"感恩奋进"这四个字为生命之底色的540万绵阳人民铭于心、践于行,以情传情、以德报德、以爱报爱、让爱永存。

当玉树地震的消息传来,北川立即组织了一批救灾物资,星夜兼程,赶往灾区,成为第一个成建制捐赠救灾物资的县;

当舟曲发生特大泥石流灾害,绵阳的应急救援抢险队工程分队把最好的机械设备调往灾区,连续奋战三个多月,圆满完成了清淤任务……

"共产党人最贴心,祖国大家庭最温暖"。彰显社会主义大家庭

团结一心、携手共建的高尚情怀，成为灾区绵阳的澎湃内力与蓬勃精神。

<h2 style="text-align:center">（五）</h2>

未来不是历史的复制，历史却可以昭示辉煌的未来。

春秋三载，度尽劫波。灾区新貌，民生巨变。

540 万绵阳人民在这巨灾三年来，经历着从未有过的磨砺，沐浴着情重于山的大爱，凭借着坚强不屈的奋起，创造着凤凰涅槃的奇迹，积蓄着迎接更多挑战的信心、智慧与能量。

今天，站在汶川特大地震三周年这一已具有巨大的象征意义的重要节点上，我们不仅是一次壮怀激烈的深情回眸，更是一次激情澎湃的发展远眺。

劲可鼓而不可泄，势可顺而不可衰。灾后重建的巨大成就，为绵阳高位求进、追赶跨越打牢了坚实的基础；"十二五"规划的宏伟蓝图，为绵阳高位求进、追赶跨越展现了美好愿景。绵阳以继续攻坚、挺进纵深、乘势而上、加快发展的豪气，开始了新起点上的新跨越。

在"西部大开发的战略机遇、扩大内需的长期机遇、灾后重建和发展振兴的现实机遇、绵阳科技城建设的独特机遇"面前，绵阳闻鸡起舞，勾勒出了绵阳"十二五"发展的"六大目标"：西部区域性交通枢纽初步建成、西部经济发展高地取得重大进展、绵阳科技城建设实现战略性突破、四川第二大城市地位更加牢固、灾后新家园产业加快发展振兴、西部经济发展高地建设取得重大进展、城乡居民幸福感大幅提升。

在继投入 141.6 亿元重建交通基础设施项目 1182 个、道路 6945 公里的基础上，绵阳从今年起到 2015 年，力争每年要有 1 条高速公路或快速铁路开工建设、有 1 条以上的高速公路或快速铁路建成通车，力争到"十二五"末形成 5 条铁路、9 条高速公路、9 条快速通道、16 条航线的"铁(路)、公(路)、机(场)"联运综合交通网，融入国家和四川省综合交通运输网络。

在新上总投资逾 500 亿元的科学新城、空气动力新城、航空新城这三大国家重大专项和攀长钢改造提升等一大批重大项目的同时，绵阳在产业重建中还相继引进了世界 500 强艾默生和中国重汽、辽宁华晨等一大批重量级企业，并于今年 3 月 29 日前与富士康达成战略合作协议。此外，飞利浦等一大批国际知名企业也纷纷表示看好绵阳……

在成功谱写抗震救灾和灾后重建壮丽"两部曲"的基础上，绵阳正强劲奏响发展振兴与追赶跨越的第三部曲。

永留天地的铭记，传叙着绵阳凤凰涅槃的奇迹；激越澎湃的奋进，昭示着绵阳不可限量的未来。

从满目疮痍到一片生机，绵阳告诉世界，这里有一种难以撼动的中国力量！

本文刊发于 2011 年 5 月 12 日

5里长街3万群众含泪送恩人

——黑龙江援建队圆满完成任务返程记

汪俊甫 通讯员 郭勇

2010年9月27日，是剑阁人民难忘的日子，他们盼望已久的新房、新学校、新医院……146个援建项目在黑龙江两年多的援建下已全部完工并交付使用。

这一天，也是黑龙江人民难忘的日子。两年多来，他们的援建队伍在几千公里外的剑阁任劳任怨、埋头苦干……一切都是为了让剑阁变得更加美好。

5里欢送队伍、近3万欢送人员，剑阁人民用最简单、朴实的方式表达了对黑龙江人民的衷心感谢。

临走时的衷心祝福、牵挂，表达出黑龙江援建队伍与剑阁人民之间纯真的亲情、友谊。

那施工地里穿着迷彩服的身影，那顶着烈日、冒着大雨仍在指挥前线挥洒热泪的身影……那一幕幕，终究将成为剑阁、黑龙江人民深深的记忆。

9月27日下午，剑阁县新县城打扮得格外美丽，午饭过后，剑阁县县城周围乡镇的群众都纷纷向县城涌来。几个小时前，他们刚刚知道黑龙江援建剑阁前线指挥部的同志要回家了，县城所在地下寺镇三江村民朱春碧、林惠、何绍凡、袁绍国拎着自家地里新刨出的花生，挽起裤腿往城里跑，下寺镇修城社区居民岳神德、成车方则在花店里买了几束鲜花也跑了过来，该镇雷鸣社区张丹、魏秀珍则拎着大枣、核桃、苹果匆匆赶了过来……

群众打标语感谢援建总指挥

当村民跑到县城时，城里已经实行交通管制了，从黑龙江省援建剑阁县前线指挥部到绵广高速剑门关收费站的 2.5 公里路上，已经人山人海，县城机关全体干部和来自县城沙溪中学和下寺小学的师生在公路两边组成整齐的"围墙"，村民还在不断地往前涌。

下午两点，指挥部全体干部从板房走出，立即被包围在洪水般的掌声中，礼炮声声，鼓乐齐鸣。剑阁县妇联同志给队员一一戴上鲜红的大绸花，县四大班子领导与援建干部一一握手惜别，少先队员纷纷给叔叔们送上亲手画的图片并给俯下身子的援建干部戴上红领巾，不停地与叔叔们交流着。

车才走了 100 余米，援建干部不得不再次下车，许多群众已经走出了"人墙"，向援建车窗前拥去，在援建指挥部总指挥刘国会抬头之际，他猛然看到街头纸牌上"国会您好！"的字分外显眼。

刘国会的泪花顺着眼眶"得劲"地流。朱春碧、林惠、何绍凡也绕到刘国会等援建干部身旁，捧出花生、核桃等，要干部们收下。张丹手里的鲜花却没有机会送到援建干部手里。

而就在这个由人墙围护着的送别长队中，不断涌入的群众像彗星的彗尾随着队伍越来越大，好多群众只能举着鲜花在队伍的一角悄悄地抹眼泪，其中有个女孩子和男朋友撵着队伍到最后都没把花送出去，伏在男朋友怀里哭出了声。

群众都夸黑龙江好

欢送队伍中，居民何正菊说，黑龙江省给我们的援建，让我们县的发展提速加快了许多年。

人群里，你一言我一语，说着黑龙江的好：

44178 户农房重建任务全面完成，农村受灾群众全部按时入住新居；49 个教育项目交付使用，10 万师生如期告别了板房；8 个交通项目、41 个卫生项目完工，灾区群众出行难、就医难问题得到有效改善；11 个乡镇供水站项目交付使用，6.44 万人口饮上卫生水，3座病险水库项目除险加固完成，防洪蓄水能力增强，新增有效灌溉面积 1.65 万亩。

剑门工业园区基础设施管网和标准化厂房三期工程基本完工。四川三人塑胶管业有限公司总经理杨锦洲一脸笑容，"我是剑阁人，以前一直在外做生意，去年黑龙江援建把这里的基础设施搞好了，我就想到回乡创业，投资了 1200 万元，去年 12 月开工，今年 7 月15 日投产，因为有黑龙江的援建平台，才有我的发展和家乡的变化，我要感谢他们。"

据了解，黑龙江援建剑阁县 146 个项目全部交工，完成援建资金 15.5 亿元。

大爷送钱说是"茶水钱"

最让人意外的是，在 5 里欢送队伍的末端，在近 3 万欢送人员目送援建干部上车后，下寺镇三江村的许大爷跑到车窗前，一下掏出两张 100 元的钞票给了刘国会，并一个劲地说："回去的路上我没法送你，你拿着在路上买点茶水喝!"望着年过 60 岁的许大爷，刘国会从车上走下来，把钱塞回给许大爷，并一再嘱咐大爷保重身体，龙剑是一家人，应该感谢社会主义制度好，党好，国家好!

走出人群，刘国会在车上掏出了纸巾，使劲按着眼睛，许多援建干部的脸都憋得变了样，有的像小孩子、有的一下子像老了许多岁。

返程中，记者乘坐公交车，没说几句有关援建的话题，座位旁边一位小妹妹就哭了，一位大胡子老人说，我也想给他们点"车费钱"。

返程路过援建指挥部的板房，院子里静悄悄的，只有大门上指挥部的牌子还在。黑龙江援建干部说了：牌子不取、工作不断、队伍不散……说不定国庆长假后，院子里又出现了"迷彩服"和说着东北话的援建干部，他们正推开门端着洗脸盆向外面泼水，剑阁县各部门的同志又开始在这进进出出……

截稿前，记者手机上传来刘国会的短信："请转达我们对剑阁人民的衷心祝福！剑阁永远是我们的牵挂！"

本文刊发于 2010 年 9 月 29 日

生死大营救 广汉人不讲自己的英雄故事

——本报记者发现 K165 次列车坠江零死亡奇迹背后的新闻

苏俊 肖萍

8 月 19 日 15 点 15 分，宝成线广汉段石亭江大桥，洪水冲垮两个桥墩，西安开往昆明的 K165 次旅客列车从桥上驶过，桥面塌陷，14、15 号车厢悬挂空中……

一场生死时速大营救惊心动魄上演，短短 19 分钟，1300 余人成功脱离险境。是什么创造了奇迹？本报记者深入当时紧张救援的广汉现场，经细细探访，发现奇迹背后的新闻。

这是记者在电影中才看见过的镜头：

19 日，广汉，暴雨。

洪水不断冲击着石亭江大桥和江边防洪堤。

中午 12 点，第一波险情出现，靠近石亭江大桥的河堤垮塌……

下午 15 点 15 分，第二波险情出现。一列由西安开往昆明的 K165 次列车在暴雨中驶入广汉境内通过石亭江大桥。此刻，危险正逼近这列客车。

突然"吱"一声，列车刹车的声音撕心裂肺地传出很远很远，将河堤上正在商量堤坝抢险的广汉一拨人惊呆了……

救援人员
在剧烈摇晃的桥上跑

此时在河堤边指挥抢险的正是德阳市政府副市长李思清，广汉市委书记杨波，市委副书记、市长毛君甫，市委常委、市委秘书长罗宇，市政府秘书长张崇敏，市委副秘书长房义勇及当地抗洪抢险的人员。

"不好，出事了。"李思清、杨波、毛君甫、黄天琪一干人见状，顾不上自身安危，立即冲上桥头。在场的官员、民兵、村民纷纷加入了抢险救援的行列。

冲上桥，众人感觉胆战心惊，石亭江大桥在洪水的冲击下，不断地摇晃，脚下极不靠实，可大家都未停下脚步，"每个人的心中，想的就是如何救人，也不知为啥，想也没多想，就冲上去了。"

列车中段停在了桥上，李思清、杨波看到，石亭江大桥两截桥墩正在倾斜，缓慢倒向水中……

车厢内哭声、喊声，乱成一团……没有救援器具，救援人员就用石头砸、用脚踢，而河水依旧咆哮，以自身的速度和力量，轰隆隆地"砸"向余下的桥墩……

车厢与车厢的连接门被撬开

"快来，桥垮了。"刘文，小汉镇党委委员、派出所所长。14 时20 分接到报警赶往石亭江下游处理天然气管道泄漏事故，刚处理完毕，就接到小汉镇党委书记黄建国的电话，要求紧急增援石亭江大桥。

"这还了得。"刘文一路拉响警车警报，在雨中风驰电掣般地赶往出事地点。"当时根本就不知道还有火车在上面。"

刘文赶到时，时间指向15 时20 分。呈现在刘文眼前的景象着实让人吃惊，前期疏散出来的乘客，有的目光呆滞，脸色刷白，深一脚浅一脚地在雨中跟着当地群众走着。

"赶快救人！"一个小伙子对着刘文喊了一声。此刻刘文看见，石亭江大桥上的两截车厢已经成"V"字形。两截桥墩正在慢慢地倾斜。

刘文带领民警火速冲上桥头，看见在雨中指挥抢险和帮助抢险的李思清、杨波、毛君甫、黄天琪等人。"小刘，快点，赶快救人。"杨波冲着刘文大喊。

刘文深知情况紧急，立刻带人上桥靠近车厢，车厢内群众有的目光呆滞，有的则大喊大叫，有的不断地拍打着车窗。情况紧急，刘文和救援队员拿砖头砸，拿铁锹敲，可是车窗纹丝不动。情急之下，刘文折回桥头从老乡家拿了两把榔头，以最快的速度冲上来。一下，两下，三下。"哗"的一声，第一块车窗玻璃碎了，紧接着第二块车窗玻璃碎了，接连敲掉四五块车窗玻璃。有的旅客在外面人的帮助下从车窗中翻了出来。

此刻，车厢与车厢的连接门也被刘文等人撬开。在当地干部、村民和列车员齐心协力帮助下，车厢内的旅客通过车门陆续转移了出来。

此刻，石亭江大桥在洪水的冲击下，不断地摇晃。在接完最后一名旅客后，刘文等人牵着、扶着旅客往桥头急速撤退。

"当时桥垮了，我们就回不来了。"

"桥要垮了，快跑。"就在此时，岸边的人们惊叫了起来。刘文与抢险队员搀扶着旅客边在剧烈摇晃的桥上边跑边回头看，不知什么时候，两截原本倾斜的桥墩已经倒塌，先前呈"V"字形的车厢，有一节正往河里掉。二三秒时间后，只听"轰"的一声，刘文回头看时，一节车厢掉入水流湍急的河中。

等跑到桥头时，刘文等抢险队员和旅客才稍微松了口气。"快看，那截车厢掉了。"顺着旁边人的惊呼。刘文再次放眼望去，大雨中，另外一截车厢也掉进了河里，被洪水冲向下游。"太可怕了，如果稍微差一点点，后果不堪设想，如果当时桥垮了，我们就回不来了。"刘文在接受记者采访时说。

从事故发生到最后一名乘客疏散只用了 19 分钟。旅客 1300 多人无一伤亡。

广汉群众创造营救奇迹

"创造了奇迹。"现场指挥抢险的广汉市委书记杨波表示，"这次成功救援的背后是各级政府、铁路方、现场救援人员以及广大村民自发救援的结果。"

救人是第一要务，但怎样疏散更为重要。在这次成功救援行动背后，广汉方碑村村民的表现的确让人动容。

石亭江大桥旁方碑村普通村民张述芬，刚走到桥旁，看见脱险的旅客们浑身被雨淋湿，深一脚浅一脚地在泥水里漫无目标地走着。

"走，我带你们避雨去。"张述芬等人迅速将伞给雨中的旅客打上，并带领着旅客往村公所方向走。

就在张述芬带领着旅客向村公所走的时候，闻讯赶来的更多的群众自发加入了疏散和救助旅客的行列。"没有命令，没有动员，一切都是自愿的。"小汉镇党委书记黄建国说。

黄通珍，方碑村妇女主任。在此次救援行动中可谓是"后方保障大队长"。她和群众一起将旅客送到村公所安置后，看见旅客们浑身衣服打湿了，行李全部放在车上没有拿下来。"快，送点衣服过来。"黄通珍赶快给媳妇打电话，拿来了家里干净的衣服给旅客换上。

有一个旅客的鞋跑丢了，黄通珍二话不说，便将自己的鞋脱下给旅客穿上。

四川的"石亭江速度"

在紧急抢险的同时，广汉及时向德阳市委、市政府报告情况，全速启动了防汛抢险紧急预案。德阳市委书记、市人大常委会主任方小方等领导火速到达现场，并成立现场临时抢险指挥部，组织指挥抢险救援工作。广汉各级干部400余人，公安、消防、武警官兵500人，民兵预备役部队240人，医务人员36人和正在附近施工的中铁五局数十名工程人员相继赶到现场，开展抢险和救护工作。6名伤病员（2名病员、4名受伤乘客）被迅速送往广汉市人民医院进行治疗。

在疏导乘客的同时，广汉市领导立即部署，责成广汉市委组织部负责安排旅客有序转移。随后，省委副书记、省长蒋巨峰，省委常委、省政法委书记王怀臣，成都铁路局局长武勇等有关领导及时赶赴现场，进行应急抢险部署。

15时40分，小汉镇镇村干部有序疏散乘客，将1300余名乘客及部分乘务人员分别带往附近的方碑村村委会和一家在建企业，市长毛君甫来到焦躁不安的旅客中间，代表广汉市人民政府向他们通报情况，告知安排，并进行安抚。

救援接力一个也不落下

700余名乘客被转移到在建企业，安顿好乘客后，企业主周建立马组织人员生火做饭，为惊魂稍定的乘客提供米饭和面食，并安抚受到惊吓、情绪不稳的乘客。"在这里发生这么危急的事，当地每个人都会这样做的。"周建说。18时，在此暂留的700余名乘客并然有序地登上大巴，前往广汉中学临时安置点。此时，尚有一大堆行李留在厂里，为了确保乘客的行李不丢失，周建请人严加看管，禁止闲人进厂，直至成铁分局前来转运。

当另一部分乘客转移到方碑村村委会时，有的衣服被大雨淋湿，冷得直打哆嗦。见此，该村妇女主任黄通珍来不及换下湿透的衣裤，一边安慰乘客，一边安排党员干部到附近村民家收集干净衣物，提供给所需乘客。此时，很多村民还自发从家里送来了开水，供乘客饮用。

很快，由广汉市交通局调集的 105 辆大巴车陆续到达现场，当地干部有序组织乘客上车，将乘客分批转运至广汉中学，后又转送到广汉火车站。附近一些私家车主也纷纷加入了转运乘客的队伍之中。广汉团市委迅即组织了 200 余名应急志愿者参与旅客引导、心理安抚、食物补给、物资搬运等工作，并在广汉火车站乘客疏散点设立了临时医疗点，安排疾病预防控制中心人员对食品、饮用水进行现场监督。

19 时 20 分，成都铁路分局安排临时列车将所有乘客及乘务人员转运至成都，4 名伤员留置广汉治疗。截至 8 月 20 日 11 时 16 分，3 名伤员离开广汉，1 名在成都铁路分局广汉分院留院观察。

本文刊发于 2010 年 8 月 24 日

锻造崛起的脊梁

——写在全省产业园区工作会召开之际

张萍

今天，我们从各地出发，走向全省产业园区工作盛会的会场。

今天，我们聚集在一起，聚集是为了锻造四川经济的脊梁。

四川经济的脊梁是工业！四川工业的脊梁是产业园区。

在2008年12月召开的四川省委经济工作会议上，省委书记刘奇葆强调，要找准产业定位，围绕"7+3"产业建成一批以重点产业园区为支撑的重要产业基地和产业集群，积极推进对口支援合作园区建设，支持成长型特色产业园区发展。会议寄望，将产业园区打造成为承接产业转移的优势载体，成为优化工业布局、壮大骨干企业、培育工业经济新增长极的重要依托。

《四川省产业园区产业发展规划指导意见》提出，组织实施"一园一主业、园区有特色"产业布局调整。依托产业园区（产业集中发展区）优化工业布局、做强优势产业、壮大骨干企业、发展产业集群，产业园区成为工业经济新的增长极。

2009年7月出炉的《四川省成长型特色产业园区"1525工程"名单》，锁定50个园区重点培育，其中，1000亿元园区2个，500亿元园区7个，超100亿元园区41个。

着眼于"五向发展"，一系列战略部署，子落千钧——

从召开高规格产业园区工作会，到斥资5亿元成立专门的产业园区产业发展引导资金……自此开始，四川工业以前所未有地强势推进产业园区建设，这不只是魄力，更是四川工业发展方式的优化重构。

如果把"工业强省"看成一盘棋，那么"产业园区发展"无疑是棋盘里的一手"妙着"。从产业转移来说，各地竞相建设工业园吸引"凤凰"来栖；从劳动力转移来说，加速人才流动无疑是社会资源优化配置的重要表现。

城乡一体发展是园区建设"撬活"的又一板块：以工业化带动城镇化，以城镇化承载工业化——这样的联动，是2009年四川园区建设的另一崭新命题。

尽管只是轻轻的一个落子，但位置恰到好处就能领全局之先。随着产业园区发展升级版"1525"的强力推进，2009年全省优化和提升产业结构及区域发展结构收到了"一石二鸟"的功效。

一切的一切，都要转到"转变发展方式"这个频道上来！

一切的一切，都要以自主创新为切入点，"要素驱动"必须向"创新驱动"转变！

航向既定，千帆竞发。一幕集约、集聚、集中的优势产业发展"大戏"已在四川工业"蝶变"的舞台风生水起。"工业强省"旗帜猎猎飘扬，191朵产业园区之花，在四川大地精彩绽放——

让我们把目光投向成都青白江———8平方公里的青白江工业集中发展区内，全国最大的玻纤企业巨石集团等70多家新型企业一字排开，场面壮观。借势东部产业转移，这个2006年成都二圈层经济增速最末的区域，一跃成为成都工业版图上的"聚能盆"。

当我们把视野扩大到整个四川，看到的集聚并不是简单的叠加，而是有序的错位发展，乃至裂变辐射：

在建的达州天然气产业园，已经引来国内外数十家知名企业落地；遂宁微电子产业园，将今年的承接转移入驻企业总数，锁定为100家。

自贡市随着华西能源、川润股份、大西洋股份、自贡硬质合金、四川莱美特等一批极具发展潜力的机械、新材料项目入驻园区，2009 年板仓工业集中区机械、新材料产业总产值达 88 亿元，产业集聚效应初步显现。

从广汉到德阳，近 80 平方公里的地界，将是未来成绵沿线最醒目的产业集群。这不是一群企业的简单集合，它是工业园，是完整的城市形态，更是打破城乡二元的自然融合，工业重镇德阳在复兴之路上已跳起了转型升级的"快步舞"。

一个细胞的裂变，可以催生强壮的躯体；一个产业的嬗变，可以助推整个区域经济的发展。

成都经开区，引进龙头企业"一汽"之后，"无"中生"有"的汽车产业集群正以千亿的姿态崛起。

这，还只是四川产业园区推进发展史上一个个切片而已。

历经冰霜交加的严冬，迎来生机盎然的新春，走进激情绽放的盛夏。随着资产、资源向优势产业和优势企业逐步集聚，全省工业"散、小、差"的现状得以逐步改观。工业园区在产业关联发展、成链发展、聚集发展、集约发展、合作发展等方面的效应初步显现，多条同质的产业链相互交织，构成了一个庞大的产业集群，各具特色、优势互补、错位竞争的工业发展新格局正在形成。

大项目集聚、大产业隆起，攀钢、五粮液、东电、长虹等一批龙头企业搭起了四川工业的"龙骨"，在其辐射带动下，一条条产业带隆起在川蜀大地，撑起了四川工业经济崛起的那片脊梁。

日历一页页翻过，但前进的路上挑战会不断出现。

新的航程开启之时，我们总要充满眷恋地回顾过去。回望来时之路，是为了总结成功经验，是为了攒聚力量，是为了站在新的起点上高点起跳。

如果说"实现又好又快发展"是一部宏大的交响乐，那 2009 年"止滑提速"只是开篇的华彩乐章；2010 年，四川经济加快发展将进入关键阶段，四川经济要"巩固回升"，实现又好又快发展，出路在工业，潜力在工业，希望也在工业。

回顾过去，我们信心百倍，因为我们在工业发展史上曾著下浓墨重彩、精美华章——

2009年，全省规模以上工业增加值完成6183.1亿元，与2008年的4939.3亿元相比，连跨两个千亿台阶，全年工业累计增速达到21.2%，比全国平均水平高10个百分点左右。其中，产业园区创造的工业增加值占全省规模以上工业增加值比重40%以上，未来3年，这一数字有望突破60%。

我们并不讳言，与发达地区相比我们还有较大差距——工业总量小、大企业少、资源匮乏、创新能力弱。

从已有的可比数据看，2008年我省规模以上工业增加值4939.3亿元，仅为山东的29.5%、广东的32.3%、江苏的33.5%。去年全国企业500强中，我省仅11家，而山东有51家，江苏50家，浙江37家，中部的河南也达到16家。此外，企业研发投入少、自主知识产权少、发明专利少、创新能力弱，是当前我省工业发展的软肋。

展望未来，我们豪情满怀——2010年是实施"十一五"规划的最后一年，也是基本完成灾后恢复重建任务的关键一年，同时也是新一轮西部大开发的起点。现在四川园区发展总体而言还处于初期阶段，特别是震后工业重新布局，给产业园区优化提供了非常大的空间，我们可以充分结合各地的资源禀赋和环境容量，按照"一园一主业、园区有特色"的方向规划建设产业园区和进行产业布局结构调整。

利好不仅限于此。2009年超过2500亿元的技改投资，催生形成了一大批新的经济增长点。与此同时，2009年全省产业园区投资2283.9亿元，增长45.3%，创下历史新高，这些积蓄的势能将在下一步发展中不断释放，形成对全省工业加快发展的有力支撑。

大量事实证明，工业园区现已成为四川优化经济结构的着力点，既是改善民生、推进社会各项事业的基础，也是全省实现城乡统筹发展的结合部，加快推进工业化和城镇化进程的重要平台，主动承接产业转移的主要载体，更是我省加快建设西部经济发展高地的重要利器。

如果说，"工业强省"是21世纪四川的"工业革命"，那么，而实现这一革命的最佳路径无疑为发起的这一场轰轰烈烈的园区攻坚战——"1525工程"。这是四川树立和落实科学发展观的战略选择，这是来自历史又超越历史的发展脉动。

而今，带着新的内涵，站在新的起点，"1525工程"战略将导引四川书写跨越式发展的全新历史。

在这一轮跨越中，有的经验值得借鉴。数十年前，亚洲"四小龙"与发达国家和地区的差距，不比我们今天面临的差距小。正是走工业化道路的抉择，成就将差距转化为潜力、将潜力转化为现实的壮观一幕。

珠三角、长三角、环渤海的名字为什么这样耳熟能详？原因就在于这些地区有相对发达的工业经济，工业向园区集聚是其经验所在。

有的榜样值得学习。在我国，苏州新加坡工业园如今已成为高新技术产业基地的突出代表，从1994年启动以来，主要经济指标年均增幅超过30%。

2005年，内蒙古这片"风吹草低见牛羊"的大草原，规模以上工业增加值增速全国第一，连续第三年夺得这项指标的全国桂冠。一个工业的"门外汉"，为什么成为工业的"短跑冠军"？因为实现了由传统农牧业到工业集聚园区的快速转型。

广东是产业转出的大省，现在也在千方百计稳固阵地，实施省内产业转移，推进区域协调发展。肇庆大旺产业转移工业园是广东省山区吸引外资的示范区，也是推进产业和劳动力"双转移"的首批三个示范性工业园之一。

今天的四川，经济发展在巩固回升中调优结构、在加快发展中转型升级。

今天的四川，正以更激越的姿态，击响走向明天的鼓点。

毫无疑问，发展的挑战依然会考验经历危机后的四川，困难和坎坷还会突如其来，但以 2009 年起始的跨越为契机，我们会打开更加宽阔的眼界，体认更加艰巨的责任，怀有更为执着的梦想，迈出更为自信的步伐。

回望来路，我们曾经有过百折向东的气概；远眺前方，希望依然与万丈雄心同在。

新刷的白色起跑线横亘在前，以在 2010 年化危为机的勇气和智慧为伴。

四川情怀依旧、意愿坚定、能量更强——

且看浪潮汹涌，轻舟勇过万重山！

本文刊发于 2010 年 7 月 26 日

面朝大海

——写在第五届泛珠论坛召开之际

李银昭

奶奶，大海在哪里？

——在天边。

远吗？

——很远，很远。

奶奶，你见过吗？

——没有。

……

小时候，在奶奶的怀里，望着天空的星星，梦想着有一天站在海边，去看大海。

看大海，成了我童年和同伴们的共同梦想。

看大海，是地处四川盆地一代又一代孩子的集体梦想。

为了看大海，四川人翻山越岭，历尽艰辛，一批批、一代代，循着祖辈的足迹，站在海边，面朝大海。

2009 年 6 月 9 日。

记住，这个日子。

第五届泛珠三角区域合作与发展论坛暨经贸洽谈会在南宁召开。

四川再一次以集体的名义站在海边，面朝大海。

为了参加此次"9+2 珠洽会"，1200 名四川儿女，带上家乡 546

个重点招商合作项目，以四川经贸团的名义，站在"9+2"的行列里，把四川融入泛珠三角区域，让四川站在海边，面朝大海。

站在海边，面朝大海，以四川的名义。

以四川的名义，站在海边，面朝大海，其实这已不是第一次。

为了让四川走出盆地，为了让四川看看盆地外的天空，为了让四川站在海边，面朝天边的大海，在2004年第一届泛珠三角区域会上，四川就以成员省份的名义，融入了其中。次年，四川干脆把第二届泛珠三角区域合作与发展论坛暨经贸洽谈会搬到了成都来举办，把"9+2"的十一支"军团"请到了四川。

事后，有经济学家说，"此举相当于四川把海岸线搬到了家门口。"

纵观当今世界，以信息技术为代表的新技术革命迅猛发展，迸发出巨大的生产力。新技术广泛应用，新产品日新月异，生产方式、交换方式、消费方式，乃至经济社会发展的方方面面正在发生广泛而深刻的变化。

新技术革命推动全球新一轮产业结构调整，推动国际投资不断扩大，推动各国和地区之间的合作不断加强，从而推动了经济全球化发展。以新技术革命为内在动力的经济全球化，已成为强劲的时代潮流。

在这种情况下，地缘相邻、人文相近、利益相关的区域合作方兴未艾，成为区域内各成员参与全球化、提升竞争力、实现共同发展的现实选择，成为与经济全球化并行不悖的时代潮流。

近年来，欧盟、北美自由贸易区以及东盟等区域合作不断拓展，水平不断提高，展示了区域合作的广阔前景。

在人类这一伟大的历史进程中，中国的区域经济的快速发展，已成为中国经济的巨大推动力。目前，长三角、珠三角、环渤海，三大经济区已成为中国经济增长的火车头。

四川成为"9+2"成员省份，四川把自己融入泛珠三角区域，是四川改革力的提升、是四川开放度的提升，是四川面向大海、面向蓝色文明的时代抉择。

在前四届的"泛珠三角区域合作与发展论坛暨经贸洽谈会"中，四川不仅仅在项目洽谈、招商引资等方面取得了丰硕的成果，更关键的是让四川人站在历史的高度，审视盆地的过去、筹划盆地的现在和展望盆地的未来。

新高度意味着新起点。五年前《泛珠三角区域合作框架协议》的签订，向人们展示了以珠江为纽带的中国新经济区域的广阔前景。五年来，泛珠逐步形成了宽领域、深层次、多形式的合作格局，显示了强大的生命力和巨大的商机，有力地促进了各方发展。通过区域合作，近年来泛珠内的九省区 GDP 快速增长，占全国总量的三分之一，增速均超过全国平均水平。

2009 年 6 月 9 日在广西南宁举办的第五届泛珠三角区域合作与发展论坛暨经贸洽谈会上，四川展示的项目涉及高新技术、优势资源、装备制造、现代农业、服务业、文化旅游、基础设施、产业园区等产业和门类，涉及投资金额 4180 亿元。同时还将举行"四川省灾后重建投资项目推介暨新闻发布会"、展览展示、经贸洽谈、经贸考察和项目对接等一系列活动，这些活动将大大展示四川在西部开发 10 年、改革开放 30 年、中华人民共和国成立 60 周年以来，所取得的一系列成就。

站在海边，面朝大海。四川走进南宁、走进广西、走进泛珠三角区域。

站在海边，面朝大海。四川站在全球经济的高度，将四川人的胸怀和眼界打开再打开，将四川开放的大门打开再打开。

四川站在海边，面朝大海，春暖花开。

本文刊发于 2009 年 6 月 10 日

挺进国家战略

——评川渝共建成渝经济区

李银昭

国家西部大开发的战略历经了 10 个春秋，面对广阔的西部大地，下一个国家新的重要增长极在哪里？

作为西部特大城市的成都和重庆，在新一轮的西部开发大潮中，能否把国家发展战略吸引过来，让成渝经济区成为"国家新的重要经济增长极"？

——这是成都、重庆的大事，更是川渝两省市的机遇！

面对国家发展战略，四川应该前行一步肩起责任！

面对国家发展战略，重庆应该前行一步肩起责任！

这是时代责任，国家责任！

早在 20 世纪 80 年代，四川就有专家学者提出共建成渝经济带，在新世纪始年，分家后的川渝就共谋建立成渝经济区，准备冲刺"十一五"计划，后来因种种原因，成渝经济区落选。但，这并没有让川渝人的梦想破灭。2007 年 4 月，重庆市和四川省人民政府共同签署了《推进川渝合作共建成渝经济区》的协议，再次吹响了建设成渝经济区的号角。

让我们回望共和国走过的半个多世纪的足迹，我们就会发现，其实，在国家战略里，从来就没有少过四川，从来就没有少过重庆，从来就没有少过中国西部。

刘邓战车挺进大西南，是国家战略！

三线大军宿巴山饮蜀水，是国家战略！

毛泽东要骑着毛驴下攀西，是国家战略！

三峡大移民、南水北调、西气东输是国家战略！

辽阔的西部，一次次被圈定在国家战略里！

然而，在 960 万平方公里的国土上，西部高、东部低的地理走势，却与我们国家经济格局中东部高、西部低的现状形成了极大的反差。

站在西部的高地，面朝东部，我们就不难发现，在中国的经济版图上，已经形成了多个城市经济圈——"长三角"经济圈、"珠三角"经济圈、环渤海经济区、京津冀经济圈。这些经济圈，不论面积还是人口在全国占的比例都较小，却聚集了每年中国新增财富的 70%以上。这些经济圈，已经成为支撑中国实力的创富平台，更是中国城市化起步最早、发展最成熟、最具规模的地区。然而，占国土面积一半以上的西部却是一个巨大的空白。

共和国的西部地区，人口占全国的 27.5%，人均生产总值与全国平均水平之比为 0.7∶1，整体上都属于低收入地区。

国家为了填补这一空白，为了实现经济的均衡增长和可持续发展，目光再次向西部聚焦。

谁会是未来西部的"长三角"？

谁会是西部未来的"环渤海"？

川渝合作，共建成渝经济区！

让我们鸟瞰共和国的版图，成渝经济区地处西南和西北的战略要冲，是西部地区开发开放历史悠久、经济总量最大、产业优势最明显、科技实力最强、资源优势最突出、城市化水平最高、基础设施最完善、经济联系最密切的区域。经济区面积 16.8 万平方公里，占西部面积的 3.1%，占全国陆地面积 1.8%；2007 年底总人口达到 9048 万人，占西部总人口的 24.9%，占全国总人口的 6.8%；GDP 达 1.24 万亿元约占西部 GDP 的 30%，全国 GDP 的 5%。加快成渝经济区建设，对于深入推进西部大开发大开放，带动西部经济加快发展，缩小西部与发达地区差距，实现东西部协调发展具有重要作用。

成渝经济区是西部大开发、大开放重要引擎！

成渝经济区是维护国家安全的重要产业基地！

成渝经济区是统筹城乡改革发展试验区！

成渝经济区是巴山所依，是蜀水所向！

本文刊发于 2009 年 6 月 2 日

重组的典范

——来自乐山工业企业的报告

李银昭

一

一个亏损企业，被一个优势企业重组，扭亏为盈，这已不是新闻；

两个优势企业重组，实现"强强"联合，还是不算新闻；

三个劣势企业，如果"捆"在一起，不但不"死"，反而组出了生机，组出了活力，这就是新闻了！

记者近日在乐山采访，就发现了这么一件事，负债累累，面临倒闭、关门的三个企业重组在一起，不但使三个企业蒸蒸日上，而且盘活了 20 亿人民币的存量资产，解决了 1 万多人的就业……

这三个企业是：嘉阳煤矿、嘉阳电厂、川投峨铁公司。导演这一资产重组的是四川省投资集团有限责任公司。董事长为原四川省副省长马麟。

一位专门从事经济报道的资深记者在深入采访后认为，就算四川企业在重组中资产为零，仅凭这一"着棋"，也算四川对全国国企改革做出了贡献。

国家经贸委和国家冶金局有关官员在了解了这一事实后说，这才叫真正的盘活资产，这才是企业重组的"大手笔"，是四川乃至全国煤、电、冶结合和实现工业"产业链"的典范。

二

俗话说，家家都有本难念的经。经过重组"链"在一起的这三家企业，也各有一番难言之甘苦。

嘉阳煤矿是这三个企业中历史最长，亏损最早的一家。据一位姓黄的老矿工讲，1938年，几位英国人和一群河南焦作煤矿工人顺岷江而下，在乐山犍为县境内的山沟里，成立了天府煤矿公司，即嘉阳煤矿。"门泊东吴万里船"的成都府南河边，在中华人民共和国成立前就停泊着运"嘉阳煤"的木船。到了20世纪60年代，重庆钢铁厂大量需要优质煤，于是嘉阳煤又顺岷江而下，在宜宾入长江，直达朝天门，支援重钢。

进入80年代中期，闻名巴蜀的嘉阳优质煤资源开始枯竭，嘉阳煤矿逐渐成为乐山乃至四川企业中的亏损大户和特困企业。1996年亏损超过3000多万元。

说了煤矿，再说电厂。

嘉阳电厂是1997年12月正式动工兴建的年轻企业，位于距嘉阳煤矿10公里远的岷江江边，两台5万千瓦坑口火力发电厂，投资方为四川省投资集团有限责任公司和嘉阳煤矿。其主要目的是为嘉阳煤矿劣质煤找市场、找出路，救活有3万余名职工家属的嘉阳煤矿，同时缓解川南地区电力暂时紧张状态。后因"5万千瓦机组不许上大电网"的国家宏观政策影响，也就是说嘉阳电厂的电不允许通过国家大电网输向市场。于是，总投资5亿多人民币的电厂就意味着建成发电之日，就是负债累累关闭之时。

四川川投峨铁集团公司，原名峨眉山铁合金厂，是1964年由吉林铁合金厂和锦州铁合金厂抽调技术骨干组建的"三线企业"，20多个品种的铁合金产品，是钢铁工业不可缺少的基础原料，产品畅销日、美、德、韩、英等国内外市场。

由于铁合金属高耗能产品，而且主要依靠电作为能源，当电价从 1990 年的每度 0.07 元，增长到后来每度 0.40 元，导致电占成本的 50% 以上，本来有年产 8 万吨的生产能力，可开工率不到一半。企业在有市场、有生产能力的好景下，却出现亏损，1996 年亏 2700 万元，1997 年企业面临生存危机。

这三家企业的生存发展或"死亡"的问题，成了乐山市的一块心病，也成了这三家企业改革中的一道难题。

三

曾任四川省副省长的马麟，由于对全川资源配置、经济状况、工业布局成竹于胸，在他出任四川省投资集团有限责任公司董事长后，就针对二滩建成后电力富有这一现状，制定了以黄磷等产品为中心的高耗能工业发展战略。这一战略引起了当时正为峨铁寻找生存良方的各方人士的关注，大家都希望川投将峨铁纳入其高耗能工业发展战略之中。因川投的高耗能战略是以二滩的电为前提，以攀西为中心，从空间来看，峨铁自然被排在了这个中心之外。

山路不通走水路。对任何事物来说，都有一个最佳的求解方程。

因受宏观电力政策影响，还未建成发电的嘉阳电厂已被宣判了"死"刑。因此，为嘉阳电厂寻找新的市场、新的生存机会，就给了因电价高不能满负荷生产而面临关门的峨铁带来了机遇。

现任川投峨铁党委书记、总经理的谢心敏在回忆当时的情景时说，在谈过的无数次企业间的合作中，许多人都只盯上了峨铁的上市公司，盯上了一个壳，有的更是想虚晃一枪，在兼并重组中捞些小利、短利就脱身，因此，谈了许多，谈了许久都没合作成。只有川投是一拍即合。因为川投不仅仅是看上了一个壳，川投是从市场角度、从盘活存量资产、从企业生存发展和长远利益在考虑合作。因此，经过各方努力，在较短时间内就达成了共识。1998 年 6 月，四川省人民政府批准，由川投整体兼并原峨眉铁合金厂。川投集团将其投资兴建的拥有两台 5

万千瓦火力发电机组的嘉阳电厂并入峨铁公司作为自备电厂，使煤、电、冶各自的优势得到最佳配置。

四

一把钥匙开了三把锁。重组使三个企业焕发出让人意想不到的生机。

在嘉阳电厂主机房，现任厂长金树安对记者说，试运行的第一年，该厂就达到发供电 6000 小时以上，预计今年将超过 7000 小时，这一数字在全川乃至全国都是一流水平。全国火电机组每年均发电只能达到 3000 小时左右。

嘉阳煤矿在 1998 年产销 20 万吨的基础上，去年完成了 40 万吨。去年，全厂职工十多年来第一次拿到了奖金。今年预计将超过 60 万吨。按矿党委书记刘晓灵的话说，在整个煤炭行业走下坡的时候，嘉阳煤矿之所以还能稳步发展，这主要是资产重组解决了劣质煤稳定的销售市场。

川投峨铁集团公司，在全国行业困难重重开工不足的情况下，总经理谢心敏说，1999 年在上年产量 4 万吨的基础上，达到了年产 8 万吨，创下了建厂以来的最高纪录，实现了几代人几十年的梦想。预计今年力争生产 15 万吨，出口创汇 3700 万美元，并跃入全国前三强之列。

煤，源源不断地流进电厂；电，昼夜不停地输进工厂，产品一批又一批地销往国内外市场。三个面临"死亡"的企业，通过重组，不仅盘活了闲置的资产，解决了就业，还使煤、电、冶得到了最佳的"三结合"，使企业在重组中获得新生。

本文刊发于 2000 年 5 月 7 日

2000 年度中国经济新闻奖通讯类三等奖

山中有红旗

——来自乐山工业企业的报告

李银昭

再过 20 年、50 年、100 年,

当我们成为古人的时候,

谁还能记得他们,

山道、古树、岩石?

红旗在这片荒凉的山中首次飘起是 1964 年。

36 年以后,当一行人再次踏进这片土地的时候,都深深地感到:红旗在这里飘了几十年,猎猎地飘在每一个科技"拓荒者"的心中。

这就是位于四川峨眉山市被誉为中国半导体材料基地的峨眉半导体材料厂,即峨眉半导体材料研究所。厂所合一。

就是这个像山一样普通、平凡的厂,一群来自北大、清华等著名学府的学子,以及留德、留苏归来的共和国第一代硅材料研制专家,几十年深居山中,却瞄准世界一流技术,在这里默默地完成国家及部、省下达的重点科研专题 270 余项,新产品试制共完成 6000 余项。先后为我国洲际导弹、水下发射运载火箭、试验通信卫星、"七专"工程、高能加速器等国家重点工程项目提供了优质材料。1991 年为获国家级科技进步特等奖的我国"正负电子对撞机"项目提供了优质的平面分光晶体而获得李鹏总理签署的奖证和奖牌。全国半导体行业新产品试制项目 80%以上由这里承担。多金硅、高纯金属产品占全国总产量的 70%，新产品高纯硅管、硅舟、光纤级四氯化硅、硒鼓用感光材料等填补了国内空白，替代进口。

硅，究竟是什么？

据《现代汉语词典》解释，硅为非金属元素，灰色无定形，固体或晶体，有光泽，能与多元素化合。在地壳中分布极广，普通的沙子就是不纯的二氧化硅。可用来制硅钢的合金。高纯度的硅是重要的半导体材料。

这样说又太专业，我们换一种形象的说法，如果没有硅，就没有电视机、影碟机、计算机、通讯、传真机以及所有电子技术，因此，有人将硅材料比喻为 21 世纪的钢铁。

难怪有人说，海湾战争是硅片战胜钢铁的现代化电子战的大演习。

由此可见，半导体硅材料、高纯金属和化合物半导体材料的研究、生产之间的竞争，其实就是国力之间的较量。

平凡的劳作，能与自己的事业相联，而事业的发展，又关系到国家的强盛。这是一件崇高的劳作。

还是那条弯弯曲曲的黄泥小路，来来往往的人已将路越走越宽，踩出了几分平坦。

1968 年的夏天，这条路上又走来了一位毕业于合肥工业大学的高才生，20 多岁的小伙子，谁也没有想到 30 多年后成了这里的一"寨"之主。他就是现任厂长张惠国。

有人说，凭他的这个名字，就注定了他的命运将和共和国联系在一起，这当然是一种巧合，然而，张惠国又的确像一头在科技领域的拓荒牛，一步一个脚印在硅材料和高纯金属材料领域代表着国家直接与世界先进国家的技术较劲。

2000 年 4 月 21 日，在"峨半"厂的陈列室里，张惠国说，现在世界上多晶硅大规模生产，即年产 1000 吨的先进工艺技术被美、日、德等国所垄断，我国每年的八成靠国外进口，因此硅材料成为制约我国电子产业发展的"瓶颈"。从 20 世纪 80 年代初，我国就与国外接触，但人家就是不肯转让技术，以达到他们在全球市场的垄断。

早在 70 年代初就翻译了《高纯多晶硅冶金学》的张惠国，从 1987 年开始就主持制定攻关方案，与北京有色冶金设计研究总院合作，用两年时间，终于攻下了大规模生产多晶硅的 4 项核心技术。1997 年 9 月国家计委批准在峨眉半导体材料厂实施"年产 100 吨多晶硅国家重大工业性试验项目"，总投资 9940 万元。这次试验终于在今年 1 月 9 日提前半年通过国家的签订验收，成为共和国多晶硅生产史上具有突破性的技术创新成果，为建 1000 吨多晶硅扫清了技术障碍。

然而，谁也没想到，就是这个峨眉半导体材料厂的厂长，还住在只有 60 多平方米的老式房子里，简洁的家什，让现代都市人望而生疑。当记者问起这件事时，张惠国说，不好意思，我已经住得够宽的了，我们这里还有一些毕业于 50 年代、60 年代的大学生，至今还住在没有厅、没有卫生间的房间里。

奉献不仅是一个人，是一群人，一代人，为了信念，做出的集体选择。

中午一时半，当我们一行人到食堂匆匆就餐时，张惠国不见了。毕业于北京大学物理系的过惠芬说，张总不但没有星期天、节假日，就连一日三餐都只能靠挤时间随便对付一下。

过惠芬，1966 年北大毕业，本来是分配在北京的，就因为著名专家黄昆说"四川峨眉有 739 厂，那是全国半导体材料的基地"这句话，20 多岁的过惠芬毅然到国家冶金部将自己的去向改成了四川峨眉。

过惠芬现任"峨半"厂副厂长、研究所所长。她是现任领导班子中党龄最长的一位。

她说，不论世道怎么变，她都不会忘记自己在党旗下的誓言。

她的老家在无锡，那里有她的父母和兄妹，她来四川的选择，家人都很难理解，希望她离开这个山沟，回无锡去。过惠芬也曾想到过离开这里，南京、重庆等地接收她的单位也发出了信函，可是她最终还是舍不得这里的事业。就连母亲病危，在多次催促下，她才匆匆上路，最终也没能见上母亲一眼。她的两个孩子都考上了南京大学，这也算了了她回老家的心愿。而她看来这一生是离不开这个山沟沟了。

说起这里的条件，真让人难以想象，上两个月才告别手摇电话，以前这里与外界沟通还需要在总机用插接方式转接电话，就是现在的程控，也只限于厂区内部。

在这里，做出奉献的不是一个人，两个人，而是一群人，难怪厂长张惠国面对记者采访，总是把其他同志推到镜头前面。

张德跃，中山大学 67 届，现任副厂长；

田世富，重庆大学 69 届，现任副厂长；

王炳春，重庆大学 65 届，现任副书记；

黎展蓉，中山大学 64 届，现任多晶车间主任；

张献蓉，昆明工学院，现已退休，但仍在科研一线工作。

还有享受政府特殊津贴的黄文富、北大高才生蒋绍喜、工人技师王燕平……

这是普通人不凡奋斗的群体雕像。

这雕像人民不会忘记，时代不会忘记，共和国不会忘记。

因为在奉献和精神被人淡忘的时候，你们却在这深山里举起了奉献和精神的大旗，这面旗帜在你们心中，在深山里飘扬了几十年。

采访后记>>

当记者写完这篇报道最后一个字的时候，好像又听到了岷江、青衣江在乐山汇合时的汹涌涛声。

奉献是可敬的。精神是可贵的。

然而，三江汇合的涛声就像眼下向我们不断涌来的机遇和挑战——西部大开发、WTO、跨越新世纪；涛声就像市场经济的脚步正向传统的计划经济步步为营。作为计划经济产物的"峨半"厂，在面向市场、面向国际大竞争中，仅仅靠精神、靠奉献，是明显不够的。

好在"峨半"人不仅喊出了"二次创业"的呼声，厂长张惠国已摆开了三步棋，即产品上规模，以尽可能大的生产规模占领尽可能大的市场份额；产品上档次，走集约化技改发展的路子，靠技术创新生产高附加值产品；高纯金属产业化。

然而，仅仅靠"峨半"人还是不够得，因为"峨半"人的事业不仅仅是"峨半"人自己的事，它关系到省力、国力。

就像鲁迅先生所言，不在沉默中爆发，就在沉默中灭亡。市场经济的法则同样是，不在竞争中灭亡，就在竞争中求胜。

愿"峨半"扼住市场的喉咙，在国际同行中过关斩将，单骑走千里。

本文刊发于 2000 年 4 月 25 日

彭州"南菜北调"受冲击

——关于彭州蔬菜基地外销疲软的报告之一

高燕　刘艳

曾源源不断将四川蔬菜调往西北、东北、华北各地的彭州蔬菜基地近来出现了产量增幅不大、菜价下滑偏低的局面。有关人士认为,四川蔬菜的外销已明显受到了来自陕西、山东、河南等地蔬菜基地快速发展的冲击。因此,怎么使菜农更新观念、增强市场意识,增加蔬菜种植中的科技含量,已成了当务之急。

拥有 24 万亩种植面积的彭州蔬菜基地是全国"南菜北调"的重要基地之一,已走过了 11 个春秋。过去,这里的菜销往全国 260 多个大中城市,年交易蔬菜 3 亿公斤。但是,目前记者来到这里发现,彭州外销蔬菜品种还是以传统的青芹菜、莴笋等为主,其价格均大大低于去年半价以上,有的甚至出现了"烂"市现象,往日"雄风"荡然无存。

彭州市政府蔬菜办公室张跃副主任说,今年冬天是一个暖冬,全国气温普遍增高,北方及一些供菜地区蔬菜长势看好,导致四川蔬菜批价偏低;另外,全国"菜篮子"工程进展快,蔬菜生产蓬勃发展,产大于销。资料表明:我国蔬菜播种面积及产量已大大超过新一轮"菜篮子工程"提出的 2000 年发展目标,去年总产量达 4 亿吨,占世界总产量的 57.9%,超过 102 公斤的世界人均水平;再有,陕西、山东、河南等地蔬菜源源不断地发往北方,冲击了四川蔬菜外销。张跃举例说,陕西的西芹运往乌鲁木齐以 0.25 元/公斤的价格出售，这笔亏损谁都会算。在这一片不景气之中，另外一个现象又引起了记者的关注。三界镇的黎兴浩联系了全国各地的菜商 10 余家，把全乡的莴笋以 0.80 元/公斤的高价出售，而丽春镇菜农的芹菜却不值 5 分/公斤！采访中，我们发现，批发市场上许多抱怨价格偏低的农民对蔬菜销售的大环境根本不了解，当我们拿出《彭州报》告诉他们近几日各类蔬菜的指导价时，他们争相传阅。批发市场在门口公告栏里贴着近几日全国各地的菜价，却没几个人认真地看过。看来彭州蔬菜出现此现象也有一定的必然性，但"补牢"还来得及，关键是此现象是否引起了菜农及当地政府的重视。

本文刊发于 1999 年 3 月

挑战自己方能重振

——关于彭州蔬菜基地外销疲软的报告之二

高燕　刘艳

1998 年的蔬菜销售疲软的态势，无疑给彭州蔬菜基地服了一贴清醒剂。近年，全国各地的菜篮子基地迅速发展起来，基本解决了居民吃菜难的问题，这就使作为"南菜北调"基地之一的彭州蔬菜基地蔬菜外销受到了严峻的考验。在此情况下，如何调整结构，发展特色，增强科技含量，摆脱销售下滑的趋势，这是彭州蔬菜基地面对的首要课题。

彭州蔬菜基地是以生产叶菜为主，农民种植的蔬菜品种主要是芹菜、菠菜、莴笋等，这些叶菜在市场上的价格偏低，缺乏竞争力。今年彭州农民大量种植的青芹菜，在市场上仅卖 8 分钱一斤，莴笋也仅 4 角，并且青芹菜还出现了烂市的情况。而另一种现象却是，在大棚内生产的茄子，春节前卖到 1 元多一斤。在彭州蔬菜批发市场内，堆积如山的却是芹菜、莴笋、花菜等传统菜，而价格高、销路好的茄子、青椒等却不见踪影。因此加大蔬菜的科技投入、改良品种、调整蔬菜品种结构，发展无公害蔬菜和精细菜，促进蔬菜生产向高产出、高效益方向发展，是促进彭州蔬菜基地进一步发展的根本。

看来，如果说挑战市场，不如说彭州菜农也应该首先向自己挑战，比如更新农业知识结构，增强科技知识，在传统的买卖关系上，建立销售网络，借助全国蔬菜市场微机联网的优势，及时向省外市场发布彭州蔬菜信息，每天及时接收、公布全国各地蔬菜市场蔬菜销售行情，使经营户以最快速度掌握全国各大市场行情，建立一支专门队伍，去了解市场，开展市场调查，向农民及时通报市场信息。

农业产业化经营已成为农民增收的重要手段，彭州依托蔬菜生产基地发展起来了一排经济实体，通过紧密、半紧密或松散的联合，在基地与市场、生产与销售、科技与加工方面架起了沟通的桥梁，逐步形成了市场引导公司、公司引导农户、农户组织生产的新格局。今年的蔬菜销售疲软也促使彭州市将要进一步推进农业产业化经营，将工作重心放在大力扶持具有强劲带动功能的龙头企业，并按现代企业制度运作；进一步建好农业商品生产基地，使农业产业化项目有成片集中的原料生产基地；发展由农民自愿组织起来的各种专业协会等方面。同时，还可以在农民与协会之间引进股份制，采取自愿认股方式，按股份合作制运作，独立核算、自主经营、自负盈亏，形成资本共筹、收益共享、风险共担。积累共有的利益共同体，并围绕蔬菜生产开展技术服务、物资服务、运销服务，增强农民抵御风险的能力，进一步推进蔬菜产业化的形成和发展。

引进新品种、调整蔬菜品种结构，加大科技投入，推进农业产业化经营将会使彭州蔬菜基地摆脱销量下滑趋势，重振雄风。

本文刊发于 1999 年 3 月

愿 7 月不再是"苦夏"

王慧

盛夏酷暑的 7 月，一个"流火"的月份。

每年 7 月 7 日 9 时，都是全国普通高校招生统考的日子。今年全川 12 万多名莘莘学子，熬过了"十年寒窗苦"，带着期望与梦想，踏进了可能改变自己一生命运的竞技场，去诠释自己的梦想，去演绎自己的人生……

今年高考期间，记者在成都几个考场的所见所闻，确实感到有必要对我们一成不变的考试模式，乃至于整个教育模式进行深刻的反思。考场外，数倍于考生的家长、亲友，在骄阳下翘首以待，诚惶诚恐焦虑不安地期待着。这是一场学子们之间的竞争，几乎又是家长之间的较量。成都某企业张琼女士说："这十二年来，为孩子的学习和生活操碎了心。由于历史条件的原因，我没能读上大学，希望自己的孩子能考上大学，也替我圆了上大学的梦。"在成都某郊县一个机关供职的一对夫妇说："为了孩子学习好，能考上名牌大学，从初中起我们就将孩子送到县城的省重点中学读书。高考前几天，我们专程请假送孩子住到考点附近的宾馆陪吃陪住，也便于他安心复习迎考，为了孩子，我们可以说是全力以赴！"家长们苦不堪言，学子们自不必说更是如此，以高考成败论英雄的学校老师也何尝不是如此？ 7 月，真真是"苦夏"！

据省招办提供的材料显示，今年全川有 12 万多名考生在全川

229 个考点、4316 个考室同时参加了高考。全省报名参加高考的考生与去年同口径相比较，增加了 13250 人，增长比例为 10.65%。作为全国人口大省的四川省，竞争不可谓不激烈，故被考生们称为"黑色的 7 月"。省招办负责人就今年的高考情况介绍说，考生总数在连年下降后，今年又有所增长，这说明全省中等教育有一定发展，考生渴望接受高等教育的愿望增强。从各市（地、州）情况显示，成都市增长人数最多，绝对数达 3173 人。计划与报考人数相比，考生升学比例由去年的 1∶2.21 升到 1∶2.41。由此可见，升学矛盾虽有所缓和，但竞争仍然激烈。

当高考鏖战的硝烟随同法兰西之夜的狂欢离我们远去的时候，我们不禁要问，十年寒窗，就能在这几天评出个优劣来吗？真能做到优者胜，劣者汰吗？那种一翻越高考这个"龙门"，哪管后来浑浑噩噩 4 年 "60 分万岁"，难道就是我们选拔人才的目的吗？如何使高考能更好地体现选择人才的功能，就成为全社会多年来关注的热点问题。早在 1993 年，国务院发布《中国教育改革和发展纲要》中就有变"应试教育"为"素质教育"这个提法，明确了提高教育质量的目标，也就是落实邓小平同志提出的"教育要面向世界、面向未来、面向现代化"的指导方针的必由之路。然而，时至今日，我们的高考模式并未有多少质的变化，因而变"应试教育"为"素质教育"几乎还停留在口头和理论探讨上。从目前社会对人才的需求看，一个大学毕业生如果仅仅具有专业知识，而缺乏独立创新精神，没有理想、操守低下、意志薄弱、性格乖戾、缺乏自省意识，是很难为社会接纳的。而这些素质的培养和教育训练，在高考这根指挥棒下，很难付诸实现和行之有效。

从 20 世纪 80 年代开始，世界各国就不约而同地在研究 21 世纪对本国教育的挑战。80 年代末由联合国教科文组织主持召开的面向 21 世纪教育国际研讨会上，该组织教育助理总干事波尔就把"学会关心"作为 21 世纪教育的基本方向。他认为，在教育中需要学生关心的内容有：关心自己，包括关心自己的健康；关心自己的家庭、朋友和同行；关心他人；关心社会和国家的社会、经济和生态利益；关心人权；关心其他物种；关心地球的生活条件；关心真理、知识和学习等。

可喜的是，我国的教育正在走向 21 世纪，教育的多样性正在为人们接受。相信在以后的岁月，随着国家对教育的日益重视和改革，7 月将不再是"苦夏"，全社会都在翘首以盼！

本文刊发于 1998 年 7 月 29 日

欢腾的九寨沟

黄基秉

也许，九寨沟从来没有像今天这样举县欢腾，万人空巷；也许，九寨沟从今天开始，县志将翻开崭新的一页，从此，南坪县将搭上九寨沟这部快车，驶出山门，冲入神州，走向世界，去创造更大的辉煌。

1998年6月19日，这是一个吉祥如意的日子，原南坪县的藏、羌、回、汉同胞及各族民众的代表，还有来自北京、成都、香港等地的代表约4万人，大家欢腾在县城，共同庆祝这令人振奋的日子。

下午两点，九寨沟县城中心梨花广场人山人海，庆典活动在此隆重举行。

蓝天白云，四周青山环抱；群情激动，一派歌舞升平。当地民众眉飞色舞地说：今天是咱们九寨沟县的"大年初一"。

首任九寨沟县长李川今天特别兴奋，他西装革履，阳光下显得更加神采奕奕。当他大声地向华夏神州、向世界宣布，南坪县今天正式更名为九寨沟县时，整个会场顿时沸腾了，整个县城沸腾了，人们欢呼雀跃，共同庆祝这大喜的日子。

九寨沟位于原南坪县境内，是"世界自然遗产"，是人类共同的财富，她以其翠海、叠瀑、彩林、雪峰、藏情"五色"和纯净、明丽、梦幻、无邪的独有美境，被誉为"童话世界""人间仙境"，目前已被列入"世界生物保护圈"。如今九寨沟已成为世界少有、国内唯一拥有两项国际桂冠的世界级风光旅游胜地。

应该说南坪县更名为九寨沟县后，能更好地利用九寨沟的知名度，更好地促进全国各地和海外客商到九寨沟县来旅游观光和投资开发旅游产业，从而促进第三产业的兴旺，加快地方经济建设的发展。

中国著名歌唱家胡松华应邀参加了庆典活动。当看到广场中央的藏族同胞跳起了欢快的民族舞蹈，羌族同胞表演的十二生肖"庆新年"的节目时，他文思泉涌，当即作对联一副，并高声朗读：天人源河物我两忘，临水相亲鱼鸟对唱。横联：六龙腾飞。

四川省政协副秘书长沈元瀚，面对此情此景，更是词兴大发，信手拈来《喜迁莺——南坪县更名为九寨沟县志庆》词一首，并手握话筒，大声而又抑扬顿挫地朗朗诵来，顿时获得满场掌声。词曰：波光云彩，赞人间观止，山容水态。县以沟名，万众心遂，南坪更名九寨。佳讯传遍山墅，喜事欢呼群海。画屏里，听水声风韵，千秋万代。难赛：遍天涯，占尽风光，入耳皆天籁。自然遗产生物护圈，桂冠双双齐戴，爱心希望无尽，神州恢宏气概。愿宝地，展醉人美景，腾飞世界。

来自四川省歌舞剧团的国家一级舞蹈编剧戴信珍老师，从主席台上奔到场子中央，面对万名观众，自告奋勇即兴表演舞蹈，为庆典助兴。当高亢悦耳的《青藏高原》乐曲歌声一响起，戴老师竟不顾花甲高龄，将脚下的皮鞋往场外一甩，光着双脚，在发烫的水泥地上翩翩起舞，其优美的舞姿和投入的表演，把观众的情绪推向了高潮。

人们唱啊、跳啊……用优美的歌声表达对改革开放政策的衷心拥护，用热烈的舞蹈庆祝九寨沟县迎来了新的发展机遇。是的，九寨沟县本身就是一块风水宝地，这里旅游、矿产、林业及野生动物、中药材、畜牧业等资源都十分丰富，只要能合理地开发利用，肯定能取得巨大的经济效益。县长李川说，九寨沟县决定实施"以旅游为龙头、以黄金开发为支柱、以农业综合开发为基础、以精神文明建设为保障"的发展战略。记者相信，这一战略的实施，必将使九寨沟县保持经济持续、快续、健康的发展。

入夜，梨花广场中央燃起了熊熊的篝火，万名各族同胞围坐在一起，首先举行藏族咂酒的开坛仪式，接着是请尊贵的客人到广场中央用细竹管咂酒。

在人们的欢呼声中，夜空中绽开了朵朵五彩缤纷的礼花，参加晚会的老人们动情地说：这是百年不遇的大喜事啊！能在这深山沟里看到如此绚丽多姿的烟火，还真是托九寨沟的福哩！

此时，各族同胞纷纷跑到了广场中央，围着篝火，相识的和不相识的在篝火面前都成了朋友，大家手拉着手，里三层、外三层地围成了数个圆圈，伴随音乐，尽情地跳起了藏式锅庄舞和踢踏舞……

诗言志、歌咏言、舞传情，烟火篝火交相辉映。这就是九寨沟县的"大年初一"，这就是九寨沟县的狂欢之夜，这就是九寨沟县走上新的发展之路的前奏曲！

本文刊发于 1998 年 6 月 26 日

1998 年度四川省新闻奖二等奖

将历史扛在肩上

——来自绵阳再就业工程的报道

李保平

人最痛苦的莫过于梦想的破灭。

赵家翠的梦破灭得尤为彻底。从青春花季就走进国营盐亭县针织厂的那天起，做国营企业职工，端铁饭碗，老有所养、老有所依这个梦就让她足足做了20多年。

1992年，针织厂被迫停产，赵家翠的梦就伴随着"铁饭碗"被摔碎而彻底破灭。面对失去的青春，面对已过不惑之年的人生，面对收入不高的丈夫，面对等待交学费上学的孩子，面对破败的厂房，赵家翠躲到没人的地方失声痛哭。

赵家翠的现状代表了生在困难年代，长在"文革"动乱年代，又失业在中国面向未来发展与阵痛同在的改革年代的人的普遍命运。

从小就向往做一个城市人的杨涛，是通过苦度寒窗跳出"农"门的，可正当父母兄妹以及家乡亲友为他感到骄傲和自豪时，他所在的五洲电源厂被长虹重组了。他祖辈就开始想做一个城市人的梦再次成了泡影。步入社会仅一年，除了一张床，几摞书，几乎一无所有，多年的女朋友也在这凄凉的日子离去。好像所有的不幸都让自己碰上了。

其实，像赵家翠、杨涛这样状况的人在全国、在四川还有许多。仅绵阳市自1996年以来就有40937人，占全市国有企业职工数的四分之一。

在国外，下岗、就业，再下岗、再就业，是很普遍很正常的现象，而中国目前的下岗再就业却成了令全社会关注的热点。

由于多年计划经济体制，以及高就业、低效率的就业政策，在一些国有企业里"三个和尚没水吃"的现象普遍存在，积重难返，一旦面向市场，面对现代企业、现代工业的挑战，企业兼并破产这一符合有生存就有死亡规律的事物随之而来，多年超编、拥挤在企业的职工开始大量分流、下岗。

就绵阳而言，仅去年全市就有 66 户国有企业和 26 户集体企业实施破产，22370 名国有企业职工和 1942 名集体企业职工被迫进入失业大军行列；市上还支持和鼓励市内外优势企业对 27 户国有企业实施兼并，涉及职工 18000 人。通过实施再就业工程，已安置 2 万余人，但目前仍有 2 万多人没有找到出路。预计 1998 年又将有 7 户市属国有企业实施破产，新增失业职工 3770 人，9 户企业被兼并，涉及职工 43781 人。除此之外，绵阳市目前还面临三个方面的就业压力：一是城镇新增劳动力 1.6 万人各类大中专学校毕业生 2.59 万人；二是全市国有企业富余人员 3.3 万人（国有企业职工富余率为 20%）；三是涌入绵阳城区的农村劳动力和外来人员 8 万余人。由此可见，同目前大多数地区一样，绵阳市的就业压力也是相当大的。

然而，绵阳市没有把这一不可避免的困难推给社会、推给企业、推给下岗职工。市委、市政府首先把下岗职工的困难、把这一若干历史原因，体制原因造成的阵痛扛在自己肩上。

回顾一年来的攻坚历程，绵阳市委书记杨海清、市长黄学玖的体会是：按照社会主义市场经济体制的要求，对国有企业进行大刀阔斧的改革，实施"鼓励兼并，规范破产、下岗分流、减员增效，分块突围"。再就业工程的重要对策，走出了一条快速高效的发展之路。

"把青春、热血，甚至准备把终身都贡献给企业的职工，今天下岗了，政府就应想办法为他们拓展就业渠道。谁跟下岗职工过不去，我们就让谁下岗，让他尝尝下岗的滋味。"绵阳市委副书记宋全安直言市委、市政府对下岗职工再就业的关爱和态度。

记者从下岗职工中了解到，就是这位宋安全副书记，曾手持一张下岗证到一些职能部门以下岗职工的身份去亲身体验下岗职工的艰辛，此事在下岗职工中广为传播，下岗职工们为书记的此举深深感动。

在绵阳，对下岗职工的关爱，不论是市委、人大、政府、政协，还是经委、工会、劳动、妇联、团委无不伸出温暖之手。绵阳市领导认为，再就业工程就是要付出改革的成本和代价。为此，市政府成立了再就业工程领导小组及职工再就业服务中心，同时在下岗职工比较集中的8个市属行业主管部门和12个企业分别建立了下岗职工再就业服务中心，在破产企业建立了下岗职工再就业工作站，从而形成了政府、行业、企业三个层次各司其职、协调运作的再就业服务体系。该市早在1997年就制定了《关于市属国有工业企业破产后职工基本生活保障的通知》，下岗职工基本生活费按每人每月136元支付，另有培训补助费，按每人每年80元计划支出，工作经费按每人每年50元支出，由财政拨款，专户存储。这就叫应付的成本和代价，近两年来，绵阳已付出了1.3亿元，同时还积极稳妥地做好破产企业职工的养老保险工作和不断完善医疗保险制度，并制定落实各种优惠政策，为下岗失业职工再就业创造宽松的外部环境。

除了政府从资金、情感上关怀下岗职工外，加大经济投入，加快经济发展，寻找和创造新的就业机会以及转变下岗职工的就业观念，已成了绵阳再就业工程中最重要最突出的一项工作。

"宁做计划经济的鬼，不做市场经济的人。"这在个别下岗职工意识里还存在。他们总认为国有企业才是可靠的，正式职工才是可靠的，于是出现了有的事没人干，有的人没事干的现象。由此，在转变观念，重新认识自我、塑造自我上，绵阳也下了很大的功夫。

长虹集团公司在兼并五洲电源厂时，本可以接纳数百职工，而按市场经济规律运转的长虹集团，却必须将职工重新培训，并且，分批分量地一个一个考核，让这些职工在再就业之前，就开始感受市场经济优胜劣汰的竞争法则，从而从意识上去改变他们的就业观念，让他们明白过去国有企业"铁饭碗""保终身"的"美梦"已一去不返。

本文刊发于 1998 年

1998 年度四川新闻奖二等奖

荣辱兴衰都在人

——"两长现象"的警示

周李渝

编者按：本报近年来对长虹业绩与经验方面的报道可谓不少，但对长虹同时起步、同处一隅并同时享有较高知名度的长钢的报道，则日渐减少乃至鲜见，自然事出有因。目前关于省长现场办公的有关报道，可说是具体的说明。目前我省国有企业改革已经入攻坚阶段，对"两长现象"及时予以探究，无疑具有广泛的现实针对性，经验与教训无非事物的两个方面。本报今天发表的这篇述评，无论借鉴、汲取，于广大读书者尤其是企业决策者，应有所裨益。

许多人认识长虹和长钢，是在十万股民爆炒成都红庙子的那段日子里。那时，无论说长虹或长钢，总有人一言以蔽之："两长"都好。于是，两种股票交替轮番扶摇直上，于是"两长"被视为中国西南四川绵阳同时升起的两颗新星。

不过短短的 5 年后，"以产也报国、民族昌盛为己任"的长虹，报出了一下数据：今年 1 至 5 月完成工业总产值 95.55 亿元，同比增长 73.95%；销售收入 39.02% 亿元，增长 119.71%；实现利润 5.57 亿元，增长 126.15%。

而长钢报出的数据叠加综合起来只需要一句：今年 1 至 6 月亏损 3.0187 亿元，公司 3 万职工 4 个月未领到工资。

面对如此强烈的对比方差，四川震惊，股民震惊，国人震惊。震惊之余，人们不禁会问：如此牵动人心的"两长现象"，到底是怎么形成的？

冰冻三尺，非一日之寒。

据了解，长虹、长钢，即原先的国营长虹机器厂和国营长城钢厂，都是建于20世纪60年代的"三线"企业，同处内陆腹地，都按国家指令性计划进行生产经营，除企业规模大小产品性质有别之外，这两个相距不过百里的邻居并无贫富高分之分。80年代后期，两厂先后实行股份制改造，双双面向市场，站上了同一起跑线。论基础，"两长"各有不足，也各有所长；人均产值利润，旗鼓相当。论难题，彼此都初次真切的面对市场。

初起步时，"两长"都通过股份募集得到大笔低成本资金，但面对全新的市场机制，都多少表现出种种不适应。研究市场，认识市场，迅速适应并占领市场，"两长"都付出了巨大的努力。很快，长虹决策层找准了方向，做出了集中力量发展彩电的重大决策，以后的事实证明，这个"独生子政策"对路，赢得了市场的青睐。仅10年就迅速长成巨人的"独生子"！长钢呢，也连连在技改方面做出重大决策，如技术水平超前领先的"两管"工程，30吨超高功率电炉等，号称"六棵大树"的技改新建项目仅"八五"期内投入资金便超过了10亿元，可至今仍无一棵"大树"真正成活。据有关方面测评，其中某些项目即使目前勉强可以投产，产品销售收入也充其量只够支付投入资金的利息。而曾经一度使人大为振奋的"三年再造一个新长钢"的规划，至今不见动静。

正确的决策是制胜的依据，决策失误则是根本的失误。人们不禁又问，失误的决策又是怎样做出的？这就不能不说到决策层，即企业班子的问题了。据调查，长钢领导班子长期受计划经济束缚，观念转变慢，时常面对发展变化的市场束手无策，在生产经营等重大问题上思想不统一，改革力度不够，少的是团结，多的是推诿扯皮，能力有限不思改过，却怪下面不努力。群众说，要靠这样的班子做出正确的决策，无异于缘木求鱼。同时，"两长"班子在企业管理方面也可略做比较：如财务上，长虹每年进出资金数以百亿计，只用一个账号，长钢有多少账号却很难有人弄得清；生产上，长虹每个人都清楚自己的职责，长钢却连分厂厂长都经常弄不清楚该做什么，比如目前积压在厂内的9万余吨产品，竟有6万吨是没有供需合同的产品；销售服务上，长虹的网店遍布全国，长钢则连基本骨架都未形成……再从班子个人的作为看，长虹的倪老总很少出国，除非确有必要；长钢一主要领导却在企业面临亏损深渊的1年之中，出国4次共61天，200天不在公司里。

令人痛心的是，一位省领导早在两三年前就看到了长钢的种种弊端，并及时告诫道：长钢面临的已是生存危机，而不是发展壮大的问题。可惜，这话并没有引起长钢决策者们应有的重视。终于，他们眼看着同时起步的伙伴一步步成为运筹帷幄决胜千里的统帅，自己却成可指挥撤退的将军。

有人认为，长钢巨额亏损，不能不看到企业人员多、社会负担重、关系不顺、负债率高、上游产品涨价、钢材价格下跌、全行业普遍亏损等原因。然而，长虹不也曾落到过流动资金只有几千元的地步，不也曾产品积压卖不出去？更何况，近年来彩电市场竞争日趋白热化，国内数十家彩电生产企业已纷纷败阵落马，世界名牌彩电相续大举抢滩登陆，有人甚至扬言要在三年内超过长虹、五年挤垮长虹，而长虹在去年占有国内市场27%份额的基础上，今年达到33%又几成定局，这又说明了什么呢？

人的因素第一。班子问题仍然是根本问题。

所幸的是，省委省政府对长钢的问题十分重视，近年来多次责成调查，听取汇报，做出指示，关键时刻，果断罢免了长钢公司董事长、总经理和党委书记等主要班子成员职务。7月15日，省委副书记、省长宋宝瑞到公司现场办公，从调整班子、理顺关系入手，为长钢创造环境条件，制定政策措施，尽最大可能促使其尽早走出困境。

从"两长现象"推开去，我省国有企业改革已进入攻坚阶段，实现两个根本性转变已是进有可依、退无可守，不少地方盈利与亏损企业"两极分化"的特征已明显呈现。在此关键时刻，长虹的经验，长钢的教训，无疑为厂长经理们提供了一组极好的参照系。企业的兴衰荣辱不在别人，在自己。

本文刊发于 1997 年 7 月 23 日

开放形象不可损

黄基秉　李银昭

编者按：5月31日，本报在头版刊发了记者的《省政府为外商投资企业保驾护航》之后，此文在社会上引起了较大反响。政府执法部门怎样执法、怎样为经济建设服务、为企业的发展保驾护航、企业怎样保护自己的合法权益，对这一事件的发生，今天本报特刊发评论员文章《开放形象不可损》，让我们共同来维护政府的形象、开放的形象。

发生在成都百盛广场的执法部门向企业多次收取不该收的咨询费9500元的"丑闻"，在省政府有关部门的干预下，终于得到了妥善解决。此事再次告诉我们，尽管有的人或部门把人民赋予的权力用来谋取个人或小集体的利益，但政府的形象不容损害，开放的形象不容损害。因此，政府对这一不该发生在执法部门中的"丑闻"，组成了22人参加的省市联合调查组，进行了查处。

众所周知，改革开放18年来，中国的经济以惊人的速度发展，其发展速度和取得的成就令世界刮目相看。在成就簿上，也有给我们带来资金、带来技术、带来先进的管理和新的观念的外资企业的一份功劳。百盛广场就是这么多的外资企业中的一家。

据统计，自1983年四川引进第一家外资企业以来，到目前已有6328家，项目总投资141.6亿美元，其中外商投资55.7亿美元，为四川的经济发展做出了突出贡献。

然而，有的人、有的部门对这一认识并不清楚，在个人利益、小集体利益与国家、人民的利益面前，法纪淡泊，置党和政府的形象不顾，置改革开放的形象不顾。

锦江区技术监督局在百盛广场三次收取咨询费一事就是如此。作为政府的执法部门，其一言一行都代表着政府的形象。执法部门的人员执法，这本来就是分内之事，人员已按其劳动，付给了待遇，却要收什么咨询费，那人民付给你的钱又到哪里去了呢?!

从中央、国务院到四川省委、省政府都在三令五申政府要转变职能，一切以经济建设为中心，发展才是硬道理，有些执法部门不为企业及纳税人服务，反而借故变相索要，中饱私囊。

从省监察厅提供的资料来看，锦江区技术监督局已是三次收取咨询费后，企业才向省政府反映，假设，锦江区技术监督局不是这么多次收取咨询费，也许百盛就忍过去了，由此，我们想到其他的执法部门是否还有类似的情况呢? 除成都百盛一家之外的其他地方的其他企业是否也还有类似的情况呢?

有则改，无则勉。

总之，省政府敢对成都锦江区技术监督局动真格，就敢对一切置政府形象、开放形象于不顾的其他执法部门动真格; 敢为像百盛这样的企业保驾护航，就敢为所有"三资"企业及一切国有、集体、民营企业保驾护航。

省政府将坚决维护天府之国对外开放的良好形象。

本文刊发于 1997 年 6 月 2 日

"1996 攀西行" 系列报道

编者按：有人说，人类下个世纪经济的希望在亚洲，亚洲的希望在中国，中国的希望在西部，而中国西部的希望看攀西。

攀西，被公认为人类的"聚宝盆"。地上有着比黄金还珍贵的钒、钛、稀土等多种矿产资源；地上有占全国四分之一的水能资源和因日照充足而盛产蔬菜、水果、桑蚕、花卉、烤烟等农业资源以及旅游资源……

为此，攀西牵动着共和国几代领导人。

新世纪已向我们走来。为了让更多的人知道攀西，了解攀西，让攀西走向世界，让人类走向攀西，四川省委宣传部、省新闻工作者协会、省计委、省攀西办 1996 年 12 月 12 日组织了由中央、省级 13 家新闻单位组成的新闻采访团，在省委宣传部副部长杜江为团长、四川日报社社长姚志能和四川电视台台长曹培俊以及攀西办副主任解洪为副团长的带领下，奔赴攀西，深入采访。

本报作为此次攀西行的主要参加单位，将从今日起，陆续推出《共和国半个世纪的足迹》《"地球"与攀西一起滚动》《古裂谷：面临历史新挑战》等"1996 攀西行"系列报道，让广大读者与我们一起来关注攀西大裂谷这块神秘"宝地"的昨天、今天和未来。让攀西大裂谷的"芝麻开门"早早向人类敞开。

《四川经济日报》新闻作品集

中国没有第二个这样的地方；世界也没有第二个这样的地方。自共和国成立的那天起，几代共和国领导人和数十万开发大军，为她梦牵魂绕，前仆后继……这个地方就是人类的"聚宝盆"——中国攀西。在这片北起西昌、南至攀枝花长约 300 多公里的攀西大裂谷，留下了——

共和国半个世纪的足迹

黄基秉　　李银昭

联合国大厅的中国礼物

无论是从盘古开天地，还是从亚当夏娃偷吃禁果算起，总之，人类的历史就是一部征服自然的历史。在这滚滚向前的源远历史长河中，有三件象征着人类战胜大自然和进入宇宙空间具有划时代意义的事被做成模型存列在联合国总部大厅。其中第一件就是中国成昆铁路牙雕模型。这件作为中国 1971 年恢复联合国席位后，中国政府送给联合国的精美礼物被排在了苏联发射的人类第一颗人造卫星模型和美国阿波罗飞船从月球取回的土及月球上插过的一面美国国旗之前。

成昆铁路，早在 19 世纪，美、英、法等国"筑路之王"来到这里，面对莽莽群山，只得望山兴叹。

20 世纪三四十年代国民党政府对此束手无策。

这里是被称为"地质博物馆"的筑路"禁区"。

然而，共和国的领导和他的人民，让全世界在这里感受到了人类力量的伟大。就像联合国秘书长加利夫人在北京世界妇女大会上的发言，她是从"成昆线"牙雕模型开始认识中国的。

遗憾的是这位夫人没有从北京坐几十小时的火车翻越秦岭山脉，再由海拔 500 米左右的川西平原出发，逆大渡河、牛日河而上，穿越海拔 2380 米的沙木拉达分水岭，沿孙水河、安宁河、雅砻江，下至海拔 1000 米左右的金沙江峡谷，进入当年年轻的共和国之所以要修这条铁路的目的地——攀西大裂谷。

如果秘书长夫人到这里，也许她会像她的同胞一样，面对大裂谷这个"聚宝盆"惊呼："上帝太不公平了!"

上天赐予"聚宝盆"

"芝麻开门、芝麻开门"，这是神话中阿里巴巴面对宝藏大门念的咒语。

攀西大裂谷是被公认的现实的宝地，目前已勘探发现的 55 种矿产地带中，大中型矿产地就有 90 多处。已探明的钒钛磁铁的矿储藏为 985 亿吨，占中国资源储藏量的 80% 以上，远景储藏量超过 240 亿吨。

其中钒 2000 万吨，占全国储量 87%，占世界 47%，排全国首位，世界第三位。

钛近 8 亿吨，占全国储量 93%，占世界储量 45%，雄居中国第一，也是世界第一。

还有稀土、钴、铜、锡、铅、锌等在四川乃至全国都占有举足轻重的地位。

水能资源富甲天下。攀西地区以金沙江、雅砻江、大渡河为主干的大小河流有 300 多条，可开发装机容量 4045 万千瓦，约占全国可开发量的 11% 年发电量可达 2059 亿千瓦小时，占全国的 133%。

大型巨型电站坝址多，区内可建百万千瓦以上的电站 10 个，其中溪落渡是千万级的巨型电站。21 世纪将投入使用的亚洲最大电站——二滩电站就在这里。

农业可成为第二个"成都平原"。西昌至攀枝花之间 200 多公里的安宁河流域走廊，被誉为是继成都平原之后四川的第二大粮仓。加上年均温度在 20 摄氏度左右的南亚热带气候，日照充足，被誉为"天然温室"，适宜多种蔬菜、水果、花卉、蚕桑种植生长，成为理想的立体农业开发地。

还有彝族民风、泸沽湖神秘的"母系"氏族与航天发射基地为一体的旅游胜地……

攀西大裂谷，神秘的"聚宝盆"。

共和国走向攀西

如果说几亿年以前，地球外层的岩石圈破裂形成了中国大陆西南川滇交界处北起西昌、南至攀枝花长约 300 多公里的攀西大裂谷，那么她在不毛之地沉睡了几亿年后，第一个向她念起"芝麻开门"的却是 20 世纪的东方伟人——毛泽东。

毛泽东说，他要骑着毛驴下西昌。没有钱，就拿他的稿费；建设不好攀西，他就睡不好觉……

这些看似寻常的话，却包含着不寻常的思想，体现了一个伟人的远见和胆识。

于是，当我们站在世纪末，回头看 21 世纪走过的这段路程，就会发现，在共和国半个世纪的历程中，几代领导者在诸葛亮七擒孟获"五月渡泸、深入不毛"之地，用足迹写下了共和国近半个世纪的攀西开发史——

周恩来站在荒野指点江山：地不平，弄一弄就平了嘛。

邓小平穿着布衣走来，他惊呼：这里得天独厚。

胡耀邦面对几十万开发大军说：历史不会忘记你们。

还有彭真、李富春、彭德怀、贺龙、薄一波、方毅……

今天，共和国的第三代领导人江泽民、李鹏也走来了……

攀西开发路名人荟萃、伟人辈出……

在这条开发路上有一位普通的开发者，他把青春与生命都献给了攀西，临终时，他要求把他埋在攀西宝鼎山的最高处，他要日日夜夜守在这里，看着神秘的大裂谷启开"芝麻开门"。他就是攀枝花矿物局党委书记纪元伟。

像元伟这样为开发攀西献出青春和生命以及做出了杰出贡献的还有常隆庆、刘之祥、汤乃武、殷开忠以及"六金花""八闯将""十标兵""十二英杰"……

有人说，仅拿成昆铁路来说，两条黑黑的铁轨几乎是用开拓者的热血和生命铺筑起来的。无论此话的夸张成分有多大，但它激励着来者，告慰着英灵。

历史已翻开新的一页，攀西开发的先驱和先驱们所创下的令世界震惊的"象牙微雕"钢铁基地、"攀越太空阶梯"的卫星发射基地、新兴"移民城"都将像成昆铁路一样，载入人类征服自然的史册。

本文刊发于 1997 年

"1996 攀西行" 系列报道

"地球" 与攀西一起滚动

黄基秉　李银昭

这里是一个小小的"欧洲营";

这里住着来自全世界 40 多个国家的 600 多名工程技术人员;

这里是中国攀西的二滩电站工地。

1996 年 12 月,四川一新闻单位的记者站在"欧洲营"说,这不仅仅是一个"欧洲营",这是一个地球村。

"地球"与攀西在这里一起滚动。陪同采访的四川省攀西开发办公室副主任解洪脱口而出。

如果说,攀西的第一次开发大潮是以在 25 平方公里、平均坡度 65 度的山坡上建立了一座世界上史无前例的钢铁基地和被誉为"美国休斯敦"的西昌卫星基地为代表,那么,攀钢二期改造和 21 世纪亚洲完工的最大水电站——二滩工程的建立却成了攀西开发的第二波高潮。

攀西,终于在沉睡了几亿年,共和国第一代领导人封闭式地秘密开发了近半个世纪之后,向世界打开了开放之门。

1996 年,为加大攀西开发,国家将攀钢二期工程定为"七五""八五"重点建设项目。也就是说,在前 20 年的基础上,用 10 年时间再建一座热轧厂、一座冷轧厂、一座大型高炉、一台连铸机、两台烧结机、一座自备电厂,相当于再建一个攀钢。

攀钢二期，任务重，时间紧，显然，仅仅靠艰苦创业是不够的。于是攀西人以开放促开发的胆识把眼光投向了世界，向国际财团贷款 21 亿美元，并在伦敦发行了 12 亿美元的冷轧债券。

这一举措，不仅使攀西的开发赢得了时间、资金和对世界开放的意识，同时使世界更加了解攀西、认识攀西，使攀西开发走向国际市场迈出了关键的一步。

如果说攀钢二期使攀西开始走向世界，那么，1991 年动工兴建的二滩电站工程，就成了整个世界走向攀西，整个"地球"在与攀西一起滚动。

二滩电站，位于距攀枝花市约 43 公里的金沙江支流——雅砻江上，是中国乃至亚洲在 21 世纪完工并投入运行的第一大电站。

雅砻江，一条长江上游的颇富传奇色彩的江，它源于素有世界屋脊之称的青藏高原，历来以水险浪急而著名，跌宕起伏，一路穿行于奇峰叠嶂之中，似野马泻尽脱江之豪情，白浪滔天，奔腾不息。而在即将汇入金沙江畔之际，鬼使神差设下三个奇险怪异的滩头，成为大自然屡经悠悠岁月的沧桑而留给世人的难解之谜。雅砻江水力资源充沛，多年平均流量为 1640 米/秒，仅下游 412 公里的河段上，可设计规划出五个阶梯级水电站。二滩水电站就是这 5 个阶梯电站开发中的第一个。

其实，二滩水电站的准备工作可追溯到 20 世纪 50 年代，直到 1985 年，四川省和原水电部联合向国务院力荐及早二滩上马，1987 年，国家才补列为"八五"计划。

随后，一大批水电建设者从各地奔赴攀西，用了整整 4 年时间，完成了 46 项必备工程。

四川人率先向二滩走来。

中国向二滩走来。

全球 40 多个国家也向二滩走来。

世界银行把给中国的最大一笔贷款给了二滩。

这也是自世界银行成立以来，对一个单项工程发放的最大一笔

贷款。

——93 亿美元，令世界惊奇。

共和国副总理朱镕基 1996 年 10 月 28 日在视察二滩时，从头至尾多次感叹："确实宏伟!"

二滩水电开发有限责任公司总经理刘俊峰把这样一个 6 台 55 万千瓦、总装机容量 330 万千瓦"确实宏伟"的电站用很形象的对比法将其立在记者们面前——

坝高，全国第一，240 米，相当于 80 层楼房，在亚洲双曲弓坝中为第二高，全世界第三名、第二名分别在苏联和瑞士。

容量，相当于东北三个天池或杭州 18 个西湖的面积。

导流洞，长 1100 米，堪称世界目前最大的导流洞。

地下厂房，长 280 米，宽 255 米，高 65 米，几乎掏空了一座山，体积和容量可装下三个北京火车站。

若完工后，每天仅二滩卖出的电费收入就达 2000 万人民币，经济效益良好，而社会效益是 2000 万乘以 8，就是说仅一天二滩的社会效益就相当于 1.6 亿人民币，平均每年可向国家上缴利税 7 亿元人民币。

攀西如此浩大的工程，并不仅仅赢得国务院副总理不断称赞"确实宏伟"，一位外国专家，在向外国工程技术人员讲话时也说："任何苦，你们都不要说，望着上帝想一想，不论从前你们干过多少工程，有哪一个工程敢与这里相比，你们见过这么宏伟的工程吗？拿出你们最好的技术，使出最大的能力，能干这样的工程是一生的荣誉!"

自二滩工程上马，全世界几乎所有大工程队都关注着这里，同时，中国也用开放的意识向全世界公开招标。

其中，主体工程之一的拱坝工程由意大利英波吉洛公司、法国杜美恩公司、法国大马塞公司、意大利托诺公司、中国水电八局等 5 家施工单位联合组成。承担地下厂房工程的联营体由德国霍尔兹曼公司、德国霍尔梯夫公司和中国长江葛洲坝集团组成，霍尔兹曼为责任公司。

外国公司，他们奔赴攀西来的不仅仅是人、资金和先进的施工设备，同时还带来先进的管理。

难怪有人说，在这样浩大工程的工地，根本看不到从前大工地上人山人海、锣鼓喧天的劳动场面。

一位经济学家说，中国现代企业管理和最佳模式就在二滩。

二滩公司刘俊峰把二滩建设的特点归纳了四条：一是利用世行贷款和国际融资，中央和地方合资开发；二是工程向国际招标；三是引进 DRB 的组织形式，解决合同争议；四是采取新的用人机制。

经济学家认为，二滩平均每年向国家上缴 7 亿元人民币的利税，已经超过了目前整个攀钢的利税，攀西的第二波开发，单凭二滩就成功了。

而这还仅仅是从经济价值上去评价二滩，国家体改委的人士还认为，二滩的真正成功，还在于它贡献了一个现代化企业的管理模式和培养了一大批水电管理人才，成了中国水电走向新世纪的"中央党校"。

而这一切，得益于以开放的意识开发攀西，然而，目前，这样的开放、开发力度还不够。不过，新世纪已向攀西走来，让神州了解攀西，让世界了解攀西，攀西神秘的面纱一定会在西部大开放大开发的浪潮中被揭开，攀西必将冲出盆地，迈向神州，走向世界。机遇就在眼前，攀西正面临历史的挑战！

本文刊发于 1997 年

"1996 攀西行" 系列报道

古裂谷：面临历史的新挑战

黄基秉　李银昭

四川经济的后劲在攀西；

西部经济的希望看攀西；

中国经济一个新的热点是攀西；

人类共同把目光瞄准了攀西。

然而，攀西怎么面向中国乃至世界，也就是说，当人类已把下个世纪的经济焦点聚向攀西时，攀西古裂谷，应以怎样的姿态迎接新世纪的挑战？

有人设想过下个世纪的攀西：

世界各地不同肤色，说着不同语言的人从欧洲、亚洲、美洲等地源源不断登上飞机，飞过太平洋、飞过长城、飞过秦岭，来到攀西，他们是为了地下的钒、钛、稀土；为了丰富的水能资源；为了世界上最好的烟叶、蚕丝、花卉、水果、白糖；为了旅游、度假，在安宁河流域"天然温室"里享受日光浴；为了探寻大凉山、泸沽湖神秘的民风民俗、人文地理……

这里就是中国工业的"心脏"。

可是现在的攀西，是否已做好了迎接人类挑战的准备，现在的攀西与人设想的那样的攀西之间还有多长的距离？而这中间的距离靠什么去缩短？

一位曾经专门整理过关于攀西的开发资料的记者听说我们刚从攀西归来，他迫不及待地说："攀西是一个集现代最尖端高科技与落后，甚至愚昧为一体的神秘大裂谷。"

　　今天，当我们从成都平原乘上波音737客机，飞越"一步跨千年"的大凉山，进入号称"第二成都平原"的安宁河流域，在目前西南最大的飞机场——西昌机场降落，尽管一个与半世纪前截然不同的新攀西已展现在我们面前，可是成昆铁路上的火车每小时还只能跑几十公里，攀钢的冶炼还没彻底解决"吃下的豆渣丢掉的是豆腐"，被誉为"美国休斯敦"的卫星基地让游客看到的仅仅是揭开了过去神秘的面纱和神秘岁月所创下的辉煌。漫步攀西大地，波音飞机的跑道旁，发射卫星的围墙外，牛拉车、马帮队还在"叽呀叽呀""叮叮当当"响，与波音飞机机翼划过云层、火箭擦过空气所产生的"嗖嗖"声形成鲜明对比。开放、发展、文明，在攀西还没有完全走过封闭、保守、落后。

　　一个是文化的积淀，一个是历史的必然。

　　当我们站在世纪的风口站在共和国半个世纪创下的辉煌与未来之间，我们发现，过去的辉煌已被载入史册，可明天的辉煌要我们今天去开创。

　　攀西开发史已深深打上了时代的烙印。这个时代就是高度集中的计划经济时代，就是"毛泽东思想伟大胜利"的毛泽东时代。然而，不论留下了多少物质财富和精神财富，在新世纪面前将一去不返，全国上下用财力、物力、人力、技术开发攀西的历史已成为过去。攀西川南开发办副主任解洪说："攀西的大开发，首先需要大开放，以大开放促大开发。"可谓一针见血。

　　用外国人的钱，攀钢二期率先在攀西做了大胆而成功的尝试。

　　以资源换取发展，二滩模式更是惊人的一跃。

　　开放是最大的资源，更是攀西未来的希望所在。

　　凉山，新改建公路241公里，完成标美路263公里，成都至攀枝花高速公路西昌段已开工……目的是开放。

攀枝花，投巨资搞基础、电话普及率四川第一，为的还是开放。

然而开放的大小不仅仅是看水电气路通讯这些基础，还应该走向技术、管理，尤其是资本市场。

攀西把攀枝花和西昌连成了一个整体，因此攀西是一盘棋，不能各念各的经。

攀西是四川人的事，四川不能等靠要。

攀西是中国未来工业的"心脏"，一万年太久，只争朝夕。

本文刊发于 1997 年

"小兄弟"缘何吃掉"老大哥"

——关于五星啤酒兼并绿叶啤酒的思考

李银昭　人民日报记者　梁小琴

曾以生产绿叶啤酒红极一时，并稳坐成都地区行业头把交椅的成都啤酒厂在今年夏天，却再也旺不起来，反被后起之秀——曾是"徒弟"的新都五星啤酒厂兼并，组成成都啤酒集团公司。"徒弟"兼并"师傅"，"小兄弟"吃掉"老大哥"，看来，市场竞争，英雄不问出处，"年高"无志也只有败走市场。

论天时：绿叶是国家定点布局在成都地区最早的也是唯一的一家啤酒厂，而五星是新都县一家生产冰糕、汽水的小企业。

论地理：绿叶厂位于众商家虎视眈眈的成都市区一环路上，而五星位于成都北郊新都县。

论人和：绿叶建厂初期就是从轻工系统主要企业调派的业务骨干人员，而五星是在原企业的基础上经过几起几伏不断发展成长起来的。

因此，有人说绿叶死得冤枉。说它冤枉，不是说不该让别人来兼并，五星来兼并，是绿叶新生的开始。说它冤枉，是说绿叶怎么也不应该在市场中败下阵来。可是它毕竟败了，就像五星在市场竞争中谁也无法阻挡它冉冉升起一样，绿叶的败也无法阻止。

成都市一位官员说，绿叶啤酒不被五星兼并，也要被蓝剑、山城，甚至山东青岛兼并。兼并只是个迟早的问题，别人愿意来兼并，是因为这些企业看上了绿叶所面临的这块广阔的市场。

绿叶啤酒，其实从来就没有辉煌过，尽管那时车水马龙，供不应求，凭领导的条子才能买到，这一切只是虚设的繁荣。

一位老工人说——

成都绿叶啤酒厂始建于 20 世纪 80 年代初，是国家轻工部投资、规划年产 5000 吨啤酒的定点企业。绿叶厂的第一代领导在最初的设计中，看准了啤酒发展的趋势，于是按年产 1 万吨规模设计。投产后，产销均旺，尤其是 1985—1987 年期间，厂门口要货的车队、人流排成了长龙，可谓啤酒市场一枝独秀。

可是好景不长，成都这块市场太诱人了，从东川杀来的山城啤酒，以强大的宣传攻势和营销策略很快就站住了市场，挤占了绿叶的大部分市场。随后川北绵阳的亚太啤酒又紧逼山城，成都市场形成了"三分天下"的局势。此时，川西平原的一"虎"一"豹"——蓝剑、五星正在养经蓄锐、整装待发。90 年代初纷纷杀出市场，在蓝剑、五星面前。绿叶是一败不振；山城几乎全部撤出成都市场，继续扩大在川东的大片市场；亚太只好转战川北。直到现在，五星、蓝剑都还控制着成都市场的主动权。

那么，绿叶在家门口的市场竞争中，为什么惨得只有让五星来兼并呢？有人说是决策上的问题，有人说是企业管理混乱上的问题，有人说是产品质量和定位的问题，有人说是营销策略和企业形象策划不够的问题。这些问题也许都有，也许只有一部分，我们无法从理论上一一探讨。然而，制酒车间一位老工人的话却留给我们的印象很深。她说，成都啤酒厂注定了要走向今天的失败，因为这个厂从来就没有繁荣过，更谈不上辉煌。当时看起来车水马龙、供不应求，那只是啤酒有市场，换成任何一个厂生产啤酒都会这样。又正是这种表面的假繁荣，掩盖了管理上的混乱和滋养了一些人，尤其是一些领导干部不思进取的思想。上级管理部门看到企业红红火火的，还认为企业搞得好，企业领导有多么能干。

另一位副厂长对这位老工人的话也深有同感。他认为，对成都企业来说，应好好总结绿叶失败的教训，至少有一些值得借鉴的地方，比如：一、产品的畅销不等于企业繁荣；二、没有抓住机遇搞技改，使企业形成规模；三、领导干部更换太快，没有制定出企业发展规划，就连起码的管理都未理顺，一句话，领导没有进入角色。

面对市场，危机感大于一切。五星也有过被人兼并的历史，不进去就只有被强者吞掉，世上没有免费的午餐。

一位五星中层干部说——

五星啤酒是新都一家生产冰糕、饮料的小企业发展壮大起来的，创建于 1980 年，生产五星之前，企业已有过三次沉痛的教训：

1986 年，投资数百万元引进德国万吨饮料灌装线，生产一天，足够销售半月，结果是"大马拉小车"，生产成本比售价高出 30%。难以维持生存。

1988 年，投资 1300 多万元扩建万吨啤酒生产厂，前往成都绿叶啤酒厂取经，并达成联合生产绿叶牌啤酒协议，成为成都啤酒厂的一个分厂。后因损耗高，质量不稳定，而无法进入市场被消费者接受。

1990 年，与深圳奥林公司联营，生产高橙饮料。因产量小、消耗高而以亏损告终。

连续投产、连续亏损。资产仅有 2100 万，债务却高达 2258 万，资不抵债，企业陷入举步维艰的窘境。

市场经济，就是竞争经济。

新啤到了资不抵债的窘境，只有被新都氮肥厂兼并。氮肥厂副厂长、高级工程师李廷轩受命于危难之际，出任厂长。

"天将降大任于斯人"。也许李廷轩并没这样去想，可数百人要吃饭，几千万元的国有资产要增值，人们只有王者他。

在摸清了企业现状后，李廷轩提出了在走联营道路，他在职工大会上说："联营，不是要人家的设备和钱，联营的目的是引进先进的管理和技术使企业少走弯路。"就这样，新都啤酒与北京双合盛五星啤酒达成了联营协议。

同样是联营，成都啤酒厂在绿叶牌啤酒败下阵后，曾与一家外企联营生产金岸啤酒，可是最终失败了，新都啤酒厂在发展之初与成啤联营业失败了。而此次新啤与北京五星联营，却成了企业发展的里程碑。四川另外一只啤酒劲旅、蓝剑的发展也是从山城联营开始，不断改进工艺，扩大规模而壮大起来的。

一种联营两种结果，也许李廷轩悟出了联营的真谛。

联营成功，隆重推出五星啤酒，市场看好。可他们仍一如既往地去追求，抓住机遇上技改，不断扩大规模。用厂长李廷轩的话来说，就叫"遵循科学适度原则，必须在自我滚动上推进企业的规模经营，在继承名牌工艺技术的同时，注入现代科技，挖掘内部潜力，发挥现有设备的最大功率，低投入、高产出，这是现代企业在瞬息万变的市场竞争中取胜的唯一选择"。

近几年来，新都五星人先后投资数千万元引进生产设备，使规模从 1 万吨到 3 万吨，从 3 万吨到 5 万吨，又从 5 万吨到目前的 8 万—10 万吨，可谓年年有变化，年年还要变。同时实现生产流程自动化。在过滤上，引进当今世界最先进的硅藻土工艺，增添捕捉器，精滤机，28 个理化质量检测点，配料、灌装、洗瓶、贴标、上瓶、巴氏灭菌、糖化、发酵均实现了程控化。现在企业固定资产已达 1 亿元。

纵观五星从生产冰糕、汽水，到绿叶的分厂、与深圳联营失败，再到被氮肥厂兼并后逐渐走向繁荣的过程，不难发现，永无止境的企业追求，果敢、正确的决策班子，以及紧紧盯住市场和未来的经营眼光，构成了五星冉冉升起的必然。

有生就有死，有兴旺就有衰亡，五星兼并绿叶是为绿叶找到了生之路。

成啤集团公司一工人说——

兼并是一个敏感的话题，这是我们在兼并的成都啤酒集团公司采访时所感受到的。原绿叶的人不愿说"兼并"，好像此事很为难，是一块旧疤；而五星的人也不愿提"兼并"，是怕伤了现已成为"一家人"的面子。因此，"兼并"在成啤集团是一个较为慎言的词。可是，现在既已成事实，那我们就没有必要和理由不去面对它。许多看似不好说的事，一说，反而大家都觉得不过如此，心绪也很顺畅，周边环境也很宽松。今天兼并绿叶的五星不也曾被别人兼并过吗？

据了解，绿叶被兼并后，以五星为龙头的集团公司在资金紧张的情况下，向原绿叶厂投入了 1100 万元资金用于 4 万吨扩建工程。今年 1—6 月份原绿叶产啤酒 11051 吨，创产值 1820 万元，利税 345.15 万元，比去年同期增长 47.8%、50.4%、57%，6 月份产量创建厂以来最高纪录。

一位职工说："兼并对企业来说是一件大事，对职工有利，只是对我们原来的厂长不利，因为兼并后厂长的权利小了，由此，可以看出绿叶厂的领导是明智的，是做出了个人牺牲的，为企业和职工找了一条生路。"

兼并已越来越成为企业界的一个趋势，一些企业在兼并中寻到了生路，看来，五星兼并绿叶不仅有两个企业一兴一衰对比间的经验和教训值得众企业学习和借鉴，同时，两企业成功的兼并也是一个好的范例。

本文刊发于 1997 年

1997 年四川省新闻奖一等奖

直立的精神

——来自长虹创"精神品牌"的报道

黄基秉　李银昭

感受精神

中国的一位伟人曾说，人是应该有点精神的，精神可以变物质。今天，谁要是感受到没有精神，萎靡不振，甚至对自己的未来、对民族缺乏足够的信心和勇气，那么就建议他去去长虹。只要他一走进长虹，他就会感受到一种气魄和力量，感受到一种直立的精神支撑。

这种感受是今年夏天的一个正午，我们站在产业报国、长虹目标——世界名牌的长虹广场上顶着烈日所感受到的。

长虹，我们已先后来过许多次了，可这次的感受不一样。当时正值长虹在全国降价"风波"前夕，"大战"尽管还未开始，但我们已嗅到了"硝烟"，感受到了"风波"的震荡。这天的太阳尽管很大，我们还是在一厂区的大门口，望着运送长虹人的班车在宽阔的广场来来往往。着统一灰色厂服的职工，下车后穿过广场源源不断涌向他们的岗位，消失在长虹这部庞大的经济机器里。

长虹分为五大区域，各条生产线运转有序，有条不紊，在总装车间，仅 169 秒钟，一台精美的长虹彩色电视机就从这里诞生，一天共计 17000 台，每天进出厂区的货物有 17 个火车皮，整个厂区沿线相隔有 25 公里，1996 年产量提前突破 400 万台，实现销售收入 100 亿元。长虹拥有 5 个子公司，9 个参股公司，20 个加工厂，被誉为"中国最大彩电基地""中国彩电大王"。

有人认为，有了长虹，才有了今天的绵阳，此话不知是否准确。但在绵阳，作为一个长虹人，那确实是件光荣的事。就拿长虹集团的一套厂服来说，穿上它，就会感到自豪和荣耀，因此，有人竟愿出双倍的价钱购买。

面对这一切，中国大厂形象，大企业的气度正一步步向我们逼来，于是我们就想，是什么魅力在吸引着长虹人，是什么力量使长虹在内忧外患的彩电市场乘风破浪，成为中国彩电巨头。

是精神！是立足于中华民族土壤的民族气节和精神在支撑着每一个长虹人、在支撑着长虹的每一步发展，而这种精神又凝聚成一股强大的精神冲击力，冲撞着千千万万个炎黄子孙的灵魂。

精神来自责任感和危机

"以产业报国，民族昌盛为己任"，这句广告词使许多中国人热血沸腾。

然而，这句话不是一有了长虹电视就喊出来的。按长虹老总倪润峰的话说，企业在市场中逐渐壮大发展了，在民族工业面临危机之际，作为一个大企业，就应义不容辞担起振兴民族工业的责任。

当历史已走近 21 世纪，地区与地区、民族与民族之间的竞争，已由火到火的较量，变成了经济实力的较量，而一个民族经济的强弱，完全取决于它是否有一大批集科学、技术、人才为一体的无孔不入、无坚不摧的世界级名牌产品。

美国《幸福》杂志 1995 年度全球 500 家最大公司排名榜公布：前 10 名没有中国的公司，前 20 名没有中国的、前 50 名也没有中国的，前 100 名还是没有中国的。而美、日大公司数量在排行榜中占有绝对优势，法、德、英等国家各占得一些席位。500 家企业最后一名的年收入为 8861 亿美元，而最大的公司日本三菱商事年收入竟达到了 1843.65 亿美元。500 家最大公司的总营业额为 113784 亿美元，比美国、日本承诺的国民生产总值之和还多；雇用员工的数量多达 3511 万人，相当于荷兰、比利时、瑞士等几个国家的人口总和，因为拥有几个大公司，从而能在实际经济舞台上扮演重要的角色，如瑞士有雀巢食品公司，荷兰有壳牌石油集团，就连我们近邻的韩国，也拥有大宇、三星等世界级的大公司。

这是国际上的经济情况，而国内彩电市场呢，那的确太诱人了。12 亿人口、8 亿多家庭，彩电需求量庞大无比，因此，世界知名的松下、东芝、索尼、三星、飞利浦等彩电巨子，早已有计划有步骤地向中国市场进军。

日本索尼公司已与上海签约，合资建设年产 400 万只彩管、400 万台彩电、200 万台彩监的基地，由日方控股产品打索尼的牌子。

飞利浦公司与苏州电视机厂合资，生产飞利浦牌彩电，产量就达到 70 万—80 万台。

松下公司与山东电视机厂合资，产品打松下的牌子。

韩国三星集团与天津合资建彩电厂，产品打三星的牌子，年产量已超过 100 万台。

有人扬言，三年赶上长虹，五年挤垮长虹。

还有人扬言，合资一个企业，挤垮中国一个行业。

长虹就是面临着这样一个激烈竞争的环境，这表面看似企业间产品的竞争、经济的竞争，其实这已是国与国、民族与民族、血与火较量的另一种方式。

每次面临这样的境况，总有一些民族英雄率先站出来。

长虹临危不惧喊出了"民族工业"的最强音；长虹挺身而出向"多国部队"宣战；长虹昂首向前，无疑成了中国企业进军国际化大公司的先锋队和主力军。一位中国军人在给长虹的信中说："这也是保卫祖国的一种方式！"

精神的金字塔也始于塔基

就像金字塔的顶端，是靠无数的塔基一层层支起来的一样，在长虹，民族气节，国家利益，这些崇高的理想和信念，也是建立在每一个员工的具体工作和行为之中。

在长虹，我们从余光银书记那里了解到这样一件事。有一位青年技术工人，他经常晚上加班到深夜，这一行为不但没有受到表扬，反而决定处分他。因为长虹每天必须按时上下班，他由于生物钟反了，晚上无论干多久他都愿意，但白天就是起不了床，他不仅工作完成得好，而且在技术上还不断创新，按理说他早上迟到一点时间也是可以原谅的，但企业只能服从民族和国家利益时，个人就必须服从企业，于是这个技工就用闹钟把自己从床上叫醒，最初买了一个闹钟闹不醒，就买了第二个，两个也闹不醒，他就买了第三个闹钟，每天睡觉前将三个闹钟同时放在耳边，就这样坚持了一个月，他扭转了自己的生物钟。他说，如果不是在长虹，一辈子也改不了这个习惯，但是，既然选择了长虹，那就要服从长虹。

长虹的管理干部几乎没有节假日而工作条件更不是想象的那么优越。尽管他们赚了不少钱，向国家上缴税利总是以亿来计算，为了发展，他们对所有厂房、车间、生产设备进行了改造，他们修了家电城，修了培训中心，修了长虹大道……但长虹的办公大楼还是1958年建厂初期修建的，至今还未改造。就拿有几十人的对外宣传部来说，每年动用的广告费都是用千万来计算，可部门清贫得连一部汽车都没有，而用来接待的旧桑塔纳还是和另一部门共用。童学军处长说，尽管如此，长虹人还是有种紧迫感和危机感，虽然长虹的品牌价值已达到8761亿元，说明知名度和无形资产在全国名列前茅，仅次于第一名的红塔山，但与世界级的大企业相比，还相差甚远。前不久，看了一份资料，我国最大500家工业企业的销售总额是14646亿美元，就这个数，还不如一家世界级的大企业。因此，国内外的市场竞争迫使长虹来不及去考虑部门及个人的利益和享受，也许永远没有时间去考虑，因为要干的事太多，1996 年已把 2000 年和 2008 年的目标规划了。另一位中层干部开着玩笑说，倪润峰真残酷，就凭着他的智慧和人格魅力，几万人就心甘情愿跟他去为一种精神和信念拼命干。

人格魅力也是精神

一个企业要形成一种精神，企业的老总无疑就是精神金字塔的塔尖，而这种精神在老总身上的具体体现就是人格魅力。

说倪润峰有魅力的第一个人我不知道，但对倪润峰一连说出两个魅力的却是中央电视台的一位女记者。

那天，这位女记者一行提交给倪润峰一个采访提纲，按惯例，提前给一个提纲，让被采访者准备一下，这是对采访者的尊重。但倪润峰接过提纲一看说，不用准备了，现在就可以回答，这一来，不仅出乎采访人员的意外，而且倪润峰回答问题过程中表现出来的气度、胸怀、思维的敏捷、思想的深邃、语言表达的逻辑性等更让人吃惊。采访一结束，这位女记者就赞叹不已，说，很少遇上这样有魅力的对象，倪润峰是个极有人格魅力的人。

著名经济学家魏杰却把倪润峰的这种魅力归结为五点：一是强烈的创新精神；二是永不停止的经济行动；三是坚忍不拔的内在毅力；四是灵敏的触角；五是极强的综合素质。

如果女记者的赞美或者说佩服是出自感性色彩，经济学家的归纳则具有极强的理性色彩，清华大学博士后赵勇的感觉则是实实在在，因他硬是被倪润峰的魅力从千里之外吸引到了长虹。

按学历，赵勇可以在中国任何一个城市选择工作，解决他的一切后顾之忧，然而在毅然放弃了北京、上海、深圳这些极有吸引力的地方，选择了地处西南的绵阳长虹，赵勇在接受采访时说得干脆，跟倪润峰谈话，谈着谈着就觉得他身上有种精神在吸引我，令人无法拒绝，也许这就是魅力。这种魅力和精神也许就是倪润峰身上的民族气节国家意识、社会和历史责任感，而这些东西，现今越来越少了，一旦遇上了看重这种东西的人，金钱、享受就自然地让位给了精神。

精神的震撼和回响

民族精神！祖国意识！

长虹人士如惊雷，喊出了十二亿中国人的心声！

今年 6 月 11 日，在山东烟台第三中学，一位名叫王雪红的普通教师，走出校门将一封信从山东寄往四川长虹，这位女教师在信中写道：

倪总经理：辛苦了！

首先由衷地问候你一声，是因为你在家电市场上"保卫祖国"的胸怀和拼搏的精神感动了我。我深知长虹集团在你死我活的商战中担负着多么沉重的负担，而你作为企业统帅，又需要付出多少心血和汗水，才能保住我们民族的这份家业。

我只是一名普通教师，一名普通消费者，在经营管理上我帮不了长虹，但我会教育我的学生：爱国不是空洞的理论说教，而是要落实在行动上，要热爱国货，购买国货精品，为长虹助一臂之力。请你们相信，从今开始，将会有越来越多的中国人同你们一起同呼吸共命运。因为"产业报国，振兴民族工业"是每个中华儿女义不容辞的责任。

青岛市李沧区峰山路一位名叫李旭的老人在来信中说：我一个堂堂正正的中国公民，为中国的教育事业奋斗了一生。虽然现在不能购买长虹彩电，但我坚决支持长虹，宣传长虹。如果长虹遇到困难，我首先以我的血汗钱解囊相助，宣传鼓动更多的人援助长虹，使红太阳在祖国大地冉冉升起……

天津建筑材料工业学校钱家鑫说：就在神州处在伤感、无奈的时候，却听到了一声时代的强音："产业报国！"可贵的是这一句口号，捍卫了中华民族的精神。你们是时代的民族英雄！每一个有民族尊严的人都会感谢你们、支持你们，今天我的女儿待嫁，我已承诺给她买一台彩电，现在决定，就买长虹。这也算我支持你们的一点行动。

天津市塘沽区一位名叫王小朴的武警战士来信中说：我们是军人，维护安定、抵抗侵略是我们的职责，但今天的保卫战主力军是你们，别怕！你们局部是孤军奋战，你们的身后，有着全体中国人的支持！

千千万万封信，喊出了十二亿中国人的共同心声。

去年 8 月，在合肥召开的 1995 全国名牌企业的第一次大会上，当长虹对外宣传部学军处长在大会发言中喊出"中国人创世界名牌"时，包括著名记者、经济日报、中国质量万里行杂志总编辑艾丰在内的许多人都站起来，含着眼泪报以热烈的掌声。长虹，正是以这种民族精神在铸造驶向世界的中国经济"航空母舰"。

长虹，支撑起的不仅仅是中国的彩电行业，不仅仅是中国的经济，同时，支撑的是十二亿人的精神。

中国人，正是被长虹这种民族精神所震撼、所凝聚！

本文刊发于 1996 年 12 月 9 日

全国 195 家企业竞争中央电视台黄金时段广告标牌，结果，遗憾——

四川品牌无一冲进"黄金段"

李银昭

作为工业"老大哥"的四川，日前在全国 195 家王牌企业竞争 1996 年中央电视台 7 点至 8 点黄金时段 31 个广告标牌时，结果竟无一企业中标，这一出乎意料的事，不仅令一亿川人感到震惊，同时也引起北京经济界和新闻界一些人士的关注，并认为"这是发人深省的"。

从区域上看，其实惨的不仅仅是四川，而是包括四川在内的整个大西南在这次竞标中均没有一家企业中标，就在山东、广东、江苏大获全胜、高奏凯歌之时，四川及整个大西南就显得有些"士无斗志"，甚至"溃不成军"。

黄金时段就是黄金

中央电视台 11 月 8 日在北京举行的此次招标大会是继去年 11 月 12 日成功举办了第一届黄金段位广告招标大会之后的第二次，今年的标王——即最高报价是一个名不见经传的山东秦池酒厂，报价为 66666668.88 元，比去年标王——孔府宴酒的报价还高出 3500 多万元，在这一天的竞标中，中央电视台就收入明年黄金时段 31 块标牌的广告费达 10.6 亿人民币。这么大规模的广告竞争大战，不论是在中国广告业，还是中国实业界都是罕见的。

有人认为，企业在中央电视台一次 5 秒中的广告，就花掉 20 余万人民币，相当于一部桑塔纳的价格，打一次广告就打掉一部桑塔纳，一年 365 天，天天如此，这样打下去意味着什么？恐怕任何一个普通老百姓都能算这笔账。

花这么多的财力去竞争一家电视台的广告，这些企业真的疯了吗？他们真的是把企业的钱不思回报地随随便便扔进了那个"黄金洞"吗？

显然不是。

其实，这次竞标会是集科技含量、文化含量、职工素质为一体的中国名牌较量，是中国王牌企业间空前规模的实力、勇气、智力的较量，是中国经济舞台上最活跃的企业家对未来信心的较量。

据中央电视台调查，去年购得黄金段位广告权的全国 22 家企业，经营一年，无一亏损，销售额最多的较去年增长 5 倍以上，增长最小的也上升 70%。于是在全国一些王牌企业中似乎达成了中央电视台"黄金时段就是黄金"的共识。在此招标会上大出风头的江苏维维集团，不仅夺得食品类标牌，同时还在此前夺得了"A 特"和"其他"两个标牌，加起来总金额超过 1 亿元，就是说从明年 1 月 1 日起，维维将在"黄金时段"三次向全国电视观众亮相。把上亿元的广告费投入中央电视台，维维集团副总经理说，本企业已突破 20 亿元销售大关，需要这样的广告力度，这是保持中国食品饮料第一品牌形象的最佳举措。

江苏维维人这样认为，四川人呢？

竞标会场无"川军"

在这次竞标中，四川一些企业还是主动积极地参与，五粮液、地奥、长虹、沱牌等"蜀中大将"派出专人上京，提前与一些知名的广告公司协力合作，他们还是力争在此"打"出川人、川货的风范。而其他兄弟省市对"工业基地""工业老大哥""名酒之乡"的四川一直"不敢轻视"，并称感觉来自蜀中的威慑力，这种威力不仅来自"五朵金花"，更来自四川的电子、摩托车、饲料、食品饮料和药品行业。

可是别人感觉到的威慑力在面对面的实力竞争中，并没有变成现实，他们对川货的"害怕"，仅仅是一场虚惊。在一开始《焦点访谈》段竞标的 26 家企业中，占全国人口十分之一的四川，只有地奥一家竞标，不仅显得有些势单力薄，而且由于报价偏低，因此标牌被东盟集团等 4 家企业抢走。

而接下来的情况就更惨。

在包括河南春都、哇哈哈、美的空调、江中制药、太太口服液等 42 家企业竞标"A 特"段时，四川没有一家企业参加，最后春都等 11 家企业中标；在"其他"段竞标的 15 家企业中还是没有一家四川的企业；接着是服装类、食品类、机械类、药品类，在 600 多人参加的竞标会场，人们几乎忘记了四川。在电子类、酒类，终于听见了长虹、五粮液、沱牌，但由于五粮液和沱牌的报价均未超过 2000 万元，而被报价高达 6000 多万元的山东孔府宴酒和山东秦池酒夺标。其实人们已经注意到，被誉为"国产第一机"的长虹电视，看来是安心一搏的，但价位毕竟略低于长城、春兰、宁波帅康而在电子类落标。

此次竞标的 31 块标牌，从省、市和区域分布情况来看，山东得 6 块，广东、江苏各 5 块，浙江、北京、陕西、山西、黑龙江各得两块；其中山东、广东、江苏三省就捧走 16 块，而占全国面积 80% 的中西部仅得 5 块，整个大西南一块也没有。

这就是说，明年的四川观众，将有一年时间在中央电视台黄金时段的广告宣传中，看不见四川企业的形象和品牌的出现，而只能任外省企业的广告在巴蜀大地，在每一个家庭、在一亿人的印象里"狂轰滥炸"。

四川厂家如是说

就在招标大战结束后，人们对四川的"失利"就做出了各种评判。有人说，四川的企业缺乏进军全国市场的激情，又有人说是观念陈旧和对宣传重视的力度不够。也许这些都有一定的道理，但就此次竞标而言，我们还是听听来自竞标企业的说法。

沱牌酒厂驻成都办事处一位负责人在接受记者电话采访时说，沱牌竞标的目的是重在参与，本来就没打算竞标上，因为费用太高，每天打 20 万广告费出去，对厂里来说不划算。

五粮液酒厂公关部朱中玉部长说，企业的宣传要根据企业的生产规模，企业品牌的现有知名度和企业的发展战略来统一筹划，此次进京竞标的目的在于摸清兄弟厂家的发展动态和宣传力度，五粮液的知名度和发展战略余山东的秦池、"两孔"酒都是不一样的，也许他们迫切地需要这样的宣传，而我们自有战略目的。

不论这些说法正确与否，但有一个现实已经摆到川人面前，四川现有的工业产品水平和经济实力与其工业基础、科技实力和人口比例都是极不相称的。仅酒类品牌而言，河南张弓、安徽古井贡以及山东的一大批酒类新星在中国经济舞台上已冉冉升起，被誉为此次招标"大赢家"的山东省，不仅独占明年中央电视台黄金时段的两块标牌，而且孔府宴酒、孔府家酒、秦池、喜临门已被誉为中国酒类的"四大名旦"，从广告宣传力度、生产规模和企业的形象设计上，有直逼四川"五朵金花"之势。从一定意义上讲，此次招标的结果，"这是山东对西南两个酒乡的胜利。"

有声毕竟胜无声。这是一个经济竞争时代，这是一个信息爆炸的时代，酒好不怕巷子深已越来越引起了人们的怀疑，但愿在今后类似的竞标大战中，四川品牌会一个比一个更加响亮地出现在人们面前。只有依靠自己的实力，依靠自己的无孔不入、无坚不摧的著名品牌，组装成一艘艘经济航空母舰，在未来的经济竞争中，四川才会立于不败之地，从而走出巴蜀，驶向全国，驶向世界。

本文刊发于 1995 年 12 月 18 日

三峡文物抢救倒计时

王仕陆

　　自民主革命先驱孙中山萌发宏愿，到作为诗人的毛泽东洒出"更立西江石壁，截断巫山云雨"的高吟以来，中国人的"三峡梦"已做了近一个世纪。而今，在南津关上百里峡江两岸，透过施工大军扬起的尘土，望车船穿梭往来，听机声日夜轰鸣，世纪之梦分明已踏着时代的步伐向中国人走过来了。

　　对于当今世界"最大的水利工程"——长江三峡工程，国人都有理由，也都可以轻而易举地列出许多令人自豪地"世界之最"。不过，对于与这项工程同时进行的，同样令全世界瞩目的另一项伟大工程——三峡库区文物的抢救和保护，不少人却对它知之甚少。如若人们在了解了它们的真实现状之后却无动于衷，则部分人之殷忧，当与"杞忧"无异。

三峡文物知多少

　　三峡工程建成后，从宜昌到重庆附近的江津市约为 600 公里的地段内，涉及 22 个县市的 620 平方公里将成为淹没区。根据国家文物局的安排，从去年 11 月开始，全国 18 家设计单位的 300 余位专业工作者，对三峡工程淹没区进行了为期 7 个月规模空前的考古调查和发掘。结果，除对已知的 455 处文物点进行了认真复查外，还新发现文物点 300 余处，统计出淹没文物地下点总数超过 800 处。其间，从"巫山人"化石始，沿旧、新时代时期，商、周、秦、汉到唐、宋、明、清，共 200 万年的历史，都能从出土文物中得到反映，诚如专家所称是"一部完整的中华民族历史的缩影"具有不可估量的价值。

仅就四川而言，作为三峡工程的主要淹没区，在这次大规模的考古调查和发掘中，川东地区几处大遗址文化层的发现和大量出土的各种器物，不仅使文化得到了基本识别，也极大地帮助了对古代巴楚关系的交流融合的了解和探究。这次考古调查和发掘还在云阳县淹没多年的胸忍县故址，发现了大批唐代遗址遗物，这对于研究由汉到唐三峡地区数百年间的城市设置及当地经济文化活动、民族杂居情况，都提供了非常珍贵的实物资料。

尤为引人注目的是今年 3 月，经国家文物局批准，主要出资的日本田中地质株式会社参与四川联大等单位组成的考古物探队，对云阳县的楚故陵进行了综合物探究。考察中，使用物探 CT 新技术，既不用挖掘而只通过不同角度的现场透视，从实测数据中得出了地下情况的若干断面、平面和立体图。此举为下一步工作提供了可靠的依据，其工作效率比常规钻探的方法提高了许多倍。据专家介绍，现已基本确定楚故陵确实有一座地下陵墓及六个可疑区。虽然实况到底如何尚待发掘，但其前景是极其诱人的。

除大量丰富的地下文物之外，地面文物，如众所周知的奉节白帝城、忠县石宝寨、云阳张飞庙等，包括各种可见的石刻、石窟、寺庙、牌坊等建筑共有 383 处，都处于淹没区内，需迁移或妥善保管，其工程之浩大是显而易见的，要知道，在这些具有重大历史文化价值的文物中，有不少堪称中华民族独一无二的瑰宝。

抢救保护已时不待人

毫无疑问，如何抢救和保护上述价值重大数量惊人的文物古迹，也是一道"跨世纪"的难题。

从三峡工程进度时间表上看，到 1997 年，三峡库区水位只有不到十年的时间进行突击。否则，许多文物就将没入水底永不见天日了。

自然，国家对此承担着义不容辞的责任。依据国家有关文物保护的法律法规，有关部门已做了大量的工作。去年 10 月，全国政协副主席钱伟长率团进行了三峡文物保护的实地考察，就文物抢救的措施、经费、人力等问题提出了不少意见和建议。接着，根据国家文物局的部署，20 多家科研单位和大学与三峡工程文物保护领导小组签订了制定保护规划的委托书，数百名专业工作者立即着手展开勘探和试掘工作。到目前，各单位负责区域的地下文物保护规划报告已相继完成。

关于地面文物的保护，国家文物局局长张德勤说，主要是采取就地保护的方法，采取加固山体、打围沿等方式挡住江水，能就地保护的决不盲目搬迁。不得不搬迁到异地复原的，也要尽可能不改变文物的内涵，并在景观上尽可能跟原来的文物近似。总之，要保证在淹没以前把该做的工作做完。不过，张德勤也坦诚地说，在短短十年内完成如此大规模的文物抢救保护工作，这在世界和中国文物保护史上都是前所未有的，绝非文物部门自身力量能够完成。他呼吁全社会给予支持。

事实上，就目前的种种迹象看，能否如期完成这项繁重而艰巨的工作，一些人的担心并非是多余的。据悉，考虑到经费、技术等方面的原因，国家已决定只选择占总面积 10% 的遗址、30% 的墓葬进行重点发掘保护。然而尽管如此，情形也并未让人乐观。

据专家粗略估算，地下文物的抢救发掘和保护，所需经费不能少于 19 亿人民币；地面文物保护搬迁所需经费更多，两者相加约需 50 亿，至少不能少于 45 亿。这笔庞大的经费将出自何处？

国家规定，凡基建投资、文保考古经费均应在工程概算内占有一定比例。按三峡工程目前的静态投资 954 亿的 5%计，拿出 45 亿并不算多。但目前三峡工程正式开工已一年有余，用于文保工作的经费竟不见着落，文保考古的投入几乎全靠借支。据了解，这主要是机构繁复、职责不分明造成的，管规划的没钱，管钱的似乎又无此责任……文物工作者万般无奈，只得眼睁睁看着大水一天天无情地逼近。为此，有关人士指出：照此下去，还将有更多有价值的文物不得不永远地藏身水底！

不过，有人在经过客观冷静的思索之后，又认为问题的症结并不全在这里。他们以为，说到底还是一个综合国力的问题。首先，在短短数年内拿出数十个亿来（随着物价上涨无疑还将大大突破工程预算），无论通过什么部门都绝非易事。其次，技术方面若不大规模地采用当今世界先进技术，要如期完成文物抢救和保护工作，即使有了钱，也未必就能达到预期目的。再则，如对涪陵白鹤梁这个素有"世界第一古代水文站"之誉的文物的保护，有专家提出修建一座长250米、宽30米、高12米的水下博物馆，照理说并不十分困难，但真要实施起来，第一个无法办到的便是停止长江航运。此外，凡属珍贵文物，其价值都在于其本身的不可再生性，任何不得已的搬迁和所谓的复原都必须慎之又慎！

经费、技术、人力物力、客观条件和紧迫的时间，均已成为制约这项浩大工程顺利进行的严重困扰。

当然，办法总是有的，但不能总是囿于一个狭小的范围，或者只是沿着某一条既定的思路或一种陈旧的思维定式去考虑。

国家文物局局长张德勤曾反复申明自己的观点：一个国家的文化遗产，同时也是全人类的文化遗产。他希望海内外所有炎黄子孙都来关心和帮助我们完成三峡文物抢救和保护这件大事情。那么据此，还能不能把这条思路拓展得更开放一些呢？

据说，曾有人向有关决策部门提出过请求国际援助的设想，但当即遭到坚决否定，其理由堂而皇之，具有"民族""自尊自强"等闪光色彩。

不过现在又有更多的人包括不少专家学者再次提出了类似的想

法。道理很简单，既是全人类共同的文化遗产，借助国际一切可以借助的力量和智慧来抢救和保护长江三峡文物，无可非议。纵观当今世界，非洲最大的水利工程——埃及尼罗河上阿斯旺水利工程在 20 世纪五六十年代修建时，大量珍贵的大型历史文化遗物面临灭顶之灾时，许多国家及时伸出了援助之手，他们费耗大量人力物力，动用当时最先进的科学技术使这些文物易地安身得以保存。其国际友好大协作的情景令所有的人都感动不已，这些保存完好的文物古迹，已被公认为"古代埃及和现代人类共同创造的奇迹"。近些年，意大利著名的比萨斜塔和水城威尼斯的抢救保护，作为发达国家的意大利，又何曾冷冰冰地拒绝过别人的帮助？再说眼前，日本田中地质株式会社耗巨资购设备带着技术全力参与我们对楚故陵的勘探，试问，中国除了迅速获得巨大的收获之外，究竟同时失去了些什么？！

改革开放的深入，正在使中国大地充满前所未有的活力，而文物保护却只能像千百年一成不变的"文物"一样吗？既然伟大的三峡工程已注定要给三峡文物留下一些不可避免的遗憾，作为文物保护部门，其最终目标就只能是想尽一切办法让遗憾减少到最低限度。

记者相信，自力更生与寻求国际帮助并不矛盾，我们近十年来的经济建设不是雄辩地证明了这一点么？何况，既是全人类共有的文化遗产，一个国家或民族在自身对它的保护难以完全胜任的时候，呼吁国际社会假以援手，自是天经地义且非常必要的。

本文刊发于 1994 年 9 月 30 日